Empresas y tribulaciones de Maqroll el Gaviero II

Amirbar

Abdul Bashur, soñador de navíos

Tríptico de mar y tierra

Álvaro Mutis

Empresas y tribulaciones de Maqroll el Gaviero II

Amirbar

Abdul Bashur, soñador de navíos

Tríptico de mar y tierra

Papel certificado por el Forest Stewardship Council®

Primera edición: octubre de 2023

© Álvaro Mutis y herederos de Álvaro Mutis:
1990, *Amirbar*; 1991, *Abdul Bashur, soñador de navíos*; 1993, *Tríptico de mar y tierra*
© 2023, Penguin Random House Grupo Editorial, S. A. S.
Carrera 7 N.º 75-51, piso 7, Bogotá, D. C., Colombia
© 2023, Penguin Random House Grupo Editorial, S. A. U.
Travessera de Gràcia, 47-49. 08021 Barcelona

© Diseño: Penguin Random House Grupo Editorial, inspirado en un diseño original de Enric Satué

Penguin Random House Grupo Editorial apoya la protección del *copyright*.
El *copyright* estimula la creatividad, defiende la diversidad en el ámbito de las ideas y el conocimiento, promueve la libre expresión y favorece una cultura viva. Gracias por comprar una edición autorizada de este libro y por respetar las leyes del *copyright* al no reproducir, escanear ni distribuir ninguna parte de esta obra por ningún medio sin permiso. Al hacerlo está respaldando a los autores y permitiendo que PRHGE continúe publicando libros para todos los lectores.
Diríjase a CEDRO (Centro Español de Derechos Reprográficos, http://www.cedro.org) si necesita fotocopiar o escanear algún fragmento de esta obra.

Printed in Spain – Impreso en España

ISBN: 978-84-204-7650-6
Depósito legal: B-13753-2023

Impreso en Unigraf, Móstoles (Madrid)

AL76506

Índice

Amirbar	9
Apéndice: las lecturas del Gaviero	121
Abdul Bashur, soñador de navíos	125
I	143
II	165
III	185
IV	217
V	223
VI	239
VII	253
VIII	257
Diálogo en Belem do Pará	261
Epílogo	269
Tríptico de mar y tierra	273
Cita en Bergen	277
Razón verídica de los encuentros y complicidades de Maqroll el Gaviero con el pintor Alejandro Obregón	311
Jamil	343

Amirbar

A la memoria de mi abuelo Jerónimo Jaramillo Uribe, que alguna vez buscó oro a orillas del río Coello en el Tolima

La vie n'est qu'une succession de défaites. Il y a des belles façades —il en est de pires. Mais derrière les belles, presque autant que derrière les pires, la défaite, toujours la défaite et encore la défaite —ce qui n'empêche pas de chanter victoire, car au fond l'homme n'est réellement vaincu que par la mort— mais encore, uniquement parce qu'elle lui ôte tout moyen de proclamer contre l'évidence qu'il ne l'est pas. Alors, il s'est fait même un allié de la mort et il compte beaucoup sur elle pour lui donner toute la gloire que lui a refusé la vie.

PIERRE REVERDY,
Le livre de mon bord

... *Porque mulleres en las minas sembla cosa del dimoni e es provado que ningun profit se saca de hacerlas treballar allí. Al contrari, los celos y tropelías que con ello suceden sont de molt perill para tots.*

SHAMUEL DE CORCEGA,
*Verídica estoria
de las minas que la judería laboró
sin provecho en los montes de Axartel,*
Imprenta Capmany Soller, Mallorca, 1776

—Los días más insólitos de mi vida los pasé en Amirbar. En Amirbar dejé jirones del alma y buena parte de la energía que encendió mi juventud. De allí descendí tal vez más sereno, no sé, pero cansado ya para siempre. Lo que vino después ha sido un sobrevivir en la terca aventura de cada día. Poca cosa. Ni siquiera el océano ha logrado restituirme esa vocación de soñar despierto que agoté en Amirbar a cambio de nada.

Esas palabras del Gaviero me habían dejado pensativo. Como nunca fue hombre dado a confidencias de ese orden y sí al relato escueto de sus andanzas, sin sacar conclusiones ni derivar moral alguna, la evocación de sus días en Amirbar me causó especial curiosidad. Decaído como se encontraba, agotado por el largo tratamiento a que tuvo que someterse para terminar con la malaria que lo estaba matando, el Gaviero había dejado escapar palabras que abrían un resquicio revelador del oculto mundo de derrotas sobre el que solía ejercer una vigilancia inflexible. Las había pronunciado mientras tomábamos el sol en el patio de la casa de mi hermano Leopoldo en Northridge, en medio del verano transparente e interminable del Valle de San Fernando, en California. Era notorio que, con ellas, indicaba su deseo de abrir las compuertas a recuerdos por alguna razón guardados celosamente hasta ahora. Muchas habían sido, en el curso de nuestra amistad, las ocasiones en que gustaba referir episodios de su vida. Jamás había hecho mención de los días en Amirbar, ni sabía yo, entonces, a qué aludía con ese nombre.

En las semanas que siguieron nos contó, en efecto, mientras ganaba fuerzas para viajar a la costa peruana, sus experiencias de buscador de oro en la cordillera y el naufragio de sus miríficos proyectos en las intrincadas galerías de Amirbar. Pero antes de transcribirlas para mis lectores, no está de más que les relate las circunstancias de nuestro encuentro en aquella ocasión. Son tan características del talante y el destino de Maqroll que sería imposible dejarlas de lado. El atajo que debo tomar no es largo y, repito, creo que bien vale la pena recorrerlo para mejor provecho de lo que ha de venir después.

Cómo había ido a parar el Gaviero al cuarto de un infecto motel perdido en el trayecto más impersonal y sombrío de La Brea Boulevard fue lo primero que me pregunté en el camino. Estaba yo en Los Ángeles en un viaje de trabajo y pasaba buena parte del día en los estudios de Burbank. Una noche, cuando fui a retirar mi correspondencia en la recepción del Hotel Chateau Marmont, donde siempre me hospedaba cuando iba por razones de negocios, me entregaron un escueto recado, escrito en una hoja manchada de grasa y sin membrete: «Estoy en La Brea 1644. Venga tan pronto pueda. Lo necesito. Maqroll». Firmaba con una letra un tanto insegura que, al pronto, no reconocí. Subí a mi habitación para dejar unos papeles y salí de inmediato a ver a mi amigo. No solía enviar recados tan apremiantes y los temblorosos rasgos de su nombre indicaban que debía hallarse en un estado de salud más que precario. El número mencionado era el de un sórdido motelucho con una angosta entrada para autos que se prolongaba en una hilera de habitaciones con números pintados en tinta de un rabioso color limón. Tres o cuatro coches estaban estacionados frente a las habitaciones con luz en las ventanas. El Gaviero había olvidado indicarme el número de su cuarto, o quizá prefirió que hablara antes con el portero, recluido en un estrecho cubículo al comienzo de la fila de cuartos. Toqué en los vidrios y salió a abrirme un hombre corpulento y despeinado, vestido con una camiseta marrón y unos bermudas que le ceñían la cintura debajo de un prominente estómago de bebedor de cerveza. Hablaba un inglés menos que básico con marcado acento árabe. Una profunda cicatriz le cruzaba la cara desde el centro de la frente, descendía por la nariz y terminaba en medio de la barbilla. Mencioné el nombre de mi amigo y, en lugar de indicarme el número de su cuarto, me hizo pasar al reducido y maloliente espacio de lo que podía tomarse como su oficina. Entró de lleno en materia, sin siquiera presentarse: «Lo he estado esperando. Su amigo me dijo que se conocen desde hace muchos años. También yo lo conozco hace mucho y le debo varios favores. Pero el dueño de este lugar es un judío que no perdona ni entiende razones. Nuestro hombre debe ya tres semanas de renta y esta noche viene Michaelis a cobrar. Sería bueno que usted me diera el dinero correspondiente. No quiero mandar a la calle al Gaviero en el estado en que está. Son noventa y cinco dólares en total». Habló con más inquietud que brusquedad. Era claro que se hallaba entre la espada y la pared. Le di el dinero y, cuando me extendía el recibo, entró su esposa, una mujer también alta, que debió ser muy bella en otro tiempo pero cuya extrema delgadez y rostro macilento le daban un aspecto fantasmal. También hablaba con un fuerte acento del Medio Oriente. Me saludó con sonrisa desvaída y, en un francés un poco más fluido y comprensible que el inglés del portero, me comentó que se alegraba mucho de mi arribo. Mi amigo necesitaba con urgencia ayuda y la compañía de alguien. Me despedí de ellos y fui a la habitación que me habían indicado. Resultó ser contigua a la portería, pero, por vaya a saberse qué capricho, tenía el número 9.

La puerta no estaba con llave. Entré después de golpear con los nudillos y una voz apagada ordenó: «Pase, pase, no está cerrada». Allí yacía Maqroll el Gaviero, tendido en una cama con sábanas de un desteñido rosa en las que el sudor dejaba amplias manchas oscuras. El hombre temblaba violentamente. Los ojos desencajados y brillantes tenían una expresión agónica y desesperada. La barba de varias semanas, entrecana e hirsuta, contribuía aún más a darle un aspecto de fatal desamparo. La decoración del cuarto, con desvaídas reproducciones de desnudos femeninos y el imprescindible espejo frente al lecho, encima de un tocador adornado con polvorientos volantes también de color rosa, daba un toque entre patético y grotesco a la presencia del Gaviero en ese lugar. Me indicó con la mano que me sentara en la única silla de brazos, forrada en grasienta cretona de flores de color ya indefinido. La acerqué a la cabecera del lecho y tomé asiento, en espera de que pasara un poco el acceso de fiebre que le impedía hablar con claridad. Tomó de la mesa de noche un frasco de pastillas y se echó dos en la boca. Las tragó con un poco de agua que, con gran dificultad, se sirvió de una jarra que había en la misma mesa. Sus manos temblaban en tal forma que la mitad del agua se regó sobre las sábanas. Hice el gesto de ayudarle pero me rechazó con una sombra de sonrisa en los labios. Los dientes entrechocaban cuando intentaba hablar. Esperamos un rato en silencio mientras la medicina hacía efecto. Transcurrió un cuarto de hora o más y el temblor cedió paulatinamente. Cuando pudo hablar, su voz se escuchaba con mayor firmeza.

«Es una medicina muy fuerte que me deja casi más atontado que la fiebre —explicó—. Por eso no la tomo con la frecuencia que debiera. Vengo de Vancouver y quise demorarme aquí un par de días antes de seguir al sur. Quería ver a Yosip para convencerlo de que me acompañe en una empresa que voy a intentar en el Perú». Antes de que le preguntara quién era Yosip, el Gaviero prosiguió: «Yosip es el encargado de este motel. Fuimos compañeros en varias andanzas en el Mediterráneo sobre las cuales algo le he mencionado antes. Nació en Irak de padres georgianos. Ha sido de todo, desde mercenario en Indochina hasta proxeneta en Marsella. Es un hombre de carácter difícil pero noble y buen amigo. Supongo que debió darle un sablazo por el dinero que debo. No tuvo más remedio. Pero es persona muy de fiar y con la que se pueden pasar buenos ratos. Con un trago suelta la lengua y hay para rato escuchando sus historias. Bueno, pues me vino un ataque de malaria que me tiene en la cama hace mes y medio. Siempre llevo conmigo la medicina para controlar los efectos, pero ahora me descuidé y aquí me tiene. Estas fiebres palúdicas las pesqué en Rangoon, hace tanto que a veces pienso que fue a otro a quien le sucedió aquello. En Rangoon, metido en un negocio de madera de teca con unos socios ingleses más tramposos que un falso derviche. No saqué un centavo de todo ese esfuerzo. Gané estas fiebres y algunas teorías eróticas notables con una viuda, dueña de una precaria industria de inciensos para ceremonias religiosas en Kuala Lumpur. Ya le contaré un día. Vale la pena. Un médico de Belfast me recetó estas pastillas a base de quinina. Dan resultado pero me producen un dolor de cabeza insoportable y náuseas continuas. He sorteado las fiebres a base de este remedio, pero esta vez me ganaron la partida».

Le sugerí que antes de otra cosa debíamos llamar un médico. Las fiebres lo habían debilitado en tal forma que podían estar afectados órganos como el corazón y el hígado. No recibió la idea con mucho entusiasmo. Los médicos, comentó, le producían desconfianza y todo lo complicaban. Insistí y quedamos en que al día siguiente vendría con uno. Estuvo de acuerdo a regañadientes. Conversamos un rato más sobre viejos recuerdos y gentes cuyo trato habíamos compartido. Cuando iba a dejarle algún dinero para sus gastos más inmediatos, me dijo: «No, no me deje nada. Déselo mejor a Jalina: la mujer de Yosip. Ella me trae la comida y lo demás que necesito. Si lo deja aquí me lo roban. Hay un tráfico de putas y maricones que no cesa ni de día ni de noche y como tengo que dejar la puerta abierta porque cuando me vienen los ataques me da angustia estar encerrado, entran y se llevan lo que pueden. Así me he quedado sin ropa, sin zapatos, sin papeles. El pasaporte y el dinero para el pasaje en barco hasta Matarani los tienen los porteros. Allí están seguros. Algunas mujeres que vienen y se quedan conmigo se han llevado cosas como pago por sus servicios, el resto se lo llevan sombras que veo girar a mi alrededor cuando me vienen las fiebres».

Traté de tranquilizarlo diciéndole que, en adelante, yo cuidaría de que no lo despojasen más. Pero lo más importante era conocer el diagnóstico de un facultativo para saber cómo estaba y qué debía hacerse para sacarlo de esa situación. Me dio las gracias con una sonrisa que quería ser calurosa a pesar del temblor de los labios que de nuevo empezaba a manifestarse. Pasada la medianoche lo dejé semidormido, bañado en el sudor que empapaba las sábanas. Yosip y su mujer estaban cenando en la portería y les informé que al día siguiente vendría con un doctor. Les dejé el teléfono del hotel por si algo se ofrecía y algunos dólares para los gastos a que hubiera lugar. Me informaron que el Gaviero comía muy poco y se negaba a probar muchos de los platos que la mujer le preparaba. Había un acento de cariño y lealtad hacia Maqroll cuando lo mencionaban, más notorio en la mujer, que usaba al nombrarlo un diminutivo indescifrable. Me sonó a algo como «ruminchi» pero no quise preguntarle al respecto. Sentí que era como entrar en un terreno de intimidad que no me correspondía.

Al día siguiente me proporcionaron en los estudios el teléfono de un médico que prestaba sus servicios durante las filmaciones. Me comuniqué con él y resultó ser de nacionalidad uruguaya. Por teléfono se advertía en su voz una serena autoridad que me dio mucha confianza. Quedamos en que pasaría en la tarde a mi hotel e iríamos juntos a ver al Gaviero. A las seis en punto nos encontramos en el vestíbulo. Él iba a llamarme a mi habitación y yo había bajado para esperarlo. Era un hombre de estatura mediana, rostro sonriente con ojos expresivos, casi cubiertos por espesas cejas de un negro profundo, al igual que el grueso bigote que le daba un aspecto de bandido de zarzuela. Partimos hacia La Brea y, en el camino, le comuniqué algunos antecedentes sobre el Gaviero. Le conté de nuestra vieja amistad, su condición de errancia perpetua y algunas de sus más notorias originalidades de carácter. El médico comentó que esas enfermedades tropicales son desde hace años de curación más bien sencilla; pero cuando el paciente se descuida y suspende los tratamientos, creyendo que ya está libre del mal, se vuelven crónicas y afectan seriamente el bazo, el hígado y llegan a producir lesiones cardíacas serias. Entramos al motel y el doctor no pudo contener un gesto de extrañeza a pesar de que yo le había advertido las condiciones en que vivía mi amigo. Los porteros salieron a saludar y la traza de la pareja acabó de sorprenderlo. No hizo comentario alguno y pasamos al cuarto de Maqroll, que dormía en medio de ligeras convulsiones y una respiración entrecortada. Abrió los ojos y saludó con aire ausente.

Se sometió al examen con una paciencia resignada, poco usual en él. Escuchó las recomendaciones sobre el tratamiento que debía seguir con una sonrisa entre escéptica y cortés. Los nuevos remedios, según el médico, iban a hacerle un efecto benéfico en poco tiempo. Tendría, eso sí, que internarse en un hospital para poder tratarse en forma regular y controlada. Allí donde estaba era imposible hacerlo. Los ataques de fiebre lo dejaban largas horas inconsciente o adormilado y no tomaría las medicinas a su hora debida. A todo esto el Gaviero asentía sin oponer resistencia. Su única objeción fue de orden económico: no tenía un solo centavo y no veía cómo entrar a un hospital en tales condiciones. Le expliqué que yo me haría cargo de ello. Más tarde arreglaríamos cuentas. Se alzó de hombros y me dio las gracias fijando su mirada en una lejanía no por hipotética menos intensa y dolorida. Regresé con el médico al hotel para que recogiera su automóvil. Mientras recorríamos el interminable e insulso bulevar de Santa Mónica, el uruguayo guardaba un silencio que quería ser discreto pero que revelaba su imposibilidad de conciliar mi cargo, lleno de responsabilidades en países sudamericanos bajo mi cuidado, con la amistad de alguien tan ajeno al mundo de las grandes corporaciones del cine de Hollywood. Finalmente, y un poco con mi ayuda, se resolvió a preguntarme dónde había conocido a tan curioso personaje, con ese nombre imposible de identificar con nacionalidad alguna. Le respondí que habíamos hecho amistad durante uno de mis viajes de rutina por las Antillas en un buque cisterna de la Esso, cuando trabajaba para esa compañía. Maqroll era jefe de bombas y nuestra relación nació cuando lo vi abstraído, durante uno de sus ratos libres, en un erudito tratado sobre la Guerra de Sucesión de España. Entramos de lleno en materia, por ser ése un tema que también a mí me interesa, y coincidimos en el indudable derecho que cabía a Luis XIV de reclamar para su nieto el trono que dejaban vacío los Austrias.

Volvimos a encontrarnos en viajes posteriores y se nos hizo costumbre coincidir en los más inesperados lugares del mundo, según lo permitían nuestros sucesivos cambios de ocupación. «Nunca hubiera pensado que fuera hombre con inquietudes intelectuales —me comentó el médico con cierta cautela profesional—. Yo no lo llamaría en esa forma —le respondí—. La sola palabra intelectual le produciría al Gaviero un sobresalto mayúsculo. Es un hombre con profundas y muy sinceras curiosidades y un gusto muy personal por el pasado, que van parejos con una buena formación literaria, lograda al margen del mundo en donde suelen moverse los llamados intelectuales». No vi muy convencido al doctor, que aún no se reponía del encuentro con alguien como Maqroll. Le relaté en forma sucinta y superficial algunas anécdotas de la vida de mi amigo, que en nada contribuyeron a devolverle la tranquilidad. Cuando llegamos al hotel, me dio la dirección del hospital en donde podrían tratar al Gaviero y se despidió con cierta reserva.

Al día siguiente fui por Maqroll en una ambulancia. Apenas se podía tener en pie. Yosip y su mujer me interrogaron con angustia sobre lo que iban a hacerle a su huésped, por quien mostraban un caluroso interés que afloraba en la torpeza de sus preguntas y en la ansiedad de sus tímidas objeciones. Maqroll los tranquilizó diciéndoles que no era culpa de ellos el que tuviera que dejar el sitio, sino que se trataba de seguir un tratamiento muy riguroso y por esto era indispensable internarse en el hospital. Les di la dirección para que fueran a visitarlo. Cuando subían la camilla a la ambulancia, Jalina se agarró a mi brazo con súbita congoja y me repitió varias veces: *«S'il s'agit de le soigner, ça va. Mais vous êtes responsable si ça ne marche pas. C'est un ami comme il n'y en a pas d'autres».* La tranquilicé como pude y torné a confirmarle que era tan viejo y buen amigo suyo como podían serlo ellos; que no había nada que temer y todo iría bien. Ya nos veríamos en el hospital. Dos grandes lágrimas empezaron a correr por su rostro que guardaba todavía las proporciones y el porte de una altivez mediterránea. Yosip observaba la escena con esa tranquilidad felina que adquieren los mercenarios a fuerza de convivir con el dolor y la muerte. Mientras ascendíamos por La Brea para tomar el *freeway* a San Fernando Valley, en donde se encontraba el hospital, la sirena de la ambulancia se abría paso por entre el tráfico. Maqroll me miraba entre divertido y extrañado. Me comentó que sus amigos del motel, de tanto verlo sobrevivir a los más absurdos avatares, se habían formado una idea sobre él que no excluía cierta sospecha de inmortalidad. Verlo partir en una ambulancia rumbo al hospital era un golpe muy brusco a esa imagen que debía serles necesaria para seguir viviendo.

—Uno sirve a menudo de garantía contra la muerte y lo que hace en verdad es llevarla siempre a las costillas simulando ignorarla —comentó volviendo sobre una de sus más arraigadas obsesiones.

El tratamiento a que fue sometido Maqroll en el hospital con nombre bíblico y riguroso reglamento cuáquero empezó muy pronto a dar resultados. Los ataques de fiebre fueron espaciándose más y más y el Gaviero pasó muy pronto de la silla de ruedas a caminar lentamente por las avenidas del aséptico jardín cuyas flores parecían de plástico, como también los naranjos cargados de frutos de un improbable amarillo. Solía visitarlo al final del día, cuando terminaban mis tareas en los estudios y durante las tardes de los sábados y domingos. De vez en cuando me encontraba con el portero y su mujer. Su desconfianza hacia mí había dado paso a una cordialidad un tanto brusca y conmovedora. La recuperación del Gaviero los había tranquilizado, como también algunas aclaraciones que aquél debió hacerles sobre nuestra relación.

Un sábado fui a visitarlo en la mañana y encontré que había reunido sus pocas pertenencias en una bolsa de mano de las que obsequian las líneas aéreas. Mostraba haber sido sometida a viajes mucho más arduos que los que suelen hacerse en avión. Maqroll me esperaba sentado en una silla y todo en él mostraba una impaciencia, una inquietud nada usuales. Antes de que pudiera preguntarle qué sucedía, el Gaviero se apresuró a explicarme: «Esta mañana, muy temprano, el doctor llamó para autorizar mi salida. Ayer tuvimos una larga entrevista y llegó a la conclusión de que el ambiente, impersonal y funerario, de estas instituciones me estaba haciendo más daño que las fiebres. Ya sabe que los hospitales no han sido nunca mis lugares favoritos. Ni cuando estuve en ellos como vigilante, en el Hospital de la Bahía, ni en el de los Soberbios* pude librarme de esa sensación de antesala de la muerte que tienen estos edificios, así sean tan suntuosos y con pretensiones de hotel de lujo como éste. Así que me voy. Usted me dijo que hoy vendría y aquí me tiene listo para regresar al motel o a cualquier sitio que no tenga nada que ver con médicos ni enfermeras». No me sorprendió la decisión de Maqroll de abandonar el hospital. Ya había venido notando su rechazo al ambiente que lo rodeaba y su deseo de abandonarlo tan pronto estuviera medianamente repuesto. Sin embargo, para estar más seguro, resolví hablar con el médico y conocer su opinión con más detalle. Le hablé por teléfono desde la habitación y me dijo que, en efecto, pensaba que mi amigo podía dejar la clínica pero era aconsejable que descansara en un ambiente familiar, tranquilo, muy diferente al del motel de donde lo habíamos rescatado en buena hora. Así se lo comenté al Gaviero y le propuse que aceptara quedarse unos días en casa de mi hermano, en el clima privilegiado del Valle de San Fernando, donde él vivía, no lejos de la Universidad de Northridge con sus extensos naranjales y sus blancos edificios silenciosos. Aceptó un tanto a regañadientes. No quería molestar en casa ajena, su presencia iba a romper la rutina de los dueños; a los cuales, además, no conocía. Lo tranquilicé aclarándole que ellos estarían encantados de acogerlo en su casa, no tenían hijos y eran personas acostumbradas a tratar con amigos de existencia tan dispar y accidentada como la suya.

La vida en la casa de Northridge entró muy pronto en un cauce de franca familiaridad. El Gaviero estaba encantado con mi hermano, con quien discutía largamente sobre las distintas

---

* *Summa de Maqroll el Gaviero. Reseña de los Hospitales de Ultramar*, Lumen, 2023, págs. 111 y 121.

clases de whisky y las ventajas de los densos frente a los ligeros, que consideraban buenos para hipócritas que no saben disfrutar un buen escocés y desean aparentar que lo toman con mucha agua. La esposa de mi hermano trataba de compensar estas elucubraciones con suculentos platos de su repertorio, entre los cuales destacaban un pollo en salsa de champiñones y una lengua alcaparrada que Maqroll elogió con sincero entusiasmo. Yo los visitaba los días que me quedaban disponibles, después de trabajar en los estudios y, desde luego, los fines de semana, que pasaba en su compañía. Maqroll se reponía a ojos vistas y comenzaba a mencionar con mayor frecuencia sus planes de explotar la cantera en la costa peruana. De nuevo empezaba a hervir en él la fiebre trashumante.

Un día, cuando saboreábamos unos pollos a la brasa preparados en la parrilla del patio, al pie de la piscina, regados con un Beaujolais joven, que conseguí de casualidad en un almacén de licores de Burbank, a mi cuñada se le ocurrió preguntarle a Maqroll cómo era posible que a un hombre de mar como él pudiera interesarle una empresa tan de tierra adentro como lo eran esas canteras. ¿Quién lo había encaminado a semejante empresa que para nada se avenía con su vida y sus andanzas anteriores? Allí, agregó ella, podían esperarle días muy difíciles. El Gaviero permaneció en silencio un largo rato. Yo estaba acostumbrado a tales ausencias, pero los dueños de casa aún se sorprendían al ver cómo mi amigo podía perderse en la intrincada red de sus recuerdos y en la oculta familiaridad con los demonios confinados en los más abstrusos rincones de su ser. Maqroll nos miró por fin como si regresara de un viaje inconcebible. Fue entonces cuando dijo aquello de sus insólitos días en Amirbar. Jamás, como ya lo dije, había escuchado de sus labios ese nombre. No sabía lo que significaba, ni tenía a mi juicio relación con ninguna de las historias que me relatara en el curso de nuestra vieja amistad. «¿Qué es Amirbar? ¿Qué significa esa palabra?», preguntó mi hermano Leopoldo sin saber que Maqroll, al responderle, iba a revelar una torturada porción de sus recuerdos, hasta entonces incógnita para nosotros.

Ese día no estaba el Gaviero en ánimo de extenderse sobre el asunto. Se limitó a responder, con la mirada todavía turbia de añoranza y desconsuelo: «Amirbar era el nombre del ministro encargado de la Flota en el reino de Georgia. Supongo que viene del árabe Al Emir Bahr. Otro día les contaré lo que viví en ese sitio y en otros parecidos, presa del delirio arrasador que la gente llama con ligereza la fiebre del oro».

Como todo lo suyo, la narración de su pasado estaba sometida a una compleja alquimia de humores, climas y correspondencias, y sólo cuando ésta se daba plenamente se abrían las compuertas de su memoria y se lanzaba en largas rememoraciones que no tenían en cuenta ni el tiempo ni la disposición de sus oyentes. Pero también es cierto que, para éstos, la experiencia acababa en una suerte de encantamiento que disolvía la cotidiana rutina de sus vidas.

En la tarde de un domingo, uno de esos días en que el verano de California parece tener una condición de eternidad, como si se hubiera instalado para siempre en medio del sosiego ardiente que llegaba a producir el vago temor de hallarnos ante un fenómeno sobrenatural, se me ocurrió proponer que probáramos un Old Fashioned cuya fórmula venía ensayando con resultados que me ofrecían ya una confianza casi absoluta. Se trataba de reemplazar el bourbon por ron de las islas auténtico y de agregar a éste, además de los otros ingredientes, un poco de oporto. Todos estuvieron de acuerdo en que nos lanzáramos al ensayo, si bien noté en el Gaviero un ligero gesto de incertidumbre. Esto no era nuevo para mí ya que, en muchos de nuestros encuentros, él, siempre ortodoxo en relación con el alcohol, no acababa de aprobar mi manía herética de modificar las fórmulas consagradas. El coctel resultó un éxito. La luz comenzaba a hacerse más tenue y aterciopelada y un tímido ensayo de brisa desalojó el calor de desierto libio que había reinado todo el día. Eran ya casi las ocho de la noche pero había luz para rato. Hablábamos de puertos y Maqroll terminó de narrarnos su encuentro con un guardacostas portugués que quiso detenerlo frente a Oporto. Llevaba contrabando, como era obvio, y Abdul

Bashur, su socio, lo esperaba en el puerto con la ansiedad que era de suponer. Se había librado a último momento, pretextando una avería que no daba espera. Al terminar su relato, mi amigo entró en uno de sus pozos de silencio, mientras saboreaba mi fórmula con vaga sonrisa aprobatoria. De repente, se nos quedó mirando como si nos viera por primera vez y dijo:

«Pues esto de las minas de oro es algo sobre lo cual no se puede hablar a la ligera. Es como un lento veneno que nos va invadiendo y del que sólo nos damos cuenta cuando ya es muy tarde. Como un opio furtivo o como esas mujeres en las que, al comienzo, no paramos mientes y, luego, hacen de nuestra vida un infierno ineludible. La primera vez que oí hablar de minas de oro fue por una alusión de mi querido Abdul Bashur, que los dioses tengan a su vera. Me propuso ir a una propiedad de su familia en las montañas del Líbano, en donde, al parecer, habían encontrado rastros de mineral aurífero. Estábamos, entonces, en pleno negocio de contrabando de alfombras, que vendíamos en Suiza a un grupo de arquitectos decoradores, y nos dejaba muy buenas ganancias. Nuestra amiga Ilona servía de intermediaria con los suizos y nosotros nos encargábamos del tráfico y compra de la mercancía. Nada fácil por cierto. La propuesta de Bashur de ir a las minas quedó en el aire y no volvimos a pensar en el asunto. Años después, en Vancouver, cuando buscaba desesperadamente la forma de salir de allí y esperaba a mi amigo el pintor Obregón que me había prometido ir en mi auxilio, me dediqué a recorrer tabernas y bares del puerto en busca de alguien con quien dialogar un poco sobre las cosas del mar y compartir el más tolerable de los *whiskies* canadienses. Allí encontré un viejo gambusino que había recorrido los más variados lugares del globo en busca del yacimiento que lo sacara de pobre. Le mencioné, como pretexto para continuar la conversación, lo que Bashur me había comentado años atrás. "No —me dijo—, en el Líbano no hay nada. Nunca ha habido nada. Ésas son leyendas que corren para amedrentar a los drusos, que son los dueños y señores de la región montañosa y sirven de excusa para desalojarlos de los lugares en donde pastan sus ganados. Es una historia muy complicada. Pero no, no hay nada. Donde sí puede encontrarse todavía oro con relativa facilidad es en las estribaciones de los Andes. Hay que buscar allí las minas abandonadas y volver a intentar el ponerlas a producir". Mi interlocutor se lanzó luego a una larga disertación sobre permisos gubernamentales, derechos del beneficio minero y, finalmente, sobre las casi palpables e inmediatas posibilidades que había allí de encontrar oro. Yo desconocía aún la capacidad, casi inagotable, de estos soñadores, víctimas irredentas de una ansiedad voraz que los corroe y les hace ver espejismos como realidades al alcance de su mano. De Vancouver viajé hasta Baja California y allí me dediqué al cabotaje en el golfo de Cortés, en un barco del que terminé siendo socio con dos oscuros personajes de ascendencia croata que acabaron dejándome en la miseria. Volví, entonces, a recordar las palabras del gambusino canadiense y con el poquísimo dinero que me quedaba resolví emprender la búsqueda de minas abandonadas en el macizo central de las tres cadenas de montañas en las que los Andes van a morir frente al Caribe.

»Bajé por el río hasta el centro del país y en las estribaciones de la cordillera comencé a recorrer los pueblos en donde la tradición de la minería se conservaba aún viva. A fin de familiarizarme con el ambiente de las minas, acepté el cargo de cuidador de unos socavones abandonados a orillas del río Cocora*. En otro lugar narré las visiones, terrores y desencantos que me proporcionó esa prueba. Tal vez en ese relato la fantasía ocupe un lugar preponderante, pero ello se debe, sin duda, a que fue mi primer contacto con un ambiente tan distinto y ajeno al que me ha sido familiar toda la vida, que es el del mar, los navíos y los puertos. De Cocora salí ya preparado para emprender una exploración, a fondo y por mi propia cuenta, de una mina de oro registrada a mi nombre. Tras algunos meses de búsqueda llegué al fin a una pequeña población llamada San Miguel, en donde se hablaba todavía de una mina de oro cuyas

* Véase *La Nieve del Almirante*, Alfaguara, 2023, p. 115.

primeras galerías las había excavado un grupo de alemanes. El nombre de la mina atrajo mi atención, se llamaba La Zumbadora. La gente de Hamburgo había, al parecer, encontrado varias afloraciones de un filón que, al principio, prometía muchísimo. Luego perdieron la esperanza de hallarlo de nuevo y abandonaron el lugar dejando allí herramientas y maquinarias inservibles. Años después, unos ingleses, asociados con ganaderos del lugar, hicieron otro intento de exploración. Tuvieron más suerte que los alemanes y parece que lograron cantidades de oro bastante apreciables. Vino entonces una de las tantas guerras civiles que son endémicas en la región y los propietarios de la mina, junto con los ingenieros y peones que trabajaban en ella, fueron fusilados en uno de los socavones, con el pretexto de que allí almacenaban armas para la insurgencia. Para desaparecer los cadáveres fue dinamitada una galería y el lugar se convirtió en motivo de leyendas de aparecidos. De vez en cuando, alguien subía con intenciones de escarbar en las entrañas de la mina, pero se le veía al poco tiempo descender al pueblo contando historias escalofriantes nacidas, seguramente, del deseo de ocultar su fracaso.

»En San Miguel había un café cuyo dueño era también propietario, en el segundo piso, de algunas habitaciones que solía arrendar a quienes visitaban el lugar: ganaderos en busca de tierras, colectores de impuestos, culebreros vendedores de drogas milagrosas que los domingos se enroscaban al cuello una enorme serpiente semianestesiada y se subían a un cajón para hacer el relato de sus andanzas y el hallazgo consiguiente de la medicina que todo lo curaba. El café, como todos los de la región, era atendido por mujeres, todas de formas opulentas y trajes ceñidos que dejaban ver buena parte de los muslos. Me pareció curioso ver que al café sólo entraban hombres. Algunas esposas o amantes de los parroquianos esperaban en la calle para llevarlos a la casa cuando el aguardiente, después de muchas horas, los dejaba en estado de arrasadora embriaguez. El conductor de un vehículo mixto de pasajeros y carga, que allá suelen llamarse "chivas", con el que recorrí los trescientos kilómetros que separan San Miguel de la capital de provincia, y con quien había establecido una relación muy cordial —era un hombre de esos que aúnan el carácter festivo y llano de la gente de tierra caliente con una inteligencia natural tan notable como infalible—, me puso en relación con el dueño del café, a quien me recomendó muy especialmente. En el trayecto me habló de La Zumbadora y de las consejas que se tejían sobre ella. Cuando le pregunté si pensaba que aún podría encontrarse oro allí, me contestó: "Encontrarse se puede encontrar seguramente, lo jodido es buscarlo y para eso hay que tener la cabeza muy serena. Porque el que busca oro siempre acaba medio loco. Ahí está el problema". Poco tiempo después recordaría las palabras de Tomasito, que así llamaban a mi amigo, y podría medir toda la verdad que encerraban. Me instalé en una habitación que daba a la plaza del pueblo. Pronto tuve que acostumbrarme al estruendo de voces, vajilla lavada y vasos golpeando en las mesas de latón esmaltado que subía del café hasta muy entrada la noche. Una victrola molía incansablemente tres o cuatro discos, siempre los mismos, cuyas canciones, lamentando la traición de una mujer o su inesperada huida, apenas eran audibles en medio del bullicio. Buena parte del tiempo la pasaba sentado en una mesa del fondo a la que me llevaban, con pausada regularidad, una cerveza floja y de sabor ligeramente medicinal que se anunciaba por caminos y ciudades con un nombre de origen teutón que prometía algo mejor. Allí acabé de informarme sobre La Zumbadora y sus historias de espantos y visitaciones. También fui creando lazos con algunas de las meseras que, cuando escaseaba la clientela, se sentaban a contarme su vida y a pedirme consejo sobre sus amores y tropiezos. Había en todas ellas un inusitado fondo de inocencia que para nada correspondía con la falda corta y ceñida, el maquillaje chillón y el desplazarse entre las mesas contoneando las caderas y exhibiendo el escote que atraía siempre los comentarios salaces de la clientela de machos en estado de ebriedad, alejados de sus casas, perdidas en la bruma de la cordillera. No eran mujeres que se entregaran fácilmente. Para lograrlo había que realizar un largo y convincente cortejo que acogían con una mezcla de escepticismo campesino y aguda malicia de quien ha tenido ya que sortear los malos pasos de una vida al margen de las convenciones, que seguían respetando y a las que soñaban volver para disfrutar de una estabilidad que, en el fondo, representaba la máxima aspiración de sus vidas. La primera vez que invité a una mesera a que me acompañara a mi habitación me respondió sin enojo pero con acento terminante: "Mire, mijo, yo no soy puta ni pienso serlo nunca. Si me ve trabajando aquí es porque tengo que sostener un hijo que tuve con un teniente de la Rural. Al pobre lo mataron los de la CAF y no alcanzamos a casarnos. A lo mejor ni lo hubiera hecho, pero me lo había prometido. Usted se ve buena persona y se me hace que ha andado mucho mundo. Le doy un consejo: si alguna vez quiere de veras tener relación con alguna de nosotras, tiene que ponerle mucho cariño al asunto. Sólo así, y tampoco le puedo asegurar que tenga éxito. ¿Le traigo otra cervecita?". Era tan directa y clara la puesta en orden que me había dado la mujer que para seguir conversando con ella le pedí otra cerveza, aunque cada vez que terminaba una botella del insípido brebaje me prometía no repetir. Conversamos largamente y resultó ser una fuente de información bastante valiosa. Sus padres vivían no muy lejos de los socavones de La Zumbadora, que ella conocía muy bien. Era una mujer alta, de piernas y brazos delgados y nervudos, pechos pequeños y firmes, caderas estrechas y prominentes nalgas de adolescente. El rostro, también delgado, mostraba una barbilla alargada y un labio inferior carnoso que le daba un aire vago de infanta española que se desvanecía de inmediato en la expresión desorbitada de unos ojos color tabaco oscuro y las cejas renegridas y espesas que casi se confundían con el nacimiento del pelo, alborotado y crespo, dejando apenas espacio para una frente ligeramente hundida que le añadía un aspecto inquietante, por entero en desacuerdo con su carácter jovial y un marcado sentido del humor que dosificaba con su conocimiento de los hombres, adquirido más en su oficio de mesera que en el lecho. Nuestra amistad llegó a ser muy firme y no se nos ocurrió transformarla en otra cosa. A menudo, cuando advertía que yo estaba abstraído en la lectura de algunos de los libros sobre mineralogía que llevaba conmigo o en cualquier otro de los que siempre me acompañan, se sentaba a mi lado en espera de la llamada de algún parroquiano.

»De paso por Martinica, camino a mi aventura de minero, había adquirido a bajo precio en una librería de lance de Pointe à Pitre, algunos tratados que pensé podían serme útiles: *Géologie Moderne*, de Poivre D'Antheil, *Minéralogie Appliquée*, de Benoit-Testut y *L'Or, le Cuivre, l'Argent, le Manganèse*, un fatigado mamotreto de fines del siglo XVIII escrito por un tal Lorenzo Spataro, lleno de buen sentido y de observaciones tan sensatas como fáciles de aplicar. Para aliviar la aridez de estas lecturas, traía conmigo un libro que me proporcionaba un placer indecible, era *Les Guerres de Vendée*, de Émile Gabory. Esta obra, de una riqueza documental y de una clara inteligencia para presentar los personajes y hechos de la época que evocaba, muy difíciles de encontrar en obras de una abrumadora pesadez académica, me introducía en los laberintos de la historia con la amable ligereza con la que deben contarse las anécdotas galantes. La gesta de la Vendée me ha atraído siempre en forma singular. Constituye la respuesta del más lúcido y exquisito de los siglos de la Europa Occidental, a la brutalidad de un carnaval sangriento que desembocó en el sombrío y mezquino siglo XIX. "Qué tanto lee usted, carajo. Se va a volver ciego. Yo creo que los libros no sirven sino para confundirlo a uno", me reprochaba mi amiga Dora Estela, más conocida como "la Regidora". Respecto a los tratados sobre minería me fue fácil decirle para qué servían, pero sobre el otro volumen tuve que contentarme con una vaga alusión que la dejó harto descontenta. "Si todo eso pasó ya y todo el mundo está enterrado, de qué sirve hurgar en esa huesamenta. Ocúpese de los vivos, más bien, a ver si logra algo". Le indiqué que los vivos suelen estar a menudo más muertos que los personajes de esos libros y que estaba tan convencido de eso que ya ni siquiera podía escuchar con atención a mis semejantes porque me daba miedo despertarlos. "Bueno, en eso sí tiene razón. Las pendejadas de la gente cansan más que lo que los muertos quieren decirnos a veces". Así era la Regidora; qué mujer. Si le hubiera hecho caso, cuántas horas amargas me hubiera evitado.

»Un día en que comencé a pedirle detalles más precisos sobre la mina, me contestó: "Mire, lo mejor que puede hacer es subir y conocerla. Yo no puedo saber lo que usted necesita. Pero, ahora que me acuerdo, un hermano mío que vive cerca de mis padres acompaña a los gringos que suben de vez en cuando a recorrer las galerías y se queda con ellos por semanas, hasta que se aburren y se van. Eulogio viene la semana entrante con un ganado para la capital. Se lo voy a presentar y a pedirle que lo acompañe. Es muy callado, porque lo espantaron de niño, pero es muy entendido y tiene fama de derecho. No se asuste si a veces no le contesta. Al rato le va a responder con seguridad. Téngale paciencia". Por mi parte, yo también había llegado a la resolución de subir a la mina y ver qué aspecto tenía. Los manuales, escritos con la claridad y el rigor de todo texto de estudio publicado en Francia, me habían dado ya bases para poder examinar el lugar y sacar conclusiones sobre su posible explotación. El ofrecimiento de Dora Estela venía a concretar mis planes felizmente, porque la ayuda de un baquiano en la región me facilitaría mucho la tarea. Convinimos en que me avisaría de la llegada de su hermano y me pondría de inmediato en contacto con él. Imaginé cuál podría ser el aspecto de ese hermano de la Regidora. Si se le parecía, era de esperar que tuviera un rostro de trabucaire propio para imponer miedo al más templado».

La noche llegó sin que nos diéramos cuenta. El cielo conservaba una especie de luminosidad difusa, como la del firmamento en el verano del océano Índico. La brisa que nos trajo alivio al comienzo del relato del Gaviero se había retirado y el calor tornaba a reinar en medio de esa quietud magnífica que precede a ciertas ceremonias. Pregunté si alguien quería otro de mis Old Fashioned con oporto y el rechazo fue tan cortés como unánime. Maqroll expresó su deseo de continuar con bourbon puro y los dueños de casa se pasaron al vino blanco frío. Seguí el ejemplo del Gaviero y nos dispusimos a escuchar la continuación de su relato.

«Hasta ese momento —prosiguió—, mi interés por las minas de oro era puramente especulativo. Es decir, me interesaban como exploración de un mundo que me era extraño. Esa clase de desafíos son los que me permiten todavía seguir viviendo sin buscar la puerta falsa. El mar me los ha ofrecido siempre y puede ser con ellos de una generosidad devastadora. Por esto, cuando estoy en tierra, padezco una especie de desasosiego, de limitación frustrante, casi de asfixia, que desaparecen tan pronto subo la escalerilla del barco que va a partir conmigo en alguno de esos viajes inauditos en donde la vida acecha como una loba hambrienta. Cuando era joven, entré como gaviero en la tripulación de un ballenero islandés que nos contrató en Cardiff. Su gente venía enferma por una intoxicación con alimentos descompuestos. La lección del mar, las largas horas que pasé trepado en la parte más alta de la gavia escrutando el horizonte, todo eso fue para mí de una plenitud que me colmaba tan intensamente que nada, después, ha vuelto a darme tal sensación de libertad sin fronteras, de disponibilidad absoluta. Pero algo de eso regresa siempre que estoy en un barco, así sea sepultado entre la grasa y el calor infernal del cuarto de máquinas. Ustedes se preguntarán, entonces, qué podía atraerme en este asunto de las minas tierra adentro. Bien, es muy fácil de entender: se trataba de un último intento de hallar en tierra así fuera una pequeña parcela de lo que el mar me proporciona siempre. Ahora sé que era inútil y que perdía el tiempo. Entonces no lo sabía. Mala suerte. No crean que estoy magnificando la vida en el mar. El trabajo en un navío puede ser una prueba agotadora, es más, casi siempre lo es. Así sea en un oficio como el que tuve con Wito en el *Hansa Stern**, donde tenía que llevar los libros de a bordo, el mar no suele permitir una tarea fácil. Allí también me las vi negras sorteando tifones en el golfo de México con el barco mal cargado y Wito inmerso en un absorto mutismo de mal presagio. Bueno, pero volvamos a la historia de La Zumbadora, porque si pierdo el hilo voy a parar quién sabe adónde.

»El hermano de Dora Estela llegó a San Miguel con el ganado que iba a subir en dos camiones que lo estaban esperando desde el día anterior. Se hospedó en la habitación contigua a la mía y allí se encerró con su hermana por largo rato. Escuché las voces de una discusión violenta y luego un llanto sostenido que parecía no terminar nunca. Bajé al café para esperarlos allí. No quería ser involuntario testigo de sus dramas familiares. Una hora después entraron y fueron directamente hacia mi mesa. Ella tenía los ojos irritados y las lágrimas le habían corrido la pintura dejando en las mejillas una sombra negra que la envejecía. Sin embargo, la vi serena, como si hubiera logrado poner en orden algo que la atormentaba de tiempo atrás. El hermano, contra mis conjeturas, en nada se le parecía. Era un mozo de estatura mediana, con ciertos rasgos europeos que hacían pensar en alguien que tuviese sangre asturiana. Los ademanes lentos denunciaban una fuerza física excepcional. Un aire de bondad, de bonhomía más bien, no lograba avenirse con esa soberbia energía muscular que, al pronto, se antojaba inútil y ajena a su carácter. Nos saludamos y en el apretón de manos me transmitió una cordialidad espontánea que, al tratar de expresarse en palabras, se quedó en algunas musitadas por lo bajo e imposibles de entender. La Regidora le contó de qué se trataba. Por sus frases me di cuenta de que algo habían conversado ya del asunto. Me inquietó que éste fuera el motivo de la disputa pero, como si hubiese leído mis pensamientos, la mujer se apresuró a tranquilizarme: "Eulogio también confunde mi trabajo con la forma de vestirme. Siempre trata de que regrese a

---

* Véase *Ilona llega con la lluvia*.

casa y deje este lugar. No hay manera de que entienda que aquí tengo menos peligro de llevar una vida indigna. Allá arriba cada peón se siente con derecho a revolcarme en el suelo como si fuera de su propiedad. Siempre creo que me ha entendido y, siempre que regresa, viene con el mismo cuento. Bueno, volvamos a lo de la mina. Dígale al señor —agregó dirigiéndose a su hermano— lo que puede hacer por él, si es que quiere hacerlo. Ya le dije que es una buena persona y puede confiar en él". El hombre se me quedó mirando y sentí como si tuviera que hacer un esfuerzo para poner en orden lo que iba a decir; pero cuando comenzó a hablar lo hizo con fluidez y claridad. "La mina tiene oro, señor —dijo—, de eso no hay duda. Lo que pasa es que la gente que ha venido a intentar reabrirla quiere tener resultados de inmediato y eso no es posible tal como quedó todo después de la voladura que hicieron los de la Rural. Parece que el filón está sepultado justamente allí. Es cosa de paciencia. Yo no sé mucho de minas pero he acompañado a algunos que sí parecían expertos. Por lo que les he oído, sería cosa de quedarse allí y examinar con cuidado cada galería de las que aún quedan en pie para ver si se encuentra algún afloramiento. Yo lo acompaño con mucho gusto. Tengo sólo que embarcar este ganado y arreglarme con los choferes, después pongo un telegrama a la ciudad para anunciar el envío y podemos subir. Esto me toma un día y medio o dos. Usted dirá". Le respondí que por mí no había inconveniente y que estaba listo a acompañarlo en cualquier momento. Le hablé de honorarios y no me contestó nada. "No se ocupe de eso, señor —intervino su hermana, que tenía largo entrenamiento en llenar los vacíos de Eulogio—. Él lo hace porque sabe que usted y yo somos amigos y eso basta". Le contesté que de ninguna manera quería ocuparlo sin reconocerle el salario que le correspondía. No me parecía justo. Yo pensaba, además, contar con él por todo el tiempo que fuera necesario y esto tenía un precio. "Si usted me permite —intervino Eulogio sin inmutarse por su larga pausa—, esperemos a que visite la mina y haga sus cálculos de tiempo y trabajo y entonces hablamos. Estoy de acuerdo en que fijemos un salario, pero es mejor que lo hagamos después. Allá se dará cuenta de por qué se lo digo".

»No era muy tranquilizante esta prudencia de Eulogio en establecer sus responsabilidades. La maldita mina debía guardar más de una mala sorpresa. Dora Estela comenzó a limpiarse la cara y arreglar su maquillaje e iba a decir algo cuando un cliente la llamó desde la otra mesa. En su ausencia acordé con su hermano que saldríamos dentro de dos días. Le pregunté qué debía llevar y me dijo que, por ahora, dejara mis cosas al cuidado del propietario del establecimiento. Podía confiar en él. "Lleve lo puesto y dos mudas más. Después regresa por el resto. Si se anima a trabajarle al asunto, tendrá que comprar algunas herramientas y gestionar en la Gobernación el permiso para explotar la mina. No pida todavía la adjudicación. Eso es más complicado y no sabemos si vale la pena". Le pregunté si esas gestiones eran muy engorrosas y me tranquilizó: "A nadie le importan aquí esas vainas —comentó—. Ahora que acabaron con las CAF, están apareciendo otros grupos y eso es lo que en verdad les importa". Le pregunté qué eran las famosas CAF que había oído mencionar antes y comentó en tono un tanto irritado, tras una larga pausa que pensé terminaría por ser un silencio completo: "Ay, mire, mi don, esa gente toda está loca. Las CAF son las Compañías de Acción Federal. Es un grupo de desesperados que no creo que sepan lo que quieren. Arrasan con todo, se enfrentan al ejército hasta que los copan, matan ganado y gente sin motivo ni sistema alguno y desaparecen en el monte. Quién les paga, quién los arma, eso nadie lo sabe. Parece que, por lo menos por aquí, ya los exterminó el ejército. Pero no tardarán en aparecer otros. Es como una plaga. Llevamos más de treinta años en esto y no tiene visos de terminar. Bueno, en eso quedamos, yo me voy a ver si embarco esas reses pronto y aquí nos vemos más tarde". Se puso de pie y me estrechó la mano con la misma cordial energía de antes. Era como si no estuviera acostumbrado a manifestar sus sentimientos con las palabras y lo hiciera con el gesto. Al pasar junto a su hermana, que estaba en el mostrador esperando que le sirvieran la orden de un cliente, le pasó el brazo por los hombros y le besó la mejilla como si se tratara de una niña que estaba destinado a proteger. Ella le sonrió con una expresión en donde afloraba aún un vago rictus de llanto. Sin saber muy bien por qué, la escena me conmovió hondamente. Era como sentir dentro de mí la lucha de esos dos hermanos contra un mundo adverso en donde la crueldad y la saña eran, al parecer, el pan de cada día. Dora Estela vino a conversar conmigo, de pie, con la mano apoyada en la mesa que ostentaba en rabiosos colores una publicidad de la famosa cerveza que estábamos obligados a consumir. "¿Cómo le pareció?", me preguntó intrigada. "Muy bien —le contesté—, se ve un tipo derecho que conoce bien La Zumbadora y su historia. Creo que me va a ser muy útil. Estoy muy contento de contar con su ayuda. No se parecen ustedes mucho. Nadie diría que son hermanos". Ella sonrió, sin lograr que su ceño de contrabandista vasco se atenuara un poco. "Sí —comentó—. Él es el buen mozo de la familia. Salió a mi madre que, según dice ella, desciende de españoles. Su apellido es Almeiro y nadie se llama así por estos lados. Yo salí a mi padre. Qué le vamos a hacer". Le respondí que no creía que en el reparto hubiera sido la menos favorecida y se alzó de hombros al tiempo que regresaba al mostrador luciendo en el andar la doble y bien delineada firmeza de sus nalgas de gimnasia.

»Partimos a la madrugada, cuando el sol aún no había salido y se anunciaba apenas en una franja de tenue color naranja que destacaba el borde de la cordillera. Ustedes habrán experimentado muchas veces esa vaga ansiedad que se siente al partir a tales horas hacia un lugar que no conocemos. Esa oscuridad opalina del amanecer en el trópico tiene un no sé qué de inquietante. Las cosas, el mundo y sus criaturas, carecen de un perfil definido, de una presencia palpable y parecen acercársenos con fines invocatorios que pertenecen más al ámbito del sueño que no acaba de abandonarnos por completo. Eulogio, con sus transidos silencios, contribuía no poco a esa extraña impresión. Me prestó una yegua mansa y él subió en un caballo castigado por muchas jornadas en los empinados caminos de la cordillera.

Hasta muy entrada la mañana subimos, en efecto, por un camino que, en la estación de las lluvias, debía convertirse en torrente caudaloso. Las grandes piedras del lecho dificultaban notablemente la subida. Pero, hacia el mediodía, cuando pensé que continuaríamos hasta alcanzar el páramo, que ya se divisaba con sus jirones de niebla corriendo por entre la erizada vegetación de las alturas, comenzamos a descender por un trayecto en zig-zag, aún más escarpado y difícil para el paso de las bestias. Le pregunté a mi guía cómo era que ellos hablaban de subir a la mina si lo que estábamos haciendo era descender hacia una hondonada cuyo fondo estaba oculto por la vegetación y la espesa neblina. "Como al principio se sube durante tantas horas, la gente se acostumbró a decir así. En verdad la mina está en el fondo de esa cañada. No lejos de ella tenemos sembrado un pequeño cafetal a orillas de la quebrada. El ganado lo subimos a pastar a los planes de Acure". Seguimos bajando hasta casi entrada la noche, que por esos parajes irrumpe muy temprano y de repente. Al llegar al lecho de la quebrada que corría en el fondo de la garganta, seguimos su curso internándonos en una espesura donde reinaba un calor húmedo cargado con el denso ambiente de aromas vegetales evocadores de lo que debió ser el sexto día de la creación. De vez en cuando venían hacia nosotros nubes de luciérnagas de un ligero tono azulenco y se perdían a nuestras espaldas entre las lianas y parásitas que colgaban de los grandes árboles. Los grillos y las ranas no cesaban de lanzar sus señales tercas, pautadas y exasperantes. Daba la impresión de que anunciaban nuestro arribo a alguien oculto allá en el fondo de la cañada. Por fin, muy entrada la noche, porque el tránsito por esa foresta intrincada estaba marcado apenas por una trocha difícil de seguir en la oscuridad, llegamos a un lugar en donde el agua se remansaba dejando oír el ronco borboteo de su descanso en un claro del bosque. En la orilla se podía distinguir una cabaña con el techo semiderruido, invadida por una enredadera cuyas flores, de un azul intenso, cubrían la construcción produciendo un efecto, que la luz de la luna hacía aún más elocuente, de algo logrado a propósito con un gusto que bordeaba la cursilería. "Aquí nos quedamos, mi don —indicó Eulogio—. La mina está aquí atrás, al pie de la cuchilla. Mañana la veremos. Ahora hay que descansar". Habíamos traído una lámpara Coleman, que Eulogio encendió para poder entrar en la cabaña. Tendimos en el suelo las mantas de las monturas y éstas nos sirvieron de almohada. Me envolví en una cobija que siempre me acompaña, recuerdo de la época que viví en Alaska. Eulogio salió para quitar el freno a las cabalgaduras y traer un poco de agua para preparar café. La cabaña, en medio de su ruina causada por el trabajo del monte que la invadía, conservaba aún los restos de un fogón y algunos ganchos colgados de las paredes que se inclinaban peligrosamente. Cuando Eulogio se acercó con el café, ya me había dormido. Sin despertarme del todo, bebí la infusión intensamente perfumada y densa que me produjo un bienestar inmediato. Algo dijo de comer pero yo entraba ya de lleno en el sueño deletéreo y profundo que produce el cansancio.

»Una vasta algarabía ensordecedora me despertó de repente. Creí que había dormido hasta muy tarde. Amanecía apenas y todas las aves del monte se habían lanzado al unísono en un coro desordenado y frenético. Eulogio ya estaba de pie y preparaba el desayuno con pausados gestos de oficiante. Había puesto a tostar unas tajadas de pan de maíz sobre una plancha circular de latón que, según me dijo, había descubierto debajo de las brasas de la noche anterior. Nos refrescamos el rostro en la quebrada, cuyas aguas heladas y transparentes tenían algo de virgiliano y clásico. "Bueno, vamos a visitar esa vaina —comentó Eulogio—. Llevemos la lámpara para poder internarnos tranquilos. Tenga esto en la mano por si se ha refugiado adentro algún animal", y me alargó un machete semejante al que él traía. En la otra mano llevaba la linterna apagada. Dejamos el claro y nos internamos en el monte en dirección a la barranca que se alzaba imponente hasta perderse en el cielo cargado de nubes bajas y desmelenadas. Al llegar al pie de aquélla advertimos una plataforma hecha de troncos, afirmados con grandes piedras, que servía de terraza a tres entradas algo más altas que la estatura normal de una persona. Todo tenía un tal aspecto de abandono que descorazonaba al más entusiasta visitante, ilusionado con poner en marcha esa obra muerta por la que circulaba el viento con un gemido entre infantil y desolado. "Hay que comenzar por el socavón de la izquierda, que comunica más adentro con los otros dos. La entrada de éstos está llena de huecos que dificultan el paso", indicó Eulogio mientras encendía la lámpara y maniobraba el paso del aire para lograr la luz más intensa de la caperuza de seda calcinada.

»No sufro de claustrofobia y he vivido en la cala de un navío durante meses, pero los espacios encerrados me han dado siempre una impresión de catacumba, de rito funerario, de regreso a lo desconocido que me abate el ánimo y mina las trabajadas reservas de curiosidad y arresto que me quedan. Lo primero que me llamó la atención fueron las dimensiones del interior de la extensa galería que recorríamos. "Por ahora vamos a conocer las galerías, más tarde le voy a señalar ciertas particularidades del terreno que le pueden dar pistas interesantes. Esta humedad que gotea de las paredes y del techo no debe causarle temor. Es más, el problema es cuando de pronto desaparece y comienza a secarse el ambiente. Aquí eso no sucede jamás". Y así siguió familiarizándome con el sitio con un dominio del mismo que me iba dando cada vez más confianza para el futuro trabajo que me proponía realizar en La Zumbadora. Por cierto que el nombre, que hasta entonces me había intrigado, ahora, que escuchaba el quejido persistente del viento en el oscuro laberinto de los corredores subterráneos, me parecía no solamente apropiado y justo, sino hasta demasiado obvio y poco ingenioso. Así se lo comenté a Eulogio, quien me dijo que toda mina tiene esa condición de hacer que el viento, al recorrer las galerías, produzca un sonido peculiar que los mineros saben distinguir y, a menudo, descifrar a su manera.

»Después de dar varias vueltas a derecha e izquierda, vimos una claridad que fue creciendo a medida que avanzábamos. Era la entrada central. Ya íbamos a acercarnos a ella cuando Eulogio se detuvo y me señaló en el costado derecho un paso hacia lo que debió ser otra galería, pero que estaba tapiado con piedras amontonadas caprichosamente. "Aquí parece que enterraron a los ingleses y a los peones y mujeres que trabajaban con ellos —comentó—. Esta galería es la única que desciende muchos metros bajo tierra y fue excavada para seguir una veta que, según dicen, prometía mucho. Vaya usted a saber si es cierto. La gente ha inventado mucha carajada sobre esta historia y ya nadie sabe la verdad de lo que sucedió. En la Jefatura Militar de la zona quemaron los expedientes con los partes sobre la matanza. Los milicos, a pesar de que han pasado ya tantos años, no quieren que se hable del asunto. Se lo digo porque, si va a la capital de provincia para sacar los permisos de explotación, van a tratar de tirarle de la lengua para averiguar qué es lo que sabe. Como eran extranjeros la cosa causó mucho revuelo y se habló más de la cuenta. Usted limítese a pedir sus papeles y haga como si no supiera nada. Allá la gente es muy jodida. Ya lo verá".

»A medida que iba sabiendo más sobre esta historia de La Zumbadora, vivía los altibajos de un desánimo más que justificado y la ilusión, no siempre tan patente, de que todo se arreglaría. Lo curioso es que seguía viviendo todo aquello como algo transitorio y circunstancial, con un interés en el cual no estaban en juego los resortes interiores que suelen impulsarme en esas empresas. Ya saben ustedes, seguramente, de mi viaje en busca de los aserraderos en el Xurandó, del burdel en Panamá o de mis insensatas navegaciones por el Mediterráneo y el Caribe en tratos no siempre protegidos por la ley. En cada una de esas ocasiones me lancé de lleno, jugándome entero, viviéndola como si fuera la gran hazaña de mi vida. En esta historia de las minas no sucedió así. Al comienzo, por lo menos. Después, mi relación con el asunto cambió radicalmente, ya les contaré cómo, porque difiere en muchos puntos de mis anteriores andanzas. No sé si estén cansados y prefieran que siga otro día».

Le contestamos que en verdad no era tan tarde y estábamos escuchándolo con creciente interés. La botella de bourbon se había agotado. Traje otra, renové el hielo y le pedimos al

Gaviero que prosiguiera con su relato. En las noches de verano en California, el tiempo se estira como una substancia elástica y complaciente, muy propicia para disfrutar confidencias de alguien que traía un arsenal de relatos capaz de llevarnos de asombro en asombro hasta la madrugada.

«El despertar en la cabaña —prosiguió el Gaviero— no volvió a tener ese carácter de sorpresa. Al contrario, había en el vocerío inopinado de las aves una especie de alegre canto a las maravillas matinales del mundo que me llenaba de gozo. Llegué a sentir que se dirigían a mí en especial para animarme en la subterránea exploración del tenebroso mundo de la mina. Eulogio fue, como lo había previsto, un guía y un consejero tan indispensable y tan útil que llegué a tener la convicción de que, sin su ayuda, no habría conseguido penetrar siquiera en La Zumbadora. Los trabajos de los días que siguieron a nuestro arribo me sirvieron para determinar, con cierta precisión sujeta a pruebas posteriores, los lugares en donde valía la pena verificar la presencia del filón que guardaba el oro. Marcamos esos lugares con piedras, pero de manera que no fuera descifrable para quien penetrara en las galerías. "Aquí ya no viene nadie —comentó Eulogio—, pero es mejor que sólo nosotros podamos distinguir las marcas. Nunca se sabe. Cada piedra debe quedar a tres metros exactos hacia el norte de donde está el lugar que nos interesa. Es un truco que aprendí con unos místeres que estuvieron aquí hace años y nunca más volvieron". Así lo hicimos y, después de haber permanecido allí una semana, regresamos a San Miguel para comprar algunas herramientas indispensables. Era necesario sacar muestras de la roca y someterlas a pruebas químicas muy sencillas, que nosotros haríamos en el sitio mismo para no llamar la atención. Cuando, de regreso, llegamos al lugar donde terminaba la escarpada senda por la que habíamos subido, Eulogio se despidió de mí. Tenía que regresar a su finca para pagar a la peonada y marcar un ganado. Me dejó la yegua en préstamo, con recomendación de que la dejara pastando en el solar que había al fondo del café. Tenía este hermano de la Regidora una rectitud natural, una manera serena y ponderada de hacer las cosas y manifestar sus opiniones, que me parecía sorprendente en alguien que escasamente sabía leer y escribir y había pasado su vida sometido a la embrutecedora fatiga de las labores del campo. Otra cualidad suya que aprendí a valorar era una manera positiva y concreta de juzgar todo asunto relacionado con la exploración y explotación de la mina, actitud que iba a servir para moderar mis ímpetus y desorbitadas especulaciones que se despertaron con los primeros resultados de nuestra búsqueda. A medida que iba conociendo a Eulogio aprendía a descubrir en su hermana algunas de sus cualidades, no tan evidentes en ella a causa de su peculiar sentido del humor y de su ironía teñida de un muy femenino deseo de poner de relieve las debilidades de su interlocutor, sobre todo si era hombre. He pasado, después de esa época de minero en la cordillera, por muchos otros horizontes por entero distintos y tratado personas de condición y raza muy diversas, pero nunca he podido olvidar a esta pareja de hermanos que, al tiempo que me prestaron apoyo y amistad muy firmes, me dejaron una lección de sorprendente madurez e independencia de carácter, virtudes que no distinguen precisamente a quienes habitan esas regiones. Ustedes saben a qué me refiero.

»En el café me esperaba Dora Estela curiosa de saber de mi visita a La Zumbadora y lo que pensaba de su hermano. Le conté todo en detalle y se mostró muy satisfecha de la opinión que me despertó Eulogio. Volvió a mencionarme la dificultad que éste tenía al hablar y cuando le dije que se trataba de alguien que pensaba antes de hablar y no al contrario, como es costumbre en esas tierras, se mostró muy complacida. El café, por esos días, mostraba una actividad inusitada. Yo seguía ocupando desde temprano mi mesa de siempre, ya que el quedarme en mi habitación para nada evitaba el escándalo que llegaba hasta aquélla con la misma intensidad que a la mesa. Había nuevas meseras venidas de alguna provincia lejana, como lo mostraban su piel color tabaco oscuro y la amplitud de las caderas, en donde se anunciaba la sangre negra de la gente costeña.

Hablaban en voz alta, comiéndose las letras, sobre todo la ese y la erre. Su tono desenfadado y su afán de conversar con todo el mundo en voz alta, en medio de risas y exclamaciones, a menudo gratuitas, que se escuchaban como explosiones sorpresivas de una alegría más aprendida que natural, cambiaron por completo el ambiente del lugar. Los discos no volvieron a escucharse. Las recién llegadas se encargaban de cantar todo el tiempo cuando se dirigían a las mesas para atender a los clientes. El nuevo ambiente fue recibido por Dora Estela con muestras de desagrado en donde se mezclaban cierto temor a la competencia y el carácter reservado y contenido de las gentes de la cordillera. Esta extrañeza, que a menudo se convierte en franco rechazo, la he notado en muchos otros lugares del mundo. En Asia, por ejemplo, es tan notorio que debe tenerse mucho cuidado al tratar con las personas procurando saber de antemano cuál es su procedencia.

»La Regidora me indicó la tienda en la que podía comprar las herramientas necesarias para tomar las pruebas de la roca y la farmacia en donde podrían venderme o solicitar a la capital las substancias para hacer los exámenes de aquéllas. Cuando tuve todo listo envié un recado a Eulogio confirmando mi llegada a la mina el día convenido. Esta vez el camino me pareció más corto y menos escarpado. Al llegar al claro del bosque, tuve una sensación de alivio y de nuevo la impresión de penetrar en un ámbito con reminiscencias clásicas. Esa noche, al pensar en ello, me di cuenta de que el lugar me recordaba esos apacibles remansos a la orilla de los cuales Don Quijote dialogaba con Sancho evocando las doradas edades de un pasado legendario. Poco después de mi arribo apareció Eulogio. Traía una mula cargada de bastimento suficiente para una prolongada estadía en la mina. Cuando le hablé de pagar estas provisiones me repuso: "Todo esto lo tengo apuntado. Cuando convengamos mi salario sumamos todo y hacemos una sola cuenta. Así es mejor". De nuevo me atrajo el buen juicio de mi guía y la forma ecuánime y ponderada de valorar su trabajo y los servicios que empezaba a deberle. Como ya la tarde comenzaba a oscurecer, dejamos para el día siguiente nuestra exploración y nos tendimos en el pasto para comer la cecina con trozos de yuca frita y tajadas de plátano asado que había traído Eulogio del rancho. Los había preparado su mujer, según me dijo. Así me enteré de que estaba casado. Le pregunté por su familia y me contó que tenía dos hijos pequeños, uno de diez años y otro de cinco. Había conocido a su esposa durante el servicio militar, que prestó en una provincia del sur del país. Ella era muy joven y me comentó que conservaba una timidez incurable debido al acento con el que hablaba y que producía la hilaridad de la gente de San Miguel. Las pausas de Eulogio al responder se iban disminuyendo a medida que mejor nos conocíamos; al punto que nuestros diálogos cobraron una fluidez casi natural. En contraste con su hermana, Eulogio carecía por completo de esa tendencia al humor y a la ironía que hacían de Dora Estela una interlocutora con la que toda cautela era poca. La seriedad de Eulogio no impedía, sin embargo, que sus juicios sobre las personas tuvieran a menudo una causticidad oportuna.

»Entrada ya la noche, el murmullo de la quebrada y el silencio imponente del monte me trajeron la imagen cervantina de la que hablé antes. Curiosa impresión al pie de una mina que parecía esconder más de una tragedia y no pocos misterios que le prestaban un halo de sombría desolación.

»Las muestras que conseguimos al día siguiente, al ser examinadas a la luz del día, poco indicaban que se tratara de una veta rica en mineral. No valía la pena, según mi compañero y también de acuerdo con mis manuales, el someterlas a prueba alguna. Desde mi visita anterior traía una idea fija que me trabajaba con creciente insistencia. Se trataba de derrumbar el muro de piedra que obstruía la galería en donde al parecer descansaban los restos de los trabajadores fusilados y buscar allí las afloraciones que pudiera haber. Eulogio, cuando le comuniqué mi propósito, para mi sorpresa no se opuso en principio a la idea. Los argumentos que esgrimió eran más bien de orden práctico.

La remoción del muro no era tan fácil de lograr entre dos personas. Le propuse que lo intentáramos y así lo hicimos. Como me lo esperaba, el trabajo no fue tan arduo. En dos días estaba libre la entrada y nos internamos por el socavón con ayuda de la Coleman. Durante muchas horas nos dedicamos a examinar los corredores que se iban ramificando con mayor profusión que en las otras galerías. Encontramos muchos restos de maquinaria abandonada, corroída por el óxido y casi imposible de identificar. No había rastro alguno de restos humanos. Al día siguiente volvimos a explorar el sitio y en ningún momento hallamos la menor huella de que se hubiera removido la tierra, ni tampoco indicio de que hubiera ocurrido una explosión. Por el contrario, el lugar se veía mejor conservado, las paredes con refuerzos más firmes y el suelo cuidadosamente apisonado y con escalones muy bien terminados, en los casos en los que era necesario descender a mayor profundidad del nivel de la galería. Cuando ya estábamos a punto de salir, Eulogio descubrió ciertas señales que recordaban las que habíamos dejado en las otras galerías. Nos detuvimos a examinarlas y comprobamos que, en efecto, indicaban lugares que ocultaban algo de interés. Siguiendo un sistema de eliminación de posibilidades, sencillo de establecer gracias al espacio reducido en donde se encontraban las señales, era fácil descubrir lo que querían indicar. Al día siguiente nos dedicamos a ese trabajo en el que el hermano de la Regidora mostró de nuevo su habilidad para moverse en ese mundo abstracto y complejo, tan semejante al que dominan los jugadores de ajedrez y que no deja siempre de causarme admiración, tal vez por mi absoluta falta de dotes en ese sentido. No tardamos mucho en ubicar los sitios en donde, tras escarbar muy superficialmente, encontramos los afloramientos del supuesto filón. Tenían el mismo aspecto de los que hallamos en las otras galerías. Sin embargo, sacamos muestras y salimos a examinarlas. Se trataba de roca calcárea sin ninguna huella de los elementos que anuncian la presencia del mineral. "Aquí hay algo muy raro, mi don —me comentó Eulogio desconcertado—, porque lo de los fusilados por la Rural no es un cuento. Nadie inventa una cosa así. Además, un primo mío y su esposa, también parienta nuestra, murieron en esa masacre dejando tres muchachitos que viven con mis padres. Y yo creo que esa gente está enterrada aquí y que esa galería la tapiaron para despistar. Siempre oí decir que en el sitio donde enterraron a la gente está la veta con mineral. Esas cosas suelen inventarse mucho en esto de las minas, pero siempre he escuchado esa vaina y nunca he visto que alguien la niegue o la ponga en duda. Todo lo que hemos encontrado no vale nada. Es lo mismo que han escarbado los gringos y las otras personas con las que he venido. O buscamos los muerticos o vamos a tener que irnos, como los demás, con las manos vacías. Ya lo verá". No supe qué contestar a esta argumentación de mi guía. Pero, tras de su lógica imbatible, se ocultaba una conclusión que me produjo un malestar y un desánimo fáciles de comprender: yo no había venido a La Zumbadora para buscar muertos sino para encontrar oro. Detrás de este asunto acechaban complicaciones que ya había conocido en el viaje por el Xurandó y no tenía el menor interés en pasar de nuevo por algo semejante. "Usted lo sabe muy bien —dijo Maqroll dirigiéndose a mí—. Los militares y yo no nos entendemos muy bien, no hablamos el mismo idioma y, como es costumbre, el que arriesga la piel siempre soy yo. Los civiles somos para ellos lo que los ingenieros llaman una cantidad desdeñable".

»"No nos vamos a quedar aquí con los brazos cruzados. A ver qué se le ocurre", conminé a Eulogio, más para sacarlo de la inercia en la que lo habían dejado nuestros fracasos, que para conseguir de él una solución inmediata. Eulogio cayó en uno de sus mutismos de punto muerto y siguió machacando la roca como tratando de sacar de ella la respuesta que necesitábamos. Pasado un buen rato alzó la cabeza y mirando al fondo del remanso transparente comenzó a hablar. "Hay que quedarse aquí. Lo que hemos hecho los otros ya lo hicieron, tenemos que encontrar la manera de ver si el filón existe o no. Olvide los difuntos. Ésa es otra historia. No estamos seguros de que ellos y el filón estén juntos. Es muy probable que esa pendejada la haya inventado la gente. No sé cómo explicárselo, pero algo me dice que debemos seguir, que esperemos. Usted no se parece en nada a los otros con los que he venido. Usted como que viene de más lejos y de ver cosas más complicadas. No sé, es otra cosa. Hay algo que, bueno, no sé". Volvió a perderse en el silencio que le servía de refugio y no habló más ese día.

»En las palabras de mi compañero había una convicción que no podía expresar cabalmente. Esta convicción tenía que ver conmigo, algo veía en mí que le proporcionaba una certeza vaga, casi una premonición que lo llevaba a insistir en que continuáramos nuestra búsqueda. Resolví hacerle caso y esperar lo que fuese. Los días siguientes nos dedicamos a reforzar algunas paredes de las galerías, a ensanchar algunos corredores que las comunicaban entre sí y a tratar de rellenar los huecos que en la salida central y en la de la izquierda impedían el paso por haberse llenado de agua. Algunos tenían hasta más de un metro de profundidad y nos estaba tomando mucho tiempo el traer tierra para hacer transitables esos pasos. Creo ahora oportuno aclarar que nunca he sido inclinado a fascinarme con lo sobrenatural ni con misterios o esoterismos al uso. Pienso que con lo que llevamos adentro, al parecer familiar y conocido, hay ya suficientes problemas y vastos espacios indescifrables, como para inventar otros. Dios, hasta ahora, por lo menos conmigo, escoge los caminos más fáciles y claros para manifestar su presencia. Que a veces no los sepamos ver, eso es otra cosa. No suelo pensar mucho en ello ni ha sido negocio que me preocupe mayormente. La vida que se nos viene encima cada día suele coparme la atención y no me deja tiempo a mayores especulaciones. Lo que sucedió en La Zumbadora pertenece al mundo de la más estricta lógica. Lo que podría ser inquietante es que Eulogio lo haya previsto en medio de sus asombros y premoniciones.

»La temporada de las lluvias llegó de improviso y el que fuera un idílico remanso de égloga de Garcilaso se convirtió, en unas horas, en un torrente de barro que arrastraba árboles destrozados, animales con la boca brutalmente abierta que habían perdido casi toda su piel contra las piedras, trozos de construcciones y hasta jaulas con loros que gritaban despavoridos. Nos refugiamos en la mina y allí llevamos nuestras pertenencias y las tres bestias que estaban con nosotros. Con tablones de la cabaña construimos un techo que nos protegía de la humedad y allí esperamos a que pasara el temporal. "Vienen cuatro o cinco aguaceros como éste —precisó Eulogio—. Después llueve apenas un rato por las tardes y todo vuelve a la normalidad". La primera noche no me fue fácil conciliar el sueño, pero las siguientes me demostraron que no sólo era fácil dormir en la mina sino que su absoluta oscuridad producía un sueño reparador. Apagábamos la lámpara muy temprano para ahorrar gasolina y por esto prescindí de leer por las noches. En una ocasión, cuando alargaba el brazo para apagar la Coleman, sentí que todo se movía a mi alrededor. Pensé, primero, que nuestra precaria armazón de madera había cedido, pero un sordo mugido bajo tierra y un nuevo remezón me indicaron que se trataba de otra cosa. "Está temblando —comentó Eulogio con voz serena—, no se mueva. No pasa nada. Esta vaina no se cae, no se preocupe. Esto es frecuente. Ahora pasó". Dos veces más volvió a mecerse la tierra con más fuerza que antes. Eulogio tenía razón. Ni los tablones que nos servían de techo ni la bóveda misma de la galería se habían resentido con el movimiento. Un instante después escuchamos un ruido que nos intrigó sobremanera y que, al pronto, atribuimos a un derrumbe en la cañada. Era como si un pie gigantesco se hubiera hundido de repente en un pozo de barro denso o de arcilla húmeda y resbaladiza. Apagamos la lámpara y nos dormimos, si no tranquilos, sí al menos seguros de que nuestra galería había resistido el sismo sin daño alguno y eso ya era mucho. A la mañana siguiente, Eulogio me despertó sacudiéndome suavemente de un hombro. Estaba ya vestido y traía la lámpara en la mano. "Venga, le muestro algo que va a interesarle", me dijo con voz calmada pero en la que asomaba un acento de extrañeza. Me vestí rápidamente y lo seguí mientras avanzaba hacia la galería central en la que habíamos estado trabajando para tapar los charcos que impedían el paso. Cuando llegamos allí alargó la lámpara hacia adelante mientras me detenía con el otro brazo. El piso se había desplomado, dejando al descubierto una serie de escalones que conducían a un socavón que exhalaba un aire espeso, un olor a barro fresco, a algo que recordaba la ropa sucia o el sudor de los caballos a punto de reventar tras una carrera. Descendimos por los escalones y nos encontramos en un espacio circular, forma por entero ajena a como suelen excavarse las minas. Era un espacio ceremonial, una catacumba insólita sin razón práctica alguna. Eulogio acercó la luz a las paredes y fueron apareciendo esqueletos humanos en posiciones improbables. De los huesos colgaban harapos de color ocre imposibles de identificar. Las mujeres eran fáciles de distinguir por los trozos de falda que pendían de las piernas. Algunos esqueletos de niños descansaban al pie de las mujeres. Fuimos recorriendo la pared y en toda su extensión había restos humanos. Algunos de los cráneos tenían cascos coloniales; era presumible que se tratara de los ingenieros británicos que explotaban la mina. Allá, arriba, el gemido del viento parecía continuar el alarido congelado de los cráneos cuyos maxilares colgaban en una mueca grotesca y desgarrada. Muchos han sido mis encuentros con la muerte y ésta no guarda para mí misterio alguno. Es el final de la historia y nada más. Nunca he sido afecto a especular sobre el tema, ni creo que haya mucho que decir. Pero la disposición escenográfica de esta gente, de las más diversas edades y condiciones, tenía un no sé qué de burla siniestra, de vejamen gratuito y sádico que me produjo una mezcla de ira y de piedad. Salimos de allí sin hacer comentario alguno y nos fuimos a refugiar en la cabaña, al pie del remanso que había recobrado su forma original aunque sus aguas seguían teniendo un color ferruginoso y opaco. Allí nos quedamos durante largo rato sin decir palabras. En la boca de Eulogio se insinuaba un rictus nervioso que parecía una sonrisa y en verdad expresaba algo bien diferente. Tampoco yo debía tener una cara muy natural, porque Eulogio me miraba a veces con un dejo de sorpresa e intriga. "Qué bestias, pero qué bestias —comenzó a decir mi guía, tras un largo silencio—. Esa gente no debía nada, carajo. ¡Qué hijos de puta!". Me acerqué y le puse la mano en el hombro, sin conseguir pronunciar palabra. Para mis adentros me dije con rabia sorda que no sabía contra quién desfogar: "Ya puedes ir a buscar el oro. Allí debe estar guardado por los esqueletos de esos inocentes. ¿No entiendes acaso la lección?". Mirando el remanso y con lágrimas que le escurrían por las mejillas, Eulogio siguió hablando: "Allá debe estar mister Jack, viejo simpático, con sus bigotes blancos y su nariz roja por el trago. Desde por la mañana, cada sábado, se ponía una juma que duraba dos días. Bebía sin parar de una botella que siempre llevaba en la mano. En la tarde se bañaba aquí en pelota e invitaba a las mujeres para que lo acompañaran. Tenía hijos regados por todas partes. Y mister Lindse, el capataz jamaiquino, negro retinto y con todos los dientes de oro. Con él asustaban a los niños cuando se portaban mal. Bronco y estricto, pero siempre preocupado por el bienestar de su gente. Y todos los demás. ¡Dios mío!, ¿cómo pudieron matarlos así? Aquí ya no se puede vivir. Aquí nos van a acabar a todos porque nadie se mueve, nadie hace nada. Todos están locos, ellos y nosotros". Siguió largo rato en una lamentación indescifrable hecha de exclamaciones y recuerdos de quienes fueron sus amigos y parientes y ahora yacían en el círculo atónito de su absurda sepultura.

»En la tarde volvió la lluvia, insistente y sin pausa. Una lluvia ligera y tibia que apenas caía al suelo pero creaba una atmósfera de cuarto de calderas que castigaba los nervios y apagaba el ánimo. Nos refugiamos en la galería y calentamos un poco de café. Eulogio, ya sereno, pero inmerso en una tristeza lastimada y vencida, empezó a hacer un examen de nuestra situación. Era obvio que había que salir de allí lo más pronto posible. Intentar algo en la veta que pudiera haber en la cámara circular era impensable. A nadie debíamos mencionar el hallazgo de los fusilados. Que los descubrieran otros algún día o que volvieran a quedar sepultados con la acción del agua que comenzaba a entrar por las escaleras y las iba destruyendo. Estaban hechas de tierra apisonada y retenida con tablas. Si nos preguntaban en San Miguel por qué regresábamos tan pronto, la respuesta era que allí no había nada e íbamos a intentar en otra parte. Era necesario llevarse todo y no dejar huella alguna, ningún objeto, ninguna señal de nuestra presencia. Si nos preguntaban por el temblor, había que contestar que apenas lo habíamos sentido. Estábamos dormidos en la cabaña y el ruido del agua no dejó que escucháramos nada. Se extendió luego en una serie de especulaciones sobre la conducta de la tropa en estos casos y no pude menos de estar en pleno acuerdo con él. Así pues, al día siguiente recogimos nuestras cosas y regresamos a San Miguel. En el camino Eulogio me informó sobre otros lugares de los alrededores en donde habían excavado en busca de oro, algunos de los cuales tenían al parecer buenas posibilidades de que se hallase algo. Mencionaba parajes y sitios a la orilla de la quebrada que, como era obvio, nada me decían, pero me indicaban que valía la pena intentarlo antes de decidirse a abandonar la región. Eulogio me daba confianza y no era persona que quisiera crear vanas ilusiones para consolarme del brusco final de mis intentos con La Zumbadora de fúnebre recuerdo. Volví a instalarme en la habitación encima del café y a ocupar en éste la mesa de costumbre. Dora Estela me interrogó sobre nuestras exploraciones y le contesté con las razones ya convenidas con su hermano. Algo me decía que éste le había contado todo, pero preferí no ahondar en el tema. El propietario del establecimiento se acercó también para preguntarme si necesitaba el dinero que había guardado en una caja fuerte empotrada debajo del mostrador. Le respondí que con lo poco que llevaba conmigo podía pasar algunos días, antes de partir con Eulogio en busca de una nueva mina. El asunto comenzaba a tomar un cariz tan familiar para mí y se ajustaba tan fielmente al trazo de mis tribulaciones y errancias, que me sentí en mi elemento y esto me trajo una inmediata tranquilidad hecha de indulgente resignación. Del dinero que había traído gasté sólo una pequeña parte. Podía intentar una o dos exploraciones más antes de tener que recurrir a expedientes extraordinarios. Dora Estela me presentó a una amiga que convino en compartir conmigo algunas noches, a cambio de escribirle en inglés las cartas para un enamorado que conoció en la capital. Era un ingeniero sueco que había venido a instalar unos molinos de harina. En las cartas que ella recibía le hablaba de matrimonio, con el candor inefable que sólo los escandinavos suelen conservar, en medio de sus astucias luteranas de comerciantes inclementes. Era una mujer rubia, bajita y gordezuela, con una piel blanca y tersa y un ánimo sonriente que hacía disculpar la limitación de su inteligencia que, a menudo, solía llegar a la simpleza. En la cama esta falta la suplía con una entrega que daba siempre la impresión de que la experimentaba por primera vez. Se llamaba Margot, nombre que no le iba para nada y tal vez por esa razón se había transformado en Mago, que tampoco le iba.

»En el café había hecho algunos amigos, sobre todo entre los choferes de las chivas. Tomasito, que me había traído a San Miguel y con quien mantenía una relación muy cordial, me los fue presentando a medida que aparecían por allí. Cada camión tenía un nombre y en él se retrataba la personalidad de su conductor. No era el caso de Tomasito, cuyo camión se llamaba *Maciste*. Cuando le pregunté por qué le había puesto ese nombre, me contestó que su padre solía decir de alguien muy fortachón que tenía más fuerza que Maciste. Ignoraba que se tratara de un famoso héroe del cine mudo en una película sobre la Roma de Nerón. Cuando se lo hice saber, la noticia no le cayó en gracia. Prefería la vaga imagen que le recordaba a su padre. No recuerdo si les dije que las famosas chivas traían, en la parte de adelante, detrás del chofer, tres o cuatro líneas de bancas, consistentes en simples tablas de madera, sin respaldo. Atrás quedaba un lugar amplio para la carga. Eran vehículos de una resistencia a toda prueba, que los choferes sometían a modificaciones dictadas por su espontánea inspiración mecánica y que hubieran sorprendido no poco a los ingenieros y diseñadores de Detroit. Lo cierto es que estos camiones subían y bajaban durante largos años la serpenteante ruta de la cordillera sin dar mayores muestras de cansancio. Conversar con sus conductores, sufridos y recios personajes de espíritu trashumante, era para mí una absoluta delicia. Cada viaje que hacían reservaba una sorpresa, una anécdota, un accidente que ponía a prueba su inventiva y su paciencia. Con amores en cada una de las fondas de la carretera, desde las tierras bajas de clima ardiente y vegetación desorbitada, hasta las cumbres de la sierra, recorridas por nieblas desbocadas y vientos helados, con una vegetación enana y atormentados árboles de flores vistosas e inquietantes. Iban dejando el recuerdo de su paso en forma de pasiones desaforadas, tragedias de celos devastadores e hijos con nombres de improbables cantantes de tango. Todavía puedo recordar algunos nombres de estos inolvidables compañeros de largas jornadas de alcohol y remembranzas y los de sus chivas heroicas: Demetrio, el dueño de *Que lloren otros*; Marcos, el de *Ahí lo dejo para que lo críes*; Saturio, de *El huracán andino*; Esteban, el de *La Garbo me recuerda* y tantos otros, siempre queriendo anunciar en sus vehículos un rasgo oculto o harto popular de su carácter. Cuando conversaba con ellos de mis planes de minero, intentaban disuadirme con argumentos que yo mismo solía darme en secreto: ésas eran tareas para gringos que tienen alma de topos; el oro, al final, sólo servía para alimentar al gobierno, vestir putas y enriquecer a los cantineros. "El que se queda en un sitio, echa raíces como los plátanos y muere sin saber cómo es la vida", me decía Saturio, un zambo inmenso, zumbón y pendenciero, que había matado a un marido celoso que lo esperó un día a la salida de una fonda, en pleno páramo. Saturio lo levantó en los brazos y lo tiró al precipicio. Nunca lo encontraron porque el río bajaba crecido. Cuando les narraba mi vida de marino, me miraban intrigados y me interrumpían para indicar una semejanza, una coincidencia o algo que les recordaba su vida de camioneros errantes sin puerto conocido. Dora Estela no era muy partidaria de mis amistades a quienes ella consideraba como gente en la que no debía confiarse, no por bribones sino porque no paraban en parte alguna y no dejaban cosa buena. Siempre ese afán de respetabilidad y permanencia, conservado por esas mujeres a través de las más arduas pruebas de una vida al parecer sin rumbo.

»Un día apareció Eulogio con una noticia alentadora y datos fidedignos de una mina abandonada, por cierto no lejos de donde su familia tenía un pequeño cafetal a la orilla de la quebrada. Varias veces había venido a verme, cuando bajaba con ganado o con el producto de sus siembras. Mencionaba, en cada ocasión, lo que iba averiguando por ahí sobre minas y lugares propicios, pero nada le parecía suficientemente seguro como para arriesgar trabajo y dinero. Esta vez las cosas se presentaban más firmes y prometían algo más concreto. Me invitó a visitar el terreno para ver allí lo que podía hacerse. Yo había principiado a sentir la comezón por lanzarme de nuevo al mundo de las minas. La vida en San Miguel estaba tomando cierto ritmo rutinario que comenzaba a fastidiarme, a pesar de mis amigos los choferes, quienes, por lo demás, solían ausentarse por largas temporadas. Margot había recibido días antes una carta de su prometido sueco y, con ella, el pasaje de avión para viajar a Estocolmo. Lo sorprendente fue que la mujer no manifestó mayor entusiasmo con la noticia y más pareció mirar con serias reservas este cambio radical en su vida. Una mañana se la llevó Tomasito a la capital de provincia para tomar un avión que la dejaba en Miami y de allí seguir hacia la capital sueca. Lloraba sin parar, mientras una sonrisa inocente flotaba en sus labios como tratando de pedir disculpas por sus lágrimas. Sabía que no iba a lamentar su ausencia, aunque esa espontánea eclosión de repetidos éxtasis en el lecho, inaugurados cada noche, tenían algo de memorable. Me había, pues, quedado solo y pasaba horas inmerso en las complicadas y apasionantes banderías de los realistas bretones y en sus feroces encuentros contra los azules. La densa materia histórica del exhaustivo libro de Gabory me mantenía a dos siglos de distancia del escándalo de vasos, voces, imprecaciones y risas que reinaba en el café. De vez en cuando, Dora Estela se sentaba a mi lado sin hacer comentario alguno y me daba cordiales apretones en un brazo mientras me decía: "Carajo, qué paciencia tiene para leer en esa letra tan chiquita. Se va a quedar ciego. Se lo digo. Ya vengo", y partía para atender a un cliente o rendir cuentas al dueño que, detrás del mostrador, vigilaba la espesa marea humana del lugar en donde era inapelable autoridad.

»Días después tornamos a partir Eulogio y yo, en las mismas monturas y con idénticos utensilios y bastimentos que habíamos llevado a La Zumbadora. En la primera parte del trayecto, Eulogio apenas abrió la boca. Era la misma subida de los viajes anteriores. Pero al llegar a la parte alta, tomamos un camino que seguía el perfil de una cuchilla que bajaba muy lentamente hacia la quebrada y parecía terminar mucho más adelante del eglógico remanso de triste recuerdo. Mientras avanzábamos por el sendero empedrado, con escalones que, de trecho en trecho, iban marcando el descenso, Eulogio comenzó a entrar en detalles sobre el lugar adonde íbamos: "Éste —comentó— era camino real, dicen que va hasta el mar. Yo no creo. Pero lo cierto es que por él se puede andar durante días y semanas. Sube y baja y su trazo es tan perfecto que se conserva como lo ve ahora. Vamos a seguirlo hasta mañana al mediodía, cuando llegaremos a un desvío que desciende hasta el río; porque allá ya no es quebrada y para atravesarlo hay que cruzar el puente de las Mirlas. Lo llaman así porque hay muchos nidos de mirlas bajo el techo de zinc que lo cubre. No se apure, no vamos a dormir en descampado, lo haremos en casa de unos parientes que tienen sembrada papa y cebada en las tierras llanas adonde va a morir esta cuchilla. Al día siguiente, luego de andar casi medio día, llegaremos directamente a la entrada de la mina. No tiene nombre. La abrieron los dueños de estas tierras hace como cincuenta años. Al morir los mayores, sus herederos se repartieron todo esto y muchos vendieron a gente de aquí. Vivían en la capital y no les interesaba visitar estas lejanías. Sus hijos, después, acabaron de salir de lo poco que quedaba y ahora no hay por aquí sino pequeñas fincas como la nuestra o en la que vamos a pasar la noche, que sobreviven como pueden porque apenas alcanza para medio comer y comprar semilla. La mina quedó en tierras que le tocaron a una hija de los primeros dueños. Dicen que era una mujer muy bella que nunca se casó y vivía fuera del país. Cuentan que le gustaban las mujeres.

Dicen, también, que vino por aquí con un matrimonio joven; el marido era ingeniero y comenzó a hacer algunos estudios dentro de la única galería que se había excavado. Un día amaneció muerto a la orilla del río. Dijeron que se había desbarrancado con el caballo en el paso que atraviesa el desfiladero en donde está la mina. Lo cierto es que no apareció ningún caballo y al tipo lo enterraron en San Miguel unos señores que llegaron de la capital. Las mujeres ya se habían ido y nunca más se supo de la dueña. Ésas son historias que cuenta mi padre, que las oyó del suyo que fue testigo de todo. Él encontró el cadáver desnucado y medio comido por los gallinazos". Lo interrumpí para preguntarle si toda mina, en estas tierras, lleva obligatoriamente una historia siniestra. No pude menos de sorprenderme cuando me respondió con la mayor naturalidad: "Sí, señor, toda mina tiene sus difuntos. Así es. Un indio que vivía por aquí y que adivinaba la suerte decía no hay oro sin difunto, ni mujer sin secreto. Pero volviendo a nuestro asunto, le cuento que nadie ha vuelto a intentar explorar esa mina. La verdad es que no es fácil llegar a ella, porque está abierta en la pared de un precipicio que cae al río y para llegar allí sólo existe un sendero estrecho por el que apenas puede pasar una bestia. Hay que llevar los animales de cabestro y con mucho cuidado. Por la abertura entra el aire con un ruido que nunca se acalla. Mi padre dice que la veta que encontraron es buena, pero a nadie le ha interesado trabajarla porque se necesita dinero y ya le dije que aquí todos vivimos más pobres que el diablo". Le pregunté de quién era la tierra donde estaba la mina y me respondió que no tenía dueño, que esas tierras eran al parecer del Gobierno porque por ahí iban a trazar, en un tiempo, una vía férrea.

»Seguimos el camino real, cuyo piso de lajas sabiamente dispuestas y huellas seculares de herraduras le daban un aspecto numantino y venerable. La piedra ampliaba con sonoridad igualmente augusta los pasos de nuestras cabalgaduras. El paisaje era de una belleza inconcebible. A lado y lado de la cuchilla se extendían pequeñas llanuras que terminaban en bosques al parecer impenetrables o en precipicios por los que subía el clamoreo de aguas despeñándose por el declive de un lecho rocoso vigilado por el solemne vuelo de los gavilanes. Los sembrados que cuadriculaban la superficie levemente ondulada del estrecho llano tenían algo de austera parquedad, de labor sacrificada y bienhechora que subrayaban sobriamente las construcciones de techo de zinc y alegres corredores adornados con geranios de las casas con su corral para los animales y el humo azuloso que subía de las cocinas. "Tierra buena —pensé—, donde las trágicas leyendas de la minería no parecen tener cabida ni armonizar con el idílico orden de esos campos". Como si adivinase mi pensamiento, Eulogio comentó: "Por aquí ha pasado mucha gente armada de todos los bandos. Matan, arrasan con todo y se van. Uno sigue aquí, no sé muy bien por qué. Aquí nacimos y aquí nos van a enterrar. Pero, a veces, piensa uno que esta tierra tan buena despierta la rabia de quienes no la quieren para nada ni para nada les sirve, pero desean que no exista. Mala gente, siempre. Mala gente con la que no se puede hablar nunca. Disparan, queman y se van. Unos y otros. Todos son lo mismo. Ahora la cosa está tranquila. A ver cuánto dura". Caía la tarde creando esa atmósfera traslúcida que parece invocar un efímero instante de la eternidad en medio de la recién nacida presencia de cada objeto. Comenzaba a oscurecer cuando llegamos a la casa donde íbamos a pasar la noche. Los dueños habían bajado a la cañada para recoger el café que estaba ya maduro. Nos recibió una mujer de edad que conocía a Eulogio desde niño y le hacía continuas bromas por su dificultad para expresarse. Él las aceptaba de buen talante y se reía con ella aludiendo, a su vez, a un supuesto amante que todavía preguntaba por ella en San Miguel. Doña Claudia nos preparó una cena copiosa, nada fácil de digerir. Sopa de cebada con espinazo de cerdo, un plato de papas con crema, arroz con maíz tierno desgranado y un gran trozo de carne seca adobada con pimiento. Un tazón de café nos esperaba en el corredor de la casa, desde donde se veía avanzar la noche con la premura de un deber cumplido desde siempre por poderes que no nos tienen en cuenta. Mientras saboreábamos la infusión hirviente que despedía un aroma que me recordó de inmediato los abigarrados cafés de Alejandría, doña Claudia, de pie, comenzó a interrogar a Eulogio. Primero le preguntó por su mujer y sus hijos, luego por sus tierras y por el ganado que estaba criando en los llanos al pie del páramo grande. A todo respondió Eulogio con pedregosos monosílabos que me sorprendieron. Conmigo tenía más fluidez y casi no tropezaba al contestar. Era evidente que al hablar con alguien que lo conocía desde niño, renacían las dificultades de locución que marcaron su infancia. "Y ahora, ¿adónde van?", preguntó la mujer mientras nos miraba con viva curiosidad. "A la mina que está en el rodadero. Vamos a ver si hay algo". Doña Claudia movió la cabeza con gesto de amable reproche y comentó: "Bueno, Eulogio, tú no tienes remedio. Yo no sé quién te pegó la locura esa de las minas. Ahí nunca hay nada, sólo desgracias y ruina dejan las malditas minas. ¿Ya le contaste al señor lo que dicen de ese lugar?". Eulogio no consiguió enunciar palabra y me apresuré a responder. "Sí, señora, ya me contó todo. Lo de la dueña bonita a la que le gustaban las mujeres y la muerte del ingeniero. ¿A eso se refiere usted?". La señora hizo un gesto de asentimiento. "Mi vida ha estado llena de esos trances, señora. Nada de eso me preocupa —añadí—. Soy marino de profesión y puedo asegurarle que también cada barco tiene su historia. Lo importante es saber si encontramos la veta y si ésta tiene oro". Doña Claudia siguió moviendo la cabeza para indicar que no teníamos remedio y nos preguntó si queríamos más café. Le contestamos que no y salió deseándonos las buenas noches. Nos quedamos todavía un buen rato hasta que el cansancio del camino nos condujo a las hamacas que nos esperaban en una habitación de altos techos de madera de cedro que despedía un vago aroma entre oriental y catedralicio. Recordé el Mexhuar de la Alhambra y la tumba de los Reyes don Fernando y don Alfonso en la catedral de Sevilla. Por uno de esos caprichos de la memoria cuyo secreto es mejor no interrogar, soñé toda la noche con Abdul Bashur, mi compañero entrañable de tanta empresa descabellada, calcinado entre los restos de un Avro que explotó al aterrizar en la pista de Funchal. "Ya son más los amigos que me esperan al otro lado que los que me quedan aquí", pensé mientras intentaba conciliar de nuevo el sueño en medio de un coro de imágenes y evocaciones que cruzaban por mi mente en desfile vertiginoso.

»Al día siguiente salimos con las primeras luces del amanecer. Doña Claudia nos despidió con un desayuno substancioso y repetidas recomendaciones de transitar con prudencia la trocha que lleva a la mina a través del desfiladero. Seguimos el camino real por un buen rato y cuando éste comenzaba a descender abruptamente hacia la llanura que se divisaba a lo lejos, tomamos un desvío que, en poco tiempo, nos llevó al borde de una pared vertical que caía a pico hasta las orillas del cauce torrentoso cuyas aguas mugían en un estertor de bestia acorralada. A mitad del precipicio comenzaba un sendero labrado en la roca, tan estrecho que producía una sensación de vértigo bastante alarmante. Descendimos de las bestias y emprendimos la marcha paso a paso. Las alforjas cargadas de herramientas y víveres rozaban la pared de roca y a cada paso de las cabalgaduras rodaban cantos por el abismo con un estrépito amenazador. Devolvernos era impensable, sólo nos quedaba avanzar, cada vez más lentamente y con mayor cautela. Después de una buena hora de este recorrido que desgastaba el ánimo y producía una fatiga inaudita, llegamos a una pequeña plataforma que entraba en la roca y conducía a un recinto circular al fondo del cual caía de lo alto el agua de un arroyo. El ruido de la cascada rompía un ambiente de extraño recogimiento ceremonial. El ámbito con piso de arena fina y blanca tenía espacio bastante para los caballos y para varias personas. El agua caía sin salpicar en las rocas, en un chorro que, con la luz cenital que entraba en ese momento, tomaba un aspecto metálico inusitado. Sobre la pared izquierda del recinto se abría la boca de la mina, medio cubierta por helechos de un verde pálido que resaltaba en la penumbra del lugar. No los movía brisa alguna y a veces podía pensarse que estaban dibujados en un inquietante telón de teatro. Extendimos las mantas de las monturas en la arena y nos acostamos a descansar. Yo traía las piernas rígidas, recorridas por dolorosos calambres debido a la tensión que, a cada paso del trayecto, nos había producido el bordear por el precipicio y cuidar de los animales. Nos quedamos largo rato en silencio. Me pregunté por qué diablos había sorteado semejante riesgo, para terminar en esta gruta que producía una sobrecogedora sensación de ritos anónimos, de ocultos sacrificios propiciatorios. Observé la entrada de la mina y la impresión de absurdo, de intolerable insensatez iba creciendo hasta despojarme de la menor ilusión, del menor interés en penetrar en ese mundo que nada podría depararme a no ser la confirmación de mis viejas premoniciones, de mis más antiguos temores, reprimidos siempre por mi vocación de errancia y mi voluntad persistente de no acampar por mucho tiempo en parte alguna. El agua de la cascada corría mansamente por en medio del piso de arena blanca y salía para descender al abismo ciñéndose a las paredes de éste sin producir otro sonido que el manso fluir que contribuía a crear la atmósfera de otro mundo reinante en el sitio. Dormimos hasta la madrugada siguiente y fue curioso advertir que, a pesar de la cascada y del agua que corría a nuestros pies, el ambiente no tenía una humedad excepcional. Quizá las altas paredes de roca guardaban el calor diurno, que era considerable. Antes del amanecer nos despertó el coro estridente de una bandada de loros que anidaban en el borde superior de la gruta».

Maqroll se quedó un instante en silencio y luego nos dijo que dejaría para otra ocasión el relato de sus días en la nueva mina. Era algo tan diferente a lo vivido en la anterior que no creía que debiera relatarse de inmediato. Nos fuimos a dormir con la curiosidad de saber qué había sucedido a nuestro amigo en un lugar tan cargado de presagios como el que acababa de evocar. En los días siguientes acompañé al Gaviero al hospital para que se sometiera a unos exámenes. En una semana más nos darían los resultados. Yosip y su mujer nos visitaban de vez en cuando y se mostraban muy complacidos de ver a su amigo reponerse en forma tan patente. En una ocasión en la que nos habíamos quedado solos en el patio Jalina y yo, me expresó su gratitud por lo que hacía en favor de su amigo. «Varias veces nos ha salvado de situaciones muy graves —comentó—. Es un hombre muy noble pero al que no es fácil ayudar ni corresponder a sus bondades. La última vez que trabajamos juntos fue en un barco que transportaba peregrinos desde el Adriático y Chipre hasta La Meca. Era contramaestre y medio dueño del navío que estaba registrado a nombre de Abdul Bashur, un gran amigo suyo que ya murió. Otro hombre poco común, pero mucho más duro y práctico que Maqroll. Por un problema de literas que había asignado Yosip en forma equivocada, un grupo de albaneses se le vino encima para matarlo. Maqroll descendía en ese momento a la cala y disparó al aire el revólver que siempre llevaba consigo. Los tipos soltaron a mi esposo y cuando mostraron intenciones de lanzarse contra Maqroll, éste algo les dijo en su idioma que los obligó a alejarse en actitud sumisa». No era la primera vez que escuchaba historias parecidas sobre el Gaviero, quien, sin embargo, jamás daba la impresión de ser hombre inclinado a disputar con nadie ni a imponerse por la fuerza. Era evidente que solía hacerlo por la gente de sus afectos pero no para él mismo. Su fatalismo irremediable lo llevaba a sobrellevar con indiferencia las intemperancias ajenas. Lo que me llamó la atención, desde el primer momento en que vi a la mujer, en la oficina del motelucho de La Brea, fue su afecto incondicional, profundo, semisalvaje por el Gaviero. Tampoco era la primera vez que encontraba a una hembra que guardara por él ese tipo de lealtad casi perruna.

Cuando fuimos por los resultados de los exámenes, el médico nos informó que Maqroll estaba fuera de peligro. Los daños en órganos que hubieran podido afectarse con las fiebres estaban en vías de desaparecer. En pocas semanas estaría totalmente recuperado. Al salir del hospital, mi amigo, que llevaba los papeles en la mano, se alzó de hombros sin decir nada y, rasgándolos uno a uno, los fue tirando en un recipiente de basura que había a la entrada. Quise impedírselo, pero me contuve a tiempo pensando que sería una irrupción en su intimidad tan celosamente guardada. Regresamos a Northridge y no se volvió a hablar del asunto. Todos esperábamos la ocasión en que el Gaviero reanudara el relato de su vida en la mina; pero nadie se atrevía a pedirle que lo hiciera. Maqroll tenía siempre un especial cuidado para escoger el momento, la atmósfera propicia para sus confidencias y había que esperar a que llegaran espontáneamente a riesgo de hacerlo callar para siempre. La ocasión se presentó una noche que salimos a ver una lluvia de estrellas que cruzaba el cielo en medio de un resplandor que sobrecogía el ánimo. Nos quedamos sentados al pie de la piscina. Fui por unas cervezas frías que todos necesitábamos para sobrellevar el calor instalado sobre el valle. Maqroll nos comentó que la más impresionante lluvia de estrellas que vio en su vida fue a bordo de un navío que esperaba turno para entrar en el puerto de Al Hudaida, en el mar Rojo. «Caían una tras otra y el espectáculo duró más de una hora. Había un dejo de tristeza y fatalidad en ese desastre de mundos que se convertían en polvo a inconmensurable distancia de nuestras pequeñas vidas vanidosas y anónimas», comentó Maqroll en un tono que permitía esperar que esta vez entrase de lleno en el relato de sus días de minero. Así fue. Tras un breve silencio, continuó la historia interrumpida noches atrás, como si ese intermedio no hubiese existido.

«Ahora que menciono el mar Rojo recuerdo que dejamos pendiente el relato de lo que me pasó en la mina de la gruta. Tiene bastante relación una cosa con otra. Ya verán más adelante por qué. A la mañana siguiente, despiertos Eulogio y yo con el vocerío de los loros, preparamos café en un pequeño reverbero de alcohol que doña Claudia le había prestado a mi compañero. Confortados con la bebida que éste solía preparar aún más fuerte que el resto de sus paisanos, nos abrimos camino por entre los helechos para explorar el interior de la mina. A los pocos pasos, que recorrimos con ayuda de la Coleman, una nutrida bandada de murciélagos cruzó despavorida por entre nuestras cabezas y se escapó hacia la abertura superior de la gruta. Un intenso olor a excremento anunciaba la presencia de los animales dentro de la mina. Muy pronto nos acostumbramos y seguimos penetrando en la galería. También allí vimos buena cantidad de maquinaria amontonada, corroída por el óxido hasta no tener forma reconocible, y de herramientas también en plena destrucción. Comenzamos a examinar las paredes y el suelo con minuciosa paciencia y, pocas horas después, dimos con lo que podía ser una veta digna de estudiar más detenidamente. Se prolongaba unos veinte metros por la intersección de la pared con el piso de la galería y, de pronto, comenzaba a ascender hasta perderse en el techo. No habíamos llevado herramientas ya que sólo nos proponíamos hacer un examen del interior del lugar y verificar el número de galerías que pudiera tener. Regresamos a la playa que nos servía de albergue y nos tendimos a descansar. De tanto recorrer encorvado los socavones, la espalda me dolía en forma casi insoportable. Bastaba extenderse en el piso por un rato para que el dolor desapareciera. Comimos algo y tras tomar otro tazón de café muy caliente, volvimos a penetrar en la mina, esta vez con las herramientas necesarias y otra Coleman que nos facilitara la tarea de tomar unas muestras. Regresamos con éstas pocas horas después, pero ya casi no había luz de día para poder hacer las pruebas. "¿Sabe, mi don —comentó Eulogio—, que esa veta tiene muy buen aspecto? No sé qué me hace pensar que vamos a tener una sorpresa. Ya era tiempo, carajo. Después de tanto andar y tanto escarbar, es apenas justo que la suerte nos ayude". Le contesté que tenía razón pero que, respecto a las promesas que la veta anunciaba, poco podía decirle ya que de eso nada sabía. Mañana veríamos. Salimos al borde del abismo para recibir un poco de brisa y olvidar el denso ambiente de sacristía de la gruta.

»Las muestras que sacamos resultaron al día siguiente positivas de acuerdo con el pronóstico de Eulogio. Sin embargo, era necesario someter el material a un examen más minucioso en un laboratorio de la capital de provincia y, en caso de que se confirmara nuestro diagnóstico, había que registrar la mina en la Gobernación para poderla explotar a nombre nuestro. Eulogio se ofreció a hacer estas gestiones mediante una carta poder que yo le haría: "Usted, mi don, con ese aspecto y el pasaporte con el que anda por el mundo, disculpe que se lo diga, pero no es la persona indicada para tratar con esa gente. La mina quedará a nombre de nosotros dos. Usted como primer propietario, desde luego. Pero si va en persona no sólo no le van a dar ningún permiso, sino que a lo mejor lo sacan del país. Son muy jodidos y desconfiados. Yo sé cómo se lo digo. Todo lo relacionan con la guerrilla y nunca sabe uno lo que se les puede ocurrir". Estas razones de mi guía eran más que convincentes y estuve de acuerdo con sus planes. Recogimos nuestras cosas, volvimos a cubrir la entrada con los helechos que habíamos desplazado al entrar y nos dispusimos a partir a la mañana siguiente con las primeras luces. La arena tibia debajo de las mantas de la montura formaba un lecho acogedor que se ajustaba suavemente a la forma del cuerpo, de manera que se disfrutaba de un sueño parejo y agradable. Sin embargo, un extraño sonido me despertó poco antes de la madrugada, era como si alguien pronunciara a lo lejos una palabra que se repetía constantemente. No logré descifrar lo que decía hasta que me di cuenta de que el sonido era causado por el aire que entraba en la gruta y recorría las paredes de ésta hasta subir a la abertura superior. Al pasar por la entrada de la mina producía la modulación de una palabra dicha por alguien en voz muy baja desde una lejanía imposible de precisar. Volví a dormirme hasta cuando el ruido de las bestias que Eulogio comenzaba a ensillar me despertó de nuevo. Me enjuagué el rostro en las aguas del arroyo. Tenían un leve sabor ferruginoso que producía una impresión salutífera de balneario de aguas termales. Se lo comenté a Eulogio y me explicó que se debía a que esas tierras eran muy ricas en minerales, lo cual venía a confirmar su corazonada sobre el filón que habíamos descubierto. El regreso por el borde del precipicio nos pareció más fácil, aunque el escándalo de la torrentera volvió a causarme un vago pavor incontrolable. Seguimos el camino real por la cuchilla hasta llegar a la casa de los familiares de Eulogio. Salió doña Claudia a recibirnos con una cordialidad que mostraba su alivio de vernos sanos y salvos. Cenamos cualquier cosa y nos fuimos a dormir. Antes de caer en el sueño, me vino a la memoria la palabra que escuché en la mina y pude distinguirla con toda claridad. Era Amirbar. Eulogio aún no se había dormido y le comuniqué mi descubrimiento. Se quedó un momento pensativo y luego comentó: "Sí, creo que eso más o menos es lo que se oye. Pero no quiere decir nada, ¿verdad?". Le dije que significaba general de la Flota en Georgia. Venía del árabe Al Emir Bahr que se traduce como el jefe del mar. De allí se originaba almirante. De su garganta salió un sonido, mezcla de incredulidad y compasión. A partir de entonces, siempre designamos a la mina con el nombre de Amirbar. Me quedé largo rato despierto pensando en los enigmas que nos plantea eso que llamamos el azar y que no es tal, sino, bien al contrario, un orden específico que se mantiene oculto y sólo de vez en cuando se nos manifiesta con signos como este que me había dejado una oscura ansiedad sin origen determinado.

»Una vez más ocupé la alcoba con balcón a la plaza del pueblo, encima de la entrada del café. Eulogio partió en el primer camión que salía para la capital y yo me quedé en espera del resultado de sus gestiones. Una extraña fiebre comenzaba a invadirme por oleadas que iban y venían durante el día y, en la noche, se instalaba para poblar mis sueños con un disparatado desfile de imágenes recurrentes y obsesivas. El delirio malsano de las minas comenzaba a mostrar sus primeros síntomas. Les decía la otra noche que no es fácil definir esa especie de posesión que nos trabaja profundamente y que no tiene que ver con el deseo concreto de hallar riquezas descomunales. No es éste el motivo principal que la anima, es algo más hondo y más confuso. Tiene que ver con el oro, sí, pero como algo que arrancamos a la tierra, algo que ésta guarda celosamente y sólo nos entrega tras una penosa lucha en la que arriesgamos dejar el pellejo. Es como si fuéramos a tener en nuestras manos, por una vez siquiera, una maléfica y mínima porción de la eternidad. No se compara con el poder que pueda ejercer una droga determinada, ni con la fascinación a que nos somete el juego. Algo tiene de ambos, pero nace de estratos más profundos de nuestro ser, de secretas fuentes ancestrales que deben remontarse a la época de las cavernas y al descubrimiento del fuego. La vida cambia por completo, es decir, las claves que hemos establecido para conducirla se mudan instantáneamente y nos abandonan, para hacer frente al destino en otro lugar. Las personas con las que antes teníamos una relación clara y establecida se visten de un halo inusitado que mana de nuestra fiebre incontrolable y avasalladora. Hasta una vieja costumbre que se ha confundido con nuestra vida misma, como es en mi caso la lectura, cobra otro aspecto. Las guerras de la Vendée, las emboscadas nocturnas, Charette y la Marquesa de la Rochejaquelein, los azules y la Convención, Bonaparte y Cadoudal, toda esa ebria epopeya que terminó en nada y que ni siquiera los príncipes, objeto de tantos sacrificios, acabaron por reconocer ni apreciar, se me presentaban bajo una luz extraña y los motivos que animaron tanto heroísmo se desdibujaban en mi mente y tomaban los más inesperados y absurdos aspectos. Poco a poco me di cuenta de que sólo vivía ya dentro de la mina, entre sus paredes que gotean una humedad de ultramundo y donde el brillo engañoso de la más desechable fracción de mica me dejaba en pleno delirio. Dora Estela percibió de inmediato los síntomas que denunciaban un cambio en mi ánimo y me dijo, a boca de jarro: "¡Ay, mijo!, ya lo agarró el mal de la mina. A ver cómo sale de eso porque se lo va a llevar la trampa. Apenas le está comenzando, pero si le toma ventaja va a terminar sembrado en los socavones como un topo y de allí lo tendrán que sacar a la fuerza. No se desprenda de Eulogio porque a ése, como es medio lelo, no le dan esos males. No se vaya a meter solo en esa cueva porque se lo traga la tierra". No era muy tranquilizante el pronóstico de la mujer. Lo decía con tal convicción y con tan sincera congoja que consiguió alarmarme. Comencé a esperar a Eulogio con la ansiedad de tener a mi lado a alguien que estuviera exento del embrujo del oro, alguien cuya inocencia lo hiciera inmune a la acción deletérea de un mal que amenazaba con derrumbar mi integridad y la frágil red de mis razones para vivir.

»El hermano de Dora Estela llegó con noticias que podían hundirme aún más en la vorágine que me amenazaba. El filón contenía una cantidad apreciable de mineral aurífero y el permiso había sido concedido a Maqroll, llamado el Gaviero, con pasaporte chipriota, y a Eulogio Ventura, natural de San Miguel. La mina había sido registrada con el nombre de Amirbar. Los dados estaban echados. Le comenté a mi socio los síntomas de la dolencia que comenzaba a torturarme. Lo hice en la forma más directa y sencilla posible y entendió de inmediato de lo que se trataba. "Mire, mi don —me dijo—, la mina es tan ingrata que ella misma va a encargarse de curarlo. Si sacamos oro, va a ser con tanto trabajo que va a acabar arrepentido de haberse embarcado en esta empresa. Esa fiebre es muy mala cuando comienza uno a trabajar con éxito en los socavones, pero, después, se hace más fácil de soportar. No hay que pensar en eso. Lo malo es que estuvo solo aquí todo este tiempo y eso fue lo que le hizo daño. Mi hermana no sirve para ayudar en este caso, porque odia la historia de las minas y les tiene un miedo terrible. Se lo pasó mi madre que dice siempre que ésas son cosas del diablo, que es el único que vive bajo tierra en los meros infiernos. Vamos a meterle al asunto con ganas y no piense más en eso. La cosa comenzó cuando se puso a escuchar palabras raras con el ruido del viento en la gruta. Imagínese: Amirbar. ¿Dónde diablos pudo sacar semejante barbaridad? Por muy marino que sea, convénzase de que aquí el mar no tiene nada que hacer". Como lo había previsto y como Dora Estela me lo anunció, Eulogio tuvo la extraña virtud de alejarme del vórtice del delirio que principiaba a tragarme y me trajo de nuevo a una realidad más fácil de sobrellevar. Tenía, repito, la virtud de los inocentes. Los rusos saben mucho de eso. Los consideran seres privilegiados cuya voz debe ser escuchada por el resto de los hombres, que viven en la confusión de sus ambiciones y mezquindades.

»Acordamos salir al día siguiente temprano. Eulogio se fue para arreglar algunos asuntos de su rancho y adquirir provisiones y yo me quedé tratando de sumergirme en las peripecias del Conde D'Artois en Bretaña y su deslucida participación en la gesta de la Vendée. En un momento en que quedó libre, la Regidora se acercó a mi mesa y, mirándome de frente con cierta intensidad de pitonisa, me dijo sin rodeos: "Lo que le hace falta ahora es pasar una buena noche al lado de una mujer. Eso le va a espantar los fantasmas de la mina y va a sentirse mejor. Esta noche, cuando cerremos, subo a su cuarto para hacerle compañía, ¿qué le parece?". Me dejó sorprendido su oferta planteada así, de sopetón, pero me di cuenta de que podía estar en lo cierto. Le respondí que la esperaba encantado pero que había que andarse con cautela porque su hermano dormía en la habitación contigua. Me explicó que Eulogio pasaría la noche en casa de una amiga con la que se quedaba a menudo cuando dormía en San Miguel. Apareció pasada la medianoche y, tras desnudarse en un par de gestos certeros y rápidos, penetró en mi cama con agilidad felina y acariciadora. Tenía un temperamento de inusitada presteza en el placer y me aplicaba sus caricias casi con intención curativa, con el claro propósito de que me quedaran grabadas en la memoria y tornaran a ejercer su acción propicia en las atribuladas noches de la mina. Sus largas piernas, de una firmeza campesina y cuya esbeltez no era perceptible cuando se desplazaba entre las mesas del café, se entrelazaban a mi cuerpo con una movilidad ajustada al ritmo de un placer sostenido en vilo con sabiduría alejandrina. Lo que esa noche recibí de Dora Estela me sirvió luego para sobrellevar pruebas que hubieran podido dar al traste con mi integridad. Apenas dormimos y las primeras luces nos sorprendieron en un abrazo que tenía mucho de adiós y de última inmersión en un goce que intentaba vencer el sordo trabajo del olvido. La Regidora se sumó así a las mujeres a quienes debo esa solidaria y consoladora certeza de que he sido algo en la memoria de seres que me transmitieron la única razón cierta para seguir viviendo: el deslumbrado testimonio de los sentidos y su comunión con el orden del mundo.

»El regreso a la mina tuvo mucho de entusiasta comienzo de un trabajo promisorio. Mi obsesión se había calmado, tal como Dora Estela me lo anunció, reduciéndose a una expectativa que no traspasaba los límites habituales y tolerables. Pero allá, en el fondo, bullía sordamente el germen de un desorden que aprendía a temer como a pocas cosas en la vida. Los primeros trabajos consistieron en canalizar el arroyo de manera que esa agua corriente sirviese para lavar el material destinado a un molino rudimentario comprado por Eulogio a los parientes de un minero muerto años atrás en la volcadura de un camión en la carretera. Las dos cosas las armamos con la mayor paciencia y esmero para que rindieran su trabajo con un mínimo de interrupciones. En una semana comenzamos a lavar el primer material triturado en el molino. Los resultados fueron más satisfactorios de lo esperado. Una tarde nos quedamos mirando la breve porción de polvo de oro y de minúsculas pepitas que resplandecían al sol con un brillo que nos mantuvo en un silencio hipnotizado. De improviso me vino la duda de que se tratara de simple pirita. Cuando se lo pregunté a Eulogio, éste me miró con indulgencia y me dijo: "Pero, mi don, lo primero que se probó en las muestras que sacamos del filón fue eso. Si hubiera sido pirita lo hubiéramos sabido entonces. Es oro, mi don, es oro y del bueno". No todos los días el resultado fue tan halagador. Nos acostumbramos a medir una vez por semana lo que íbamos sacando. Esto nos evitaba el pasar cada día por breves decepciones que amenazaban con despertar los espectros del mal que se anunció en San Miguel. Cuando tuvimos una cantidad que justificaba el viaje para venderla en la capital, Eulogio se encargó de hacerlo con precauciones que, al comienzo, se me antojaron exageradas. Fue entonces cuando me contó cómo un minero, que había sido famoso dibujante y caricaturista político de notable talento, había caído asesinado en una emboscada que le tendieron para apoderarse del oro que se suponía llevaba. En verdad, en esa ocasión no traía casi nada consigo. El crimen quedó impune y su muerte fue lamentada por los muchos admiradores y amigos que había dejado. Eulogio me indicó también que si nos preguntaban en San Miguel si habíamos encontrado oro había que negarlo rotundamente y decir que hasta ahora nada se hallaba y pensábamos abandonar el trabajo si las cosas continuaban así.

»Pasaron varias semanas durante las cuales mi compañero hizo dos o tres viajes a la capital. El dinero lo guardaba en su finca en un lugar conocido sólo por nosotros y por la esposa de Eulogio. Pensé entonces que entraba en la rutina de una vida de minero con relativa suerte y un aparente porvenir asegurado. Al mismo tiempo, empezaron a presentárseme ciertos avisos para indicarme que, como de costumbre, todo iba a cambiar y de nuevo me encontraría en el incierto laberinto de mis usuales desventuras. A veces tengo la impresión de que todo lo que me sucede viene de una región marginal y nefasta ignorada de los demás y destinada desde siempre sólo para mí. Estoy ya tan hecho a esa idea que los breves instantes de dicha y bienestar que me son dados suelo disfrutarlos con una intensidad a mi juicio desconocida por los otros mortales. Esos momentos tienen para mí una condición renovadora y esencial. Cada vez que se me ofrecen, siento como si estuviera inaugurando el mundo. No son muy frecuentes, no pueden serlo, como es natural, pero sé que siempre vienen y me están destinados en compensación de mis tribulaciones.

»Un día Eulogio no regresó a la mina. Era tan regular en sus desplazamientos y actividades que había razón para temer algo inusitado. En efecto, tres días después apareció una mañana su mujer con los ojos llorosos y presa de pánico. Me relató en forma atropellada y entre sollozos que su esposo había sido detenido por la tropa en una redada que hicieron en un retén de la carretera, antes de llegar a San Miguel. Apresaron a más de treinta hombres, todos campesinos de las cercanías. Los llevaron a la capital y los estaban interrogando. Ella había ido para ver si lograba ponerse en contacto con su esposo, pero le fue imposible. En el cuartel la habían amenazado con apresarla también a ella. Corrían toda suerte de rumores, pero nadie sabía en verdad qué pasaba. Dora Estela me pedía que no se me fuera a ocurrir bajar a San Miguel, porque, en esos casos, los extranjeros son los más sospechosos. Todo nombre extranjero es para la tropa sinónimo de agitador y agente de ideas extrañas que conspiran contra el país. Le dije a la esposa de mi socio que tomase el dinero que teníamos guardado y, con él, tratara de pagar a un abogado o a alguien con influencia para saber qué sucedía con Eulogio. Ella movió la cabeza varias veces y por fin me dijo con voz estrangulada: "No, señor, yo no vuelvo por allá. Si me agarran quién va a cuidar de mis hijos y del rancho. A ver si Dora Estela quiere ir. Pero lo que es yo no me aparezco. Esa gente es capaz de todo. Usted no sabe". Yo sí sabía. En otras ocasiones y otras latitudes había visto y había sufrido en carne propia la brutalidad sistemática y sin rostro de la gente de armas. Traté de consolarla como pude. Debía hablar con la Regidora de mi parte, diciéndole que, por favor, dispusiera de nuestro dinero para tratar de hacer algo por su hermano. La mujer asintió sin mucha convicción y regresó al rancho porque la esperaba por lo menos medio día de camino. Detuve el molino, ya que el lavado del material no podía hacerlo solo y me senté al borde del precipicio sin saber qué decisión tomar. El estruendo de las aguas del torrente al chocar contra las grandes piedras me llegaba como un comentario desaforado pero elocuente al estado de torpor en que me dejó la noticia de la prisión de Eulogio. El no poder actuar de inmediato, por las razones de Dora Estela, que eran bastante convincentes, me producía un sentimiento de inutilidad, de frustración y de asedio tan angustioso como paralizante. Pasaba revista a todas las funestas posibilidades de lo que podía sucederle a mi amigo y cada una era peor que las anteriores. Yo sabía, ya les dije, lo que puede ser un interrogatorio en manos de esa gente. Si estaban buscando a los responsables de algún atentado o a gente de la insurgencia, la tortura era el medio eficaz y acostumbrado para descubrir la verdad. Eulogio, con su dificultad para expresarse, daría la impresión de estar callando algo. Más le daba vueltas al asunto, mayor era mi certeza de que la vida de Eulogio corría peligro. Así llegó la noche y el viento frío que comenzó a correr por la cañada me obligó a refugiarme en la gruta. Dormí a sobresaltos y la voz del viento en la entrada del socavón me repetía con insistencia delirante esa palabra que me transportaba a otras regiones en donde más de una vez había pasado por el peligro en que ahora estaba mi amigo: "Amirbaaaar, Amirbaaar", soplaba el viento con la persistencia de quien quiere transmitir un mensaje y no lo consigue.

»Pasó una semana. La inquietud creciente me producía una sensación casi física de ahogo y parálisis, hasta dejarme al borde del delirio. En la madrugada del octavo día una sombra se interpuso a la entrada de la gruta y me despertó de repente. Era una mujer alta, desgreñada, con el rostro desfigurado por el cansancio, que comenzó a hablarme con voz entrecortada y ronca que atribuí a la fatiga. No podía distinguir muy bien sus rasgos ni la forma de su cuerpo y desde esa media luz sus palabras salían como dichas por una sibila en trance: "Me manda la Regidora, señor, para decirle que consiguió por fin sacar a Eulogio del cuartel. Con el dinero de ustedes pagó a un abogado que llevó pruebas de la buena conducta del detenido y de que en verdad es hombre de campo que nunca se ha metido en nada contra el Gobierno. Lo malo es que ya lo habían torturado varias veces, porque no conseguía hablar. Tiene las piernas y los brazos quebrados y algo le rompieron por dentro porque escupe mucha sangre y se queja de dolores muy fuertes. Le dijeron que se lo llevara de allí y no dejaron que lo internara en el hospital. Está en San Miguel y el médico de ahí lo entablilló y están esperando para ver qué pasa con los dolores. Parece que ya se van aliviando un poco. Está en casa de una familia que lo conoce hace mucho y por ahora no corre peligro. Dora Estela le manda decir que si yo le puedo ayudar en algo que me lo diga. Somos medio parientas y me tiene mucha confianza. Yo no vivo en San Miguel, soy de más arriba. Trabajaba en una tienda que hay en el Alto del Guairo, por donde pasa la carretera. Tomasito también me conoce y también él me habló de usted. Piénselo y me dice. Por ahora voy a descansar un poco porque me eché todo el camino a pie, sin parar, y ya no puedo con mi alma". Sentí un alivio enorme al saber que no habían matado a mi compañero y una sorda rabia impotente ante la bestialidad del tratamiento del que había sido víctima inocente, en buena parte por culpa de su defecto de locución. No supe en ese momento qué decidir sobre el ofrecimiento que me hacía la parienta de Dora Estela. Me vinieron de repente un cansancio abrumador, una apatía y un desgano, resultado de una semana de insoportable tensión que ahora se resolvía de improviso, dejándome como vacío y sin fuerzas. Le dije a la mujer que ya veríamos más tarde qué hacer y torné a acostarme sobre la arena tibia. Un sueño denso me alejó por varias horas del escenario de mis desventuras y me dejó en las aguas serenas, de un azul profundo, en la costa malabar. Allí esperaba en una goleta anclada en el fondo coralino no sé qué permiso para desembarcar expedido por una vaga autoridad que examinaba en tierra mis papeles. Una gran tranquilidad, una soberana indiferencia me permitían aguardar sin cuidado la determinación de las autoridades de la costa. En caso de serme negado el permiso, estaba listo para partir sin problema alguno. En medio del sueño, ese yo que sigue en vigilia y registra cada paso de lo que soñamos se preguntaba de dónde podía salir esa serena indolencia disfrutada en la improbable costa del océano Índico, cuando el presente se me ofrecía lleno de acechanzas y peligros. Desperté pasado ya el mediodía. Un olor a comida me llegó como una inusitada presencia que no estaba en mis planes. Recordé al instante la visita matinal y las noticias que trajo. La mujer había encendido un fuego al pie de la pared de la gruta y revolvía en una olla un cocido cuyo aroma indicaba que debía estar hecho con vegetales frescos recogidos quién sabe dónde. La luz que entraba de la parte superior de la gruta le daba de lleno a la mujer en el rostro. Era por entero distinta a como la entreví en la penumbra matinal. Ahora tenía reunido el cabello en la nuca en un moño denso de color negro con reflejos azulosos. Las facciones eran ligeramente indígenas, de pómulos altos y mejillas hundidas. Los labios grandes y bien dibujados dejaban ver la dentadura blanca y regular que daba una impresión de fuerza. Los ojos oscuros y almendrados tenían un aire mongólico debido a la leve pesadez de los párpados y al trazo que seguía la elevación de los pómulos. Así, sentada en los talones, mientras vigilaba el caldo, el cuerpo comunicaba una sensación de fuerza y robustez que se acordaba muy bien con el aspecto oriental de la cara. Cuando se enderezó para venir a mi lado advertí que no era tan alta como me pareció en la mañana. La solidez de los miembros la hacía parecer más corpulenta de lo que era en realidad. Toda ella estaba como envuelta en un halo de distancia, de ligero exotismo, y llegaba uno a sorprenderse de que hablara el español con soltura y naturalidad. "Le estoy preparando una sopa para que reponga las fuerzas —dijo—. Está hecha con hierbas de olor, yuca y otras cosas que traje de la huerta de doña Claudia. Le va a hacer mucho bien. Ya verá". Pensé que era mejor aclarar con ella desde ahora algunas incógnitas que me despertaba su presencia. Le pregunté cómo se llamaba y por qué me ofrecía su ayuda y compañía sin conocerme. El trabajo en la mina era muy duro y con dificultad Eulogio y yo lográbamos realizarlo. Sonrió, mostrando su dentadura y entrecerrando los ojos en un gesto que subrayaba su aspecto asiático: "Me llamo Antonia. Mis padres murieron cuando era muy niña. Una creciente del río se los llevó con todo y rancho. Yo había bajado al pueblo con unos tíos que me llevaron para que me viera el doctor, porque tenía lombrices. Entonces me gustaba mucho comer tierra. Mis tíos me criaron. Pero cuando me hice mujer, a los quince años, mi tía me botó de la casa porque su marido había comenzado a enamorarme. Trabajé lavando platos en el café de San Miguel y allí llegó después Dora Estela. Ella me dijo que éramos parientas, no sé de dónde, y me ayudó a salir adelante. Un chofer de camión entró una noche en el cuarto donde dormía, al fondo del patio, donde están las habitaciones baratas, y me convenció con promesas y halagos de que le dejara pasar la noche conmigo. Nos hicimos amantes y pocos meses después me llevó al Alto del Guairo y allí me puso a trabajar. Me enteré luego de que era casado y tenía otras mujeres en el llano y hasta en el puerto de la costa. Un día no volvió a pasar por allí y yo me quedé trabajando para la patrona del negocio que me tomó cariño. No sé si la conoce, se llama Flor Estévez. Tiene un carácter muy jodido pero es buena persona. Por fortuna no quedé preñada del chofer. A eso le tengo mucho miedo. Una mujer que hacía rezos en San Miguel me dijo un día que si me embarazaba me moriría en el parto. Dora Estela me fue a buscar hace dos días y me dijo que viniera para ayudarle mientras se cura Eulogio. Habló con Flor. No sé qué le dijo pero ella estuvo de acuerdo y aquí me tiene. Por el trabajo no se preocupe, no será peor que el que me tocaba hacer en casa de Flor. Pero es como usted quiera, tampoco se trata de que me tome sin querer porque después vienen las dificultades".

»No quise responder en ese momento a su oferta. La sopa ya estaba lista y la tomé con apetito voraz. Hacía varios días que sólo comía de vez en cuando algún pedazo de pan de maíz con carne cecina. La mujer me despertaba no sé qué reflejo de reserva, de prevención, que no logré concretar en un juicio cierto. A ello contribuían, desde luego, sus rasgos orientales. Pero, justamente, por la relación que he tenido con mujeres asiáticas, en la península de Malasia, en Macao y en otros sitios semejantes, me consta que son de una confianza absoluta y de una gentileza ponderada pero cariñosa. Había algo en su aparición sorpresiva, en el ambiente de cautela y temor que me rodeaba a partir de la historia de Eulogio, en fin, un no sé qué flotaba alrededor de ella que me impedía decidirme a aceptar su oferta. Cuando terminamos de comer, salió para lavar la olla y los platos de peltre. Me dio la impresión de que lo hacía para dejarme en libertad de considerar su propuesta. Finalmente, resolví dejar de lado las prevenciones y temores, atribuibles a la brutal captura de mi socio, al exotismo de las facciones de Antonia y a la semana de soledad e incertidumbre que acababa de padecer. Decidí aceptar la ayuda que me ofrecía y que me era indispensable para continuar la explotación de la veta que habíamos descubierto. Así se lo hice saber cuando regresó de lavar los trastos. No manifestó ni agrado ni sorpresa por mi resolución y, de inmediato, empezó a extender las alfombras que pertenecían al lecho de Eulogio y a disponer en la cabecera algunas cosas que había traído envueltas en un gran pañuelo. Todo esto lo colocó a mayor distancia aún del sitio ocupado por mi compañero. Era elocuente su deseo de establecer así el tácito arreglo de que se trataba de una relación de trabajo y nada más. Esto me produjo cierta tranquilidad y alejó un poco los imprecisos temores que sintiera hasta ese momento.

»La mujer resultó ser una trabajadora incansable y eficaz. La forma como lavaba el material que salía del molino me llamó la atención. Los movimientos tenían un ritmo y una exactitud tan notables que no pude menos de preguntarle si lo había hecho antes. Me contestó que, en efecto, un canadiense con el que vivió una corta temporada le había enseñado a lavar las arenas del río, en un charco que estaba más abajo del cafetal de Eulogio. "Al hombre ese —dijo— se lo llevaron unas fiebres malignas que le dieron por tomar un guarapo pasado que se empeñó en preparar él mismo con cáscaras de piña cortadas en luna llena. Cuando se quiere hacer guarapo, la fruta debe ser recogida en menguante y al mediodía. Si no se hace así, quedan vivos los huevos de las moscas y por eso dan las fiebres". No quise, como es obvio, discutir tan inusitada teoría médica. Porque, además, la enunciaba con una convicción sin lugar a mayor réplica.

»En pocas semanas reunimos otro tanto de lo vendido por Eulogio en la capital y que se había gastado en conseguir su libertad. Antonia se ofreció para ir a vender el oro. Estuve de acuerdo y con ella envié a la Regidora una breve razón escrita pidiéndole noticias de su hermano e insinuándole me diera más detalles sobre su amiga. Resolví ir con ella hasta donde doña Claudia para dejar allí las bestias que nos causaban mucho estorbo y de nada servían por ahora. Así lo hicimos y regresé a la mina a pie.

»Antonia cumplió su misión con la mayor puntualidad. Le recomendé que la mitad del dinero, producto de la venta, se lo diera a Dora Estela para que ésta lo guardase. De la otra mitad podía disponer ella como quisiera. Regresó con una carta de Dora Estela y me indicó que le había dejado a ésta el total de la suma. Le pregunté por qué no había seguido mis instrucciones y me contestó que su mitad era para Eulogio y que así se lo manifestó a la Regidora. "Pero ¿vas a trabajar, entonces, de balde? —le pregunté—. Esto no me parece justo. Trabajas muy bien y quiero que tengas el salario que mereces". Entrecerrando los ojos hasta casi hacerlos desaparecer y volviendo el rostro hacia otro lado me contestó: "No entiendes nada, Gaviero —era la primera vez que me tuteaba, aunque yo lo hice desde el primer momento—. Ese dinero es de Eulogio, así lo gane con mi trabajo. Ellos han hecho tanto por mí, sobre todo la Regidora, que no voy ahora a dejarlos sin esa ayuda que necesitan más que nunca. Hay que pagarle al médico, comprar las medicinas y el rancho no les está dando nada. No me vengas ahora con cuentos de salarios y vainas de ésas. El dinero es mío, está bien, yo quiero dárselo a ellos y eso es todo. ¿Te quedó claro?". Le respondí que sí y no pude menos de reír ante el énfasis con el que expresaba su opinión. "La cosa no es de risa —comentó—. Si todos andamos más jodidos que nada. Tú el primero: ¿o es que no te das cuenta?". No supe qué contestarle. Dos cosas me habían llamado la atención en sus palabras: un tono de femenina autoridad de reserva, que no había escuchado desde hacía muchos años —sólo mi amiga Ilona Grabowska usó conmigo esa desenvuelta autoridad que siempre me produjo regocijada satisfacción—, y, consecuencia de lo anterior, el tuteo que se estableció entre nosotros. Nunca ha sido muy usual en mi trato con las mujeres, sin que corresponda a ello principio alguno de mi parte. El usted se me ha dado siempre en forma espontánea y natural al dirigirme a ellas, no importa el grado de relación que exista.

»La carta de Dora Estela retrataba el carácter impar y colorido de la Regidora. La forma como se dirigía a mí, al comienzo de la misiva, no pudo menos de hacerme sonreír».

Maqroll se llevó la mano al bolsillo del pecho de su camisa, sacó con cuidado un pliego mugriento a punto de deshacerse y comenzó a leer:

«Señor don Gaviero:

Las cosas por aquí se van aclarando un poco, pero no lo suficiente como para dejar de preocuparse. Al fin supimos por qué cargaron los milicos con el pobre Eulogio. Parece que allá abajo por el río grande volaron una estación del oleoducto y dos barcos que estaban descargando en la terminal que se llama Estación de los Santos. Alguien les dijo que por aquí se escondían los que habían hecho la cosa y les pareció fácil recoger gente como si fuera ganado. Eulogio está bien. Parece que sólo le quebraron una pierna y la muñeca izquierda, el resto son tronchaduras que no llegaron a partir el hueso. Lo de los vómitos de sangre ya se le quitó y el médico dice que no hay ningún órgano lastimado, sino que le partieron una costilla y el hueso rompió un pulmón. El pobre pregunta mucho por usted y está muy preocupado con el trabajo en la mina porque dice que usted solo no puede hacerlo. Ya la semana entrante lo van a llevar a la finca. La familia que lo tiene aquí espera que se vaya pronto, porque no quieren tener problemas con su esposa que se dio cuenta ya de que una de las muchachas tenía relaciones con mi hermano. Eulogio le manda decir que los militares que lo interrogaron le preguntaban mucho sobre quién era su compañero de trabajo en la mina. Él quiere que no se preocupe porque les dijo que era alguien de la costa que andaba de paso y ya se había largado porque no encontraron nada. Le preguntaron si era un extranjero y les dijo que no y dice que le creyeron. No era eso lo que les interesaba más. Que quede tranquilo porque a los que hicieron la voladura ya los encontraron escondidos en el mismo puerto del río y ya los quebraron y ahí termina. Lo de Antonia fue ocurrencia mía, aunque Eulogio no estaba muy de acuerdo porque dice que las mujeres en las minas complican mucho las cosas y siempre acaban con algún desvarío. No lo dirá por mí que nunca me he metido en esas cuevas porque de topo no tengo nada, como ya se lo dije una vez. Ella ha vivido siempre arriba en el páramo y es persona que no creo que vaya a darle problemas. Su única obsesión es el miedo de quedar preñada y eso lo arregla a su manera; a unos les va y a otros no. Ya le dije que la maldición del oro se quita al lado de una mujer si se hace con cariño. Si quiere alguna vez estar con ella, sólo tiene que proponérselo. No se preocupe que no lo va a tomar a mal. Si no quiere estar con usted se lo va a decir. Para el trabajo es muy buena y aguanta más que una mula. No sé cómo le haya parecido mi idea de mandársela pero entre que esté allá solo, sin hacer nada y con el riesgo de que le vuelva el delirio, y tenga compañía y pueda avanzar en el trabajo del molino, me parece mejor esto. Ella sabe lavar la arena y estoy segura de que ya le demostró lo bien que lo hace. Bueno, esto era todo y por aquí se le extraña mucho y le guardamos las cosas que nos ha encargado con la formalidad que usted sabe. Muchos saludos de todos aquí y que le vaya muy bien.

Su amiga y servidora,

Dora Estela».

El Gaviero dobló cuidadosamente el pliego de papel y lo regresó al bolsillo de su camisa mientras nos explicaba: «Esta carta la guardo porque es el único recuerdo que tengo de Dora Estela y la sola misiva que conservo escrita por una mujer. Otras que guardaba he tenido que destruirlas en momentos en que, de caer en manos ajenas, podían comprometer a alguien. Bien —continuó después de servirse otra cerveza y comentar que era imperdonable que Estados Unidos no haya podido producir aún una como esa que estábamos tomando, hecha en Dinamarca—. Para seguir con la historia de Antonia, les cuento que la mujer se ajustó perfectamente a mi rutina de trabajo y a mi modo de vida frugal, sembrado de largos silencios y horas de lectura que me servían para escapar del ambiente opresivo de los socavones, de donde iba sacando, a fuerza de pico, los trozos de veta que amontonaba sobre un costal. Cuando éste se llenaba, ella lo jalaba por el suelo hasta la salida y allí ponía a funcionar la pequeña y rudimentaria rueda Pelton, que giraba con el agua de la cascada y movía el molino. La mujer bajaba de vez en cuando al pueblo para traer provisiones y noticias de Eulogio, que se recobraba muy lentamente. La pérdida de sangre lo había debilitado en extremo y la costilla se negaba a soldar en firme y seguía dificultándole la respiración. El diálogo con Antonia se concretaba siempre a detalles del trabajo y jamás me interrumpía cuando me sentaba afuera, recostado en la pared del precipicio, a pensar en episodios de mi pasado y en quienes han compartido épocas de mi vida tan encontrada y errante. No me gustaba permanecer mucho tiempo en la gruta, cuyo ambiente poblado de un vago esoterismo acababa inquietándome. Sólo para dormir era propicia por la condición ya mencionada de su mullido y tibio piso de arena y del murmullo adormecedor de la cascada. Algo me decía que no todo podría continuar dentro de esa normalidad tan parecida a lo que siempre he rechazado como una de las más notorias antesalas de la muerte: los días transcurriendo por cauces regulares, en donde toda sorpresa ha sido descartada de antemano. La forma como estábamos explotando el mineral de filón era tan primitiva que su rendimiento apenas servía para atender el tratamiento de mi socio y dejar en reserva una suma que, en un caso de urgencia, me permitiría salir del país en busca de otros horizontes que, para mí, siempre serían marinos. Hacía tiempo que soñaba con la idea de comprar una goleta para comerciar entre la isla de Fernando de Noronha y la costa de Pernambuco. Las halagadoras posibilidades de hacer este tráfico con buenas ganancias me las había planteado un judío egipcio amigo mío, de apellido Waba, que tenía una inventiva inagotable para encontrar maneras de hacer dinero sin pasar mayores penalidades. La navegación en esa zona era casi todo el año muy tranquila y el llevar a la isla provisiones de las que sus habitantes carecían y estaban dispuestos a pagar a precios muy altos era una perspectiva bastante prometedora. Haciendo planes y trazando rutas en la mente, pasaba horas al borde del abismo de cuya vegetación enana y recia partían bandadas de aves de un colorido sorprendente y cuyos gritos resonaban entre las paredes verticales de la roca con un eco agorero y melancólico.

»El cambio que vagamente había comenzado a insinuarse allá en un rincón de mi conciencia, del que partían siempre las señales de alarma de una inminente caída en la rutina gris y sosegada, se presentó, como siempre ocurre en esos casos, con la aleve máscara de inocencia de un hecho más que previsible y normal. Una noche, en la que me fue difícil encontrar el sueño, a causa del dolor de espalda que no quería desaparecer y que me venía siempre después de haber estado cavando en la veta en una posición forzada y sin alivio, Antonia vino a mi lado y me preguntó qué me sucedía. Le expliqué de lo que se trataba y ella se ofreció a frotar la zona dolorida con el aceite de palma que usaba para cocinar. Acepté y comenzó a darme masaje en la espalda y la cintura con movimientos rotativos e intensos que me aliviaron de inmediato. Le pregunté quién le había enseñado esto y me contestó que la tía donde había pasado la infancia componía huesos y era muy sabida en esta clase de cosas. Seguimos conversando y ella continuó frotándome el cuerpo hasta cuando me di cuenta de que ya no se trataba de masaje alguno sino de caricias cuya intensidad y propósito anunciaban otra cosa. La fui desvistiendo lentamente y, ya desnudos los dos, comenzamos a besarnos en silencio, cada vez más excitados. En un momento en que estaba encima y listo para entrar en ella, Antonia se dio vuelta bruscamente y quedó boca abajo. "Así quiero —me dijo—, así me gusta. No te preocupes. Estoy acostumbrada y gozo lo mismo, sin peligro de quedar preñada". Entré sin mayor dificultad y me di cuenta de que, en efecto, ella había aprendido ya a disfrutar en esa forma con tal de no correr riesgo alguno. Al terminar, lanzaba breves quejidos que repercutían en las paredes de la gruta y se mezclaban con la voz del viento en la boca de la mina. La impresión era extraña y me resultaba muy excitante. Los ayes alternaban con el Amirbaaaar que pronunciaba el aire con precisión alucinante.

»Este abrazo sin consecuencias y contra natura se convirtió en una ceremonia cotidiana. Ciertas tardes, cuando el viento empezaba a dejar oír su voz llamando al jefe de los mares en la entrada de la mina, el deseo comenzaba también a urgir con el pausado oleaje de la sangre. Antonia no cambió para nada el ritmo de sus labores, ni el tono de su relación usual conmigo. Era como si nuestros ejercicios nocturnos no existieran en la realidad de cada día. Recordé con frecuencia la sibilina alusión de la Regidora, que no entendí en un comienzo: "... y eso lo arregla a su manera. A unos les va y a otros no". Fue así como la mina cambió de aspecto para mí y se cargó aún más de ese ámbito ritual y abscóndito que, en un principio, me había impresionado. La relación con Antonia, marcada por la forma irregular de nuestro abrazo, comenzó a confundirse en mi mente con la atmósfera mítica del sitio. Era como un rito necesario, invocador de fuerzas escondidas en la entraña del viento que giraba en la gruta invocando al Emir de los mares, que se cumplía en medio de los breves gemidos de Antonia cuando culminaba su placer. El otro aspecto, puramente real y práctico, consistente en sacar el oro del filón, se fue fundiendo con el primero hasta convertirse también en parte del ceremonial de un culto sin rostro, de un misterio ciego en el que hallar oro y sodomizar una hembra eran la manera de participar en un mismo rito.

»En una ocasión en que Antonia fue a la capital para vender el oro que habíamos reunido, tardó en regresar mucho más de lo usual. Fueron cuatro días de ansiedad, durante los cuales perdí por completo el control de mí mismo. La voz de la mina se escuchaba en las noches con una claridad tal que terminé dialogando con ella. Un deseo intenso, casi doloroso, torturaba mi imaginación y mis sentidos hasta pensar que Antonia había sido una invención de mi fantasía para poblar la soledad de la gruta. La última noche me despertó la voz de siempre y me pareció que llamaba a Amirbar con mayor premura, con una ansiedad nueva que me hizo pensar en Perséfone recorriendo el Hades. Fue entonces cuando elevé a Amirbar una invocación para aplacarlo. Algo, allá muy adentro, me decía que mi larga ausencia del mar no era bien vista por los abismales poderes del océano. Aún recuerdo las palabras de esta plegaria y la voy a decir porque forma parte esencial de mi tránsito por las minas. Dice así:

Amirbar, aquí me tienes escarbando las entrañas de la tierra como quien busca el espejo de las transformaciones,

aquí me tienes, lejos de ti y tu voz es como un llamado al orden de las grandes extensiones salinas,

a la verdad sin reservas que acompaña a la estela de las navegaciones y jamás la abandona.

Por los navíos que hunden su proa en los abismos y surgen luego y una y otra vez repiten la prueba

y entran, al fin, lastimados, con la carga suelta golpeando en las bodegas, en la calma que sigue a las tormentas;

por el nudo de pavor y fatiga que nace en la garganta del maquinista, que sólo sabe del mar por su ciega embestida contra los costados que crujen tristemente;

por el canto del viento en el cordaje de las grúas,

por el vasto silencio de las constelaciones donde está marcado el derrotero que repite la brújula con minuciosa insistencia,

por los que hacen el tercer cuarto de guardia y susurran canciones de olvido y pena para espantar el sueño;

por el paso de los alcaravanes que se alejan de la costa en el orden cerrado de sus formaciones, lanzando gritos para consolar a sus crías que esperan en los acantilados;

por las horas interminables de calor y hastío que sufrí en el golfo de Martaban, esperando a que nos remolcara un guardacostas porque nuestros magnetos se habían quemado;

por el silencio que reina cuando el capitán dice sus plegarias y se inclina contrito en dirección a La Meca;

por el gaviero que fui, casi niño, mirando hacia las islas que nunca aparecían,

anunciando los cardúmenes que siempre se escapaban al cambiar bruscamente de rumbo,

llorando el primer amor que nunca más volví a ver,

soportando las bromas bestiales de la marinería en todos los idiomas de la Tierra, por mi fidelidad al código no escrito que impone la rutina de las travesías sin importar el clima ni el prestigio del navío,

por todos los que ya no están con nosotros;

por los que bajaron en tumbos resignados hasta yacer en el fondo de corales y peces cuyos ojos se han borrado;

por los que barrió la ola y nunca más supimos de su suerte,

por el que perdió la mano tratando de fijar una amarra en los obenques;

por el que sueña con una mujer que es de otro mientras pinta de minio las manchas de óxido del casco;

por los que partieron hacia Seward, en Alaska, y una montaña de hielo a la deriva los envió al fondo del mar;

por mi amigo Abdul Bashur, que toda su vida la pasó soñando en barcos y ninguno de los que tuvo se ajustaba a sus sueños,

por el que, subido al poste de la antena, dialoga con las gaviotas mientras revisa los aisladores y ríe con ellas y les propone rutas descabelladas,

por el que cuida el barco y duerme solo en el navío en espera de los desembargadores de levita;

por el que un día me confesó que en tierra sólo pensaba en crímenes atroces y gratuitos y a bordo se le despertaba un anhelo de hacer el bien a sus semejantes y perdonar sus ofensas;

por el que clavó en la popa la última letra del nombre con el que fue rebautizado su navío: Czesznyaw;

por el que aseguraba que las mujeres saben navegar mejor que los hombres, pero lo ocultan celosamente desde el principio de los tiempos,

por los que susurran en la hamaca nombres de montañas y de valles y al llegar a tierra no los reconocen;

por los barcos que hacen su último viaje y no lo saben pero su maderamen cruje en forma lastimera,

por el velero que entró en la rada de Withorn y nunca consiguió salir y quedó allí anclado para siempre;

por el capitán Von Choltitz que emborrachó durante una semana a mi amigo Alejandro el pintor con una mezcla de cerveza y champaña;

por el que se supo contagiado de lepra y se arrojó desde cubierta para ser destrozado por las hélices,

por el que decía, siempre que se emborrachaba hasta caer en el mancillado piso de las tabernas: "¡Yo no soy de aquí ni me parezco a nadie!",

por los que nunca supieron mi nombre y compartieron conmigo horas de pavor cuando íbamos a la deriva contra las rompientes del estrecho de Penland y nos salvó un golpe de viento,

por todos los que ahora están navegando,

por los que van a partir mañana;

por los que ahora llegan a puerto y no saben lo que les espera,

por todos los que han vivido, padecido, llorado, cantado, amado y muerto en el mar;

por todo esto, Amirbar, aplaca tu congoja y no te ensañes contra mí.

Mira en dónde estoy y apártate piadoso del aciago curso de mis días, déjame salir con bien de esta oscura empresa,

muy pronto volveré a tus dominios y, una vez más, obedeceré tus órdenes. Al Emir Bahr, Amirbar, Almirante, tu voz me sea propicia,

Amén».

Al terminar Maqroll su invocación nos quedamos un momento en silencio. Había en ella tan honda virtud marina que nos hizo sentir ajenos y distantes de ese mundo que, en verdad, había sido el suyo y lo sería hasta el fin de sus días. Por parte de las palabras de esta oración desaforada, nos dimos cuenta de que el paso del Gaviero por el subterráneo mundo de las minas había sido como una pena que se impusiera para purgar quién sabe qué oscuras faltas y desfallecimientos en sus deberes de marino. Nadie, es claro, se atrevió a comentárselo y él siguió el hilo de su narración, como si no estuviéramos presentes:

«Antonia llegó el día siguiente muy de mañana. Había caminado toda la noche, sin parar siquiera en casa de doña Claudia. La razón de su demora me la expuso después de haber descansado varias horas en un sueño visitado por sobresaltos y palabras cuyo sentido no conseguí desentrañar. En la capital vendió el oro sin ningún contratiempo. Regresó en *El huracán andino* de Saturio, con tan mala suerte que la chiva fue detenida por un retén del ejército. Los diez pasajeros que venían medio dormidos fueron obligados a descender y los sometieron a una requisa minuciosa. Un sargento le quitó a Antonia el dinero que traía, con el pretexto de que no era creíble que fuera el producto de la venta de un ganado de sus parientes. En verdad, la mentira era un tanto improvisada y difícil de sostener. Poco después dejaron seguir a la chiva, pero se negaron a devolver a Antonia su dinero. Ella llegó a San Miguel y al día siguiente se encaminó a la capital para reclamar la suma que le habían quitado. La Regidora trató de disuadirla insistiendo en que su excusa era peligrosamente insostenible. ¿Qué hubiera contestado a la pregunta de quiénes eran sus parientes? ¿Quién le había comprado las reses? Pasando por encima de las razones de Dora Estela, Antonia se presentó en el cuartel y allí logró, con astucias que era mejor ignorar, que un capitán ordenase la devolución del dinero. Al regresar a San Miguel resolvió partir de inmediato, así tuviera que caminar durante toda la noche. "Imaginé que te debías estar mortificando con dudas sobre mí y eso me afligía tanto que resolví emprender camino para llegar lo más pronto posible". Le aclaré que jamás me pasó por la mente duda alguna sobre su lealtad y que lo único que temí era que hubiera tenido algún percance, sobre todo al cruzar por el desfiladero. El camino se iba desmoronando cada vez más y ya era imposible pasar sin gran peligro. Antonia me miraba con ese gesto de distancia y reserva que sus facciones malayas hacían más denso y cargado de hermetismo. Había algo que comenzaba a preocuparme en relación con ella y que no sabía muy bien cómo poner en claro. La intimidad de nuestras relaciones, marcadas con ese signo de física distorsión del cauce usual del placer, iban creando en ella una actitud de sumisa entrega, de apego casi animal que se manifestaba muy claramente en su forma de trabajar en el molino. Llegó a ofrecerse para picar en la veta, evitándome así los calambres en la espalda que me mortificaban con mayor frecuencia. No se lo permití, a pesar de que había demostrado ya tener una resistencia al parecer inflexible. Siguió insistiendo en no reservar para ella una parte del producto de nuestro trabajo y comenzaba a inquietarse cada vez más sobre mis planes para cuando se agotara el filón que trabajábamos. "Se me hace que no vas a parar por aquí ni un día —me comentaba con un dejo de tristeza—, no tienes aspecto de criar raíces en ninguna parte. Lo que en verdad eres es un vagabundo. No tienes remedio". Nunca traté de disuadirla de la idea que tenía de mí, que, por lo demás, era bastante justa. Pero el reclamo que tenían sus observaciones se hacía cada vez más acentuado hasta llegar a la congoja con ciertos tintes de rencor. Pensé que sería necesario hablar de esto con Dora Estela, que podría ayudarme en este caso, dado su carácter independiente y la claridad de sus relaciones conmigo en donde no había más lazos que una simpatía franca y bien cimentada.

»La ocasión se presentó más pronto de lo que esperaba. Uno de los engranes del molino, hecho de madera de guayacán, se desdentó una mañana debido, sin duda, al exceso de trabajo al que estábamos sometiendo el primitivo mecanismo. Tuve que ir a San Miguel para que un carpintero sirio que conocí en el café y arreglaba la carrocería de madera de las chivas tornease otro igual en la misma madera. Dejé a Antonia en la mina y partí a la madrugada. La mujer me acompañó buena parte del trayecto en el precipicio. Estaba silenciosa y desconfiada, como si hubiera adivinado mi intención de hablar con su amiga sobre nosotros. Se abrazó a mí sin decir palabra, ciñéndose calurosamente a mi cuerpo, y regresó sin volver el rostro.

»El trabajo de fabricar el engrane tomaba, al menos, dos días. Escogí el cuarto de siempre y me instalé en el café en la mesa de costumbre. La Regidora intuyó que deseaba consultarle algo sobre Antonia y me lo dijo con su manera desprovista de rodeos: "Usted trae un entripado y el asunto es con Antonia. ¿Qué pasa? —me preguntó en la noche misma de mi llegada, mientras sumaba las cuentas de sus mesas en una libreta descuadernada que siempre llevaba consigo. No le respondí de inmediato, esperando que terminara sus cálculos—. Cuénteme —me dijo—, yo sigo con mis números pero lo estoy oyendo". Le relaté, tratando de restarle importancia al asunto, lo que me pasaba: Antonia estaba cada vez más apegada a mí y, desde luego, no eran mis planes establecer con ella una relación duradera. Ni siquiera la mina, a la larga, podría conseguir que me quedara en esas tierras por mucho tiempo. No quería herirla con un rechazo brutal, pero tampoco podía revelarle ciertas singularidades inmodificables de mi carácter y de mi destino. Su sensibilidad y su formación no le permitirían aceptarlas sin sentirlas como un rechazo. "Para comenzar —me comentó Dora Estela—, no creo que el problema tenga que ver con esa manía de Antonia de no hacer el amor como el resto de las personas. Yo le creo cuando dice que haciéndolo por detrás disfruta igual. Descartado eso, ya que usted lo aceptó desde un principio, lo que sucede, entonces, es que está enamorada y eso sí es peliagudo, porque nunca le había sucedido antes. Mire, en verdad a mí no se me ocurre nada. Yo la entiendo porque algo de eso me estaba pasando poco después de que usted vino, pero como ya estoy curada de espantos supe parar a tiempo. Lo malo es que Antonia, como está metida con usted día y noche en esa cueva, no creo que logre salir del atolladero. Por desgracia, Eulogio todavía tiene para un par de meses y no creo que la cosa dé para tanta espera. ¡Ay, Gaviero!, se me hace que estas cosas le deben suceder a menudo. No hay mujer que crea de verdad en una vocación de vagabundo tan enraizada como la suya. Antonia es mujer de arranques repentinos y va siempre al grano. Recuerde que es montañera y la vida le ha dado muy recio".

»Seguimos dándole vueltas al problema sin hallar una salida posible. Era natural que así fuese: los sentimientos jamás han podido manejarse ni entenderse con razones. Al día siguiente, muy entrada la noche, el carpintero me mandó llamar para entregarme la pieza. Era de una fidelidad asombrosa con el original y estaba terminada con un cuidado ejemplar. Regresé al café, que estaba casi vacío, y la Regidora se sentó conmigo.

Entró de lleno en el tema: "No hay más remedio que hablarle a Antonia con claridad y convencerla de que nada puede esperar de usted distinto de lo que ahora existe. No lo haga usted, porque la va a lastimar y va a ser peor. La próxima vez que venga para vender el oro le voy a hablar yo. A ver qué pasa. Con las mujeres no se puede anticipar nada. Ojalá no la tome contra mí, porque entonces sí nos jodimos, porque se le cierran las entendederas". Me pareció la única salida sensata a un problema que, al tratarlo con la Regidora, adquirió proporciones más definidas y complejas que las que yo le había dado. Al regreso, Antonia me esperaba en el sendero que conducía a la gruta por el desfiladero. Tenía el rostro sellado y hermético, pero se mostró afectuosa y locuaz, como si quisiera alejar de sí alguna oscura premonición que la hubiera torturado en mi ausencia. Me ayudó a colocar el nuevo engrane con una habilidad manual tan sorprendente que volví a pensar que algunos remotos ancestros asiáticos le habían transmitido esa mezcla de paciencia y destreza tan ajenas a la gente del país. Recogió en el monte las hierbas de olor con las que sazonó un cocido de papa, yuca y otros tubérculos de sabores más o menos semejantes y algo sosos, pero que ganaban notablemente con el aliño que Antonia les ponía. Esa noche, después de hacer el amor en dos ocasiones con una intensidad más febril que la habitual, me susurró al oído, antes de regresar a su lecho: "A veces pienso que contigo sí tendría un hijo. Pero quién sabe. Igual te largas y me dejas con la criatura. Hasta mañana, perdulario". Sus palabras me rondaron en el sueño con una inquietud difícil de concretar.

»Durante varias semanas trabajamos intensamente. La veta empezaba a agotarse y mostraba crecientes diferencias de estructura en relación con los tramos anteriores. Se trataba de aprovechar al máximo el material que procesaba el molino. Cada día sacábamos más mica y menos oro. Señal indudable, según mis manuales, de que el filón cambiaba. Curiosamente, esto coincidía con el momento en que se perdía en el techo. Era preciso buscar otra veta y comenzamos a escarbar más al fondo de la galería sin resultado. Llegó el momento en que Antonia debía partir a la capital para vender el oro reunido. No era gran cosa, pero, de todos modos, no era aconsejable tenerlo en la mina, aunque nadie se había aparecido hasta ese momento por esos parajes. La mujer mostraba cierta reticencia en emprender el viaje, como si intuyera que allá abajo la esperaba alguna imprecisa calamidad. No quise ejercer ninguna presión porque con ello iba a despertar más su recelo. Por fin, un día, como si tomara una resolución que le había costado trabajo aceptar, la oí hablarme desde su lecho cuando estaba ya a punto de dormirme: "Mañana me voy a la ciudad para vender el oro. No hay que esperar más". Escuché cómo se volvía hacia la pared y entraba en el sueño con una respiración regular cuyo ritmo se entrecortaba a veces con profundos suspiros de infante. Partió, en efecto, con el alba. Tenía el aspecto de la víctima que se apresta para el sacrificio con una resignación que ha cancelado toda esperanza. Tres días más tarde estaba de regreso. En su rostro no se reflejaba ningún cambio. De inmediato se puso a procesar en el molino el material que yo había sacado durante su ausencia. "Esto se va acabando —me comentó al rato con una sonrisa desteñida que confería cierta ambigüedad a la frase— y si no encontramos otra veta ya podemos despedirnos de Amirbar". En la noche se mostró complaciente y cariñosa pero, tras los gemidos usuales del final, la escuché contener unos sollozos que le subían de pronto a la garganta.

»En verdad, la veta ya no contenía mineral alguno y era inútil excavar para seguir su curso. Eso significaba un esfuerzo imposible de realizar por nosotros dos y, menos, con las herramientas de que disponíamos. También la búsqueda de otra veta era tarea superior a nuestras fuerzas, a no ser que apareciera de repente, como sucedió con ésta. Antonia propuso una solución temporal que me pareció bastante sensata: lavar arena del río un poco más abajo del desfiladero, en las minúsculas playas donde había ensayado el canadiense con algún resultado. Así lo hicimos. Había que continuar por el sendero al borde del abismo hasta donde éste terminaba y seguir por el camino real que descendía hasta correr paralelo al río. Tomando el curso de este último se penetraba en una espesura formada en su mayor parte por árboles frutales en estado semisalvaje. La distancia desde ese lugar hasta la mina se recorría en hora y media. El camino era bueno y sólo la parte del farallón representaba algún peligro, ya que se estaba desintegrando a ojos vistas. El regreso era más difícil que la bajada y a veces nos tomaba casi tres horas. Lavar la arena para separar de ella el oro es un ejercicio fascinante. Poco a poco va apareciendo el brillo del metal, dando a menudo la impresión de que la arena misma es la que se transforma en esa dorada maravilla que recoge toda la luz del sol. Cuando se ha conseguido lavar casi totalmente la porción de oro, éste se mezcla con mercurio que lo aísla y compacta con su propia materia. El mercurio se pasa por una gamuza fina y el oro queda allí en estado puro. Las arenas del río en el que trabajábamos eran ricas en mineral precioso, porque las aguas vienen recorriendo muchos parajes en donde hay vetas que cruzan el lecho del río, éste las va gastando y se lleva el oro. Antonia trabajaba con tal agilidad y era tan diestra en lavar la arena que, al final, reunía más del doble de oro que yo. Nos fuimos acostumbrando a pasar al borde del río algunas noches, cuando éstas eran claras y no amenazaban lluvia. Bajábamos con provisiones, una Coleman y un recipiente con gasolina para alimentar la lámpara. A veces nos quedábamos dos o tres noches seguidas sin subir a la mina. Lavar la arena del río por la noche a la luz de la Coleman es una tarea alucinante. Además, el murmullo del agua al chocar contra las piedras era un sonido bastante más grato y tranquilizador que la voz de la mina llamando sin descanso al patrón del mar. Mi invocación para aplacar sus intemperancias y caprichos no era allí necesaria. Pasaban los días y Antonia no hacía la menor alusión a lo que, de seguro, había hablado con la Regidora. Esto me inquietaba. Las señales de cierto desconsuelo se iban haciendo en ella más repetidas y claras. De nuevo reunimos oro suficiente como para justificar un viaje a la capital. Cuando se lo mencioné, una noche en que habíamos hecho el amor a la orilla del río, los ojos de Antonia se llenaron de lágrimas. Le pregunté qué le pasaba y contestó con un brusco gesto de negación. Insistí un poco más y me habló con voz entrecortada por los sollozos: "Si me voy ahora, seguro que no te encuentro al regresar. Ya Dora Estela me dijo que te querías ir y que debía resignarme a perderte, porque nunca has parado en ningún sitio". Le contesté que nunca haría algo como desaparecer sin despedirme y le insistí largamente sobre mi condición errante y la inutilidad de pensar en un cambio de mi destino. Al partir me llevaría su recuerdo que me acompañaría siempre. La encontraba una mujer notable y su belleza fresca y vigorosa me había proporcionado una de las experiencias más excitantes y plenas de mi vida. Nada de eso era lo que ella quería escuchar. Pero pensé que era más leal y más claro decirle lo que sentía por ella y lo que era para mí, sabiendo, desde luego, que le causaba una desilusión difícil de soportar. Seguimos hablando sobre lo mismo y, a medida que abundaba en mis argumentos, ella entraba en un arisco silencio de animal herido. Cuando me dormí a su lado, sobre las mantas que habíamos dispuesto en un solo lecho, sollozaba aún en forma apenas perceptible.

»Me despertó, de repente, un intenso olor a gasolina y la sensación de un líquido frío que corría por mi espalda. Me incorporé al instante y vi una forma blanca que intentaba encender un fósforo tras otro sin conseguirlo. Me lancé al agua de un salto al momento en que un flamazo encendía las mantas y buena parte de la arena. Nadé hacia la orilla mientras Antonia desaparecía entre los árboles gritando como una loca: "¡Contigo hubiera tenido un hijo, pendejo! —decía mientras su voz se alejaba en la espesura—. ¡Muérete, animal! ¡El que no tiene casa que viva en el infierno!". Huía convencida de que yo quedaba entre las llamas. Cuando salí del río comenzaban a verse las primeras luces del alba. Traté de secarme con algunos trapos salvados del fuego. Emprendí el camino hacia la mina sin saber muy bien lo que iba a hacer. Quedé apenas con las prendas que usaba para dormir: una camiseta y unos calzoncillos. Las botas, algo chamuscadas, pude usarlas sin los cordones porque éstos habían ardido. Subir en tales condiciones me resultó bastante penoso. Cuando llegué a la gruta me tiré en la arena para descansar. La evidencia de la situación se me presentó entonces plenamente. Estuve a punto de morir entre las llamas, que aún persistían cuando dejé el sitio. La mujer había vertido el recipiente de gasolina, que estaba lleno, alrededor del lecho y sobre mi cuerpo cubierto por las mantas. Si el primer fósforo hubiera servido no estaría contando el cuento. Las manos mojadas con gasolina le impidieron hacerlo y eso me salvó. Entre las cosas que dejamos en la mina tenía otras mudas de ropa y cordones de repuesto para las botas. Antonia se había ido con el oro.

»No tenía otra alternativa que partir para San Miguel, recoger la parte que me correspondía del dinero que guardaba Dora Estela, abandonar la región y, con ella, la historia del oro, que se había convertido en una suerte de maldición implacable. Escondí las herramientas y algunas partes del molino en la galería y abandoné el lugar con la intención de pasar la noche donde doña Claudia y, al día siguiente, bajar a San Miguel. Llegué a la finca casi al caer la noche. Cuando retiraba las trancas de la entrada, un bulto salió de entre los árboles que servían de cerca. Era doña Claudia que me estaba esperando. Antes de que tuviera tiempo para preguntarle cómo sabía de mi llegada, comenzó a hablar con una voz en la que se mezclaban la angustia y la congoja: "Por aquí pasó en la madrugada la loca esa hablando barbaridades y diciendo que usted había muerto entre las llamas. No se le entendía muy bien, pero daba la impresión de haber sido ella la que le prendió candela. Pero lo grave no es eso. Esta tarde vino por aquí la tropa y un teniente nos interrogó durante mucho rato, a mí y a los dueños de la finca, sobre la mina del desfiladero y el extranjero que se escondía allí con el pretexto de buscar oro. Venían de hablar con Eulogio, quien negó todo. Volvieron a golpearlo sin lograr sacarle nada. Andan merodeando por aquí y se me hace raro que no se haya cruzado con ellos. Tal vez están buscando río arriba antes de ir a la mina. Yo he estado aquí desde hace rato esperando la casualidad de que pasara alguien con noticias sobre usted, porque

Antonia estaba tan confundida que nada claro pudimos saber. Espéreme aquí escondido. Le voy a traer algo de comida; porque lo mejor que puede hacer es devolverse por el camino real, sin pasar por San Miguel. Más abajo, el camino cruza la carretera y a lo mejor lo recoge allí alguien para que se vaya lo más lejos posible. Si esa gente lo encuentra lo van a matar. A los extranjeros nunca los llevan a la capital, sino que los quiebran ahí mismo. No se mueva de aquí y espéreme detrás de esas matas. Qué bueno que apareció, puro milagro, mi don, puro milagro". Y se alejó hacia la casa murmurando frases que no entendí. Fui a esconderme detrás de las matas que me había indicado y me puse a pensar en mi destino. Una vez más terminaba con lo que traía puesto y perseguido por las fuerzas del orden sin saber muy bien por qué. Si contaba con suerte podría hacerle llegar a la Regidora un recado para que me enviase algún dinero para salir del país y buscar suerte en otro sitio, pero, jamás, desde luego, en las minas de oro. No tardó en regresar doña Claudia con una pequeña olla de sopa y un poco de pan de maíz. Me traía, además, un poncho de lana cruda y un sombrero de paja para protegerme de la intemperie y disimular algo mi aspecto de extranjero. Antes de partir, le pedí que intentara ponerse en contacto con Dora Estela para decirle que ya le avisaría dónde hallarme y que esperara mis noticias.

»Caminé toda la noche bajo un cielo estrellado tan espléndido que alcanzaba a iluminar tenuemente el camino. La bóveda celeste daba una impresión de tal cercanía que me sentí acompañado por las constelaciones que aprendí a conocer en mis días de gaviero. El camino real cruzaba en efecto la carretera y seguía luego subiendo por montes y cañadas en su trazado impecable, al abrigo del tiempo y su exterminio. Pasaron varios vehículos pero no me atreví a detener a ninguno. Eran automóviles particulares y mi aspecto no debía ser de los más tranquilizadores. Vinieron luego algunos grandes camiones de carga y éstos, ya lo sabía, no se detienen jamás porque a los choferes les está prohibido hacerlo. Después pasaron dos camiones del ejército con soldados que cabeceaban de sueño. Los percibí a distancia y me

Destartalada construcción de cemento maculado por el moho y el óxido, cuyos tres pisos destilan constantemente, por dentro y por fuera, un maloliente verdín aceitoso. Típico edificio concebido por un ingeniero, con espacios de proporciones ya sea desmesuradas o bien mezquinas y, en ambos casos, gratuitas, según el humor del fantasioso maestro de obras que debió encargarse de la construcción. Un comedor vastísimo, de techos altos y manchados con sospechosos escurrimientos de tuberías mal acopladas; una recepción larga y angosta donde se mantiene una atmósfera asfixiante cargada de olores ligeramente nauseabundos y que invita a la claustrofobia inmediata; las habitaciones, cada una con las proporciones y formas más absurdas. Muchas de ellas, vaya a saberse por qué, terminaban en un ángulo agudo perturbador del sueño del más sereno de los huéspedes. El bar se hallaba dispuesto a lo largo de otro corredor angosto, sin ventanas, que unía la recepción con un patio donde estaba la piscina, turbio estanque de agua verdinosa, visitado por una fauna indefinible de seres mitad pez y mitad saurio enano de ojos saltones. Una fila de mesas adosadas a la pared se enfrentaba allí con una barra hecha de maderas tropicales, con motivos indígenas y africanos labrados en alto relieve, todos tan espurios como horrendos. El alivio que pudiera llegar con el whisky, en el que flotaban trozos de hielo de un inquietante color marrón, se esfumaba de inmediato en el ámbito infecto de ese pasillo de cuartel de policía, al que algún administrador, con macabra humorada, bautizó como Glasgow Bar. El hotel se hallaba rodeado de una vasta zona de chozas lacustres que despedía un fétido aliento de animales en descomposición y de basura que flotaba en las aguas muertas y lodosas.

Urandá contaba, además, con un barrio de edificaciones levantadas en tierra firme, que escalaba una ligera colina por la que pasaba, de vez en cuando, una brisa piadosa y fugaz. Como era de suponer, las *madames*, como allí se les nombra, se apresuraron a ocupar la zona para instalar allí sus burdeles. Era frecuente que los viajeros familiarizados con las características del puerto tomaran allí una habitación con aire acondicionado y algunos servicios de hotel más o menos regulares, huyendo del siniestro Hotel Pasajeros. Las pupilas del lugar no insistían mucho en brindar su compañía. Sus clientes preferidos eran los marineros que llegaban provistos de los apetecidos dólares, marcos o libras, y no los huéspedes surtidos con la devaluada moneda nacional. Por lo demás, el personal de esas casas estaba formado, en su mayoría, por seres desnutridos, anémicos y desdentados, por lo general víctimas de exóticas enfermedades del trópico, la más extendida de las cuales es el terrible pian, una avitaminosis que corroe las facciones en tal forma que, quienes la sufren, jamás se dejan ver a la luz del día y, de noche, evitan exponerse a la luz eléctrica. Cubierta la cara con improvisados pañuelos y velos caprichosos, las mujeres atienden a sus clientes en la penumbra y saben despacharlos con tanta destreza y rapidez, que éstos no alcanzan a darse cuenta de nada, menos aún después de tomar algunas copas de ron adulterado.

Pensar, entonces, en servir en Urandá un *buffet* de seis platos con tres clases de vinos de gran calidad, como en cualquier hotel de la Riviera, era hazaña que sobrepasaba los límites de lo posible para entrar francamente en los del delirio. A esto había que agregar las condiciones de aterrizaje y despegue del aeropuerto, cuya precaria torre de control solía quedarse sin energía eléctrica a la menor llovizna, en un sitio en donde la lluvia era casi permanente. Las condiciones de visibilidad en la pista eran, por igual motivo, tan escasas como efímeras. En un estado de ánimo fácil de imaginar, partí a la capital de provincia. Me alojé allí en un hotel que conocía muy bien, administrado por una pareja de luxemburgueses que daban al sitio un encanto muy particular y mantenían un servicio impecable. La ciudad era una próspera capital azucarera con un clima parejo y agradable, que supo mantener un cierto ambiente cosmopolita y bullanguero en una vida que transcurría sin altibajos ni sorpresas. Era como una isla en medio de la tormenta de pasión política desenfrenada que devastaba al país y lo mantenía sumido en una atmósfera de sangre y luto. Me gustaba demorarme por largas horas en el bar, instalado en una veranda donde corría un aire fresco, cargado de capitosos aromas vegetales. Allí dejé pasar los días sin encontrar solución a mi problema. Las visitas que hice a los clubes campestres y sociales de la ciudad no dieron como resultado sino las miradas de incredulidad de los encargados del comedor que me escuchaban como si hubiera perdido la razón.

En el bar del hotel servía un barman nuevo, también súbdito de los Grandes Duques, con el cual me fue fácil establecer amistad a fuerza de evocar mis años en Bélgica y mis frecuentes tránsitos de entonces por Luxemburgo. El hombre resultó ser mucho más imaginativo y emprendedor que la mayoría de sus compatriotas. Un día en que me hallaba en vena de confidencias, se me ocurrió contarle el trance en que me encontraba. Después de escucharme con atención partió hacia la barra sin decir palabra. Me trajo un escocés algo más generoso que los habituales y permaneció a mi lado en actitud de meditación. Rompió su silencio para preguntarme:

—¿Tiene alguna limitación de presupuesto para semejante despropósito?

—En absoluto —le respondí intrigado—. Tengo carta blanca.

—Pues entonces, yo me encargo de todo —me respondió León, que era el nombre de mi salvador.

Ante la expresión de incrédulo pasmo que debí poner, pasó a explicarme con la mayor naturalidad.

—Mire, amigo. He trabajado en la costa del África Ecuatorial en lugares que, comparados con Urandá, ésta es un edén. Allí he servido *buffets* que los invitados siguen recordando como algo difícil de superar. El problema es muy sencillo, pero muy costoso: se reduce a tener transportes adecuados y seguros, mucho hielo y una coordinación que debe ser infalible. Cada minuto cuenta en forma decisiva. La carretera al puerto es infernal. Por ella vine y no es fácil de olvidar. En Urandá hay que mantener tres camiones con motores y llantas en perfecto estado, listos para auxiliar a los tres que partirán de aquí con la comida, los vinos, la vajilla y los cubiertos. Si hay un derrumbe en el camino o se presenta una avería, aquellos camiones deben venir en auxilio, llamados por radio, instalado en las dos flotas. En cuanto al menú, le sugiero seis platos, la mayoría de ellos fríos, para presentar un *buffet* variado y muy selecto. Las salsas y el áspic los preparo allá al llegar. De todo esto tengo larga experiencia, no se preocupe. Respecto al precio, le puedo presentar un presupuesto pormenorizado de los gastos, para que lo muestre a su gerencia, a la que puede avisar desde ahora que todo está solucionado. Confíe en mí, que no lo haré quedar mal. Urandá no ofrece más dificultades y riesgos que Loango o Libreville —confieso que sentí el impulso de estampar un beso en la frente del leal luxemburgués. Me detuve a tiempo y apuré a su salud el vaso que me había servido.

Mi gerencia aprobó el presupuesto sin presentar objeción alguna. Las cosas comenzaron a marchar con la regularidad de un comando. Quedaba el problema del transporte aéreo. Seis aviones debían aterrizar y despegar con la más estricta puntualidad. Partí a Urandá, con cuatro días de anticipación a la fecha de la ceremonia, para coordinar la ingrata tarea de hacer viable el incierto puente aéreo. Tuve, en esa ocasión, que alojarme en el Hotel Pasajeros, ya que era el único con línea de larga distancia y télex. Fui a visitar al personal del aeropuerto. Me reuní con quienes iban a manejar la operación, alrededor de una mesa que conseguí me instalaran en el patio de la supuesta piscina. Discutimos largamente todas las posibilidades de salir con suerte del apuro. Había pedido a mi compañía que me enviaran como refuerzo a tres meteorólogos de la refinería y éstos sirvieron para mantener la moral de los técnicos locales que se veían muy afectos al desaliento.

Una noche, en que me hallaba solo, en esa mesa de operaciones donde se habían barajado todas las posibilidades de un desastre incalculable, apurando un whisky que había logrado salvar del hielo lodoso poniéndole únicamente soda helada, vi que venía hacia mí un personaje con gorra oscura de marino, camisa de mezclilla con los botones de concha y un traje de lino de indudable calidad pero que debió conocer días mejores transitando por los cafés de Alejandría o Tánger, antes de venir a lucir en ese lugarejo del Pacífico. El aspecto del visitante era por entero ajeno al ambiente que lo rodeaba. Sin embargo, se movía con una familiaridad desconcertante. Cuando llegó frente a mí, me saludó llevándose la mano a la visera de la gorra y me dijo en fluido francés, con un muy leve acento árabe:

—Permítame presentarme. Soy Abdul Bashur y tenemos un amigo común muy apreciado por ambos, se trata de Maqroll el Gaviero. Tal vez haya escuchado hablar de mí alguna vez.

Me levanté para saludarlo y le invité a sentarse, cosa que hizo con lentitud ceremonial. Era un hombre alto, de brazos y piernas largos y nervudos que transmitían una impresión de energía gobernada por una mente crítica y ágil. Al andar mostraba una leve vacilación que, en un comienzo, achaqué más a cautela que a timidez. El rostro afilado, de facciones regulares, hubiera podido tener un atractivo oriental un tanto obvio, a no ser por el ligero estrabismo que daba a su mirada una expresión de sonámbulo recién despertado. Las manos, ahuesadas y firmes, se movían con una elegancia singular, ajena a la menor afectación. Pero esos movimientos nunca correspondían a sus palabras, lo cual creaba un vago desconcierto. Era como si un doble, agazapado allá en su interior, hubiera resuelto expresarse por su cuenta, según un código indescifrable. La presencia de Abdul Bashur despertaba siempre, por ese motivo, una mezcla de inquietud y simpatía. Esta última suscitada por ese cautivo que sólo lograba hacerse presente a través de gestos de una distinción desusada, ajena a la persona real que hablaba con nosotros. Los cabellos rizados y espesos mostraban en las sienes una zona de canas rebeldes de un blanco intenso. Sonreía con espontánea facilidad, mostrando una hilera de dientes levemente manchados por el cigarrillo que no lo abandonaba jamás. Abdul, que se expresaba con riqueza y soltura en unos diez idiomas, entre ellos el turco, el persa, el hebreo y, desde luego, el propio, que era el árabe, pasó del francés en el que me saludó a un español que conservaba la pronunciación peninsular. Era evidente que lo había aprendido en Andalucía, lo que más tarde pude confirmar.

Así que éste es el famoso Abdul Bashur, pensé, camarada inseparable de Maqroll el Gaviero en sus más audaces correrías, el hombre con quien compartía el amor de Ilona, historia de la que me enteré una vez en Marsella por boca del mismo Gaviero, que andaba en un improbable negocio de alfombras antiguas. Lo primero que se me ocurrió preguntarle, ya sentado frente a mí en el pringoso patio del Hotel Pasajeros, era qué lo había traído hasta ese infecto hueco del Pacífico, donde creía que nada se le hubiese perdido.

—Vine para conocerlo personalmente y hablarle de un asunto que me interesa mucho —me contestó conservando una sonrisa afable como si tratase de aplacar cualquier prevención de mi parte.

Pasó a explicarme, luego, que venía de Nueva Orleans donde lo citó el director de la flota marítima de nuestra compañía. Resultó que ese funcionario estaba invitado a la inauguración del muelle petrolero de Urandá. Comentó a Bashur que me conocía muy bien porque habíamos viajado varias veces juntos por las islas del Caribe. Le instó a venir con él y Abdul tuvo —fueron sus palabras— dos razones para aceptar: conocerme —el Gaviero le contó que yo seguía sus pasos desde hacía mucho tiempo, porque me proponía relatar su agitada existencia— y explorar las posibilidades de que nuestra empresa tomase en arriendo dos buques cisterna de propiedad de su familia que ahora operaban en el área del Caribe. Pensó que yo podía ser la persona para orientarlo en ese sentido y presentarle a mi gerente. De éste dependía la decisión, como se lo confirmó el director de la flota, su amigo. Había llegado con él esa mañana en el buque tanque que iba a descargar el primer combustible en el terminal de oleoducto. Venía a buscarme, para conocerme en persona y conversar un poco conmigo, antes de comenzar a tratar de negocios.

Tenían sus palabras y, sobre todo, su acento, una familiaridad de viejo amigo, entreverada con un inconfundible matiz comercial, muy característico de su gente. Desde luego, le ofrecí que lo pondría en contacto con mi gerente y me adelanté a advertirle que era persona muy celosa de sus atribuciones y responsabilidades, y la injerencia de funcionarios de la empresa en áreas ajenas le causaba siempre cierto recelo. Le prometí que hablaría con él para preparar el terreno y limar cualquier desconfianza. En cuanto a Alastair Gordon, el director de la flota en las Antillas, éramos viejos amigos y, en efecto, habíamos consumido incontables litros de scotch viajando entre Aruba, Curazao y el continente. Era un escocés amable, de carácter a menudo excéntrico y explosivo, pero buen amigo y con sus bordes de sentimental reprimido.

Luego, nos lanzamos, Abdul y yo, a hacer reminiscencia de nuestra amistad con el Gaviero y allí hubiéramos pasado el resto de la noche de no haber aparecido, horas más tarde, el mismo Alastair Gordon en persona, con su eterna pipa de cerezo, su pedregoso acento escocés, donde las erres rodaban como cantos en una pendiente llena de obstáculos y su sed inagotable. Con él convinimos el enfoque que debía darse a la oferta de Bashur, y Gordon estuvo de acuerdo en que se anduviera con suma precaución. Cuando Abdul, cerca ya de la medianoche, propuso que pasáramos al comedor, agotada, entre Gordon y yo, la segunda botella de whisky, tuve que explicarle que era aconsejable evitar esa experiencia, por ahora. Iríamos a la colina, a casa de una *madame*, nacida en Toulon y buena amiga mía. Ella nos prepararía una macedonia de mariscos de su invención, poco ortodoxa, es cierto, pero digna de confianza. Tendríamos, eso sí, le expliqué, que tener cierta comprensión con el mediocre vino blanco chileno que nos ofrecería, porque era el único potable en Urandá. Estuvieron de acuerdo y partimos hacia la colina en un jeep de la compañía, que debió participar en la invasión de Sicilia por Clark, tan desvencijado estaba. Suzette accedió a prepararnos su plato favorito. Una vez liquidado éste, junto con el vino que toleramos con paciencia, convencí a mis amigos de que nos quedáramos a dormir allí. Ellos no sabían lo que podría esperarnos en el hotel. Las pupilas de la casa circulaban a nuestro alrededor y nos lanzaban miradas invitadoras, despertando en el rostro de Abdul una expresión de pánico conmovedora. Yo ya le había prevenido sobre las sorpresas que podrían reservarle las secuelas del pian. Suzette puso en orden al personal y yo le expliqué a Bashur que no estábamos obligados a irnos a dormir acompañados.

—He frecuentado y vivido —comentó Abdul— en los peores antros de Tánger, Marsella, Trípoli, Alejandría y Estambul. Pero jamás pensé en que algo parecido a esto pudiera existir.

En vista de la reacción de Bashur, Alastair propuso que fuéramos a dormir al barco. Accedí a su invitación. Pagamos largamente a la dueña del establecimiento, dejamos para las muchachas algunos dólares y partimos hacia el muelle. En el rostro de Abdul se reflejó un alivio evidente.

Durante los días que siguieron, mi relación con Abdul se fue haciendo más cercana y las aficiones y experiencias comunes, más evidentes. Él no acababa de creer que la suerte me hubiera deparado en forma tan milagrosa al *maître* luxemburgués y seguía paso a paso las peripecias de la inverosímil hazaña gastronómica de León. Por ese lado, todo iba cumpliéndose sin tropiezos, tal como lo habíamos planeado. Lo que continuaba ofreciendo obstáculos, al parecer invencibles, era el problema de la *météo*, como lo llamaba Abdul, siempre con un dejo de ansiedad. Los controladores que pedí a la refinería me daban, sin embargo, un cierto margen de confianza en comparación con los de Urandá que vegetaban allí en condiciones infrahumanas. De todos modos, la incógnita planteada por los bruscos cambios del clima en la región seguía allí como una espada de Damocles pendiendo sobre nuestras cabezas. Ordené aplanar la pista y construir algunos desagües de emergencia, para tratar de mantener la firmeza del piso. La aplanadora se dedicó a rellenar la pista con cascajo y restos de los edificios que se derrumbaban por la acción del clima y las mareas. Pero nada de esto era lo principal. *Cette putain météo*, como la increpaba Abdul, era nuestra auténtica preocupación y a este respecto no había nada que hacer, porque no dependía, como es obvio, de nosotros. La llegada y la partida de los seis DC3 con los invitados debía calcularse dentro de las horas de menor riesgo de mal tiempo. Pero, por otra parte, la comida debía servirse ajustada a ese intervalo.

El día en cuestión llegó sin incidentes. El tiempo era bueno y los aviones fueron llegando con toda regularidad. La bendición del muelle y los discursos del ministro de Obras Públicas y del gerente tomaron el tiempo que habíamos previsto. Cuando se sirvió el *buffet*, ya nos dolía la nuca a Abdul y a mí de tanto levantar la vista al cielo para descubrir el menor cambio en las nubes que corrían apaciblemente por un firmamento de un azul de sospechosa inocencia. Bashur se había solidarizado por entero conmigo y seguía las etapas del evento con tanto interés y ansiedad como yo. Conseguí conversar un instante con mi gerente y éste, ya advertido por mí, lo trató amablemente pero le dijo que prefería hablar con él en la capital del departamento, donde pensaba permanecer un par de días. Ahora tenía que atender a toda esa gente y no tenía cabeza para otra cosa. Bashur lo entendió muy bien y acordamos que viajaría con el personal de la empresa en el avión de la gerencia, que llevaría también a los ministros y a sus ayudantes.

El *buffet* fue un éxito y León fue felicitado por el propio ministro de Obras Públicas, quien daba la casualidad de que también había estudiado en Bruselas y se dirigió al *maître* en francés para decirle que jamás olvidaría la exquisita calidad de los platos, servidos y degustados en el último lugar de la Tierra imaginable para hacerlo. Ya nos disponíamos a subir a los coches que debían llevarnos al aeropuerto, cuando escuchamos el primer trueno anunciador de la tormenta, que nos sonó con estruendo apocalíptico. Nuestro regocijo se esfumó al instante y con él la prestigiosa hazaña del banquete.

El gerente se me acercó y, en voz baja, me dio instrucciones para llevar de inmediato al aeropuerto a las comitivas extranjeras. El avión de la compañía saldría también al instante con los ministros locales y el obispo. Nosotros viajaríamos en una limusina de las tres que había preparado para esa eventualidad. Partí al campo aéreo con el grupo de extranjeros dejando a Bashur que departía con el gerente y sus colaboradores, entre desconcertado y divertido. El último avión salió con la tormenta ya en la cabecera de la pista. Los pasajeros tenían una expresión de pánico que intentaban dominar con bromas tan sosas como inútiles. El piloto de nuestro avión, un antiguo as del Transport Air Comando, me dijo que estaba seguro de poder salir sin riesgo. Todos estuvieron de acuerdo en partir con él, menos el ministro de Economía y el jefe de la guardia presidencial, quienes decidieron venir con nosotros por carretera. Como es obvio, me abstuve de hacer objeción alguna, pensando, además, que el gerente quisiera aprovechar la ocasión para tratar algunos asuntos con el ministro, durante el interminable trayecto por tierra. El doctor Aníbal Garcés, que así se llamaba el ministro, era uno de esos sujetos de corta estatura, regordetes, sonrosados y de calvicie avanzada, con rojizos bigotes meticulosamente recortados un tanto más arriba del borde del labio, cuyos ojos en forma de almendra, algo femeninos, acostumbran fijarse con insolente autoridad, como intentando suplir la falta de estatura y la redondez abacial de la silueta. Suelen ser personas que todo lo saben, todo lo explican, todo lo objetan y a todo se anticipan, con prisa cortante que atropella sin admitir réplica. La carrera política de estos personajes siempre culmina en los gabinetes ministeriales. Su presencia en las plazas públicas, indispensable para alcanzar la presidencia, es inimaginable.

Sin esperar a que cayera la noche, partimos en la limusina. Nos acomodamos, el ministro y el gerente en el asiento trasero, Abdul y yo en los banquillos intermedios y el flamante coronel de la guardia presidencial, al lado del chofer. Era de ver a ese representante de las fuerzas armadas cuya presencia, además, nadie acababa de entender con su uniforme de ceremonia de un blanco deslumbrante y el pecho cargado de condecoraciones imposibles de identificar. El gerente insistió a última hora en que Bashur viniera con nosotros. Era evidente que existía ya entre ellos una corriente de simpatía. Luego, durante el trayecto, recordé que mi gerente había sido jefe de operaciones de la empresa en Ras-Tanurah y se ufanaba de haber aprendido el árabe y de hablarlo con relativa propiedad. De allí, quizá, su inclinación por Bashur. Nos despedimos de Alastair, quien se acercó al auto en el último momento para recordar a Abdul que tres días después el barco saldría una vez descargado el combustible en el muelle terminal recién inaugurado. Abdul le aseguró que no faltaría a la cita y dejamos al escocés, que se despedía de nosotros moviendo la cabeza en un gesto de franca desaprobación, que sólo el chofer y yo entendimos cabalmente.

La carretera que une al puerto de Urandá con la capital de la provincia ha sido un venero de historias, la mayoría de ellas macabras y otras de un absurdo delirante, sólo comprensibles cuando se ha hecho ese viaje, no importa en qué época del año. Al salir del puerto, el camino atraviesa primero, durante una veintena de kilómetros, por una monótona planicie sembrada de plátanos y algunos otros árboles frutales de nombres difícilmente pronunciables. Comienza, luego, a subir en un cerrado zig-zag hasta alcanzar los tres mil metros de altura. Allá, arriba, entre una espesa niebla que se viene encima de repente y hace casi imposible avanzar, comienza el lento descenso, bordeando precipicios de una profundidad que la vista no logra calcular a causa de la misma niebla que corre encajonada en el abismo, impelida por un viento que no cesa. Abajo, el río caudaloso que desciende golpeando contra las grandes piedras que siembran el cauce deja oír el fragor de la corriente en un bramido que llena de espanto. Ha sido imposible para los ingenieros encargados de mantener transitable esta vía, la única que comunica con el mar a una de las regiones azucareras más ricas del mundo, evitar los perpetuos derrumbes y grandes deslizamientos causados por las lluvias incesantes. En incontables ocasiones, es preciso, para abrir una nueva ruta y mantener el tráfico, pasar los *bulldozers* por encima de caravanas enteras de camiones, sepultados bajo tierra con sus tripulantes. Los vehículos que esperan para continuar su camino corren el peligro de quedar, a su vez, enterrados y por esta razón no hay tiempo para rescatar ni las víctimas ni la carga. Una fila de cruces, colocadas por los deudos en el sitio del desastre, son el único recuerdo que queda de quienes yacen allí. En ocasiones, pasados algunos meses o años, la tierra sigue rodando hacia los precipicios y las aguas del río acaban por arrastrar hasta el valle restos anónimos que se hunden lentamente en el limo de las orillas, formado por arenas movedizas intransitables.

La limusina avanzaba por entre las tinieblas de una noche que cayó de repente, al comenzar la subida de la cordillera. El ministro y el gerente conversaban en voz baja, mientras Abdul y yo tratábamos de conservar el equilibrio en los precarios banquillos intermedios, guardando un discreto silencio. Adelante, junto al chofer, el coronel roncaba estruendosamente. Lo habíamos visto acosar a los meseros durante el banquete, exigiéndoles que llenaran su copa con vino blanco y, luego, con champaña, con la insistencia de quien desea aprovechar una ocasión que parece no habérsele presentado con mucha frecuencia en la vida. Así pasaron las primeras horas del viaje hasta cuando alcanzamos la cima. Nuestros compañeros del asiento trasero habían suspendido su charla y guardaban un silencio cargado de esa densidad característica que emana de quienes se internan en una meditación sobre problemas suscitados durante el diálogo y que no acaban de encontrar solución. Comenzamos a descender, otra vez en un apretado zigzag que forzaba al conductor a avanzar con una lentitud que se antojaba fantasmal, entre la niebla iluminada por los faros con resplandor lácteo que cegaba la vista. A menudo teníamos que detenernos. De vez en cuando, en una curva tomada con extrema prudencia, las luces mostraban el borde del abismo por el que corría la bruma que se escapaba trepando monte arriba como si quisiera huir de las profundidades en las que había estado presa. Siempre que recorría esa ruta me venían a la memoria los grabados de Doré para la *Divina Comedia*.

De pronto, el ministro rompió el largo silencio en el que se hallaba absorto, para ordenar al chofer que se detuviera porque necesitaba orinar. El chofer obedeció y el ministro abandonó el auto sin decir palabra. El gerente comenzó a conversar con nosotros y se lanzó a nostálgicas remembranzas de su vida y experiencias en el Oriente Medio. Barajaba con Bashur nombres de lugares y personalidades de la política y los negocios y se fue creando entre ellos esa especie de *hortus clausus* en el que se confinan quienes comparten la añoranza de sitios en donde creen haber sido felices. Tuve que interrumpirles, pasado cierto tiempo, para hacerles caer en la cuenta de que el ministro Garcés se estaba tomando un tiempo un tanto exagerado para aliviar su vejiga. Me parecía prudente salir a buscarlo. Al descender del coche nos dimos cuenta de que nos hallábamos a un par de metros escasos del abismo. El gerente se volvió para increpar al chofer, pero yo lo detuve para explicarle que detenerse al pie del talud hubiera sido más peligroso debido a las rocas que solían caer con frecuencia a causa de la lluvia. Nos dedicamos a recorrer la orilla del precipicio, pero el doctor Garcés no daba muestras de vida. El chofer nos ayudó en la pesquisa y, finalmente aventuró una sugerencia: era preciso ir palpando las orillas para ubicar el sitio donde el ministro había orinado. El lugar debía estar aún tibio, pese a la llovizna que continuaba cayendo sin piedad. Nos resignamos a la tarea, pero no obtuvimos ningún resultado. Resolvimos, por fin, llamar al ministro a voces. A nuestros gritos de: «¡Doctor Garcés! ¡Doctor Garcés!» sólo respondía el lejano y sordo estruendo de las aguas en su raudo chocar contra las rocas. De repente, el blanco fantasma del coronel de la guardia presidencial cayó sobre nosotros dando gritos desaforados y blandiendo una pistola 45:

—¡Oigan, carajo! ¡Qué demonios hicieron con el doctor Garcés! ¡Aquí me los voy a quebrar a todos si le pasó algo! —nos increpaba con vozarrón tartajoso de quien despierta de un empacho de vino, champaña y langosta mal digeridos.

Fue entonces cuando se me reveló una faceta del carácter de Bashur. Mientras los demás permanecíamos paralizados ante el energúmeno militar y su pistola que nos apuntaba con mano insegura, Abdul se le fue acercando hasta quedar frente a él y en voz baja pero audible se limitó a decirle en tono de quien habla con un subordinado:

—Oiga, amigo. Guarde esa pistola y no grite más. A lo mejor es contra usted mismo que va a tener que usarla si no aparece su ministro.

El hombre se quedó un instante sin saber qué responder y, luego, guardando su pistola debajo del uniforme, regresó al coche con aire de mastín regañado.

Seguimos llamando al doctor Garcés durante un buen rato hasta cuando, en medio de un silencio creado por un cambio de viento, escuchamos un leve gemido que venía del borde del abismo. El chofer fue de inmediato al automóvil y lo orientó para iluminar las tinieblas de donde llegaba el sordo quejido. Por fin divisamos el cuerpo del doctor Garcés, muellemente acogido por las frondosas ramas de un árbol que había crecido en la pared del barranco, un poco debajo del borde de éste, junto al lugar donde se había detenido la limusina. Con las cadenas que ésta traía para poner en las llantas, en caso de tener que avanzar por el lodo, logramos rescatar el funcionario milagrosamente ileso, fuera de algunos pequeños rasguños en el rostro. Una vez en tierra, se quedó mirándonos con el asombro de quien aún no entiende lo que ha sucedido. Luego, en tono mesurado y oficial, nos dijo:

—Muchas gracias, señores. Regreso en un momento. Con permiso —se dirigió al pie del talud y allí orinó larga y pudorosamente.

Regresamos a la limusina y seguimos el camino sin hacer mayores comentarios al accidente ministerial. El coronel tornó a roncar sin compasión. El ministro aludió brevemente al milagro de la providencia que dispuso que ese árbol creciera justamente en ese sitio improbable. El gerente comentó algo en árabe al oído de Bashur. Se le notaba un tanto excedido ya por el conspicuo representante del gabinete. Si había comentado con Bashur, en un idioma que los demás no comprendíamos, algo a todas luces referido al incidente, era que, o poco esperaba del doctor Garcés, o ya había conseguido de él lo que quería.

El viaje continuó sin más contratiempos y seis horas después llegamos a la ciudad en un estado de cansancio y abatimiento que pedía la cama a gritos. El gerente, Abdul y yo nos alojamos en el hotel en cuyo bar atendía León. El ministro y el coronel partieron hacia la capital del país en el avión de la empresa. Las despedidas fueron más bien escuetas y con la dosis apenas suficiente de urbanidad como para mantener en el futuro relaciones que nos eran necesarias. Antes de subir cada uno a su habitación, el gerente dijo a Bashur, poniéndole una mano en el hombro:

—Cuente con el contrato de sus buques cisterna. Desde la capital enviaré a Gordon un télex en ese sentido. No sé si aquí volvamos a vernos. Me esperan dos días de juntas y deliberaciones con las autoridades departamentales. Si no nos vemos, le deseo mucha suerte. Lamento que haya tenido que padecer este viaje en automóvil, pero me dio la grata oportunidad de conocerlo. Créame que ha sido un placer —volvió a mirarme mientras me guiñaba un ojo. Era la manera de despedirse cuando estaba satisfecho de mi trabajo.

Al día siguiente, después de una noche de sueño reparador, nos encontramos Abdul y yo en la veranda del hotel a eso de las once de la mañana. León nos recibió, fresco y sonriente, con un Tom Collins de su cosecha que hubiera resucitado a un húsar. Había llegado esa madrugada. En el camión que trajo la vajilla y los implementos de cocina, había dormido a pierna suelta. *J'ai trouvé votre ministre type très malin*, me comentó refiriéndose, claro está, al de Obras Públicas que lo había felicitado tan calurosamente. El mismo León nos sirvió luego una comida deliciosa, dentro de los cánones de la cocina belga.

Salimos, luego, a dar una vuelta por la ciudad, justamente famosa por la belleza de sus mujeres. En el puente sobre el río que la cruza, esperamos la entrada del personal de las oficinas y almacenes del centro comercial. Desfilaban las más bellas muchachas, en una suerte de ritual que se repite desde hace años. En verdad, el espectáculo era deslumbrante. La elegancia del andar, la esbelta proporción de esos cuerpos jóvenes y elásticos, los grandes ojos oscuros y la piel mate y tersa que invita al tacto hacen de las mujeres de esa región una suerte de raza aparte, venida de quién sabe dónde. Como si hubiese adivinado mi pensamiento, Abdul pronunció su juicio:

—Tienen mucho de andaluzas y también de levantinas. Pero, al verlas, uno sabe que la edad no producirá en ellas los estragos que convierten a nuestras mujeres, a los treinta años, en una ruina. Es como si su esqueleto estuviera hecho de una substancia más dúctil y, al mismo tiempo, más duradera. Son mutantes.

Al caer la tarde regresamos al hotel. Abdul contrató un taxi para salir en la madrugada siguiente hacia Urandá. Tomamos algunos aperitivos en el bar de León y éste nos sirvió una cena frugal e impecable. Subimos a nuestras habitaciones y me despedí de Abdul en la puerta de la suya.

—Estoy seguro —le dije— que nos vamos a encontrar de nuevo más de una vez. Cuando vea al Gaviero dígale, por favor, que siempre espero noticias suyas y no deje de contarle la caída del doctor Garcés y su increíble rescate. Yo sé que le va a divertir —me repuso que Maqroll debía estar a esas alturas en un barco danés, viajando de Java a la costa Malabar. Por allá tenía una amiga que fabricaba incienso para ritos funerarios y recalaba en su casa cuando resolvía descansar.

—Ya nos veremos —agregó Bashur—, y antes, seguramente, de lo que usted supone. Mis barcos cisterna van a comenzar su servicio en la compañía dentro de algunas semanas y para esa fecha espero estar en Aruba.

Se despidió con un firme apretón de mano en el que me confirmaba la mutua simpatía que nos iba a unir por mucho tiempo, nacida en ese primer encuentro en Urandá de indeleble memoria. Otros iban a seguir a lo largo de muchos años, pero no el que me pronosticó en Aruba. Los dioses dispusieron otra cosa y, para entonces, yo recorría otras tierras y conocía nuevas experiencias, no todas ellas placenteras.

Abdul Bashur entró a formar parte de la restringida legión de amigos cuya vida se ha cumplido bajo el signo del azar y la aventura y al margen de códigos y leyes creados por los hombres con el objeto de justificar, a la manera de Tartufo, la menguada condición de su destino. Durante los días de Urandá y en la ciudad de las mujeres inconcebibles, pude familiarizarme con algunas de sus particularidades de espíritu más singulares. Poseía un sentido de la amistad en extremo delicado y profundo; sabía sacrificar por el amigo toda consideración hacia su propio bienestar. Su manejo de las secretas leyes del azar alcanzaba a menudo extremos rituales; sólo lo desconocido despertaba su interés —en esto se hermanaba con el Gaviero—. Pero, allá en el fondo, Bashur preservaba un núcleo inexorable, donde iba a estrellarse todo atentado contra su independencia, la inclinación de sus sentimientos o sus muy personales caprichos. Sabía ser, en este caso, de una ferocidad implacable y gélida. Ésta surgía siempre que se trataba de someterlo a la más ligera servidumbre, no aceptada de antemano por él por razones del corazón o puramente pragmáticas. Cuando lo vi someter al frenético coronel de la guardia presidencial, supe hasta dónde iban los límites de su tolerancia. La complicidad con Maqroll, sobre la cual ya tenía de antes más de una noticia, se explicaba fácilmente al conocer a Bashur. Estaba cimentada en un doble juego de rasgos de conducta opuestos y otros complementarios o afines que terminaba creando una armonía inquebrantable. Maqroll partía de la convicción de que todo estaba perdido de antemano y sin remedio. Nacemos ya, decía, con vocación de vencidos. Bashur creía que todo estaba por hacer y que quienes en verdad acababan como perdedores eran los demás, los necios irredentos que minan el mundo con sus argucias de primera mano y sus camufladas debilidades ancestrales. Maqroll esperaba de las mujeres una amistad sin compromiso ni tráfico de culpas y siempre acababa abandonándolas. Bashur se enamoraba con infalible regularidad, como si fuera la primera vez, y aceptaba, sin examen ni juicio, como un don inestimable caído del cielo todo lo que de ellas viniese. Maqroll en raras ocasiones enfrentaba a sus adversarios; prefería que la vida y las vueltas de la fortuna se encargaran de la lección y el castigo correspondientes. Abdul respondía de inmediato y brutalmente, sin calcular riesgos. Maqroll olvidaba las ofensas y, por lo tanto, la venganza. Bashur la cultivaba durante el tiempo que fuese necesario y la cobraba sin piedad, como si la ofensa hubiera ocurrido en ese instante. Maqroll carecía por completo de todo sentido del dinero. Abdul era generoso sin medida, pero en el fondo, mantenía un balance de pérdidas y ganancias. Maqroll no tuvo jamás lugar sobre la Tierra. Abdul, lejano descendiente de beduinos, añoró siempre el aduar que lo acogía con el calor de los suyos. Maqroll fue un lector devorante, sobre todo de páginas de la historia y de memorias ilustres; le gustaba así confirmar su pesimismo sin salida sobre la tan traída y llevada condición humana, de la que tenía un concepto más bien desencantado y triste. Abdul jamás abrió un libro, ni entendió cuál era la utilidad de tal cosa en la vida. No creía en los hombres como especie pero daba siempre a cada uno la oportunidad de probarle que estaba equivocado.

Es así como estos dos compadres lograron andar juntos por el mundo, emprendiendo las más inusitadas tareas y sembrando a su paso un recuerdo familiar y legendario a la vez. Dejar testimonio de esta saga impar es lo que he venido intentando, si no con cabal fortuna, al menos sí con la ilusión de retardar en la parca medida de mis posibilidades su caída en el olvido.

Después de aquel primer encuentro ha corrido mucha agua por los ríos. Abdul ya no está entre nosotros. De Maqroll el Gaviero hace casi dos décadas que no tengo mayor noticia. Después de una larga carta enviada desde Pollensa, en Mallorca, las cosas han cambiado tanto que muchas de las empresas de los dos amigos son hoy inconcebibles. De los *tramp steamers* en los que navegaron y de los que derivó la familia de Bashur su mediocre fortuna, sólo quedan en el mar dieciséis, convertidos en objetos de museo. Se enseñan en los libros como si se tratase de exóticos supervivientes de un remoto pasado.

Seleccionados los papeles que me envió Fátima y los que he ido guardando de Maqroll, me encamino ahora a la tarea de revivir con su ayuda algunos pasajes de la vida de Abdul Bashur. Confieso mi reparo sobre el interés que pueda tener para mis lectores esta secuencia de andanzas, muchas de ellas anacrónicas en el deslucido presente que nos ha tocado en suerte. Sin embargo, me he propuesto hacerlo, ya lo dije, con la ilusión de que, al rescatar el pasado de mis dos amigos, cumpla, quizá, con un acto de somera justicia hacia ellos, a tiempo que tal vez me ayude a prolongar mis nostalgias que, a esta altura de mis días, representan una porción muy grande de las razones que me asisten para continuar mi camino.

II

En otro lugar queda relatada la forma como se conocieron Maqroll y Bashur en Port Said, si bien es verdad que quien cuenta el asunto es el mismo Gaviero en su Diario del Xurandó, cuyas páginas encontré refundidas en un viejo libro sobre el asesinato del Duque de Orléans que me vendió un librero en Barcelona. En el episodio, tal como lo registra Maqroll, hay ciertos puntos nada claros. Siempre he creído que el judío de Tetuán que salió maldiciendo de los dos compadres fue víctima de algo más serio que la compra de unas piedras a un precio que no era el que previamente había calculado. En el pormenor de Maqroll hay puntos que se prestan a serias dudas. El Gaviero, por ejemplo, habla al judío en castellano y a Bashur en flamenco. ¿Cómo sabía que Abdul hablaba ese idioma? El judío acaba maldiciéndolos con tal furia que es lógico pensar en otra clase de trastada sufrida por el pobre hijo de David de manos de la pareja. Cabe preguntarse si ellos no se habían conocido antes y si las piedras en cuestión no tenían un dueño diferente de Bashur. Nunca quise aclararlo con ellos, porque tal clase de imprecisiones y remiendos en sus anécdotas es una constante en las cartas de ambos amigos. Pasemos, pues, por encima de este pretendido primer encuentro y entremos en materia ocupándonos del que parece ser el capítulo más remoto de sus correrías mediterráneas.

Por aquel entonces era Marsella el gran núcleo de distribución de la droga en Europa y Asia Menor y, junto con Shanghai, el mayor foco de delincuencia del mundo. Abdul Bashur se había visto obligado a vender, acosado por sus acreedores, el pequeño carguero con el que operaba entre Marruecos y Túnez y los puertos de España y Francia sobre el Mediterráneo. No quiso, esta vez, recurrir a su familia, que seguramente le hubiese ayudado. Los negocios del grupo tampoco estaban particularmente prósperos. Además, en la última ocasión que acudió a ellos, no habían querido hacer efectivos los documentos que Bashur había firmado. Se encontraba en Marsella, alojado en un cuarto de pensión en la Rue Marzagran, a pocos metros de la Canebière. La dueña del establecimiento, una francesa nacida en Túnez, con un pasado bastante colorido, fue amante de Bashur cuando éste comenzaba a recorrer los puertos de la región, trabajando para los astilleros que entonces tenía su familia. La mujer se había casado, luego, con un comerciante en vinos que murió pocos años después dejándole una modesta herencia que le sirvió para instalar en Marsella esa pensión, frecuentada, en su mayoría, por viejos amigos de la pareja. El lugar era discreto y Arlette, tal era el nombre de la patrona, sabía mantener buenas relaciones con la policía. Parte de sus huéspedes se dedicaba a tratos no siempre comprendidos en los límites que establece la ley. La mujer sabía muy bien, en cada caso, ya fuera brindar su protección, o, simplemente, dejar que actuaran las autoridades. En ese balance de lealtades descansaba la prosperidad de su negocio.

Bashur traía, desde días atrás, un proyecto cuyos detalles venía afinando y andaba en busca de un socio para ponerlo en ejecución. El asunto era delicado y no le parecía prudente compartirlo con alguien que no ofreciera una total confianza. Recorriendo los cafés de la Canebière y calles aledañas, daba vueltas a la idea, instalado en las terrazas, tratando de limitar sus gastos a un mínimo absoluto. Una noche, en que el calor se había hecho insoportable dentro de su habitación, resolvió salir a buscar un poco de brisa y tomar un café granizado que debía durarle hasta el amanecer. Era experto en esa técnica, aprendida en su juventud, y sabía aplicarla con una impavidez que desconcertaba a los meseros. Hacia las tres de la mañana, cuando ya sólo transitaban en el bulevar algunas prostitutas de edad avanzada, vigiladas por chulos que hubieran podido ser sus nietos, vio que alguien le hacía señas mientras descendía de un autobús en marcha. La inconfundible silueta del Gaviero salió de la penumbra y entró a la terraza iluminada, avanzando hacia Abdul con su bolsa de marino al hombro. Se saludaron como si se hubieran visto el día anterior; Maqroll pidió otro granizado de café y un cognac aparte. Bashur tembló por su magro presupuesto. Cada uno contó en breves palabras los recientes sucesos de su vida y la razón por la que se hallaba en Marsella. Maqroll venía de abandonar su cargo de contramaestre en un pesquero noruego, a raíz de una disputa con el primer oficial, aquejado de una manía persecutoria llevada hasta el delirio. Decretó que Maqroll era un enviado de Belcebú, con la misión de sembrar de nuevo el cólico negro en Europa. Resultaba que el hombre era sobrino del propietario de la flota y no había manera de quitarle de la cabeza esa obsesión, típica de fanático luterano inabordable. Maqroll había llegado esa mañana en tren procedente de Génova y tenía su maleta en la consigna de la Gare du Prado. Bashur lo invitó, sin vacilar, a compartir con él su cuarto en la pensión de Arlette. Pronunció en ese momento una frase sibilina que dejó al Gaviero intrigado:

—No se preocupe por buscar trabajo. Ya tendremos de qué ocuparnos. Dentro de pocas semanas podremos recibir, al fin, todo el dinero que nos debe la vida.

Antes de seguir adelante, me parece útil aclarar algo respecto a la relación de estos amigos: jamás consiguieron tutearse. Alguna vez se lo comenté al Gaviero, quien me dio una respuesta muy suya:

—Cuando nos conocimos, cada uno había vivido ya una porción de experiencias abrumadora. Las que vivimos juntos, luego, han sido de orden tan diverso y fuera de lo común que tutearse hubiera sido una novedad inusitada, algo como una frivolidad impropia de nuestra edad y condición. Hemos avanzado ya juntos un trecho demasiado denso para cometer una ligereza semejante.

Pero volvamos al diálogo en el Café des Beges, objeto más tarde de tantas y tan animadas remembranzas por parte de sus protagonistas.

La promesa que encerraban las palabras de Bashur despertó en Maqroll una especie de revigorizada disponibilidad sin condiciones, de entusiasmo sin obstáculos, que comunicó de inmediato a su amigo. Con el mentón apoyado en sus manos cruzadas y los codos sobre la mesa, el Gaviero se dispuso a escuchar lo que aquél iba a referirle.

—Hace unas semanas —comenzó Bashur— me llamó Ilona Grabowska desde Ginebra. Sí, está allí tratando de concretar un proyecto que, de realizarse, nos podría dejar a los tres ganancias insospechadas. Gracias a la amistad que tiene con el secretario privado de un emir del Golfo Pérsico, secretario que conoció de niña en Trieste cuando éste era un talentoso abogado en ciernes, Ilona ha recibido el encargo de realizar la decoración del nuevo edificio de la Banque Suisse et du Proche Orient, en Ginebra. Los directores del banco le han exigido que, tanto en los salones de recepción como en la sala de juntas y en las oficinas de los gerentes y jefes de departamento, se coloquen alfombras persas antiguas, de gran valor. Princess Boukhara, Tabriz y cosas así. A nuestra querida amiga, lo primero que se le ocurrió, ya la conoce, fue llamarme para que, como musulmán y libanés, la asesore en el negocio. Le expliqué cuál era ahora mi situación. Pasó por encima del problema, como si no tuviera la menor importancia. Me pidió que la llame cuando tenga noticias concretas. Me ha vuelto a telefonear dos veces, presionada por los banqueros, que desean tener todo listo para la próxima visita de varios emires que son sus clientes principales. Yo no he sabido qué responderle. Hace dos semanas se me presentó, de repente, la solución ideal. Sólo me faltaba el socio para llevar a buen término el proyecto. Llega usted y todo se ordena. Eso, en árabe se llama...

—*Baraka* —contestó Maqroll al punto—. Lo que no entiendo es el primer golpe de *baraka*, el que le dio la solución de todo; porque ya estaba por sugerirle que habláramos con Ilona para decirle que busque por otro lado las tales alfombras. Nosotros, tal como andamos ahora, estamos muy lejos de Princess Boukhara, Tabriz y demás tapices de Arum-al-Raschid.

—Los tenemos al alcance de la mano. Haga de cuenta que ya son nuestros. Déjeme explicarle —repuso Abdul. Maqroll hizo un gesto con las manos como intentando detener a alguien, e interrumpió a su amigo, diciéndole:

—Un momento, Abdul, un momento. Se da cuenta de que, en ese caso, no podemos intentar ninguna treta con falsificaciones o copias, por fieles que sean, porque está la triestina de por medio y puede ir a parar a la cárcel, lo que no nos perdonaría jamás.

—Y con razón —afirmó Bashur—. Pero el asunto no va por ahí. Ilona y sus emires tendrán las más auténticas, las más originales y certificadas alfombras persas antiguas que hay en el mundo. Escúcheme con atención para que vea qué golpe de *baraka* más inverosímil. ¿Recuerda a Tarik Choukari, mi paisano con pasaporte francés, funcionario de la aduana, que nos ayudó aquí con lo de las banderolas de señales?

—¡Por Dios! —exclamó el Gaviero llevándose las manos a la cabeza—. Que si lo recuerdo. Todavía lo sueño. No me diga que en él está la solución.

—Sí, en él. Un tipo así es, precisamente, lo que nos hace falta ahora. Pues bien, el otro día me lo encontré en un antro del Vieux Port, donde se puede ver a las mejores bailarinas del vientre de esta parte del Mediterráneo. Ya sabe el poder tranquilizante que sobre mí tiene esa danza erótica y ceremonial, cuando la ejecutan auténticas profesionales de un arte mucho más difícil de lo que suponen los europeos. Allí estuvimos hasta la madrugada tomando un té de yerbabuena infecto. Cuando se cerró el local, fuimos a desayunar pescado frito recién desembarcado. Le comenté a Tarik la pérdida de mi barco en manos de los bancos y, de paso, sin darle importancia y más bien para subrayar la ironía de la vida, le conté que andaba buscando antiguas alfombras persas de gran clase. Se quedó mirándome con la patente sospecha de que había mencionado esto en forma intencional y como si estuviera en antecedentes de algo. «No sé por qué te extraña tanto —le dije—. Te lo menciono con toda inocencia, créemelo. ¿Qué pasa? No entiendo».

Tarik se convenció de mi ignorancia y, mientras regresábamos por la Canebière hacia la pensión, me puso al corriente de todo. Tarik sigue trabajando en la aduana. Ahora es jefe de los celadores nocturnos en las bodegas de la policía aduanal y mantiene con algunos de sus jefes las mismas conexiones y arreglos que aquella vez de las banderolas nos fueron tan útiles. Pues bien, y aquí viene la parte increíble del asunto: en esas bodegas descansa desde hace varios meses una colección de veinticuatro alfombras, llegadas directamente de Bushehr, en Irán. Es el puerto, ya lo sabe, que comunica con Shiraz.

—Lo conozco —comentó el Gaviero—, un hueco donde uno puede morirse de tedio.

—Ese mismo —prosiguió Abdul—. Pues esas alfombras tienen la antigüedad y las características de las que busca Ilona. Descansan allí, no porque hayan intentado pasarlas de contrabando, sino porque su propietario murió inopinadamente en una riña de burdel donde había droga de por medio. El crimen no ha podido aclararse. Hasta hoy, nadie se ha presentado para reclamar las alfombras. Pero allí no termina el cuento. Un revisor de la aduana, amigo de Tarik, con el cual ha realizado algunas operaciones, ya imaginará de qué orden, le informó que el dueño de las alfombras, en su declaración aduanal, clasificó aquéllas como corrientes y de fabricación actual, valuándolas muy bajo para reducir los impuestos de entrada. Por un descuido, raro pero explicable, ningún inspector ha caído en la cuenta del timo. Tal vez porque el misterio que rodea la muerte del propietario ha desviado la atención. Pues bien, las alfombras están allí. Basta cambiarlas por otras que, más o menos, correspondan a la descripción del manifiesto aduanal y ya está. Se trata, pues, de hacer el cambio, sacar las alfombras auténticas en una operación relámpago por si algo se descubre, llevarlas a Rabat y de allí reexpedirlas a Ginebra. Eso es todo. En caso de que algo saliera a la luz, es fácil demostrar que todo sucedió hace mucho tiempo y las sospechas recaerán sobre empleados que hoy están en la cárcel purgando otros delitos. La historia de Tarik me dejó en la situación que podrá imaginar. Me faltaba un socio para poner en marcha los varios movimientos que requiere el asunto. Yo lo hacía en Malasia sumergido en inciensos funerarios y por eso ni pensé en usted. Ahora se me aparece aquí, en Marsella, y ése ha sido el segundo golpe de *baraka* en el que hay que ver la mano del Profeta.

—No exageremos, Abdul, no exageremos. Es mejor dejar al Profeta al margen de estas operaciones —comentó Maqroll sonriendo. Permaneció luego un rato en silencio, concentrado en digerir lo que Bashur acababa de exponerle y, finalmente, dijo—: Bueno. Manos a la obra. Lo primero es comprar las alfombras ordinarias. Eso puede hacerse en Marruecos o en Túnez. Yo me ofrezco a hacerlo. Conozco en ambos países las personas que pueden orientarme fácilmente. Lo segundo es sacar las auténticas de Francia y, pasando por Marruecos, hacerlas llegar a Suiza con todos los papeles en orden. De esto se debe encargar usted. Suena mucho más lógico, por su nacionalidad y los antecedentes comerciales de su familia. No se sonría, Abdul. Hablo en serio. Usted lo sabe. Me parece que sólo falta una cosa: el dinero para los viajes y para comprar las alfombras corrientes. También vamos a necesitar algo para adelantarle a Tarik y que éste unte la mano de sus colegas, a tiempo de reemplazar la mercancía. Arreglado esto, estaremos listos para actuar. Cuente conmigo.

—Ilona —aclaró Bashur— tiene el dinero suficiente para cubrir los gastos que usted menciona. Los del banco le adelantaron ya una suma importante y ésa es una de las razones de su prisa. Sobre el resto, estoy en pleno acuerdo con usted. Sólo que se le ha escapado un detalle: alguien tiene que ir a Ginebra para explicar a Ilona los pasos de la operación. El teléfono hay que descartarlo, como es obvio. Yo creo que esa misión debe correr por su cuenta.

—Estoy de acuerdo. Mañana hablamos con Ilona para que envíe el dinero necesario para mi viaje a Suiza. Le diremos que todo está arreglado y que voy a explicárselo personalmente.

Eran las siete de la mañana y les quedaban un par de horas para poder dormir con relativa frescura, antes de que tornara el calor. Se dirigieron a la pensión con el ánimo repuesto. A cada uno, allá adentro, le comenzaban a vibrar esas alas que se despiertan ante la emoción de lo desconocido y la cercanía de la aventura y que anuncian algo como una recobrada juventud, un mundo que se antoja recién inaugurado. La dueña aceptó gustosa la llegada de Maqroll, de quien tenía noticias a través de su antiguo amante. Al día siguiente hablaron con Ilona desde la pensión. Arlette autorizó la llamada de larga distancia. Algún rescoldo quedaba de sus pasados amores. Al escuchar la voz del Gaviero, Ilona exclamó, sin poder contenerse:

—¡De dónde sales, vagabundo ingrato! Ya me imagino que algo deben estar tramando juntos. ¡Qué pareja, Dios mío!

Les prometió enviar un giro ese mismo día y quedó devorada por la curiosidad de escuchar a Maqroll en persona explicar la inesperada y, al parecer, milagrosa solución urdida por los dos compadres al problema de las alfombras cargadas de antigüedad y de vaya a saberse qué riesgos.

Esa tarde fueron en busca de Tarik al antro de las *belly-dancers*, que era el lugar donde despachaba sus asuntos durante el día. Choukari se quedó mirando al Gaviero.

—Ya nos conocíamos, ¿verdad? Claro, ya lo recuerdo...

—Cuando el negocio de las banderolas de señales. Hace años de eso.

Algo más iba a decir Maqroll, pero en ese momento apareció la primera bailarina haciendo resonar los crótalos y meciendo las caderas con una lentitud soñolienta que iniciaba la danza. Él era, también, un ferviente espectador de ese ritual al que atribuía, además, una virtud propiciatoria de la buena suerte y la salud mental. Abdul se apresuró a informarle:

—Aquí las primeras no son las mejores. No es como en El Cairo. Escuchemos antes a Tarik, que luego vendrán las auténticas traídas de Damasco.

Maqroll sonrió condescendiente y prestó atención a lo que iba a explicar Tarik. Éste fue más bien breve, porque, al poco rato, comenzarían a aparecer los soplones mezclados con la primera clientela de la noche. El sitio no era muy frecuentado por la policía, pero esto no quería decir que lo descuidara del todo. Choukari estaba de acuerdo en que debía ser Bashur quien viajase con las alfombras auténticas hasta Rabat. Allí debía esperarlo Ilona, quien partiría a Ginebra con la mercancía, ya adquirida legalmente y con su factura en orden. Ésta debería ser preparada e impresa en Marsella con un encabezado que dijera: «Abdul Bashur. Alfombras persas legítimas: Beirut, Rabat, Teherán, Estambul». Las alfombras saldrían de noche del depósito aduanal después de ser reemplazadas por las que Maqroll debería comprar en Tánger. Bashur viajaría con ellas hasta Media, puerto marroquí donde un amigo de Tarik facilitaría los trámites. Las alfombras regresaban reexpedidas por muerte del propietario. De esos papeles se encargaría Tarik, pagando, desde luego, una propina substanciosa a un colega suyo.

Choukari despertaba en el Gaviero, más que desconfianza, una especie de inquietud causada por la raquítica figura del personaje, con su rostro desvaído y torturado por tics desconcertantes, su tez palúdica y el febril girar sin pausa de sus ojos que le recordaba a los espías del cine mudo. Pero también se daba cuenta de que todos esos síntomas, puramente exteriores, bien podían esconder, como era frecuente en las gentes de su raza, una energía devorante y un inagotable ingenio para descubrir los caminos que transgreden el código con el mínimo de riesgos. Abdul seguía las explicaciones de Tarik, con ese ojo fijo en un horizonte incierto que indica en los estrábicos un esfuerzo de atención. Tarik partió de pronto, casi sin despedirse, a tiempo que entraba al lugar un nuevo grupo de espectadores. Abdul y el Gaviero permanecieron hasta la madrugada, disfrutando del espectáculo que crecía en calidad y en tensión dramática, como pocas veces lo habían presenciado. Como siempre, las bailarinas más notables y que se entregaban a éxtasis similares a los que conocen los derviches eran las de más edad, en cuyo cuerpo se advertían, sin remedio, los estragos del tiempo.

Maqroll viajó a Ginebra en tren y cuando Ilona lo recibió en la estación, cada uno se extrañó ante el aspecto del otro. El Gaviero estaba ante una Ilona más esbelta, tostada por el sol y respirando un aire inusitado de bienestar y prosperidad. Maqroll se le antojó a Ilona aún más torturado por la fiebre de su errancia y azotado por las internas borrascas de origen incierto, viejas ya de tantos años sin rumbo ni asidero, pero ahora patentes en su mirada de profeta sin palabras ni mensaje. La triestina pensó que había idealizado un tanto a su compañero de largas noches de alcohol y retozos eróticos en el hotelucho de Ramsay en la isla de Man y de otros lugares aún menos confesables y clandestinos, donde se habían dado cita después de aquel primer encuentro. Ambos confesaron su desconcierto. Ilona explicó que solía tomar el sol desnuda, tendida en una canoa, en mitad del lago, para escándalo o deleite de los pudibundos funcionarios embebidos de calvinismo, que pasaban en el ferry camino a su impoluto hogar o a sus asépticas oficinas. Tenía ahora más dinero y había renovado notablemente su guardarropa. Maqroll convino en que, si bien los demonios que lo acosaban seguían siendo los mismos, las últimas pruebas a que lo habían sometido sobrepasaron los límites de su tolerancia. Pero, en el fondo, no creía haber cambiado mucho.

Ilona ocupaba un pequeño apartamento con servicio de hotel y vista al lago y allí se instaló el Gaviero, después de pedir una cena generosa, antecedida por algunos martinis secos que resultaron tolerables. Hicieron el amor como si en ese momento lo hubiesen inventado. Desnudos en la cama, el Gaviero explicó, luego, cómo iba a desarrollarse el plan para adquirir las alfombras y llevarlas a Ginebra.

Ilona había conocido a Bashur en Chipre, cuando la historia de las banderolas de señales. Allí se hicieron amantes. Los tres vivieron, luego, en común otras experiencias, siempre al límite de las convenciones cuando no violándolas paladinamente. En otro lugar se han relatado algunas de ellas. Ilona tenía para Abdul cuidados de hermana mayor y trataba, inútilmente buena parte de las veces, de protegerlo de los riesgos que, a menudo, enfrentaba movido por un curioso mecanismo que la misma Ilona, al escuchar el plan expuesto por el Gaviero, se encargó de examinar con su elocuente lucidez de siempre:

—Eso es típico de su temperamento. Puedes estar seguro de que hay una manera de adquirir esas alfombras, sin necesidad de violar la ley. Eso a Abdul no le interesa. Sus genes de beduino lo mueven a establecer sus propias leyes y, para lograrlo, lo más fácil es desconocer las que ya están escritas. Recuerda su frase de siempre: «Por qué más bien, en lugar de...» y de inmediato enfila por los caminos más barrocos, sembrados de peligros, hasta salirse con la suya y tener a la policía en los talones. Lo curioso es que, cuando están de por medio los intereses de su familia, jamás intenta nada que no sea de la más estricta normalidad. Bueno, como tú y yo somos para él, a tiempo que amigos entrañables, cómplices necesarios de todas sus fechorías, ya me tendrás en Rabat trayendo las alfombras a Ginebra. ¿Has pensado en lo que pueden valer, los tales tapices? Estoy segura de que no, de que a ninguno de los dos se le ha ocurrido averiguarlo. Una fortuna, Maqroll, una fortuna que no has sospechado siquiera. Lanzados a la «Operación Princess Boukhara» vamos camino de ser millonarios en francos suizos. Todo esto suena a mala novela de suspenso.

Ilona tenía razón en su análisis, pero tampoco dudó un instante en unirse a sus amigos y amantes, con idéntica y febril disponibilidad.

Maqroll regresó a Marsella trayendo el dinero necesario para emprender la tarea. Una semana después, todo estaba listo. Tarik adelantó a su colega en la aduana la mitad de la suma prometida y él recibió la que le correspondía. El Gaviero viajó a Tánger. En opinión de Tarik allí se encontrarían más fácilmente las alfombras de pacotilla destinadas a reemplazar las valiosas. Pocos días más tarde, Maqroll estaba de regreso. Había escogido la mercancía con tanta fortuna que se ajustaba, con pocas diferencias, a la descripción del manifiesto aduanal. Las facturas para entregar en Rabat a Ilona ya estaban impresas y en manos de Bashur. Ahora Tarik tenía la palabra. El cambio debía hacerse el domingo siguiente, día en el que era menor el riesgo. El sábado por la noche, una voz de mujer informó a Bashur que Choukari había caído en manos de la policía. Cuando aquél se lo comunicó a Maqroll, éste, menos expuesto a desmoralizarse con ese tipo de sorpresas, tranquilizó a su amigo:

—Si lo han detenido, es por algo que nada tiene que ver con lo nuestro. Hasta este momento no hemos movido un dedo en Marsella y nadie puede estar enterado de algo que, hasta ahora, no pasa de ser un simple proyecto.

Pero Abdul conocía mejor los complejos laberintos que comunicaban en Marsella a las autoridades de policía con el mundo del hampa. Pensaba en los soplones del tugurio frecuentado por Tarik y no se hallaba tan seguro de que la prisión de éste nada tuviera que ver con las alfombras persas. En esto estaban, cuando la patrona entró para cambiar la ropa de cama y las toallas del baño. Al verlos con tal aire de preocupación, les preguntó lo que sucedía y si en algo podía ayudarles. Abdul se incorporó de repente exclamando: «¡Arlette es nuestra salvación!». La dueña se quedó mirándolo estupefacta, mientras Abdul la abrazaba estampándole sonoros besos. La invitó luego a sentarse y le explicó que un amigo había sido detenido por la policía y ellos no podían ir personalmente para enterarse de lo que se trataba, porque ninguno de los dos tenía los papeles en orden. Ella sí podía hacerlo. Arlette se les quedó mirando, con expresión de quien sabe más de lo que se supone, y les dijo:

—Se trata de Choukari, ¿verdad? Ya me lo imaginaba. Traen algo entre manos con él. Lo he visto rondando por estos lados y le conozco mejor que ustedes y desde hace más tiempo. Es de fiar, no se preocupen. No soltará prenda. Lo malo es que tiene cola que le pisen y la policía lo trae entre ojos desde hace mucho. Iré a preguntar qué sucede. Diré que vivió aquí durante un tiempo, lo que es cierto, y que le tengo algún afecto, lo que no es verdad. Esperen aquí y no salgan hasta cuando regrese —mientras Arlette hablaba, Maqroll se entretuvo en examinarla, como si fuese la primera vez que la veía. Su cuerpo frondoso y blando despedía un aura de salud y plenitud que iba a concentrarse en el rostro, en donde los ojos de un violeta azulado y cierta regularidad céltica de las facciones daban aún fe de una belleza que debió ser notable. Toda ella emanaba una picardía coqueta, muy francesa, junto con una autoridad en los gestos y palabras. Esta mezcla ha inspirado varios siglos de literatura amorosa y de pintura galante, sólo conocidas en Francia. El Gaviero se puso en pie y, tomando una mano de la patrona, la besó con galantería mientras le declaraba en un francés copiado de las comedias de Marivaux:

—Señora, permítame expresarle mi más calurosa simpatía y mi gratitud más rendida. Le ruego que, a partir de este momento, me cuente, no sólo entre sus amigos más sinceros, sino también entre sus más obsecuentes admiradores —la patrona se le quedó mirando, entre regocijada e inquisitiva, como pensando: «Y a éste, ¿qué le pasa?». Bashur dejó oír una risa contenida de quien ha entendido todo y volvió a mirar a su antigua amante, en espera de la réplica que daría a Maqroll. La patrona miró, a su vez, fijamente al Gaviero a los ojos y, con una gran sonrisa, le repuso:

—Ya me pareció desde el primer día que lo vi que detrás de esa traza de nigromante en vacaciones se escondía otro elemento de cuidado, digno camarada de este otro libanés lunático.

Mientras esto decía, acariciaba las mejillas de Abdul en un gesto de inimitable gracia y tierna sabiduría de mujer cuyas brasas están aún muy lejos de extinguirse. Arlette salió del cuarto sin decir más y ellos quedaron a la espera del resultado de sus gestiones. Bashur comentó a su amigo, moviendo la cabeza en un gesto de incredulidad:

—Esto era lo que me faltaba por ver. Maqroll haciendo el *chevalier servant* con Arlette. Tampoco usted tiene remedio, mi querido Gaviero.

—Escuche bien lo que le digo, Abdul —repuso Maqroll—. Si alguna vez resuelvo terminar mis correrías y sentar cabeza, me gustaría hacerlo al lado de una mujer como Arlette. Es lo que Apollinaire llamaba *une femme ayant sa raison*. Qué más quiere uno en la vida.

Abdul se alzó de hombros y fue a recostarse en su cama en espera de las noticias que lo traían aún inquieto, a pesar de las reflexiones del Gaviero.

Cerca de la medianoche apareció la patrona trayendo a Tarik prácticamente a rastras. Lo dejó en medio de la habitación y dijo:

—Ahí lo tienen. La próxima vez que se les ocurra usarlo para algo, díganle que, al menos mientras lo ocupen, se abstenga de golpear a su mujer —ignoraban que tuviera esposa, pero, con la tranquilidad que les produjo su aparición, olvidaron increparlo por la angustia que les había causado. Tarik, mientras trataba de arreglarse las ropas que traía en un desorden que anunciaba su paso por el cuartel de policía, explicó lo sucedido:

—No pude contenerme. La encontré en la cama con Gastón el tranviario, vecino nuestro, ambos desnudos y en pleno regocijo. Él logró escapar a su habitación y ella se me quedó mirando como si fuera un fantasma. Le di una lección y parece que se me fue la mano. Gastón llamó a la policía. Así esperaba salir de mí.

Arlette condujo a Tarik al cuarto del portero, que estaba desocupado hacía muchos meses. Al salir, hizo señas llevándose un dedo a un ojo para indicar que no lo perdieran de vista.

El incidente les reveló las bases un tanto precarias sobre las que descansaban sus planes. Pero ya no había más remedio y era preciso seguir adelante. Tarik, la noche siguiente, tras deshacerse en excusas y promesas de lealtad y discreción, realizó el cambio de las alfombras en las bodegas de la aduana. Las valiosas fueron llevadas a una lancha, junto con el equipaje de Bashur, quien se embarcó hacia el puerto de Media, en Marruecos. Maqroll permaneció en Marsella rondando la plenitud otoñal de Arlette.

En Media esperaba Ilona, quien, al recibir a Abdul, no pudo menos de felicitarlo por la eficiencia con la que, hasta el momento, se cumplía el plan. Bashur le reclamó su poca fe en las habilidades delictivas de sus dos amantes y la respuesta de Ilona fue inmediata:

—Ay, Abdul querido, ustedes dos nunca serán verdaderos profesionales en ese terreno. Tú, porque lo único que te interesa es ir contra los códigos y Maqroll, porque a la mitad del camino puede desentenderse de la tarea y está pensando ya en una nueva intriga al otro lado del mundo. Delinquir es un oficio muy serio, querido. Los aficionados siempre quedaremos, al final, fuera del juego.

Abdul repuso que, en esa ocasión, al menos, todo iba saliendo sin tropiezos. Los papeles preparados por Tarik para entrar las alfombras a Marruecos como mercancía de regreso no reclamada funcionaron perfectamente. El amigo de Choukari en Media facilitó la maniobra y recibió su propina de manos de Abdul. Éste entregó a Ilona las facturas que garantizaban la compra de la mercancía y la convertían en dueña indiscutible de veinticuatro alfombras antiguas de gran clase. Al llegar a Rabat se registraron en hoteles diferentes para no despertar sospechas. Pero Ilona no resistió el subir a Bashur a su cuarto, donde hicieron el amor con la excitación de quienes han coronado una hazaña sembrada de peligros. Se citaron luego para cenar en un pequeño restaurante de comida bereber, donde tocaban música de los tiempos de Al-Andalus. Durante el famoso episodio de las banderolas, lo habían descubierto por casualidad.

Al día siguiente, Bashur pasó por Ilona para acompañarla al aeropuerto. Las alfombras fueron registradas como carga acompañada que amparaba el pasaje de Ilona en el vuelo directo Rabat-Ginebra de la Royal Air Maroc. A tiempo de despedirse, ella le recordó que los esperaba en Ginebra dentro de dos semanas para repartir la ganancia. Abdul la besó en forma tan convencional y rápida que Ilona le comentó al oído:

—¿Ves? Nunca tendremos la naturalidad de los verdaderos malhechores. Somos *amateurs*, por fortuna, diría yo. Hasta pronto.

El cambio de las alfombras nunca fue descubierto. Tarik siguió paseando su figura de fakir palúdico por las tabernas del Vieux Port y maldiciendo al tranviario que seguía substituyéndolo en el lecho conyugal, cada vez que se presentaba la ocasión. Abdul y Maqroll se despidieron de Arlette y pagaron la cuenta con una puntualidad que despertó en la dueña una sonrisa cómplice. Maqroll, a tiempo de partir, se acercó a ella dejándole una promesa de regreso en un sonoro beso que le estampó en la boca.

En Lausanne los esperaba Ilona, vestida con un traje primaveral a la última moda. Toda ella irradiaba un optimismo provocador y juguetón. En la terraza del Gran Hotel Palace, donde se alojaron, pidieron una botella del delicioso vino de la región, ligeramente gasificado. Cuando Ilona entregó a cada uno el cheque que le correspondía, ambos se quedaron atónitos al ver la cifra de seis ceros que allí estaba escrita, la primera y última, sin duda, que tuvieron en sus manos.

—No pongan esa cara de lelos —se burló Ilona— y más bien díganme qué van a hacer con tanto dinero. Tengo curiosidad por conocer sus planes.

—Yo no hago planes de ninguna especie —repuso Maqroll de inmediato—. En verdad no sé qué hacer con esto.

—Y tú, Abdul de mis pecados, ¿qué piensas hacer? —preguntó Ilona, mientras acariciaba los cabellos de Bashur como si mimara a un gato siamés.

—Yo —contestó éste— voy a Estambul para comprar el barco que he querido tener toda mi vida. Se llama *Nebil*, fue construido en Suecia en 1914, tiene un motor diesel marca Crosley 8/480, inglés; cuatro bodegas para carga con capacidad total de seis toneladas y una tripulación de nueve personas. Sus líneas son de una elegancia impecable. Un experto en el asunto, Michael J. Krieger, lo llamó el Bugatti de los viejos cargueros. Con esto —mostró el cheque con unción— pago las primeras tres cuotas de las seis que debo cubrir para ser el dueño de esa joya.

—Ahí están las otras tres cuotas. Es nada comparado con el placer de convertirme en copropietario del *Nebil*. Lo vi el año pasado en Gálata y me inspiró un respeto casi religioso. Pidamos, para celebrarlo, otra botella de este vino que está portándose muy bien —Maqroll llamó al mesero para ordenar la nueva botella, mientras Ilona miraba a uno y a otro con expresión de quien ha sido rebasada por los hechos:

—No sé cuál de los dos está más lunático —exclamó al fin—. Se juegan veinte años de cárcel y ahora uno quiere comprar un barco paleolítico y el otro le entrega su dinero para completar el precio, como si el cheque le estorbara en el bolsillo. No tienen remedio, ninguno de los dos. Yo, en cambio, voy a Trieste para comprar un piso en el que pienso vivir durante los veranos. También es un viejo sueño nunca satisfecho.

—Muy sensato, muy sensato —comentó Bashur en medio de una carcajada general, con la que se canceló el tema.

Aquí me parece indicado traer a cuento una ilusión de Bashur que lo acompañó toda su vida y que jamás pudo ver cumplida. Fue una constante en su destino, obstinada como ninguna otra y, para sus amigos, la más conmovedora. Se trataba de su incesante búsqueda, por todos los puertos de la Tierra, del buque de carga ideal, cuyo diseño, tamaño y motor tenía Abdul presentes a toda hora. En él quería pasar el resto de sus días, navegando por todos los mares del mundo al lado de un capitán que, como Bashur, supiera apreciar la esbeltez de líneas y las óptimas condiciones marineras de la nave. En la pesquisa de tan improbable sueño, pasó nuestro amigo buena parte de su existencia. Tanto Ilona como el Gaviero hacía ya mucho tiempo que habían prescindido de bromas y alusiones sobre esta manía de Abdul. Fueron tantas las veces que lo escucharon describir su encuentro con el buque de sus anhelos, reunir el dinero para adquirirlo, pasando por pruebas tan arriesgadas como insensatas, y, al ir a buscarlo, enterarse que ya lo habían comprado o que yacía en un astillero donde comenzaba a ser desguazado para venderlo como chatarra, que no quedaba ya humor para hablar del asunto. La última circunstancia mencionada era la que más le dolía y la tristeza podía durarle varios meses y hablaba de ello como de la pérdida de un ser querido. Que hubiera alguien que pudiese volver hierro viejo una obra de arte le hacía maldecir del género humano y, en especial, de los armadores, a los que, por cierto, pertenecía su familia. En esta perpetua indagación en búsqueda del carguero perfecto, Bashur perdió todas las oportunidades que su ingenio, al parecer inagotable, y sus reconocidas dotes de simpatía, siempre a flor de piel, le habían brindado para hacer fortuna. Maqroll, comentando un día conmigo este rasgo de Bashur, pronunció estas palabras reveladoras:

—Abdul sabe muy bien que persigue un imposible. Su barco ideal se le escapa siempre de las manos, en el último momento o, cuando ya lo va a tener, descubre que algunas de sus características no se ajustan al soñado modelo y se desentiende del negocio. Esta trampa diabólica pienso que debió inventarla durante su niñez, tratando de corregir y mejorar los modelos impuestos por su padre que, como usted sabe, era un armador muy prestigiado en todo el Oriente Medio. Esta fama paterna intentó superarla creando un prototipo de barco inalcanzable, que convertiría en su morada y del cual derivaría el sustento. Pero toda rebeldía contra la imagen paterna, magnificada y opresora, se paga durante el resto de la vida. La única manera de salir de ese laberinto, por el que todos nos internamos alguna vez, es llegar a la convicción de que al padre, en vez de substituirlo, hay que intentar prolongarlo, en la medida de nuestras propias fuerzas y de nuestros propios demonios. No es fácil, ni suele ser grato, pero no existe otro camino para enfrentar el reto de vivir nuestra propia vida.

Como no recordaba haber escuchado hablar al Gaviero en esos términos, deduje que los lazos que lo unían a Bashur eran más recios y de un orden mucho más complejo que los de una simple camaradería. Volvió a revelárseme, entonces, la condición de complementaria que caracterizaba a esa relación, tan evidente para quienes los conocíamos de cerca. Ilona, que con ambos supo mantener una relación amorosa sin sobresalto, comentó alguna vez:

—Son como hermanos, pero cada uno hecho con elementos opuestos. Los griegos algo dijeron sobre esto, pero ya no recuerdo el nombre de la divinidad o de la fábula que sirve de ejemplo.

Sabido lo anterior, era, por tanto, perfectamente previsible que, al llegar al Bósforo, Abdul Bashur se enterara de que el

Nebil acababa de ser vendido a un naviero turco que lo guardaba como un tesoro. Maqroll regresó a Marsella, se instaló en la pensión de Arlette y estableció con la patrona una relación de intimidad que dejaba a la mujer en una especie de limbo erótico, poblado de sensaciones que ella tenía por canceladas hacía años.

Abdul llegó varios meses después. Intentó devolver a Maqroll su dinero, pero éste lo convenció de que lo guardara consigo. Bashur terminó, como siempre, adquiriendo un carguero común y corriente que le ofrecieron en Marsella en condiciones particularmente ventajosas. La mitad de las ganancias que rindiera el barco serían para Maqroll. Éste sabía que, buena parte de las mismas, tornarían a Bashur para cubrir el costo de reparaciones y mantenimiento.

—No sé —comentaba Arlette, buena francesa cultora del arte de ahorrar— qué demonios tienen ustedes dos contra el dinero. No lo saben guardar para las épocas difíciles y se les derrama de las manos como si no lo hubiesen ganado duramente.

—Es que las épocas difíciles nosotros ya las vivimos todas, querida —contestaba Maqroll—. Ahora pasamos por lo que nuestro amigo Paul Coulaud llamó alguna vez *la misère dorée*.

—La verdad que no le veo la gracia —concluía Arlette mientras el Gaviero exploraba el opulento escote de flamenca bien alimentada.

III

No me ha sido posible ubicar en el tiempo el encuentro de Abdul Bashur con Jaime Tirado El rompe espejos. Para evocarlo he tenido que recurrir a cartas de Bashur a Fátima, donde se menciona el hecho sin muchos detalles, y a mis apuntes de conversaciones con Maqroll, éstas sí mucho más explícitas y detalladas. Bashur menciona el *tramp steamer* adquirido en Marsella, que bautizó con el nombre de *Princess Boukhara*, dando muestras de un humor más achacable al Gaviero que a él. En ese barco viajó a encontrarse con El rompe espejos. Pero antes de esto, muchas otras andanzas ocurrieron y otras tantas vinieron después, a juzgar por noticias, casi todas sin fecha, procedentes de Maqroll, cuyo fuerte no fue nunca la cronología. No tiene, al fin, mucha importancia esta vaguedad ya que tampoco es mi intención, en este recuento, de todos modos parcial, de la vida de Bashur, ceñirme a ninguna estricta secuencia temporal, como tampoco lo ha sido antes, en mis relatos dedicados al Gaviero. Lo que me ha desconcertado en este particular, para establecer la fecha en que ocurrió, es la aparición de las gemelas Vacaresco, que yo daba por desaparecidas mucho antes de la cita de Bashur con Tirado. El error debió ser mío, de seguro, porque tanto los datos venidos de Bashur como los recogidos a Maqroll coinciden en mencionar a las famosas hermanitas en el origen del suceso del río Mira y el encuentro con El rompe espejos, en donde Abdul estuvo a punto de dejar la vida.

Maruna y Lena Vacaresco se presentaban en un cabaret de mala muerte de Southampton, con un número de erotismo un tanto primario, pero que adquiría una salacidad extra por tratarse de dos hermanas gemelas que se lanzaban en una serie de acrobacias lesbianas, con toda gama de quejidos y ojos volteados en espasmo, poco creíbles, es cierto, pero suficientes como para mantener el morboso interés del público. Éste lo componían, en su casi totalidad, marineros de las más variadas nacionalidades, nada exigentes en punto a un riguroso realismo en el acto protagonizado por las gemelas.

Una noche en que resolvieron abandonar el *Princess Boukhara*, que descargaba en el puerto inglés lino en rama traído de Egipto, Maqroll y Abdul fueron a dar una vuelta por los bares cercanos a los muelles. La gris monotonía de las calles de Southampton y la imponente masa de sus fábricas e instalaciones portuarias les deprimió el ánimo como ningún otro puerto de la isla.

—Un buen whisky borra las dos terceras partes de tanto cemento sin color, tanto ladrillo, tanto hollín y tanto inglés obtuso y mal comido —comentó el Gaviero tratando de convencer a Bashur de que lo acompañase para huir del estruendo sincopado e implacable de las grúas.

Fue así como acabaron visitando el Pink-Surprise, como osaba llamarse el tugurio donde actuaban las gemelas Vacaresco. Venían de recorrer una cantidad suficiente de bares como para que el scotch hubiera empezado a cumplir la promesa de Maqroll y todo tomara un aspecto más tolerable. El número de las hermanitas estaba animado, vaya a saberse por qué, con música española, lo que causó en Bashur un regocijo que el Gaviero no terminaba de entender. El acto comenzaba con la presentación de las hermanas, una en cada extremo del pequeño escenario, en medio del cual lucía una cama circular adornada con lazos y pompones color rosa, al igual que la sábana que la cubría. A la izquierda estaba Maruna, con una cabellera negra retinta, los ojos con gruesas rayas de kohl y sus rotundas formas cubiertas con un sucinto *baby doll* celeste. A la derecha aparecía Lena, con una abundante cabellera rubia platinada, los ojos circundados de un lila intenso y un atuendo tan escaso como el de su hermana, pero de color rosa. Comenzaba la acción con el pasodoble *El relicario*, al que seguían otras piezas de igual fama, hasta terminar, en el éxtasis de las hermanas, con *España cañí*. La rutina de entrelazamientos, besos, caricias y sonoros lametones, acompañado todo de quejidos y suspiros desaforados, era, ya se dijo, tan poco convincente como monótona. La hilaridad de Abdul lo indujo a invitar a su mesa a las gemelas y ordenar una botella de champaña. El Gaviero lo miraba, intrigado, ante tanto entusiasmo que no justificaban ni el lugar ni las hermanas Vacaresco.

—Sólo los ingleses —comentó Abdul para explicar su entusiasmo— son capaces de producir un adefesio semejante, tan absurdo como chabacano. Esto es lo más deliciosamente grotesco que he visto en mucho tiempo. Las gemelitas tienen lo suyo. Poseen eso que usted llama la «calentura danubiana». Ya lo verá.

En efecto, las hermanitas Vacaresco resultaron ser algo bastante alejado de lo que podía pensarse viendo su actuación en el Pink-Surprise. Para comenzar, como era de suponer, su apellido no era ése, ni tampoco sus nombres. Se llamaban Estela y Raquel Nudelstein. Su padre había sido un sastre judío, nacido en Besarabia y su madre, que hacía las veces de agente y guardián a la vez, era de Lwów, hija de un rabino hasídico. En alguna vieja revista francesa, doña Sara, como se llamaba la imponente matrona, había visto en su juventud la fotografía de la poetisa rumana Hélène Vacaresco, que gozó en París de una cierta notoriedad en los años inmediatamente anteriores a la Primera Guerra Mundial. A la madre le pareció que Vacaresco iba muy bien con la profesión que tenía destinada para las gemelas que Jahvé le había dado como medio infalible de ganarse la vida. El padre murió en uno de los primeros *pogroms* del estalinismo. Todo esto fue relatado por las protagonistas, después de la segunda copa de champaña, con una desenvoltura y una gracia que, tenía razón Bashur, guardaban para la intimidad y jamás lucían en escena. Quitado el maquillaje y las vistosas pelucas, aparecía un rostro interesante y una expresión despierta y maliciosa que cumplían con lo que Abdul había anunciado citando a Maqroll. Por cierto que es ése un rasgo característico de muchos judíos de la *mitteleuropa*, que acaban siendo más vieneses que los vieneses o más *magyars* que los húngaros. Véase, si no, el caso de Erich von Stroheim, judío vienés, que caracterizó en el cine al típico oficial de la guardia del emperador Franz Joseph o al *junker* prusiano de pura cepa. Lo primero que les preguntó Abdul, cuando las gemelas se sentaron con ellos, fue de dónde había salido la idea de usar esa música española de tan irresistible cursilería. Maruna, que comenzaba a mostrar una marcada preferencia por el Gaviero, explicó que los dueños del lugar debieron deducir que Vacaresco era un apellido típico andaluz y habían fabricado ese alucinante popurrí de pasodobles para amenizar el acto. Bashur insistió ufano:

—Lo que yo había dicho. Sólo los ingleses pueden lograr semejante maravilla. Son impagables.

Lena, por su parte, había puesto su atención en Bashur y fue ella la que propuso que se pasaran al francés para intercambiar sus opiniones. Ya comenzaban a llover, de las otras mesas, miradas de franca censura. Los cuatro abandonaron el Pink-Surprise, después de una segunda aparición de las Vacaresco, en donde la indiferencia y la fatiga resultaban casi insultantes para el público. Después de visitar dos o tres lugares más, fueron a desayunar al puerto ostras y pescado fresco con vino blanco portugués, que vendía un lisboeta en un minúsculo expendio a la salida de un garaje. Subieron luego al barco y cada pareja fue a su camarote en medio de fados espurios ensayados por las mellizas sin saber una palabra de la lengua de Camões.

Terminado de descargar el lino crudo, el *Princess Boukhara* fue sometido a una limpieza de casco que necesitaba con urgencia. Los cinco días que duró el barco en carena, los pasaron Maqroll y Bashur en el hotel de las gemelas, con anuencia, no muy entusiasta, es cierto, de la madre. Las hermanitas resultaron ser una fuente de diversión al parecer inagotable. Su tendencia natural a un humor cáustico e instantáneo, aplicado a los más nimios incidentes cotidianos, logró convertir el tiempo pasado en Southampton por los dos amigos en una celebración memorable. Las gemelas tenían personalidades por entero contrapuestas. Maruna, la amiga de Maqroll, era de carácter concentrado, con inclinación a la melancolía y al melodrama fugaz. Una cierta tendencia a la frigidez la compensaba en el lecho mimando éxtasis inopinados, mucho más convincentes que los fingidos en escena. Esta imitación, en la intimidad, despertaba en Maqroll una excitación desconocida. Cuando la cosa iba en serio, Maruna caía en trances de madona, igualmente estimulantes para él. Lena, introvertida, superficial y desordenada, tenía esa sensualidad a flor de piel de las mujeres para las que sólo existe el presente, que prefieren los hombres instintivos, negados para «toda complejidad intelectual y toda angustia metafísica», como ella misma los definía. «La única angustia que conozco es la de no gustarle a alguien», solía decir, mientras se sacudía los cabellos en un gesto provocativo que se le había convertido en un tic. Las Vacaresco pasaron a ser, más tarde, para ellos, una suerte de tabulador para medir la condición de un ambiente o de una experiencia. Una noche Vacaresco o una mujer nada Vacaresco daban la medida de lo que habían disfrutado.

Pero el incidente que hizo de esos días una temporada inolvidable, en especial para Bashur, ocurrió la víspera de partir el *Princess Boukhara*. Lena quiso dejarle un recuerdo de ese encuentro. Buscando entre un montón de fotografías que había sacado de una caja de galletas vacía, quería darle una en donde sus atributos estuvieran a la vista, sin caer en lo manido. Bashur vio, de pronto, una en donde ella estaba con un hombre de aspecto próspero, rostro ligeramente inquietante y aire deportivo. Se hallaban recostados en la barandilla de popa de un carguero de notable y airosa silueta. El castillo de popa le recordó el del *Nebil*, pero tenía un diseño más clásico aún. Tomó la foto y se quedó absorto mirándola, tratando de identificar el navío. Lena no comprendió el interés de Abdul por esa imagen en particular y le preguntó por qué le llamaba la atención. En lugar de contestarle, Abdul le preguntó con notoria ansiedad:

—¿Dónde está ahora ese barco? ¿El dueño es el tipo que aparece en la foto? ¿Quién es?

Lena lo miró, sorprendida por el chaparrón de preguntas, y contestó con la paciencia con la que se habla a alguien a quien se desea hacer volver a sus casillas:

—El barco se llama *Thorn* y ahora se pudre en la desembocadura del río Mira en la frontera norte del Ecuador. El propietario es, en efecto, el hombre que aparece en la foto —aquí dudó un momento antes de proseguir—. No hay mucho que contar sobre él. Yo, al menos, sé bien poco. Tiene mucho dinero, logrado con la venta de no sé qué producto vegetal, cuyos sembrados le pertenecen. Están río arriba a varias horas de navegación.

—¿Cómo se llama el tipo? —la interrumpió Abdul impaciente.

—¿Por qué te pones así? El tipo se llama Jaime Tirado, pero lo conocen como El rompe espejos. No me vengas ahora con que tienes celos. Es algo que nunca hubiera pensado de ti —Lena no podía explicarse el febril interés de Abdul por tan lejano personaje.

—No, por Dios —aclaró Bashur—. Es el barco lo que me interesa. Es una maravilla de línea. ¿Crees que aún esté allí?

Lena, ya más tranquila, contestó:

—Allí debe estar, creo. Temo que ya no navegue. Me parece recordar que el dueño intentó venderlo alguna vez.

—¿Río Mira, dijiste? —insistió Bashur.

—Sí, río Mira, en el límite con Colombia —repuso Lena—. Pero no me digas que piensas ir hasta allá. Es el fin del mundo. Yo viajé con El rompe espejos desde Panamá hasta ese sitio, en un yate. Hace un calor de todos los demonios, los zancudos te devoran día y noche, en medio de una desolación y una miseria inconcebibles. Él, desde luego, vive como un marqués, pero eso es allá más arriba y no te arriendo la ganancia si intentas acercarte.

—Conozco lugares mucho peores y mil veces más peligrosos. No te preocupes —contestó Abdul, mientras guardaba la fotografía en su billetera.

Lena le dio otra en donde aparecía abriendo su blusa y ofreciendo los pechos al fotógrafo con sonrisa desafiante.

—Llévate ésta también —dijo—, aunque no aparece ningún barco. Guárdala para que recuerdes nuestras noches de Southampton.

Abdul la guardó junto a la anterior y habló de otra cosa. Más tarde pasaron por Maqroll y Maruna y fueron a cenar a un restaurante pakistaní, que les recomendó doña Sara. La señora, de imponentes carnes y astucia inagotable, sabía permanecer en la sombra y dejaba a sus hijas en una libertad al parecer absoluta que, en el fondo, se concretaba al viejo y conocido juego del pescador y la carnada. Ellas no la mencionaban jamás, pero los dos amigos habían ya advertido ciertas señales, imperceptibles para otros, que era fácil colegir se referían a severas instrucciones de la matrona de Lwów, jamás transgredidas por ellas.

Esa noche la pasaron en blanco, en un acelerado y febril desquite antes de decirse adiós. Recorrieron los pocos bares transitables del puerto y, de regreso al hotel, hicieron el amor con el ímpetu de quienes saben que no se han de volver a encontrar. Partieron hacia el *Princess Boukhara* y, al pie de la escalerilla, antes de despedirse, Maqroll declaró a las gemelas con énfasis no muy común en él:

—El recuerdo de las hermanas Vacaresco nos servirá, en adelante, cuando lleguen los días negros que nunca faltan a la cita, para recordarnos que la alegría no es un invento de los inocentes para engañarse a ellos mismos. Nos consta que existe porque la conocimos con ustedes.

Ellas, en medio de algunas lágrimas que les corrían por las mejillas trasnochadas, trataron de entender lo que el Gaviero decía. Era evidente que se habían quedado en ayunas. Cuando el barco comenzó a ponerse en movimiento, Maruna y Lena aún estaban allí, paradas en el muelle, moviendo los brazos y llorando con un aire desamparado que les produjo al Gaviero y a Bashur un nudo en la garganta.

En alta mar, camino a Dantzig, donde los esperaba una carga de herramientas agrícolas con destino a Djakarta, Abdul mostró a Maqroll la fotografía del Thorn y le comentó su interés en averiguar si el barco estaba aún en venta. El Gaviero, acostumbrado ya desde hacía mucho a simpatizar con la manía de su amigo, le propuso que buscaran en alguno de los puertos que iban a tocar una carga para Panamá o para Guayaquil. Así podría echar un vistazo al barco que tanto le inquietaba. Reconoció, de paso, que el diseño de la nave era en verdad de notable elegancia y sencillez. Faltaba ver qué máquina tenía y en qué estado se encontraba. Respecto al dueño, comentó con franqueza:

—En la historia de Lena falta una pieza, pero ella ha sido lo suficientemente lista como para, con lo que nos dijo, esperar que la encontrásemos. De una cosa estoy seguro: el famoso rompe espejos no ha hecho su fortuna exportando banano, que es lo que por allá se cultiva. Ese dinero viene de algo que vale más y es más arriesgado conseguir. Además ese aire que tiene de niño bien algo tarado me parece altamente sospechoso. No hay peor ralea que esos señoritos que se salen de sus cauces y rompen con las reglas y convenciones de su clase. Son de alta peligrosidad porque han dejado atrás los principios con los que nacieron y jamás respetan los establecidos por el hampa. Es por eso que son capaces de todo. No hay límites que los contengan. Vamos a ver qué pasa. Hay que conseguir esa carga para Panamá o para el Ecuador y luego se verá.

Abdul guardó de nuevo su fotografía, satisfecho de comprobar que su camarada y cómplice lo respaldaba, una vez más, en su búsqueda del *tramp steamer* ideal.

En Djakarta, Maqroll resolvió quedarse para viajar un poco por el archipiélago Malayo y reanudar en Kuala Lumpur sus experiencias con la viuda vendedora de inciensos funerarios cuyos encantos seguían teniendo para él un prestigio nada desdeñable. Lo último que aconsejó a Bashur, antes de abandonar el *Princess Boukhara,* fue:

—Abdul, cuídese de El rompe espejos. Recuerde lo que le dije de esos niños bien. No me deje sin noticias. Ya sabe dónde escribirme.

—No se preocupe. Tendré muy en cuenta sus advertencias. Vaya tranquilo —le repuso Bashur, mientras lo veía descender la

escalerilla con su paso cauteloso de felino cansado y perderse, luego, entre la abigarrada multitud del puerto, la cabeza levantada y alerta, como midiendo las acechanzas del mundo. Volvió a sentir, entonces, esa solidaridad afectuosa, esa amistad sin sombras, adusta y cálida a la vez, que le despertaba ese personaje impar, sondeador incansable de los médanos donde el destino y el azar se confunden para atrapar al hombre y aturdirlo con los necios espejismos de la ambición y el deseo. Las reservas que el Gaviero le había expresado en relación con el dueño del *Thorn* iba a recordarlas en momentos que hubiera querido compartir con su amigo y que tuvo que afrontar solo, en el desamparo inclemente de un trópico atroz.

De Djakarta, Abdul viajó a Trípoli y de allí, con el buque cargado de explosivos, a Limassol, en Chipre, donde entregó la comprometedora mercancía a un hombre de largas barbas rojizas, cuidadosamente peinadas, y cabellos del mismo color que le caían sobre los hombros. Tenía todo el aspecto de un pope y movía sus pequeñas manos de dama perfumada como si repartiera bendiciones. Era a todas luces un pope disfrazado de civil y metido en las intrincadas conjuras de la isla que iban a dar al traste con el dominio británico. De tiempo atrás Bashur había aprendido en ese negocio de hacer rendir a un *tramp steamer* que no deben hacerse muchas preguntas y que las respuestas deben dosificarse con parsimonia vigilante.

El *Thorn* no se apartaba de sus pensamientos. Cada noche, antes de dormir, examinaba largamente la fotografía del barco. Llegó a calcular, con indiscutible aproximación, sus medidas y su capacidad de carga, partiendo sólo de esa imagen en donde la sonriente pareja añadía un toque de intriga y de nostalgia que lo dejaba varias horas en vela: ¿quién sería ese Jaime Tirado, El rompe espejos, sobre el que Maqroll abrigaba tanta sospecha? La respuesta no se hizo esperar mucho tiempo.

De Limassol viajó a La Rochelle. Su agente en ese puerto le había enviado un telegrama pidiéndole que acudiera allí lo más pronto posible. Con un cargamento de mineral de zinc, partió para Francia, con la premonición, casi la certeza, de que algo maduraba con respecto al *Thorn*. Así fue. En el puerto de la antigua Aquitania le esperaba un contrato de carga para Guayaquil, consistente en veinte inmensos cajones con maquinaria textil que coparon la capacidad del *Princess Boukhara*. En La Rochelle adquirió una carta de navegación de la costa ecuatoriana y otra, más detallada, de la desembocadura del Mira. Durante el viaje se dedicó a estudiar esas dos cartas en compañía del capitán, personaje que nos hemos demorado en presentar, con imperdonable descuido, ya que fue por mucho tiempo un auxiliar irreemplazable de Abdul, por su lealtad y don de gentes, indispensables para manejar tripulaciones reunidas al azar de los puertos.

Se llamaba Vincas Blekaitis y había nacido en Vilna. Tenía esos ojos de un gris pálido, tan comunes entre los bálticos, y de ellos también heredó la estatura hercúlea y una lentitud de movimientos que escondía milenarias astucias y huracanados cambios de humor. Hacía largos años que trabajaba con Abdul, siempre que éste disponía de barco. Sentía hacia él una fidelidad sin reservas y una admiración un tanto infantil, a pesar de ser mucho mayor que su patrón cuyo nombre jamás logró pronunciar bien. Le decía Jabdul, lo que a menudo causaba la hilaridad del resto de los tripulantes. Maqroll, en ocasiones, cuando quería hacerle a Bashur alguna broma, lo llamaba también Jabdul y éste sonreía complacido.

Atracaron en Guayaquil, después de un viaje salpicado de contratiempos. En el Caribe les sorprendió una tormenta que hacía temblar los costados del *Princess Boukhara* como si fueran de papel. La carga se corrió en las bodegas y hubo que acomodarla de nuevo en Panamá. Allí hubo una demora en Colón para cruzar el Canal, causada por el paso de una flota de la Armada americana que iba a maniobras en el Pacífico. Una lluvia tenaz, tibia y pegajosa, trabajaba los nervios y minaba el ánimo. Vincas decía estar seguro de que le iban a nacer sapos en los oídos. Parece que fue la única nota de humor que se le escuchó en la vida. Para colmo, en Guayaquil les sorprendió una huelga de operadores del puerto. Diez días tuvieron que esperar allí hasta que las grúas volvieron a funcionar. Era la temporada en que el río Guayas se sale de su cauce, ocasionando esa siniestra plaga de gruesos insectos, parecidos a los grillos, pero más rollizos y lentos, que, huyendo de las aguas, invaden la ciudad, entran por la menor rendija a casas y hoteles y llegan a paralizar el tráfico. Los autos patinan en la pasta verdinosa y fétida que se forma al pasar éstos sobre los ejércitos de insectos que ocupan la calle. A cuarenta grados de temperatura, la experiencia consigue tener características dantescas. Las tripulaciones se ven obligadas a permanecer en los barcos y esto aumenta su irritación y su inconformidad.

El *Princess Boukhara* estuvo listo para partir después de tres días de faena para descargarlo. Vincas comentó a Bashur que era aconsejable explicar a la tripulación que se dirigían a la desembocadura del Mira y que allí habrían de permanecer por algunos días. El encierro en Panamá y, luego, en Guayaquil traía los ánimos bastante soliviantados. Buena parte de los marinos eran bálticos y el trópico les resultaba casi imposible de tolerar. Bashur resolvió ofrecer a la marinería una prima especial de sueldo para compensar en alguna forma el sacrificio de permanecer de nuevo inactivos frente a las costas ecuatorianas. Vincas consiguió calmar los ánimos y el sobresueldo prometido cumplió eficazmente su función.

Cuando llegaron al cabo Manglares en la desembocadura del río Mira, en una mañana de sol que era el primero que venía después de tantas semanas de cielos grises y lluvias constantes, el *Thorn* estaba allí luciendo la esbeltez de sus líneas y el aire de aristocrática dignidad que le daban sus muchos años. El *Princess Boukhara* ancló al lado del airoso carguero que parecía abandonado, aunque la cubierta y el puente de mando acusaban huellas de un cierto mantenimiento. No se veía un alma a bordo. Abdul resolvió acercarse en la lancha, para ver el buque más de cerca. Así lo hizo y cuando estaba a pocos metros del costado del *Thorn*, un negro obeso, a medio despertar, se asomó por la barandilla de cubierta y en tono bastante áspero preguntó qué querían. Bashur le explicó que tenía noticias de que el barco estaba en venta y deseaba ponerse en comunicación con el dueño. El negro no respondió y de inmediato entró a un camarote donde debía estar la radio. Salió poco después y, con el mismo acento desabrido, explicó que el barco no se vendía, que el dueño vivía río arriba y no deseaba hablar con nadie. A Bashur, sin darse por vencido, a pesar de la evidente y agresiva reserva del negro, se le ocurrió preguntar a éste si el dueño seguía siendo el señor Jaime Tirado, conocido como El rompe espejos. El vigilante cambió al instante. Temeroso y suspicaz, preguntó a Bashur si acaso conocía a esa persona. Abdul repuso que tenían algunos amigos comunes y a ellos debía la información sobre el *Thorn*. El hombre tornó a desaparecer y mucho después volvió para informarle que don Jaime vendría esa tarde para entrevistarse con él. Abdul regresó al *Princess Boukhara* para esperar al amigo de Lena. Vincas, que desde el barco siguió el diálogo con el cuidador del *Thorn*, le comentó:

—Estos negros de la costa del Pacífico son así: huraños y taimados, pero temibles cuando se irritan. Son todo lo opuesto a los del Caribe —Abdul ya lo sabía y asintió con la cabeza.

La espera se hizo interminable. El sol, sin una nube en el cielo, había creado, a causa de la humedad ambiente, una atmósfera opalina que flotaba sobre las aguas tranquilas. Era un ambiente de leyenda celta pero en plena zona ecuatorial. Reinaba un silencio irreal y oprimente. Cada ruido en el buque repercutía en el ámbito con una sonoridad que se antojaba irreverente. El *Thorn* parecía suspendido en el aire y su silueta se copiaba en la serenidad del estuario, duplicando la gracia de su diseño, evocador de esos carteles de los años veinte que anunciaban los paquebotes de las grandes líneas de navegación, anclados en exóticos puertos del Asia o de las Antillas. Abdul no se cansaba de admirar el diseño del barco, que le despertaba nostalgias de una época que sólo conocía por referencias de sus mayores. Allí, frente a él, estaba el barco de sus sueños. El *Nebil*, que fue su último capricho, jamás estuvo al alcance de su vista por tanto tiempo ni ofrecido en ese marco de espejismo sereno, intemporal e hipnótico. La luz se fue haciendo menos intensa y todo el lugar tomó una ligera coloración naranja que se mudó pausadamente hasta llegar a un rojo operístico que se desvaneció al impulso de la gran noche de los trópicos, que se instaló de repente.

Con las primeras estrellas, que comenzaron a brillar en un cielo gris morado, se oyó a lo lejos el ronroneo de un motor que se acercaba desde el fondo del delta. Se despertó la brisa que rizó levemente la superficie de las aguas, fragmentando la imagen del *Thorn* en un inquieto rompecabezas. Donde el río se estrechaba, entre manglares y raquíticas palmeras desflecadas, apareció una embarcación que llegaba a gran velocidad. Era una de esas lanchas forradas en finas maderas, con los bronces resplandecientes de impecable diseño, más propia para lucirse en Mónaco o en Porto Ercole que en ese paisaje tropical, desamparado y soñoliento. La embarcación se detuvo al pie de la escalerilla del *Princess Boukhara*. La conducía el amigo de Lena, vestido con una camisa color rosa pálido y botones de concha, pantalones de lino de corte impecable, con las arrugas reglamentarias en cualquier Country Club de Alejandría o de Beirut. En la cabeza lucía un sombrero jipijapa auténtico, de esos que tejen las indias bajo el agua, durante la noche, que valen una fortuna. Un negro hercúleo, vestido de blanco y con los pies descalzos, que venía al lado del conductor, atrapó con una pértiga de fino cerezo, rematada con un gancho niquelado, la soga que servía de baranda a la escalerilla del buque y ayudó a subir a su patrón, que remontó los escalones con paso gimnástico y apresurado. Abdul lo esperaba arriba, atento a cada gesto del visitante.

Todas las premoniciones y diagnósticos del Gaviero le vinieron a la memoria mientras saludaba al recién llegado. De estatura un poco mayor que la mediana, tenía esa agilidad de movimiento, a veces un tanto brusca, propia de quien ha practicado los deportes durante buena parte de su vida. Pero esta primera impresión de salud se esfumaba al ver el rostro, cuyas facciones denunciaban a leguas eso que suele llamarse un «cabo de raza», o sea, el espécimen en donde termina el entrecruzamiento de muy pocas familias durante más de un siglo. Matrimonios que han tenido por objeto primordial conservar las vastas posesiones de tierras y el nombre que las distingue, sin mezcla de extraños ni de recién venidos, por ricos que sean. La mandíbula un tanto caída, notoriamente prognática y, como consecuencia de ello, la boca de labios carnosos y sensuales, siempre entreabierta. La nariz protuberante pero de un trazo regular y firme, bajo una frente estrecha donde los huesos sobresalientes ocupan el breve espacio entre las cejas pobladas y el pelo ralo y desteñido que apenas cubre una no disimulada calvicie. Esa cara de Habsburgo clorótico cobraba, de pronto, una intensidad felina gracias a los ojos móviles, inquisitivos y siempre dando la impresión de percibir los más escondidos pensamientos del interlocutor. Las grandes manos, de palidez cadavérica, se movían con seguridad dando en todo momento el efecto de una fuerza animal en engañoso descanso.

—Me dicen que usted me buscaba, ¿no es así? Supongo que es Abdul Bashur —dijo mientras extendía la mano alargando el brazo lo más posible como para mantener a distancia a la otra persona.

—Sí, yo soy —repuso Bashur—. Usted es el señor Jaime Tirado, sin duda. Pase, por favor. Vamos a mi cabina. Allí podremos conversar cómodamente —Abdul guió a Tirado a una pequeña oficina que comunicaba con su camarote. Vincas, de lejos, vigilaba la escena.

A pesar del anuncio del Gaviero, Bashur no pensó nunca encontrarse con un tan acabado ejemplar de lo que suele llamarse por esas tierras un «niño bien», no importa la edad que tenga. Que el tipo era de cuidado, lo denunciaban cada gesto y cada inflexión de sus palabras. Por debajo de sus buenas maneras, de su voz pausada de bajo y de su perpetua sonrisa, se advertía, sin dificultad, un aire de truhanería ganado a todas luces en experiencias posteriores a su educación en costosos colegios suizos y a sus éxitos deportivos en los clubes campestres de varias capitales del continente. Había perdido todo acento que pudiera identificarlo con algún país de Latinoamérica. «Este hombre —pensó Bashur, mientras se sentaban alrededor de una pequeña mesa de pulido caoba— ha matado no una sino varias veces. Es de los que se pasaron para siempre a la otra orilla, como dice Maqroll». Todas las milenarias señales de alarma de hijo del desierto despertaron en él al instante y, con ellas, llegó esa ligera ebriedad causada por el peligro, tan parecida al placer erótico, que llevó a sus ancestros a buscar la muerte ante Carlos Martel, en tierras de la Dulce Francia. Una serenidad, también heredada, lo poseyó como invocada en nombre del Profeta. La muerte estaba descartada. Sencillamente no existía. En ese ánimo se dispuso a escuchar al visitante.

—Dígame una cosa, si no es indiscreción: ¿usted le dio ese nombre al barco? —preguntó Tirado a boca de jarro. La pregunta traía escondida una tal dosis de insolencia, de burla, de intento de poner en su sitio al otro que Abdul se quedó un instante sin responder.

—Sí —repuso finalmente—, lo bautizamos así con mi socio. El nombre nos trajo suerte en un negocio que pienso que a usted le hubiera interesado.

—No me diga —comentó Tirado—, ¿puedo saber de qué se trataba?

—Es una historia un tanto complicada y poco ortodoxa. Prefiero dejarlo con la curiosidad —Bashur sintió que ya estaba a mano.

—Dijo usted que lo enviaban comunes amigos. ¿Puedo saber quiénes son? —dijo Tirado cambiando de tono.

—Por supuesto. Se trata de las gemelas Vacaresco, que conocí en compañía de mi socio hace poco en Southampton.

—¿Tanto han descendido? —interrumpió Tirado, en otro intento de irritar a Bashur.

—Más precisamente, fue Lena quien me habló de usted y del *Thorn* —prosiguió Bashur sin tomar en cuenta el comentario del otro—, como también del viaje que hicieron juntos desde Panamá hasta aquí. Conservaba una fotografía que vi por casualidad y me llamaron la atención las cualidades del buque. Ella tuvo la amabilidad de obsequiármela. Aprovechando un viaje que he tenido que hacer a Guayaquil, se me ocurrió pasar por aquí y conocer tanto al barco como a su dueño.

Bashur había sacado de su cartera la foto del *Thorn* y de la pareja y se la alcanzó a Tirado, quien la tomó en la mano, sin verla, mientras, revelando el otro aspecto de su carácter, concluyó:

—Pues bien, el barco ya lo vio y en cuanto a conocerme a mí creo que ya hizo lo más que se puede en tal sentido. Veo que sabe ya que me llaman El rompe espejos. Curioso apodo, ¿verdad? El que destruye su propia imagen y la de los demás, el que hace pedazos ese otro mundo del que nada sabemos. No me choca. Casi le diría que me he esmerado en cultivarlo y, quizá, también, en merecerlo. Ya le contaré más tarde cómo nació. Es una historia necia, pero, en alguna forma, dieron en el blanco los que así me apodaron. Respecto al *Thorn* quisiera decirle, desde ahora, que no me interesa venderlo. Me interesaría negociarlo. Eso es diferente. Darlo, no a cambio de dinero, sino de otra cosa. No sé si me entiende.

—No, en verdad no le entiendo. Me gustaría que me lo explicara —repuso Abdul, que había entendido perfectamente, mientras extendía la mano para tomar la foto que Tirado no había visto.

—¿Tanto le interesaba el barco? Qué curioso. No me lo puedo imaginar como coleccionista de viejos modelos de *tramp steamers*. Este barco en el que estamos no estaría, por ejemplo, en la colección —repuso El rompe espejos con evidente intención de seguir buscando un lado débil a su interlocutor.

Con calma digna de un jeque negociando el paso por sus tierras de un oleoducto de la Aramco, Bashur respondió:

—No. No hago colección de viejos barcos. En mi familia somos armadores y transportadores, en modesta escala, desde luego. El *Princess Boukhara*, a pesar del nombre que tanto le divierte, me sirve perfectamente para lo que necesito. Un barco como el *Thorn* me atrae más bien para mi uso personal y disfrutar acondicionándolo a mi gusto. Ahora bien. Usted habla de negociar. Eso me interesa. Bien sabe que mi gente lleva unos cuatro mil años dedicada a hacerlo con cierto éxito, diría yo. ¿No cree?

—De acuerdo —contestó El rompe espejos, dejando colgar su labio inferior en lo que quiso ser una sonrisa amable—. Pero recuerde que cada negocio que ustedes hacen hoy pone a prueba esos cuatro mil años. Pero, bueno, vamos al grano. Le propongo que venga conmigo. Lo invito a cenar en mi casa. Allí le haré saber las condiciones en las que me puede interesar desprenderme de esa joya. En medio de esta desolación no se inspira uno. Allá estaremos más cómodos.

Abdul Bashur se sacó de la manga una carta que tenía preparada para jugarla en el momento indicado:

—Le acompañaré con mucho gusto. Si quiere que le confiese la verdad, prefiero mil veces negociar con El rompe espejos que con Jaime Tirado. Es un terreno que me resulta más familiar. Disculpe si no le he ofrecido algo de tomar, pero no traigo alcohol, soy musulmán. Partimos cuando usted lo desee. Estoy listo —se puso de pie y el otro hizo lo mismo, a tiempo que comentaba con una sonrisa, ya no tan natural como la que traía al llegar:

—No puedo creer que les haya aplicado la ley seca a las hermanitas Vacaresco, que beben como cosacas. Sobre su preferencia a negociar con El rompe espejos, allá usted, como se sienta más cómodo. Respecto al terreno que compartimos, podría agregar algunas cosas que quizás le hagan cambiar de idea, pero, en fin, pago sin ver, como dicen en el póker.

Abdul no hizo comentario alguno. Invitó a pasar primero a Tirado y lo siguió hasta la escalerilla.

—Permítame un momento, voy a dejar algunas instrucciones. Ya estoy con usted —le dijo y regresó al puente de mando para hablar con Vincas. El rompe espejos descendió hasta su lancha y allí se sentó a esperar en actitud indiferente.

En pocas palabras, Abdul explicó a Vincas lo hablado con El rompe espejos y ordenó estar alerta, armar a algunos de sus hombres de mayor confianza con los tres rifles israelíes y las pistolas Walter 45 que había a bordo, y vigilar sin descanso el *Thorn* y el camino por donde llegó Tirado.

—No creo que ese barco valga la pena de arriesgar en esa forma el pellejo. Ese tipo es de lo peor que me he encontrado en mi vida de marino —comentó Vincas con aire preocupado.

—Ya no es el barco lo que me mueve —repuso Abdul—, es otra cosa. Nunca he tolerado digerir esta clase de desafíos sin responder a ellos. Tampoco el *Thorn* será para mí. Tanto mejor.

Bashur descendió por la escalerilla y vio que Tirado conversaba en voz baja con el negro. Había algo en los gestos de ambos, una encubierta intimidad que nada tenía que ver con Abdul ni con el *Thorn*, sino con la relación de ellos dos. Una curiosa sospecha le vino a la mente. «También eso —pensó—. Definitivamente nuestro hombre es más complicado de lo que mostraba la foto».

La noche se había establecido con sus inmensos cielos ecuatoriales y sus constelaciones que parecen estar al alcance de la mano. La luna llena iluminaba el paisaje con un resplandor lácteo de intensidad inusitada. El viaje en la lancha duró cerca de dos horas. La zona de manglares, al comienzo de la ruta, dejaba en el ánimo una desolación indefinible. El silencio, roto apenas por el chapoteo de las aguas contra los troncos que se hundían en el agua y el zumbido del motor, y la monotonía de esa vegetación enana, de hojas metálicas, daban al ambiente un sabor a muerte y ceniza. Se internaron río arriba y aparecieron los grandes árboles de vistosas flores color naranja fosforescente y las bandadas de loros que regresaban a sus nidos en medio de una algarabía desbocada a la cual respondían otras aves desde la espesura del bosque. El paisaje cobró una animación festiva que borraba, en parte, el recuerdo de los manglares. La vegetación se iba cerrando hasta llegar a trayectos en los que las ramas de una y otra orilla se entrelazaban ocultando el cielo. Bashur y Tirado intercambiaban apenas cortas frases intrascendentes que se referían al paisaje y al clima. Cada uno se reservaba para lo que pudiera ocurrir más adelante.

De pronto, la lancha viró bruscamente hacia la orilla y entró a un estrecho caño, oculto por tupidos matorrales hasta hacerlo prácticamente invisible para quien pasara por allí sin conocer muy bien la entrada. Media hora después arribaron a un atracadero de concreto, provisto de los elementos más modernos para recibir las embarcaciones. Descendieron de la lancha y recorrieron el muelle protegido por una barandilla niquelada que brillaba a la luz de la luna. Abdul volvió a recordar las grandes villas al borde del agua en Estambul y Alejandría, en Ostia o en Saint-Jean-les-Pins. El rompe espejos iba adelante, señalando el camino que se internaba por entre un lujurioso sembrado de naranjos en flor. Los pasos hacían crujir la grava del piso, con un ruido que producía una impresión de suntuosa prosperidad. Llegaron al fondo de los naranjales. Allí se veía una casa de estilo Bauhaus de un solo piso, cuyas amplias superficies de cristal y aluminio se iluminaron de pronto con reflectores escondidos en el jardín.

Una mujer de acusadas facciones indígenas, casi asiáticas, vino hacia ellos con paso lento de servidor obsecuente. Estaba vestida con prendas masculinas cuidadosamente escogidas: pantalón de mezclilla de corte italiano, camisa blanca con el cuello abotonado y una corbata con diseños polinesios, anudada con rebuscado descuido. Los pies descalzos mostraban las uñas pintadas de color azul pálido. Saludó con respetuosa inclinación de cabeza y esperó las órdenes del dueño. El cuerpo, de formas jóvenes y elásticas, descansaba bajo la luz de los reflectores como un maniquí en la vitrina de un lujoso almacén. Tirado le hizo una seña y ella se dirigió al interior de la casa mientras ellos la seguían en silencio. Entraron a un recibidor en forma de terraza, en cuyo centro se veía un estanque en el que cruzaban en perpetuo movimiento peces de colores fosforescentes, sin duda traídos de la región amazónica. Pasaron, luego, por un corredor en el que colgaban cuadros en el estilo de Rothko y de Pollock. Todo esto no tomaba de sorpresa a Bashur, quien, desde la aparición de la lancha, había presentido que la residencia de Tirado debía ser así. Tampoco le cabía ya duda alguna sobre los orígenes de la fortuna que permitía ese lujo en un lugar tan primitivo.

Se sentaron en confortables sillones de ratán forrados en tela de lino, con tenues manchas de colores pastel. La mujer les preguntó qué deseaban tomar. Abdul pidió un té helado. El dueño sonrió con ironía y pidió un Margarita *frappé*. Abdul dejó pasar sin comentario la sonrisa de Tirado e hizo un elogio del lugar y del buen gusto de la decoración. Anotó, de paso, que el mantenimiento de una residencia así, en un clima semejante, debía ser tarea harto difícil.

—Con personal bien entrenado y alguien que lo dirija con mano firme, no hay problema —explicó El rompe espejos—. De eso se encarga un mayordomo que traje de Porto Alegre, cuyos abuelos alemanes le transmitieron la férrea disciplina de su gente. El estilo de la casa lo escogí más por razones de comodidad que por gusto. Imagínese lo que debe ser vivir en este infierno en una casa estilo Tudor, como la que mis padres habitan en la capital. Bueno, si no tiene objeción, podemos hablar un poco de nuestro barco. No creo que haya venido aquí para conversar sobre las ventajas de la arquitectura de Mies van der Rohe —la mujer llegó con las bebidas, las dejó silenciosamente sobre la mesa de centro y partió otra vez sin hacer el menor ruido—. Voy a explicarle, muy sencillamente, cuál es mi idea. Usted ha llegado en forma providencial para mí. Ayer, justamente, me informaron por radio desde Panamá que un barco que venía para recoger un cargamento delicado que debe entregarse en su destino en fecha fija no podía zarpar a causa de una avería que tomará varias semanas en ser reparada. He pensado que usted puede encargarse de ese transporte y su costo lo tomo como un primer pago sobre la compra del *Thorn*, que sólo en tales condiciones me interesaría venderle. Luego terminaría de pagarlo con dos o tres viajes más. Me gustaría conocer sus comentarios al respecto.

Abdul sintió, allá muy adentro, una suerte de alivio. Ésa era, entonces, la trampa que le esperaba. Tampoco esto fue sorpresa para él. Con El rompe espejos era natural prever algo de ese orden. Pero, precisamente, lo que le atraía del asunto era la zona de peligro, ya definida y evidente, que le producía un cosquilleo en la espina dorsal. El *Thorn*, como se lo había explicado a Vincas al partir, ya no jugaba ningún papel en todo esto. Fue así como resolvió seguir el juego de su contrincante hasta ver en qué paraba.

—En primer término —aclaró Bashur—, necesitaría conocer el barco en detalle y saber si aún navega o hay que remolcarlo. En segundo lugar, me gustaría, desde luego, saber qué clase de cargamento delicado es ése y adónde debo llevarlo. Aclarados esos dos puntos, estaré en condiciones de darle una respuesta.

—Sobre el primer punto —repuso Tirado, saboreando el final de su Margarita, con cierta golosa morosidad que se le antojó a Bashur más vulgar que infantil— puedo decirle que el *Thorn* tendría que ser remolcado hasta Panamá. Allí lo pueden acondicionar para que navegue. El motor ha estado detenido hace varios años y me temo que esté inservible. Para convertirlo, como usted desea, en barco para su uso personal, idea que, con perdón suyo, me parece un tanto peregrina, eso podría hacerse ya fuera en Nueva Inglaterra o, también, en Estambul, pero nadie mejor que usted para saberlo. Sobre el segundo punto, quisiera que esperásemos hasta mañana, cuando tenga en mi poder algunos datos indispensables. Por ahora, lo invito a compartir conmigo una cena que nos están preparando y que buena falta nos hace. Su habitación ya está lista. Si quiere tomar un baño para refrescarse un poco, hágalo con toda confianza. Ya ordené que le preparen ropa fresca, por si quiere cambiarse. No se preocupe, es de su talla, no de la mía. Eso faltaba.

El escalofrío que persistía en su espalda le estaba anunciando a Bashur que se hallaba en el ojo de la tormenta. Pidió permiso al dueño y partió a su habitación para tomar un baño. Siguió a la muchacha vestida de hombre, que había surgido como por ensalmo. La habitación contaba con las más impensables comodidades, dignas de un gran hotel de lujo. La ducha, que graduó con agua muy caliente, le trajo una sensación de bienestar que bastante necesitaba. Se rasuró con una máquina eléctrica nueva, que descubrió en el gabinete del baño.

Se probó, luego, la ropa que le había traído la mujer con pómulos de anamita. Todo le sentaba a la medida. La camisa de popelina fresca, los pantalones de lino y la ropa interior de hilo se parecían mucho a las prendas que estaba dejando. Metió los pies dentro de unas suaves sandalias hechas de esparto, y regresó a la terraza. La mesa estaba servida allí mismo. El rompe espejos lo esperaba con un segundo Margarita *frappé* en la mano. Pasaron a la mesa y comenzaron a servir una serie de platos de cocina japonesa, todos dentro del estilo más tradicional e impecable. El sushi, en particular, era de una variedad y una frescura inconcebibles en ese sitio. Abdul así se lo comentó al dueño, quien se limitó a sonreír con una complacencia que luego fue derivando en malicia.

—Me gustaría —dijo Bashur para cambiar de tema— conocer ahora el origen de su inquietante apodo. Se lo recuerdo porque antes ya me lo había prometido y siento que sería un complemento perfecto para saborear esta magnífica cocina. No sé si esté en vena para complacerme.

—Recuerde —repuso Tirado sin inmutarse— que le previne sobre el motivo bastante obvio del apodo. De esto hace muchos años. Entrenaba con mi equipo para competir en el Campeonato de Polo de Palm Beach y el juego empezó a ponerse algo violento. De pronto, se me resbaló el mango del mazo y le di a la bola en tal forma que salió disparada contra los ventanales del comedor del Club de Polo y rebotó en un gran espejo veneciano que no recuerdo qué magnate cafetalero había dejado en herencia. El espejo voló hecho añicos. Mi padre lo pagó sin protestar. Pero esto no es todo. Al año siguiente, jugábamos un partido con el equipo visitante, integrado por polistas chilenos realmente notables. Volvió a fallarme, fatalmente, la orientación de un golpe a la meta y la bola fue a pulverizar uno de los espejos laterales del imponente Packard de la Presidencia, famoso en ese entonces en toda la ciudad, donde no se conocía ningún otro coche de ese estilo y tamaño. El propio Presidente, que presenciaba el juego y había sido padrino de matrimonio de mi padre, fue quien me bautizó como El rompe espejos. Antes de entrar en la política, había sido golfista notable y *clubman* muy dado a figurar en sociedad. De allí en adelante todo el mundo comenzó a llamarme con el apodo presidencial. Nunca me ha molestado, en verdad. Ahora que mi vida ha tomado rumbos tan radicalmente opuestos a los de esos años, ya tan distantes, viene muy a punto con cierta fama que he ganado de lograr mis propósitos por encima, no sólo de leyes y autoridades, sino de intereses y vidas que no sean los míos. Bien. Ahora que ya he tenido el gusto de satisfacer su curiosidad, le invito a que vayamos a dormir antes de que nos invada la calima. Es una niebla que se levanta en las primeras horas de la madrugada y que hace desvariar a las personas.

El rompe espejos se despidió de Abdul y fue a perderse entre los naranjales, donde aquél pensó que debía estar su habitación, separada de la casa y a salvo de sorpresas. Su deducción se vino abajo porque oyó luego el motor de la lancha que se alejaba río arriba.

Ya en la cama y en vista de que el sueño no llegaba, lo que dada la situación era fácil de entender, Bashur se dedicó a pensar en cómo escapar de la celada que le había tendido el dueño de la casa y que él voluntariamente aceptó, atraído por la incógnita que esconde el mundo del crimen. Muchas horas debieron pasar mientras maduraba su plan para salir con vida. Sobre la personalidad de Tirado no le quedaba ya duda. Al abandonar la clase en la que había nacido, dejó al libre arbitrio el instinto de mórbido sadismo que sus antepasados supieron mantener a raya, gracias a una valla hecha de buenas maneras y de codicia sabiamente administrada.

El propósito de El rompe espejos era, sin duda, liquidarlo en caso de que no accediera a su propuesta. Bashur preparó minuciosamente un plan para salir con vida y, examinados, punto por punto, todos sus detalles, entró en el sueño resignado como buen musulmán a lo que dictasen más altos poderes. Antes de dormirse profundamente, volvió a escuchar el motor de la lancha que regresaba. Los pasos de Tirado en la grava del sendero fueron lo último que escuchó. Alcanzó a darse cuenta de que no iba hacia la casa sino al lugar donde debía estar su habitación.

Lo despertaron unos tímidos golpes en la puerta.

—Pase —dijo con voz opaca de quien no acaba de salir del sueño. Entró la atractiva indígena vestida de hombre. Puso encima de la cómoda la ropa que él se había quitado el día anterior, mientras decía, sin mirar a Bashur:

—El patrón lo espera en la terraza para desayunar. ¿Desea té o café?

Abdul pidió té con tostadas y mermelada. La mujer salió sin hacer ruido. Mientras se jabonaba bajo la ducha y, luego, se rasuraba, cayó en cuenta de que en aquella mujer había un cierto aire andrógino que acababa por desviar el interés que, a primera vista, despertaba su figura. Recordó el íntimo cuchicheo de El rompe espejos con el negro de la lancha y comenzó a atar cabos que confirmaban sus sospechas de que el propietario del *Thorn* debía tener más de una desviación en su conducta sexual. Antes de salir de su cuarto, repasó el plan concebido la noche anterior. Todo estaba en orden y todo, también, en manos de Allah. Cuando llegó a la terraza, El rompe espejos estaba sirviéndose una gran taza de café negro, humeante y perfumado. Tirado le dio los buenos días indicándole cortésmente el asiento que había ocupado la noche anterior.

—¿Durmió bien? —le preguntó mientras saboreaba el café con fruición de adicto.

—Muy bien —contestó Bashur—. ¿Y usted? Tengo la impresión de que no se fue a la cama de inmediato.

—En efecto. Tuve que dedicarme un poco a trabajar para usted —repuso el dueño, mientras una chispa perversa le cruzó por los ojos.

Abdul no respondió a esta observación y comenzó a preparar su té; un auténtico Lapsang Suchong, fuerte y ahumado como a él le gustaba.

—Bueno —comenzó a decir Tirado poniendo sus manos sobre la mesa—, me parece que ha llegado el momento de concretar nuestros negocios y conocer qué opina de mi oferta.

Abdul hizo con las manos el gesto de detener a su interlocutor, quien se quedó mirándolo un tanto desconcertado.

—Antes de que sigamos adelante yo quisiera decirle algo. Anoche pensé largamente el asunto y llegué a una decisión que debo comunicarle. En primer lugar, he perdido todo interés en el *Thorn*. Tal como estamos actualmente, con el *Princess Boukhara*, mi socio y yo ganamos lo suficiente. Nunca he pensado en adquirir un barco como el suyo, sólo para placer y para mi uso personal exclusivamente. De todos modos tendría que hacerlo trabajar para mantener ciertas entradas indispensables. Así las cosas, en verdad, para nada me interesa conocer las condiciones en que me ofrece el *Thorn*. Prefiero quedarme en la ignorancia. A nadie, es obvio, le comentaré nada en este sentido. Prefiero dejar las cosas con usted en este punto. Establecido esto, le propongo que nos separemos como si nada hubiese sucedido, ni nos hubiésemos visto jamás. Es lo mejor para ambos.

El rompe espejos se le quedó mirando por un instante, que le pareció a Abdul un siglo, y luego habló con voz que deseaba ser ecuánime y no acababa de lograrlo:

—No creo que ésa sea su última palabra. Si lo es, debo confesarle que me equivoqué lamentablemente. Los paisanos suyos que he conocido tenían más agallas para enfrentar el azar. Pero está bien. Supongamos que ésa es su determinación final. Pero yo quisiera que me respondiese a esta pregunta: ¿ha pensado, así sea por un momento, que yo voy a ser tan ingenuo en creer que usted, que ha transitado todos los mares y conocido, sin duda, las innumerables maneras que existen para burlar la ley, no sabe en qué consisten mis negocios y que, sabiéndolo, va a callarlo para el resto de su vida? Por Dios, amigo Bashur, no estamos, ni usted ni yo, en edad de, como dicen los brasileros, engullir semejante sapo. ¿Desea más té? —preguntó mientras estiraba el brazo para alcanzar la tetera y servirle. Bashur hizo un gesto afirmativo a tiempo que se daba cuenta de que Tirado alargaba el pie para tocar algo en el suelo. Éste acabó de servir el té y encendió un cigarrillo cuyo humo aspiró profundamente.

Instantes después se escucharon pasos en el sendero que llevaba hasta el muelle. Dos negros atléticos salieron del naranjal y se dirigieron a la terraza. Abdul dedujo que venían del lugar donde el dueño dormía. Pertenecían, como el de la lancha, a esa raza sudanesa que pobló las costas del Pacífico Ecuatorial, y cuya ferocidad era legendaria. Cuando la pareja de sicarios estaba a pocos pasos, se escuchó a lo lejos el golpe característico de una embarcación contra el muelle de cemento. A un gesto de Tirado, los negros dieron media vuelta y corrieron hacia allá. Bashur y Tirado se quedaron un instante en silencio, tratando de entender algunas palabras que se escucharon en dirección del desembarcadero. Tirado se puso de pronto en pie y partió corriendo hacia donde se oyeron las voces. Abdul fue tras él, pensando que se trataba de alguna acechanza que le tenían preparada en el sitio donde estaban desayunando. Llegó al muelle tras El rompe espejos quien, con las manos en alto, al igual que los guardaespaldas, miraba a Vincas y a dos colosos polacos contratados en Gdynia, que apuntaban desde la lancha con sus rifles. Vincas apoyaba su pistola en la cabeza del guardián del *Thorn* que miraba con ojos desorbitados y llorosos a su patrón. El lituano hizo a Bashur señal de que saltara a la lancha. Bashur no obedeció de inmediato. Volviendo hacia Tirado, le dijo en voz baja:

—Ustedes dicen que los caminos de Dios son insondables. Nosotros pensamos que los de Allah lo son más aún. Gracias por su hospitalidad y hasta nunca. Aunque no lo crea, nada quiero saber de sus asuntos que para nada me interesan.

Saltó a la lancha. Ésta dio la vuelta a todo motor y se dirigió caño abajo entre la tupida vegetación de las orillas que, al unirse por encima, apenas dejaba espacio para una embarcación. Los polacos seguían apuntando hacia el muelle, con esa impasibilidad eslava de la que todo puede temerse y casi nada se adivina. Al pasar frente a la lujosa lancha de Tirado le dispararon dos ráfagas en la línea de flotación que la hundieron en pocos segundos. Se escuchó poco después el ruido de un cuerpo al caer al agua. Era el vigilante del *Thorn*. Uno de los marinos, tras de soltarle las manos, lo había arrojado al caño de un puntapié. La lancha, conducida por Vincas, llegó al Mira y, conservando su velocidad, se encaminó hacia la desembocadura en un zig-zag vertiginoso destinado a evitar cualquier disparo que viniera de la orilla. Bashur le preguntó al capitán cómo había logrado llegar en forma tan oportuna. Vincas le repuso que ya se lo explicaría en el barco. Era preciso llegar a la mayor brevedad porque aún podían tener una sorpresa.

Siguieron río abajo, a toda la velocidad que permitía el motor fuera de borda instalado en la barca de remos del *Princess Boukhara*. Salieron al estuario y, al pasar junto al *Thorn*, Abdul se le quedó mirando. «Otro barco que se me va —pensó—. Extraña maldición la que me persigue. También puede ser que el destino insista en evitarme algo fatal que se esconde en estos saurios de otros tiempos». Vincas miraba el viejo barco con los ojos desorbitados de pánico. Abdul no entendió esa expresión que se advertía también en la pareja de polacos que observaban al venerable despojo inmóvil, reflejado en las aguas del estuario. Cuando llegaron al *Princess Boukhara*, que tenía los motores encendidos y estaba listo para partir, izaron deprisa la barca con todo y ocupantes. Cuando ésta se niveló con la cubierta y la gente saltó al piso, el barco había comenzado a desplazarse en dirección al mar. Bashur estaba intrigado por la premura con la que estaban actuando. Vincas lo tomó del brazo y lo llevó rápidamente a proa. Allí permanecieron observando el *Thorn*. Abdul, sin entender lo que sucedía, se quedó absorto mirando uno más de los tantos barcos que habían poblado sus insomnios. De repente una explosión atronadora conmovió la bahía y una llamarada infernal, coronada por un humo negro que subía hacia el cielo, se levantó del *Thorn* que comenzó a inclinarse suavemente a babor. Cuando el casco se volteó del todo, mostró sus lomos invadidos de algas y fucos de mar. Había una impudicia lastimosa en ese vertiginoso agonizar de la augusta pieza de museo. Lo vieron desaparecer en un remolino de aguas sucias de óxido y aceite y algunos trozos de madera carbonizada que giraban tristemente en atropellado vértigo. Fue todo lo que quedó del *Thorn*. La mancha se fue extendiendo como un último signo de infortunio y descomposición.

Vincas se llevó a Bashur hacia el puente de mando. Éste no salía de su pasmo y estaba como atontado. El capitán ordenó al timonel que saliera de la cabina y él tomó los mandos, después de cerrar la puerta con seguro. El relato de Vincas no duró mucho tiempo. Las cosas habían ocurrido en una veloz secuencia de pesadilla, pero dentro de una lógica muy simple. Cuando Abdul partió con El rompe espejos, Vincas se quedó intranquilo, acosado por presentimientos nacidos, en buena parte, por la desapacible impresión que le causó el personaje. Ya sabían que el vigilante tenía comunicación por radio con la residencia de Tirado. Avanzada la noche, Vincas resolvió visitar el *Thorn*. Lo acompañaron los dos colosos de Gdynia, armados de fusiles automáticos de gran poder. Él llevaba una Walter 45. Subieron al barco sin mayores explicaciones y el negro no se atrevió a oponer resistencia. El infeliz tenía en el rostro tales signos de consternación que apenas lograba pronunciar algunas palabras deshilvanadas. Temblaba como una hoja y les pedía que abandonaran el barco de inmediato. Más le aterraba el castigo de El rompe espejos que las armas de los visitantes. Vincas ordenó que lo encerraran con llave en un camarote sin muebles, contiguo al cuarto de la radio, y dejó a uno de los marinos vigilando la puerta. Fue luego a examinar el transmisor y, cuando se colocó los auriculares, coincidió con una conversación de El rompe espejos con un lugar al que aludía como puesto dos. Era notorio que evitaban mencionar nombres propios. La comunicación duró poco más de quince minutos y siguió de inmediato otra con el llamado puesto tres. Una frase repetida por Tirado en ambas conversaciones puso a Vincas al corriente del peligro mortal que corría Abdul: «Al dueño del barco lo tengo aquí. Da igual si entra o no por el aro. De todos modos es necesario liquidarlo, ahora o más tarde, después de que nos haya servido para lo que necesitamos. Ha visto demasiado y, además, no es ninguna mansa paloma». Vincas se dispuso a actuar sin demora. Lo que había escuchado le permitió saber que Tirado tenía varias toneladas de hoja de coca listas para enviar a un puerto de la costa colombiana en el Pacífico, muy cerca de la frontera con Panamá. Allí, el cargamento sería trasladado tierra adentro por cuenta de los que él mencionaba, como «la fábrica». Si Abdul aceptaba el trato, lo liquidarían después de que entregase la hoja de coca. Si no aceptaba, sería ejecutado esa misma mañana y su barco tomado por asalto. El *Thorn* debía ser volado al día siguiente. Existían sospechas de que la policía tenía ya ubicada la señal de la radio. Las cargas estaban colocadas y Tirado daría la señal para activar los explosivos a control remoto desde la orilla. Los tales «puestos» eran plantíos de coca de propiedad, por partes iguales, de El rompe espejos y de los dueños de «la fábrica». Tirado tenía participación en la venta final de la droga. Vincas ordenó bajar al negro con ellos para que le indicase el camino a la casa donde tenían a Bashur. Partirían de inmediato y esperarían a la madrugada para tratar de rescatarlo. El vigilante seguía temblando y le escurrían por las mejillas gruesos lagrimones que le empapaban la camisa. «Me va a matar —repetía entre sollozos—. Ese hombre me va a matar. Ustedes no lo conocen. ¡Dios mío, de ésta no me salvo!». No conseguía escuchar a Vincas cuando le decía que, antes de llegar al sitio, lo dejarían escapar. Se internaron por los manglares. Más tarde entraron al caño guiados por el negro. Allí apagaron el motor y siguieron a remo hasta divisar la casa de Tirado. En espera del alba se escondieron en la vegetación de la orilla. Cuando oyeron voces que venían del fondo del naranjal, se dirigieron hacia el desembarcadero. La barca chocó con el borde de cemento y una pareja de negros corrió hacia ellos. Los fusiles de los polacos que les apuntaban los detuvieron en seco. Después llegaron Tirado y, tras él, Bashur. El resto, Abdul ya lo sabía. El negro no había querido saltar a la orilla en la zona de los manglares. «Escapar adónde, ¡Virgen Santa! —se quejaba—. Pero ustedes no saben quién es El rompe espejos. No duro vivo ni un día». Por eso tuvieron que arrojarlo, después de rescatar a Bashur. Si lamentaba la pérdida del *Thorn*, era bueno que supiera que el barco carecía de motores y estaba totalmente desmantelado. Lo tenían allí únicamente para comunicarse entre las diferentes bases de la instalación montada por Tirado y sus socios. El comando costero había ubicado la señal y su voladura era inevitable. El vigilante debía perecer con el barco, no valía la pena rescatarlo.

Cuando Vincas terminó su historia, Abdul ordenó poner rumbo a Panamá. En pocas palabras expresó al capitán su gratitud y encomió la rapidez con la que supo actuar. Sencillamente, le había salvado la vida. Vincas transmitió a los marinos de Gdynia estas palabras. Ellos sonrieron satisfechos y expresaron su contento en un dialecto que sólo Vincas lograba entender a medias. Desde luego, los dejó a oscuras sobre en qué consistían las actividades de El rompe espejos. En las interminables borracheras con las que celebraban su arribo a los puertos, podía írseles la lengua a pesar de su fidelidad a toda prueba.

Anclaron en Panamá para esperar turno en el Canal y esa tarde llegó una lancha de la policía con dos inspectores y cuatro agentes armados de metralletas. Subieron al barco y pidieron hablar con Bashur. Éste los recibió y contestó sereno a las preguntas que le hicieron. Todas estaban relacionadas con la voladura de un barco en el estuario del río Mira. Las respuestas de Bashur se concretaron a su interés en la adquisición del barco y a la imposibilidad que se le presentó de hablar con el supuesto dueño. El vigilante del barco no quiso ponerlos en contacto con él. Esperaron hasta el día siguiente y, cuando estaban partiendo, el *Thorn* explotó envuelto en llamas. Era todo lo que podía decirles. El interrogatorio de los inspectores no fue más allá. Parecían mostrar muy poco empeño en saber más de lo que Abdul les informaba. Se trataba de una operación rutinaria para salvar las apariencias. En esto se advertía hasta dónde alcanzaban los tentáculos de El rompe espejos.

El *Princess Boukhara* cruzó el Canal y viajó hasta Fort de France en Martinica, en donde recibiría carga para El Havre. Cuando llegaron a este puerto, los esperaba Maqroll, quien subió al barco en compañía de un singular personaje a quien presentó como su gran amigo el pintor Alejandro Obregón, compañero de andanzas por el sureste asiático y la costa canadiense del Pacífico, sobre las cuales, por cierto, algo se ha escrito en su momento. Mientras daban cuenta de tres botellas del espléndido ron de las islas Trois Rivières, compradas por Bashur en Martinica para agasajar a sus huéspedes, escucharon el relato de éste y su providencial rescate gracias a una conversación escuchada por radio y la diligencia de Vincas Blekaitis. Terminado el relato, Maqroll se concretó a comentar:

—Mis premoniciones sobre las virtudes de El rompe espejos se cumplieron generosamente. No pensé que el personaje fuera tan colorido. Tampoco su foto al lado de Lena permitía vaticinar mucho más. Me hubiera gustado encontrarme con él. Esos señoritos descarriados representan una de las más acabadas personificaciones del mal. Del mal absoluto que carcomía las entrañas de Gilles de Rais y de Erzsébet Báthory.

Obregón, moviendo la cabeza, objetó:

—No crea. Esos tipos no dan para tanto. Conozco a unos pocos que se ajustan al modelo de El rompe espejos y no dan el ancho. Les falta la grandeza de los ejemplos históricos que usted acaba de citar. Siempre esconden, allá, en el último rincón del alma, a un pobre diablo. Yo creo que el mal puro es un concepto abstracto, una creación mental que jamás se da en la vida real.

El resto de la última botella de Trois Rivières se consumió mientras ellos, a su vez, daban cuenta a Bashur y a Vincas de sus correrías por Malasia, nada ejemplarizantes por cierto.

IV

Ha llegado el momento de relatar el suceso que cambió por completo el curso de la vida de Abdul Bashur, suceso sobre el cual muy poco sabemos por él mismo. En su correspondencia con Fátima, cita el hecho de paso sin agregar comentario alguno. Todos los detalles a este respecto los conocí por Maqroll el Gaviero, ya en forma verbal directa, ya por carta. Si bien es cierto que por esta última vía también fue bastante escueto, como si quisiera respetar un tácito deseo de su amigo. Se trata de la trágica muerte de Ilona Grabowska en Panamá, en circunstancias que jamás lograron aclararse del todo. Después de ocurrido el desastre, Maqroll acompañó a Bashur hasta Vancouver. Pocos meses después encontré al Gaviero, quien me contó la tragedia de la cual había sido no sólo testigo, sino, en cierta forma, protagonista. Todos estos detalles, junto con otros hechos que los antecedieron, fueron relatados por boca del Gaviero en un libro que anda por el mundo, dedicado, en su mayor parte, a Ilona, la amiga triestina de los dos camaradas. Me limitaré entonces, en esta ocasión, a resumir brevemente lo sucedido en Panamá. Ilona y Maqroll habían establecido allí un próspero negocio, consistente en una casa de citas adonde concurrían mujeres que se decían aeromozas de conocidas líneas aéreas que tocaban en Panamá. Bashur pasaba en esa época por una mala racha. A pesar de ello, se había ingeniado entonces la manera de enviar algunas libras esterlinas a Maqroll, quien se encontraba al cabo de la cuerda en Panamá, antes de su encuentro con Ilona y la genial idea del burdel de falsas aeromozas. Las ganancias del original y productivo negocio fueron enviadas en buena parte a Bashur. Con las pingües contribuciones de sus dos amigos, éste compró un barco cisterna acondicionado para el transporte de productos químicos. Lo había bautizado *Fairy of Trieste,* en honor de Ilona. Por cierto que a la homenajeada no le hizo mayor gracia el detalle que encontró demasiado dentro del ampuloso gusto oriental. Maqroll y su socia se cansaron de la vida en Villa Rosa, que era el nombre de la casa de citas, y de manejar a las pupilas que la frecuentaban y a su clientela abigarrada y siempre conflictiva. Tomaron la determinación de salir de Panamá. Irían al encuentro de Bashur, quien iba rumbo a Vancouver y había anunciado su próximo paso por el Canal. No le dirían nada, para darle la sorpresa. En los últimos días, antes de partir, una de las asiduas asistentes a Villa Rosa comenzó a mostrar un extraño apego hacia Ilona, interés que nada tenía de erótico, al menos superficialmente. Se llamaba Larissa y era natural del Chaco. La mujer vivía en un barco abandonado en un malecón de la Avenida Balboa. Allí citó a Ilona una tarde, con el propósito de implorarle que no se fuera. Nadie ha podido saber lo que sucedió, pero lo cierto es que el barco saltó en pedazos a causa de una explosión ocasionada por un escape de gas butano que alimentaba la pequeña estufa de Larissa. Las dos mujeres quedaron semicarbonizadas y Maqroll partió para Cristóbal a encontrarse con Bashur, quien llegó en el *Fairy of Trieste* al día siguiente de la explosión. Hasta aquí lo ya narrado en ocasión anterior.

 El encuentro de los dos amigos fue, como era de esperarse, desgarrador, en particular para Bashur, para quien la noticia tuvo consecuencias imprevisibles. El Gaviero subió a bordo y, tomando a su amigo del brazo, lo llevó al camarote de éste, diciéndole que tenía que comunicarle algo en privado. El rostro de Bashur, quien, en ese instante, intuyó que algo había sucedido a Ilona, cobró un tono gris y rígido como de quien espera un golpe y no sabe de dónde va a venir. Ya en el camarote, Maqroll le relató en breves palabras la tragedia. Bashur, anonadado, pidió al Gaviero con voz sorda que, por favor, lo dejara un rato solo. Maqroll salió para hablar con el capitán del *Fairy of Trieste.* Se trataba, una vez más, de Vincas Blekaitis, inseparable de Abdul y, como siempre, incapaz de pronunciar correctamente el nombre del patrón.

—Qué le pasó a Jabdul. ¿Una mala noticia? ¿Ilona no vino acaso con usted? —preguntó mientras lo acompañaba para indicarle el camarote que le tenían reservado.

—Ilona murió, Vincas —le dijo Maqroll con voz opaca.

—¡Dios mío! ¿Y usted lo dejó solo? —exclamó el capitán alarmado.

—No se preocupe. Él mismo me lo pidió. Bashur no es de los que busca escaparse por la puerta que usted está pensando. Le hará bien estar solo unas horas para acostumbrarse a vivir con el vacío que le espera. Las consecuencias vendrán después. Pienso que serán fatales, pero en otro sentido —explicó el Gaviero.

—Bueno. Usted lo conoce mejor. Me angustia pensar en el dolor que lo debe estar torturando ahora. Estaba tan ilusionado de ver a su amiga y de mostrarle el barco, bautizado en su honor. Pero ¿cómo sucedió eso? ¿La mató alguien? —La desolación de Vincas era conmovedora.

Maqroll lo puso al corriente de lo sucedido y el pobre lituano entendía aún menos el absurdo pero fatal ordenamiento de los hechos. Ya en su camarote, el Gaviero meditó largamente sobre el destino nefasto que parecía marcar a quienes llegaban a compartir con él algún trecho de su vida. Para Abdul, la muerte de Ilona era un desastre abrumador. Su relación con ella, con ese cariz fraterno y, al mismo tiempo, una fuerte dosis de erotismo, había creado un vínculo mucho más sólido de lo que el itinerante libanés sospechaba. Para Ilona, por su parte, Abdul era ese hermano menor que nunca tuvo y cuya vida le producía secreta satisfacción orientar. Había en ella una mezcla de complicidad sensual y de sutil dominio ejercido con destreza esencialmente femenina. En cambio, la relación con Maqroll significaba para Ilona un perpetuo reto y una continua sorpresa. Nunca había conseguido asir, así fuera por un instante, alguien por quien sentía evidente atracción y cuyo enigma superaba la eficaz y apretada red de su inteligencia premonitoria de hechicera. Con

Maqroll todo quedaba pendiente y nada se cumplía a cabalidad. Los cabos sueltos tornaban a intrigarla, despertando su curiosidad por el personaje. De allí que su trato con el Gaviero estaba siempre sazonado de un humor entre irónico y cariñoso que a ella le permitía conservar siempre una salida de escape. Con Abdul, en cambio, todo se formalizaba dentro de un orden cuyo escueto diseño, que no excluía la aventura y el riesgo, la mantenía dentro de cauces que jamás escapaban a su amorosa inteligencia. Que los celos no hubieran asomado jamás su tortuosa silueta para separar al trío, era fácilmente explicable para quienes conocían esos distintos matices de su relación. La desaparición de Ilona dejaba un vacío que, sin separar a los dos amigos, les despojaba de un intermediario que había facilitado y hecho más amable el manejo de situaciones cuya gravedad siempre acababa disolviéndose por obra del saludable sentido común y el indeclinable amor a la vida de su común amiga y amante.

El viaje a Vancouver estuvo, así, teñido por la turbia torpeza que deja la muerte de alguien a quien hemos amado sin reservas y que formaba parte de la más firme substancia de nuestro existir. Maqroll cuidó, desde el comienzo, en dejar muy claro ante Abdul la condición de inevitable que marcó la tragedia. Larissa escondió hasta el último instante las armas que tenía preparadas, e Ilona se lanzó de cabeza en la celada de la chaqueña sin dejar a Maqroll la menor oportunidad de intervenir. Bashur insistía en darle al asunto una explicación erótica y morbosa de parte de Larissa. El Gaviero insistió muchas veces en que Ilona fue a este respecto de una claridad absoluta. En otras ocasiones, cuando ella había tenido una pasajera aventura de ese orden, solía comentarla sin reservas. El hacer el amor con otra mujer era para Ilona una suerte de juego sin consecuencias, una gimnasia de los sentidos en donde sólo éstos participaban, jamás los sentimientos. Lo de la chaqueña había tenido que ver, más bien, con una piedad mal entendida y con una oscura culpa gratuitamente asumida. Larissa se había aprovechado de esto con el cinismo tenebroso propio de cierta clase de insania bien definida por la psiquiatría. Maqroll insistía en que, al dejar escapar el gas y, una vez Ilona presente, encender el cerillo que causó la explosión, Larissa se había vengado, en la persona de la triestina, de la amarga serie de humillaciones que conformaron esa vida de perpetua servidumbre y de sórdida dependencia. No fue posible aclarar los hechos, ni a la policía de Panamá le interesó sobremanera hacerlo. La explicación de los secretos móviles de Larissa debía andar muy cerca de la tesis del Gaviero.

Ya sin Ilona y su amorosa pero sutil vigilancia, Abdul Bashur, con el paso del tiempo, se fue inclinando cada vez más a seguir los pasos del Gaviero, asumiendo su deshilvanada errancia y el gusto por aceptar el destino sin medir el alcance de sus ocultos designios. Por este camino, Abdul, movido por el secular atavismo de su sangre trashumante, descendió, si no más hondo, al menos a las mismas tinieblas abismales visitadas por Maqroll. Era como si hubiese perdido un freno, un asidero que lo detenía en lo pendiente de su querencia al desastre. Esto me ha llevado a veces a pensar en que la cita con El rompe espejos sucedió después de la muerte de Ilona. Cuesta creer que ella no hubiese intervenido en semejante aventura, en la que iba de por medio la vida de su amante. Pero si nos atenemos a las fechas de la correspondencia, esa suposición debe descartarse. Habría que decidir, entonces, que la influencia de Maqroll había comenzado a ejercer su dominio aun antes de la desaparición de Ilona, lo que tampoco es muy creíble.

V

Sea como fuere, cuando llegaron a Vancouver, Bashur ya había soltado todo lastre y, sin pensarlo dos veces, aceptó la sugerencias de Maqroll de vender el *Fairy of Trieste* y, con ese dinero, comprar un carguero que acondicionarían para el transporte de peregrinos a La Meca. Así lo hicieron y, como pasajeros en un venerable carguero turco, viajaron hasta el Pireo, donde se encontraba el barco que deseaban adquirir. El motor diesel de la nave necesitaba una reparación a fondo ya que se trataba de un D11, Scania Saab, fabricado en Suecia en 1920. La conversión del *Hellas*, que así se llamaba el carguero, se realizó en el mismo Pireo a tiempo con el ajuste del motor. Y su registro se hizo en Chipre.

El negocio de transportar peregrinos a La Meca era ya conocido de los dos amigos y algo de esto se menciona en el relato dedicado a Ilona y Maqroll y a sus andanzas en Panamá. Las ganancias en esa clase de actividad son bastante alentadoras, pero el manejo de los pasajeros trae inconvenientes y riesgos fáciles de imaginar. En esa nueva etapa de sus actividades en el Medio Oriente, Abdul y Maqroll anduvieron juntos algunos años. Aunque poco digno de contar les sucedió durante dicho período, sí vale la pena consignar un hecho que pone en evidencia los cambios en el carácter de Bashur. En el tercero o cuarto viaje que hicieron con peregrinos a los santos lugares del Islam, toparon con un contingente que estuvo a punto de acabar, no sólo con el negocio, sino también con sus vidas.

Habían recogido a un grupo de familias de una pequeña comunidad musulmana instalada en Jablanac, en la costa croata de Yugoslavia. Se trataba de sobrevivientes de los tiempos de la ocupación otomana, que habían resistido con inquebrantable entereza, durante generaciones, todos los intentos de disolución promovidos por las autoridades de Croacia. El primer incidente del viaje no pasó a mayores y fue oportunamente sofocado por Maqroll. Un contramaestre recién enganchado por el Gaviero y que respondía al nombre de Yosip, conocido suyo de años atrás, hombre de ánimo un tanto desorbitado y susceptible, nacido en Irak, de ancestros georgianos, fue el detonador de esta primera riña. Yosip sentía por Maqroll un afecto probado ya en ocasiones anteriores. Era el encargado de instalar en la cala del barco, convertida en dormitorio común, a las familias de los peregrinos. Apenas entendía Yosip el arduo dialecto que hablaba esa gente y, de pronto, se suscitó una riña por un lugar que había asignado a una familia y que otra insistía en ocupar. Yosip trató de poner orden en la disputa cuando, de repente, los dos grupos contrincantes se unieron para irse contra él con el propósito de matarlo. En ese momento el Gaviero descendía para supervisar la instalación de los pasajeros. Conociendo el ánimo conflictivo y feroz de los croatas, traía siempre consigo un revólver calibre 38 en el bolsillo de su chaquetón de marino. Cuando vio lo que sucedía hizo dos disparos al aire y, apuntando a los rijosos, los conminó a guardar el orden, mientras hacía a Yosip señas de que abandonara el lugar. El que figuraba como jefe de la comunidad, un anciano imponente de luengas barbas entrecanas y ojos de iluminado, se destacó del fondo de la cala y se acercó para calmar a sus feligreses. Luego se dirigió a Maqroll en turco para explicarle que Yosip representaba para ellos una disidencia religiosa especialmente ofensiva. Era, por lo tanto, más prudente evitar, en lo posible, todo contacto del contramaestre con la comunidad. Maqroll asintió, en principio, a la solicitud del Imán y todo pareció tornar a la normalidad. Por cierto que, muchos años después, me iba a encontrar con Yosip, que regentaba un infecto motelucho en La Brea Boulevard de Los Ángeles, en donde había acogido a Maqroll derrumbado por un agudo ataque de malaria. En esa ocasión, Yosip me relató el hecho con ferviente e intacta gratitud hacia el Gaviero.

El viaje pareció continuar sin otro contratiempo, pero una sorda inquina se iba fermentando entre el pasaje, motivada, ya no solamente por la presencia de Yosip, sino por cierta liberalidad en la estricta observancia de los preceptos de su religión que comenzaron a advertir en Abdul Bashur, al que sabían musulmán y cuya conducta venían juzgando desde el comienzo del viaje. En esas comunidades, que han sobrevivido al aislamiento a que las someten las autoridades de su país, la intransigencia y el dogmatismo se acentúan con mayor fuerza por obvias razones de supervivencia de su fe en un medio hostil a ésta. Maqroll sugirió que tanto Yosip como Abdul y Vincas permanecieran siempre armados hasta llegar a La Meca. Y aquí vale tal vez la pena hacer algunas aclaraciones respecto a las creencias de Abdul y a su manera de practicarlas. Siendo un musulmán solidario con los avatares del Islam y perteneciendo a una familia donde la religión está integrada a la cotidiana rutina del hogar, Abdul, sin embargo, mostró desde niño una actitud de creyente marginal, de observante que se reservaba, allá en su interior, algo muy parecido a una actitud de examen, de análisis racional de las normas impuestas por el Corán; actitud que en ninguna religión es la más indicada para vivir como creyente auténtico y devoto. Su madre, mujer de gran dulzura, que sentía por él un cariño absorbente, trató de corregir esa tendencia de su hijo, pero, muy pronto, al llegar éste a la adolescencia, tuvo que prescindir de su empeño. Los continuos viajes, sobre todo por el continente europeo, no modificaron esa manera de vivir Bashur sus convicciones religiosas, antes bien acentuaron más sus reservas y perplejidades. Todo fanatismo lo perturbaba en extremo. Más aún, cuando cayó en la cuenta de que éste constituía el núcleo auténtico del islamismo, cuya perpetua actitud intransigente condenaba la más mínima desviación o tibieza en la práctica de los preceptos coránicos. La ductilidad conciliadora que lo distinguió desde niño le habría de servir como escudo en sus andanzas por tierras del Profeta, en donde evitó siempre el menor roce con sus correligionarios. Más bien era frecuente que Bashur entrara en conflicto con sus amigos europeos, que lo trataban como un levantino occidentalizado, chocando siempre con la intimidad lastimada de Abdul, que reaccionaba ante tan burda incomprensión. Seguramente, una de las razones de la sólida amistad que se estableció con el Gaviero era el respeto innato y espontáneo que éste supo mostrar, desde el primer momento, por las convicciones de su amigo. En cuántas ocasiones fue el mismo Maqroll quien tuvo que encargarse de poner en su lugar al interlocutor occidental que, viendo a Bashur brindar con ellos, se creyó autorizado a comentarios desobligantes sobre los preceptos del Islam en esa materia. Bashur guardaba, en esas ocasiones, un silencio entre fastidiado y contrito, mientras Maqroll dictaba al imprudente una lección que, de seguro, no olvidaría fácilmente. Abdul estaba cansado ya de repetir que El Libro en ninguna parte prohibía taxativamente el uso del alcohol. Lo que sí reprendía sin reservas era la ebriedad, gran pecado contra la mente, don inapreciable de Allah.

—No se preocupe, Abdul —consolaba el Gaviero a su amigo—. Esta gente no ha entendido nada del Islam. Lo peor es que esa ignorancia insolente viene ya desde las Cruzadas. Siempre acaban pagándola muy cara, pero no entienden la advertencia y siguen en su tozudez. No tienen remedio. Así será hasta el fin de los tiempos.

—No todos son así —solía aclarar Bashur—, conozco muchos españoles y portugueses con una disposición mucho más abierta y sensata que la de otros europeos.

—No se haga ilusiones —insistía el Gaviero—, recuerde la Inquisición.

—Según tengo entendido, entre los inquisidores hubo más de un converso. Le tengo más miedo al fanatismo de mis hermanos que al de los rumi.

En esas palabras Bashur retrataba fielmente su actitud frente al conflicto secular de dos civilizaciones que han sostenido un diálogo de sordos durante más de un milenio. Si nos hemos detenido en ese aspecto de la personalidad de Bashur es porque precisamente en ese viaje con los croatas a los lugares santos se manifestó en forma patente su actitud ante el problema religioso.

Cuando el *Hellas* dejó el Adriático, comenzó cada mañana a subir a cubierta una mujer vestida un poco a la moda europea, con un traje floreado que le llegaba a los tobillos. Desde el primer día en que apareció, Bashur puso en ella la vista. Alta, casi de su estatura, delgada y esbelta, los pechos breves y firmes, la mujer mantenía un porte erguido y ausente que armonizaba con la perfección de sus facciones. Era una cara alargada y pálida, de rasgos finamente delineados. Los ojos grandes y oscuros conservaban una mirada de esquivo estupor, de gacela alarmada, que le daba un particular encanto. El viento, al ceñirle el traje al cuerpo, ponía de manifiesto unas caderas apenas insinuadas, con las crestas de los ilíacos resaltando bajo la tela. La mujer permaneció allí, sin acompañante alguno, durante dos largas horas, escrutando fijamente el horizonte, cosa que despertó la curiosidad de Bashur y la inquietud de Vincas. Periódicamente se pasaba la mano por la abundante cabellera de un negro profundo, en un gesto de impaciencia apenas manifiesta. Al tercer día de pasar Abdul a su lado, con un pretexto cualquiera, escuchó que se dirigía a él, en el dialecto de El Cairo, para preguntarle qué islas eran esas que habían quedado atrás hacía un rato y se perdían ya en el horizonte.

—Son Othonoï y Erikousa. Vale la pena, un día, visitarlas. Son el primer anuncio del encanto helénico —contestó Bashur, con evidente propósito de continuar el diálogo.

La mujer resultó dueña de una educación bastante más extensa y refinada que la del resto de sus compañeros de peregrinación. Viajaba para reunirse con su marido, explicó, tras algunas frases convencionales. Sus padres la habían casado con un hermano mayor del Imán que los conducía a La Meca. Era un comerciante muy respetado en la región, que, desde hacía muchos años, se tenía que desplazar en silla de ruedas debido a un ataque cerebral que lo dejó semiparalítico. Ella había ido a Jablanac para visitar a sus sobrinas políticas, hijas del Imán, y ahora regresaba al hogar. De soltera vivió en Egipto, trabajando en un almacén de perfumes en El Cairo, protegida por unos lejanos parientes de su madre. Sus padres murieron en un accidente de tren, cuando viajaban a Zagreb para instalarse allí. A su regreso de Egipto, el Imán, que había recibido la custodia de la joven, la casó con su hermano que ya se encontraba inválido.

Durante todo este relato de su vida, no advirtió Bashur el menor tono de queja o autocompasión. Ella contó los hechos en forma escueta y directa, como si le hubiesen ocurrido a otra persona. Abdul, un poco en retribución a tales confidencias y un mucho para proseguir la charla, hizo, a su vez, un breve resumen de su vida. Pasaron, luego, a rememorar El Cairo, que Abdul conocía muy bien, y Alejandría, donde había vivido de adolescente, trabajando con un tío. Precisamente en Port Said había conocido a su socio y viejo amigo, y señaló hacia Maqroll que, recostado en una silla de lona, estaba embebido en el libro de Gustave Schlumberger sobre Nicéforo Phocas. Bashur percibió una ligera reticencia en los ojos de la mujer y le preguntó, a boca de jarro, qué opinaba del Gaviero. Ella, con espontánea naturalidad, le repuso que el hombre le causaba un indefinible temor. Quizás, dijo, era debido a la imposibilidad de ubicarlo en oficio alguno y tampoco en una determinada nacionalidad. Nada comentó Bashur al respecto y pasó a hablar del viaje que hacían y de los puertos donde iban a tocar. La mujer se despidió poco después. Antes de partir, volvió hacia Abdul para decirle:

—Mi nombre es Jalina. Ya sé que el suyo es Abdul y no Jabdul como lo llama el capitán. Por cierto: por qué no lo corrige cuando lo llama así.

—Porque me divierte que lo haga —repuso Abdul, sonriendo ante el desenfado de su interlocutora, inesperado en una musulmana—, también el Gaviero lo hace cuando me quiere tomar el pelo.

—Yo jamás podría hacerlo —comentó ella mientras se dirigía hacia la escalerilla que llevaba a la cala. En esas palabras dejaba algo que Bashur interpretó como una tácita promesa de una futura intimidad.

Siguieron viéndose cada día y la relación se hizo cada vez más fluida y personal. Abdul cayó en la cuenta de que la mujer le atraía en forma muy particular. Más que atractivo, se trataba de una excitación comunicada por ese cuerpo de una esbelta delgadez y esa piel cuya blancura mate y tersa le traían a la mente los tan citados versículos coránicos sobre las huríes del paraíso. Era un lugar común inaceptable, lo sabía, pero también sabía que esos lugares comunes toman cuerpo y adquieren presencia tangible. Por la misma razón de su obviedad, cobran un prestigio obsesivo y arrollador. Tanto Maqroll como Vincas vigilaban la temeraria senda por la que se internaba su amigo. El Gaviero, fiel a su principio de dejar siempre que las cosas sucedieran, sin importar lo que viniese, no intervino para nada. Vincas, más ingenuo y desprevenido, comentó a su patrón:

—Por Dios, Jabdul, los muslimes andan ya harto irritados. Usted bien sabe a lo que se arriesga si se lleva a la cama a esa mujer, casada con el hermano del Imán. Nos van a degollar a todos.

—No se preocupe, capitán. Andaré con cuidado. No pasará nada. Ya conoce usted aquello de la atracción del fruto prohibido. Además, esa mujer es más civilizada que sus broncos compañeros de viaje —repuso Abdul, que, si bien no estaba tan seguro de que el asunto no traería consecuencias, ya había resuelto llevarse a Jalina a su camarote, exasperado por el turbador reclamo que la mujer ejercía sobre sus sentidos.

La iniciativa, sin embargo, no partió de él y esto exacerbó aún más su capricho. Una noche, cuando dormía ya profundamente, tocaron tímidamente a su puerta. Se levantó para abrir y entró Jalina, envuelta en un amplio chal que le envolvía todo el cuerpo como a una sacerdotisa fenicia en trance. Sin pronunciar palabra cayeron abrazados en la litera. Abdul solía dormir desnudo y ella, al quitarse el chal, apareció en plena desnudez ofrecida en un desordenado delirio de posesa. Bashur confirmó, en febriles episodios que se sucedían en un vértigo que parecía no acabar nunca, sus premoniciones sobre el temperamento de la croata, cuyas caricias lo dejaron exhausto.

Los encuentros nocturnos se repitieron cada noche, a tiempo que la mujer no volvió a presentarse en la cubierta, en un vano intento, tal vez, de ocultar su relación con el dueño del *Hellas*. Los temores de Vincas no tardaron en cumplirse. Abdul comenzó a notar en el cuerpo de su amiga moretones que indicaban el castigo por su conducta. Ella le restó importancia al hecho e inventó que se había caído de la litera mientras dormía. Abdul prefirió aceptar la disculpa. Pero una noche, cuando fue a abrir la puerta, en lugar de Jalina entró el Imán en persona. La actitud del anciano no era violenta. Daba la impresión, más bien, de estar turbado ante la desnudez de Bashur y no lograba expresarse claramente. Bashur se envolvió en la sábana y lo invitó a sentarse. El hombre permaneció de pie mirándole fijamente. Bashur le preguntó la razón de esa visita y el Imán le contestó con voz que escondía un hondo reproche:

—Usted conoce muy bien el castigo que en El Libro se impone a las parejas adúlteras. No tengo que decirle más. Cuando lleguemos a La Meca, esa mujer será juzgada según la ley del Profeta. Respecto a usted, nada podemos hacer aquí. Su ofensa será un día castigada como está prescrito. Lo conmino a que suspenda de inmediato todo contacto con la mujer de mi hermano. Si hasta hoy he conseguido detener a mi gente, que está ansiosa de limpiar la vergüenza que cayó sobre nosotros, no garantizo que, en adelante, pueda lograrlo. Esto es todo lo que tengo que decir, además de proclamarlo, con la autoridad de mi investidura de Mullah, réprobo indigno de la infinita clemencia de Allah el misericordioso.

Bashur informó a Maqroll al otro día sobre las palabras del Imán y sus propósitos justicieros. El Gaviero se quedó pensativo por un instante, como sospechando la gravedad del anuncio, y luego comentó:

—¡Ay, Jabdul!, cómo siento tener que darle la razón a Vincas. Pero, por otra parte, es cierto que en esta materia no he predicado precisamente con el ejemplo y nada puedo decir. Ahora bien, mientras estemos en el barco, el Imán no puede aplicar en esa pobre mujer su feroz justicia. Estamos bajo pabellón británico. No olvide que el *Hellas* está registrado en Limassol. El anciano sabe que las leyes inglesas considerarían cualquier atropello a Jalina como un delito grave. Él mismo lo está reconociendo así, al decir que la sentencia se ejecutará al llegar a La Meca. Nos conocemos hace tiempo y bien sé que usted buscará la manera de seguir en contacto con ella y tratará de protegerla. Eso va a enardecer los ánimos de estos bárbaros. Si se nos vienen encima, no cabe duda de que dan cuenta de nosotros en pocos minutos. La única solución posible es que descienda con ella pasado mañana en Port Said. Nosotros seguiremos hasta Jiddah, dejamos allí a los peregrinos y, de regreso, los recogemos a ustedes. Hay que ver qué papeles tiene la dama.

—Trae pasaporte yugoeslavo —explicó Abdul—, pero como ha vivido varios años en Egipto, la policía debe tener registrado su nombre. No creo que haya ningún contratiempo para bajar en Port Said y esperar allí algunos días el *Hellas*. Pero ése no es el verdadero problema —prosiguió Abdul con tono desolado—. Lo que en verdad me inquieta, en caso de que logremos quedarnos en Port Said, es cargar con esta hembra desenfrenada y hacerme cargo de ella, vaya a saber por cuánto tiempo. Usted sabe que ésta es una aventura pasajera. Ya le he contado sobre los arrestos de la señora en el lecho y la delirante experiencia que ha sido estar con ella. Pero de allí a compartir la vida con una bacante desmelenada, hay un abismo.

—Todo eso ya está tenido en cuenta. En Port Said le daremos dinero suficiente para que viaje a donde quiera. No me da la impresión de que sea persona para quedar desamparada así no más. Si trabajó en El Cairo y en Alejandría, se abrirá camino fácilmente en cualquier sitio. Hay una cosa cierta y ella la sabe: si desciende en Jiddah con los demás, muere lapidada antes de ver La Meca. Habría que encontrar a alguien que se interese por ella y dejársela en herencia, como hice con la viuda de los inciensos funerarios en Kuala Lumpur, que acabó en brazos de Alejandro Obregón —a estas últimas palabras del Gaviero, Abdul respondió con un movimiento de cabeza que decía más que cualquier frase, luego comentó:

—Pero cuál va a ser la reacción de esos energúmenos, cuando se den cuenta de que desembarcamos en Port Said —era evidente que no acababa de ver del todo claro en el plan de su socio.

—Muy bien —le respondió el Gaviero—, ustedes bajan de noche, en forma discreta. Yosip los acompañará. Es de confiar y tiene papeles de Irak, que no presentan problema. Se dirá que fue al puerto para entregar unos documentos a nuestro agente. Lo importante, ahora, es que se comunique usted con su Dulcinea. Yo estoy seguro de que ella hará lo imposible para verlo.

En efecto, Jalina apareció a la madrugada siguiente en el camarote de Abdul, con el rostro magullado, una ceja desgarrada que sangraba copiosamente y la espalda llena de señales de azotes propinados sin piedad. Bashur intentó, como pudo, curarle las heridas con los medios disponibles en su botiquín y le hizo tomar un analgésico fuerte para calmar los dolores que debían ser insoportables, aunque la mujer no se quejaba. Tampoco quiso contar quién la había castigado así. Escuchó la propuesta de Bashur respecto a desembarcar con él en Port Said y estuvo de acuerdo en todo. Confirmó también que en su pasaporte figuraba aún la constancia de haber vivido y trabajado en Egipto. Se insinuó para hacer el amor, a pesar del maltrato que traía, y Abdul accedió para no contrariarla en ese momento. Antes de regresar a la cala convino en esperar un cuarto de hora antes de la medianoche siguiente al pie de la lancha del *Hellas* que los llevaría a tierra. Bashur le indicó claramente cuál era.

Abdul informó esa mañana a Maqroll y a Vincas sobre la visita de Jalina y su conformidad con el plan de escape. Quedaba el problema de los peregrinos y su reacción cuando se dieran cuenta del hecho. Estuvieron todos de acuerdo en repartir armas entre los miembros de la tripulación de mayor confianza.

Atracaron esa noche en Port Said y comunicaron por radio a la capitanía del puerto que iban a descender dos pasajeros con sus papeles en regla. Esperarían en Port Said hasta el regreso del *Hellas*, que se dirigía con peregrinos hasta Jiddah, el puerto de La Meca. Las autoridades estuvieron conformes. A la hora que indicó Bashur, Jalina apareció al pie de la lancha. Había sido golpeada de nuevo y apenas podía caminar. Casi al tiempo llegaron Yosip y un marinero que lo acompañaría hasta el muelle. En la cala no se escuchaba señal de vida. El Gaviero y Vincas se quedaron en espera del regreso de la lancha ansiosos de saber cómo habían sucedido las cosas en el puerto. El tiempo pasó y nadie regresaba. Finalmente, en la mañana del día siguiente la lancha volvió conducida sólo por el marinero, quien hacía señas para que le ayudaran a izarla. Al llegar a cubierta el hombre relató lo sucedido, sin esperar a las preguntas de sus superiores. Abdul y Jalina pasaron la barrera de inmigración sin problema alguno. Un policía preguntó por qué venía esa mujer en tal estado, le explicaron que había sufrido un traspié en la escalera que descendía a la cala y había caído de casi cuatro metros de altura. Iba a someterse a un examen médico en el hospital de Port Said. Cuando Yosip se disponía ya a regresar, le pidieron sus papeles y él repuso que no los traía consigo, ya que no tenía intenciones de desembarcar allí. Le ordenaron esperar, después de pedirle su nombre completo y otros datos personales. Al poco rato ingresó el mismo oficial con dos guardianes armados y le dijo a Yosip:

—Usted estuvo en la Legión Extranjera francesa y tiene asuntos pendientes en Francia con la justicia militar. Queda detenido —los guardias lo esposaron y partieron con él hacia el interior de las oficinas. Al marinero, que trataba de abogar por el contramaestre, le indicaron que no se mezclara en eso y regresara al barco de inmediato, si no quería que lo detuvieran también. El hombre explicó que había escuchado, allá detrás de las mamparas de vidrio que separaban el área de inmigración del resto de las oficinas, que Abdul y Jalina algo hablaban con Yosip, quien debió cruzarse con ellos.

La presencia de Yosip en el barco era indispensable para enfrentar a los croatas en caso de algún desorden en la cala. La tripulación sentía hacia él una mezcla de fidelidad, respeto y admiración por su abigarrado historial en todos los puertos del Mediterráneo. Maqroll y Vincas se fueron a dormir, luego de acordar que se comunicarían a la mañana siguiente con la persona que los representaba como agente aduanal, para pedirle que interviniese en alguna forma para conseguir la liberación de Yosip. Así lo hicieron y hacia las diez de la mañana consiguieron, por fin, comunicarse en Port Said con el hombre cuya voz se oía trasnochada y tartajosa. Pasó Abdul al aparato y los puso al corriente de lo ocurrido. Resulta que Yosip era desertor de la Legión Extranjera francesa y las autoridades de ese país habían cursado un pedido de extradición a Egipto, donde sospechaban que se había refugiado. Yosip explicó que ese cargo estaba ya prescrito y solucionado hacía más de diez años. Si las autoridades egipcias preguntaban ahora a Francia por el caso, todo se aclararía al instante. En el pasaporte, que le fue enviado por Vincas esa mañana, podían ver que varias veces había entrado y salido de Francia, Argelia y Túnez, sin ser molestado. Los archivos de Port Said no debían estar al día. Pero daba la casualidad de que era sábado y el consulado francés sólo abriría hasta el lunes siguiente. Abdul sugería que continuasen el viaje lo más pronto posible, por obvias razones. Aclaró también que la persona enferma que había bajado con ellos estaba ya bajo atención médica en el hospital inglés. En un par de días estaría en condiciones de salir de allí. Era urgente que enviasen todos los demás papeles referentes a Yosip, que guardaba Vincas con los demás documentos del *Hellas*.

Tan pronto regresó la lancha, zarparon rumbo a Jiddah. Esa misma noche apareció de repente el Imán en el puente de mando, con el solemne porte de quien trae en sus manos la ira de Allah. Amenazó con entablar una demanda ante las autoridades sauditas, por secuestro de una pasajera. Todos tendrían que descender en Jiddah para rendir cuentas de su tropelía. Maqroll, en forma muy serena pero igualmente terminante, repuso al Mullah:

—Esa mujer vino a nosotros en busca de protección y ayuda médica, debido a las varias tandas de golpes y azotes de las que fue víctima. No quiso decir de manos de quién. Éste es un delito grave, cometido bajo pabellón británico, que se castiga, usted debe saberlo, con varios años de cárcel. La mujer descendió por su propia voluntad y así lo hizo saber a las autoridades egipcias, quienes ya están comunicando el hecho a las de Jiddah. El señor Bashur descendió en Port Said para atender negocios relacionados con nuestra operación comercial. Así consta ante las autoridades del puerto. Ahora bien: a la menor muestra de rebelión de su gente contra el capitán Blekaitis y su tripulación, se pedirá ayuda a las autoridades británicas más cercanas y los peregrinos serán desembarcados, sin contemplaciones, en el primer sitio donde podamos atracar. Desde luego haremos una denuncia por intento de secuestro de una nave de registro inglés. Cualquier acto de violencia de su gente contra nosotros será rechazado con las armas, con la autoridad que las leyes internacionales sobre navegación marítima conceden al capitán de la nave. Le aconsejo que, teniendo en cuenta lo que acabo de decirle, regrese a la cala y medite sobre las consecuencias de cualquier violencia.

El anciano ministro del Profeta dio media vuelta sin decir palabra y caminó hacia la cala con envarada prosopopeya, tan poco natural que era claro que trataba de salvar la cara frente a su gente que se había asomado para ver qué sucedía con su Imán. Era de esperar que los convenciera de seguir hasta Jiddah sin crear desorden alguno y olvidarse de Jalina. El anciano debió lograr su propósito, porque los croatas permanecieron tranquilos durante todo el trayecto hasta el puerto de La Meca. En Jiddah, bajaron al remolcador que había ido por ellos, ya que Vincas no quiso atracar en los muelles, por natural precaución. Al descender el grupo, un gigante de mirada torva y labios temblorosos de ira se enfrentó a Vincas y a Maqroll, que vigilaban de cerca el desembarque de los peregrinos, y los increpó en turco:

—¡Perros, hijos de perra! Algún día nos hemos de encontrar, no importa dónde, y beberé su sangre y escupiré sobre sus cadáveres hasta que se me agote la saliva. Recuerden bien mi nombre: Tomic Jankevitch los perseguirá con su furia hasta matarlos.

Maqroll le respondió en el mismo idioma:

—No te preocupes por eso, Tomic. Cuando tengamos el placer de encontrarte nos adelantaremos a tus buenos deseos y obsequiaremos tu cadáver a los cuervos. Si lo aceptan. Cosa que dudo.

El hombre hizo ademán de lanzarse contra el Gaviero y éste se llevó la mano al bolsillo de su chaqueta. Alguien que venía detrás del energúmeno lo empujó ligeramente diciéndole algunas palabras al oído. El hombre siguió su camino maldiciendo entre dientes contra todos los del barco. Vincas comentó divertido:

—Por lo visto, la ardiente Jalina cuenta con admiradores entre los santos peregrinos a La Meca. Habrá que comentárselo a Jabdul.

Partieron los croatas y el *Hellas* estaba a punto de levar anclas, cuando una lancha del resguardo portuario, con la bandera saudita flotando altiva en el tibio aire del desierto, se dirigió al barco. Por altavoz ordenaron al capitán detenerse y esperar la visita de las autoridades. Cuando subieron a bordo, los atendió Vincas con la tradicional flema nórdica. Se trataba de dos funcionarios uniformados y cuatro guardias armados de ametralladoras cortas. El funcionario que ostentaba el mayor rango preguntó al capitán por una mujer que venía en el barco y había desembarcado contra su voluntad en Port Said, según declaración del Imán al llegar a tierra. Vincas explicó en inglés que la mujer había descendido por su propia voluntad y así se había hecho constar en las oficinas de inmigración en Port Said. Era fácil verificarlo comunicándose por radio con las autoridades egipcias. La mujer había sido, además, brutalmente golpeada por sus compatriotas y estaba bajo atención médica en Egipto. El oficial saudita pidió ver los documentos del barco y Vincas se los mostró de inmediato. Los examinaron con el otro empleado en forma minuciosa y desesperante, como si no entendieran bien el inglés. El superior del grupo devolvió los papeles y, sin hacer ningún comentario, ordenó en árabe a su gente volver a la lancha. Dio media vuelta y descendió rápidamente la escalerilla.

Ya en la lancha, comunicó al capitán que podía partir cuando quisiera.

El viaje de regreso se cumplió sin contratiempos. Todos en el barco estaban ansiosos por saber noticias de Abdul y de Yosip. Al llegar a Port Said anclaron a la entrada del puerto y muy poco después llegó Abdul en una lancha, acompañado por el agente aduanal. Después de los saludos entusiastas de Maqroll y del capitán, éste le preguntó por Yosip. Abdul les informó con amplia sonrisa que economizaba cualquier comentario adicional:

—Ya está libre de toda acusación como desertor de la Legión, pero debe permanecer durante un mes en territorio egipcio. Así lo exigen las leyes del país, cuando se ha anulado un pedido de extradición por parte de cualquier gobierno extranjero. Esa formalidad, puramente burocrática, la está cumpliendo con enorme placer, porque le permite quedarse cuidando a Jalina, que se repone lentamente de los golpes y azotes que le propinó, con anuencia del Imán, un gigante que la pretendía. Yosip y ella han descubierto que se entienden maravillosamente. No duden que los veremos muy pronto formando una pareja ejemplar. Bien. Les pido me excusen, voy a dormir un rato porque me caigo de sueño. Hace dos días que ni duermo. Pero antes les doy un consejo: no echen en saco roto las direcciones que tiene a su disposición Malik para divertirse en Port Said. Les aseguro que valen la pena —el agente, que respondía al nombre de Malik, era un ventrudo egipcio de rostro plácido y bonachón, que sonreía a través de los grandes bigotes teñidos de henna que le caían sobre las comisuras de la boca dándole un aspecto de turco de opereta.

Tal como lo predijo Abdul, Yosip se convirtió en el inseparable compañero de Jalina. Con ella recorrió el mundo desempeñando los oficios más diversos. Abandonó la navegación, en buena parte porque su mujer no quería acompañarlo a bordo. Vincas perdió al mejor contramaestre que había tenido y Maqroll ganó dos amigos con quienes se encontró en varias ocasiones. La mujer había tomado un cariño ferviente al Gaviero desde cuando supo que había sido suya la idea de que desembarcase en Port Said. En este sentimiento de Jalina hacia el Gaviero había una gran dosis de piedad que ella explicaba siempre en una frase:

—Está más solo que nadie y necesita más que nadie de quienes lo queremos bien.

En el sórdido motel de La Brea Boulevard de Los Ángeles, donde muchos años más tarde fue a recalar el Gaviero derrumbado por las fiebres, ella iba a mostrar hasta dónde iba su afecto por él. Esto ha sido objeto de otro relato que ya anda en manos de algunos lectores interesados en las andanzas de Maqroll.

VI

La vida de Abdul iba a mudar muy pronto de rumbo de manera radical. Aunque ni Maqroll, ni el mismo Bashur y, menos aún, sus familiares, mencionaron esta coincidencia, al revisar las cartas y escritos correspondientes a la que pudiéramos llamar la segunda etapa de la vida de nuestro amigo, es evidente que la desaparición de Ilona determinó el cambio. Al abandonar a su propia inercia ciertos mecanismos, que Ilona solía percibir desde el primer instante de su aparición y tenía la sabia y misteriosa facultad de mantener bajo control, Abdul, muerta su amiga, dejó que un ciego fatalismo desbocado lo condujera a los mayores extremos de incuria y desaprensión. No quiere esto decir que cambiase su carácter generoso e inquisitivo. Bashur siguió siendo el mismo pero transitando por veredas y ambientes por entero distintos a los que, hasta ese momento, había frecuentado. Las cosas fueron sucediendo paulatinamente. Al comienzo, no era fácil percibir el cambio, si bien, la buena suerte, que hasta entonces estuvo de su lado, se fue alejando hasta esfumarse en el horizonte de sus andanzas. El primer síntoma grave se presentó con la pérdida del *Hellas*. Sobre ello algo se dijo al comienzo de esta historia. Es hora de completar la trama de lo ocurrido entonces.

Al regresar a Chipre, después de la experiencia con los peregrinos croatas y la turbulenta Jalina, el *Hellas* realizó algunos breves recorridos en el Mediterráneo que, si bien no dejaron mayores ganancias, tampoco ocasionaban gastos considerables. La tripulación se redujo a ocho personas. Yosip fue reemplazado por un contramaestre irlandés, que ya había trabajado años atrás con Bashur, en barcos de la familia. El hombre tenía una capacidad para almacenar whisky en el cuerpo que superaba todo cálculo imaginable. Pero, al mismo tiempo, sabía mantener con su gente relaciones afables a la vez que exigirles un riguroso rendimiento en el trabajo. Nunca se le vio borracho, y en lo único que se le notaba que había llegado a la altamar de su dosis de escocés era por un permanente canturrear en voz baja tonadas en la espesa lengua de la verde Erín. Se llamaba John O'Fanon. De él partió la idea de transportar armas y explosivos a España.

En una taberna de Túnez, John encontró a una joven pareja que decía estar pasando la luna de miel. Los dos eran catalanes y hablaban con fluidez varios idiomas. Ella era una morena de estatura más bien baja y facciones expresivas de una incesante movilidad. Él era uno de esos seres altos, descarnados y melancólicos, con cierto aire de seminaristas, de pocas palabras, y que siempre dan la impresión de que acaba de caer sobre ellos una gran desgracia. La pareja simpatizó de inmediato con el contramaestre del *Hellas* y pasó buena parte de la noche disfrutando sus historias de mar y sus anécdotas, algunas muy subidas de tono, sobre su vida en los puertos. O'Fanon no estaba ya en condiciones de poner en duda esa manifestación de simpatía, nacida tan de repente, y una tan marcada atención a su torrentosa charla salpicada de incidentes manidos, comunes a toda vida en el mar. Antes de regresar a su hotel, la pareja aceptó entusiasmada la invitación que les hizo John para visitar el *Hellas* y ofrecerles allí una copa en compañía de los patrones, cuyas excelencias no se cansaba de encomiar. Nada de esto informó O'Fanon a los dueños del barco y, al día siguiente, había olvidado por completo su entusiasta invitación. Los catalanes aparecieron, a eso de las cinco de la tarde, al pie de la escalerilla y preguntaron por su amigo O'Fanon. Maqroll supervisaba la operación de descargue de cemento proveniente de Génova, que terminaría en breves minutos. Le intrigó que la curiosa pareja preguntase por el contramaestre con tanta familiaridad. Hizo llamar a O'Fanon y éste, al llegar, reconoció a sus amigos de la noche anterior y recordó la invitación hecha en la euforia del scotch. Musitó una excusa cualquiera y bajó para atender a sus amigos. Ya sobrio y refrescado por la hiriente brisa que venía del interior tunecino, en pleno mes de enero, John descubrió en la pareja algunos rasgos nuevos que no dejaron de sorprenderle. El hombre había perdido mucho de su aire clerical y miraba a su alrededor en actitud alerta, sobre todo en dirección de Maqroll. La mujer, en medio de su extrovertida variedad de gestos, que tenían más de tic nervioso que de otra cosa, también acusaba una tensa vigilancia que la noche anterior no había advertido O'Fanon. El irlandés les presentó al Gaviero, que ya estaba sobre aviso respecto a los visitantes por la conducta que desde el puente había notado en ellos. Recorrieron el barco, mirando sin detenerse en ninguno de los detalles que les enseñaba el contramaestre y sobre los cuales les daba minuciosas explicaciones. Al llegar al puente de mando, toparon allí con los propietarios y fueron presentados a Bashur. El olfato de Abdul ya había percibido varios indicios que no lo tranquilizaban. En un silencio que se creó, cuando ya nadie, al parecer, tenía nada que decir, Abdul dejó caer la pregunta que tenía a flor de labios desde hacía rato:

—¿Podemos servirles en alguna otra cosa, diferente de mostrarles un triste carguero común y corriente? Programa que se me ocurre bien poco interesante para pasar la luna de miel.

El melancólico ampurdanés —ya había explicado que era oriundo de La Bisbal— atrapó de inmediato la invitación de Bashur y repuso tranquilamente:

—En efecto nos gustaría hablar con ustedes dos para plantearles un negocio. ¿Podemos ir a algún lugar privado?

Maqroll pescó al vuelo la intención de Bashur y los invitó a la pequeña oficina que compartía con Abdul entre los dos camarotes que ocupaban como dormitorio. O'Fanon miraba todo aquello con sus ojos azul cielo desorbitados, moviendo la cabeza como quien no entiende nada y se ausentó pretextando una tarea urgente.

Los tiernos cónyuges en luna de miel se transformaron, una vez sentados alrededor de la pequeña mesa de trabajo, en algo por entero diferente de lo que pretendían ser. A pesar de la prudencia con la que fueron dejando caer los datos que concernían a sus actividades, los dueños del *Hellas* sacaron en claro lo siguiente: se trataba de miembros de una organización anarquista catalana, autora de varios golpes muy sonados en la prensa europea y que habían costado la vida a varias decenas de militares y guardias civiles. Deseaban contratar un transporte de armas y explosivos que debían ser descargados en el puerto de La Escala en la Costa Brava. Maqroll iría con el barco para entregar la mercancía y Bashur se quedaría con ellos y con otra pareja que los esperaba en el muelle. Los acompañaría a Bizerta, en espera del resultado de la operación.

—Eso quiere decir que yo quedaría en manos de ustedes como rehén —precisó Abdul con voz neutra que no calificaba el hecho.

—Eso quiere decir exactamente —repuso en el mismo tono la mujer—. No nos creerá tan ingenuos como para dejar al arbitrio de otros un asunto de esta índole. Así nos aseguramos de dos cosas: la entrega de cargamento y su discreción. Me parece que tanto nuestro amigo libanés como usted lo han entendido perfectamente —dijo volviéndose hacia el Gaviero.

—Más claro, imposible —repuso éste con sonrisa desvaída.

—¿No les interesa saber cuánto estamos dispuestos a pagar por este servicio? —preguntó la mujer con suficiencia que irritó a Maqroll.

—Claro que nos interesa. Lo que sucede es que, tal como están planteando la cuestión, llegué a pensar que esperaban que hiciéramos la tarea en forma gratuita —contestó aquél ya un poco fuera de sí.

El hombre hizo con la mano un gesto como para detener el diálogo entre los contrincantes y mencionó la cifra que estaban dispuestos a pagar. La cantidad correspondía a lo que, en los últimos seis meses de ímproba labor, había producido el *Hellas*, sin dejar de navegar un solo día. Esto los llevó a manifestar su conformidad en forma simultánea.

Abdul partió con ellos al día siguiente y las armas y explosivos fueron cargados bajo la vigilancia de Maqroll y de Vincas, que supervisaba todo aquello con su neutra mirada gris y sin hacer ningún comentario. La carga venía oculta en grandes cajones y aparecía declarada como repuestos para una planta empacadora de anchoas en La Escala. Sobre la suerte que corrió Maqroll ya se habló al comienzo de este relato, con motivo de mi encuentro con Fátima, la hermana de Bashur, en la estación de Rennes. También narré la buena suerte que acompañó al Gaviero, merced a los ingleses y a sus complejas componendas en el disputado Peñón. Vincas tuvo que regresar con el *Hellas* a Chipre y allí le fue cancelada al barco la licencia de navegar a nombre de sus dueños de entonces. Un armador sirio se aprovechó de las circunstancias y adquirió el *Hellas* por una suma irrisoria. Vincas volvió a navegar con la familia de Bashur y éste comenzó a rodar por los puertos del Oriente Medio y del Adriático, sin oficio ni rumbo. Maqroll partió a Manaos para emprender su viaje Xurandó arriba, en busca de los miríficos aserraderos de lo cual ya se habló en pasada oportunidad.

La enumeración de los muy distintos y transitorios oficios a los que se dedicó Bashur, a partir de ese momento, llenaría varias páginas. Baste mencionar algunos a los que alude en su correspondencia y otros referidos por Maqroll: distribuidor de publicaciones y fotos pornográficas en Alepo, proveedor de alimentos para barcos en Famagusta, contratista de pintura naval en Pola, crupier en Beirut, guía de turistas en Estambul, fingido apostador para atraer ingenuos en una sala de billares de Sfax, proveedor de personal femenino adolescente en un burdel del Tánger, limpiador de calderas en Trípoli, señuelo de cambista en Port Said, administrador de un circo en Tarento, proxeneta en Cherchel, afilador en Bastia, a tiempo que vendedor de hachís. La lista puede continuar, pero con esta muestra es suficiente para medir hasta qué fondo de infortunio y desenfado llegó nuestro amigo, el mismo airoso y emprendedor naviero libanés con quien, años atrás, me había encontrado en Urandá. A pesar de su barba entrecana y mal cuidada y de los trajes de fortuna, maculados por el uso en tan diversos oficios, con los que varias veces se me apareció durante ese descenso al averno del hampa, Bashur conservaba aún sus cortesanos gestos de brazos y manos, rima con sus palabras, y ese encanto suyo hecho de humor breve y escéptico, de continuo desafío a su destino, sin pronunciar una sola queja y de esa fidelidad a sus amigos, tan suya y tan conmovedora. Lo que, por otra parte, llama la atención en esa etapa de la existencia de Abdul es su concordancia sincrónica con las más oscuras y abismales experiencias de su amigo de siempre, Maqroll el Gaviero. Podría pensarse que se hubiesen puesto de acuerdo para hacer ambos, cada uno por su lado, ese abyecto recorrido y transitarlo hasta sus últimas consecuencias, sin perder, ninguno de los dos, su altanera visión de un destino escogido por ellos y apurado hasta la última gota de su desventura. Quien tal cosa pensara se equivocaría sólo en un aspecto: Maqroll había comenzado mucho antes esa exploración desenfadada y carecía de los lazos y vínculos familiares y de origen que, hasta el último día, insistió en preservar Abdul.

Muestra muy elocuente de hasta dónde pudo llegar entonces Abdul es el episodio que voy a narrar con detalle. Aunque no es de los más turbios y peligrosos, revela muy fielmente los abismos que llegó a frecuentar. Algunos detalles del asunto aparecen en una carta a su hermana Fátima, perteneciente al paquete que me envió de El Cairo. Hay, también, informes sobre el mismo tema en dos largas cartas a Maqroll, que éste me hizo llegar mucho más tarde desde Pollensa. En la época en que Maqroll las recibió, Bashur se estaba curando un extraño mal en una institución de beneficencia de Paramaribo.

Pero antes de entrar en pormenores sobre el episodio, quizás convenga volver por un momento sobre la obsesión que persiguió a Bashur buena parte de su vida y de la cual ya hemos hablado anteriormente: ser el dueño del carguero ideal que cumpliera con las especificaciones de diseño, calado y máquina que se forjó en su mente y que, en pocas pero memorables oportunidades, había tenido al alcance de su mano. Los repetidos desencantos, señal de una soterrada ironía del destino que lo privaba, en último momento, de cumplir con su ilusorio propósito, vinieron a confundirse en su interior con la desaparición de Ilona, creándole la certeza de que Allah le anunciaba así, con brutal evidencia, que otros eran sus designios. Bashur lo entendió, olvidó su obsesión y dejó que los días se sucedieran en la forma como el Magnánimo y Todopoderoso quería disponer. Para Bashur, por lo tanto, su odisea por los bajos fondos estaba dictada, no por la curiosidad ni por el desencanto, sino por un sereno propósito de ajustarse a más altas instancias que a su mera voluntad o al vaivén de sus caprichos. Esto es de la mayor importancia tenerlo en cuenta, para entender cuál era el estado de ánimo del amigo de Maqroll, al cumplir con esas pruebas, al parecer ofrecidas por el azar, que en verdad no es sino un juego sólo a los dioses permitido.

Merodeando de lugar en lugar del Mediterráneo, Bashur fue a recalar al Pireo. Allí cayó en gracia de una mujer, dueña de una cantina de mala muerte en la playa de Turko Limanon. Para redondear su presupuesto, la dama arrendaba, para propósitos pasajeros y *non sanctos*, tres habitaciones que había encima de su establecimiento de bebidas. Respondía al nombre de Vicky Skalidis, y tenía un hermano ciego vendedor de medallas milagrosas. De vez en cuando, cuidaba el lugar cuando su hermana tenía que ir de compras al puerto. Este sujeto, llamado Panos, era un dechado de picardías y resabios y, a pesar de su ceguera, sabía mantener a raya la equívoca y heterogénea clientela del tugurio, que llevaba el más improbable de los nombres: Empurios. Cabe dudar que los dioses de la Hélade, aún en el más oscuro de sus avatares, hubieran aceptado morar en la cantina de Vicky Skalidis y menos aún bajo la vigilancia del viejo Panos, cuyo humor infernal hubiera espantado al mismo Zeus. Abdul llegó allí, tras dejar el cargo de contable en un buque cementero que hacía el recorrido del Pireo a Salónica. Él había, movido por la necesidad, sobrevalorado un tanto sus conocimientos en matemáticas. Las cuentas que entregaba fueron siendo cada vez menos ajustadas a las leyes de Pitágoras y, finalmente, con un mes de salario en el bolsillo, lo bajaron en el Pireo sin mayores contemplaciones. Anduvo varios días rondando en hoteluchos y pensiones de miseria, hasta cuando fue a parar a la playa de Turko Limanon, en donde vendía filtros contra la impotencia y postales eróticas, artículos ambos de los que hacía provisión en un sórdido comercio cuyo propietario había sido marinero en el *Princess Boukhara,* de imborrable recuerdo. Fue así como una tarde llegó a pedir alojamiento en el Empurios. Primero habló con Panos y éste, por algún abscóndito motivo, simpatizó con Abdul. Sostuvieron una larga charla que los familiarizó con sus respectivas y desatinadas existencias y despertó en Panos un cierto respeto hacia la serena aceptación que el otro mostraba ante la adversidad. Cuando Vicky regresó en la noche, los encontró en pleno intercambio de poco edificantes confidencias. Vicky era una típica griega sesentona, ya entrada en carnes, cuya tez olivácea de intacta tersura y sus grandes ojos verdes le daban un aire remozado que le valía aún muchos admiradores, por desgracia ninguno desinteresado. Se casó dos veces, la segunda con un griego de Chicago —de allí la transformación sajona de su nombre— del que heredó algún dinero, al morir su marido de una apoplejía fulminante en un restaurante de Wabash. Con su herencia resolvió abrir el Empurios y allí apareció Panos, su hermano, que ella creía desaparecido hacía muchos años. El hombre vino a servir de protección contra los pretendientes, pero también de irritable juez de su hermana que conservaba una sana coquetería, nada inocente pero juiciosamente dosificada. Panos presentó a Bashur en términos tan calurosos que Vicky pensó que se conocían de hacía tiempo. Por esta razón, accedió a que ocupase uno de los cuartos. No era ésta la regla del negocio, como es obvio, ya que se trataba de arrendar las habitaciones varias veces al día, a parejas que venían del Pireo para esconder sus amores o sus eróticas urgencias. Bashur explicó a la dueña que él no tenía el menor inconveniente en dejar libre la habitación cada vez que se presentase un cliente. El equívoco sobre la amistad de Bashur y Panos fue muy pronto descubierto por Vicky, pero, ya para entonces, ella estaba más interesada en su huésped de lo que imaginara en un comienzo. Bashur se había dejado crecer la barba y el bigote, ambos de un *salt and pepper* muy atractivo. Se los cortaba al estilo Jorge V, muy en boga entonces, que le daba un aire de superficial respetabilidad. Así las cosas, no tardó Abdul en compartir la habitación de Vicky, al fondo de la taberna, y satisfacer las otoñales ansias amorosas que dormían dentro de ella en su papel de viuda respetable. Panos tomó al comienzo la nueva situación con algunas quisquillosas reservas, que Abdul supo aplacar, si no totalmente, sí, al menos, hasta hacer tolerable la convivencia. Bashur cultivaba sus relaciones con el ciego, pensando en que algún día le podrían ser de utilidad. La vasta escuela de Panos en las artes de la bribonería y en la industria del engaño despertaron en Abdul un semillero de no precisados proyectos que prometían un futuro interesante. Había aprendido a esperar y a dejar que las circunstancias maduraran sin prisa ni esfuerzo. En el medio marginal y ambiguo en el que ahora se movía, toda prisa era funesta, toda precipitación desaconsejable.

Abdul Bashur se opuso rotundamente a ejercer oficio alguno en la taberna, desde el momento en que comenzó a compartir el lecho con la dueña. No por vergüenza ni pudor, eso faltaba, sino para quedar libre de poner en práctica proyectos harto más rendidores que servir ouzo y destapar cervezas para los broncos clientes del Empurios. Cuando no estaba obligado a quedarse cuidando el negocio, el ciego partía cada mañana hacia el Pireo, para vender sus medallas milagrosas al pie de la iglesia de la Trinidad Sacrosanta. Al menos tal era su pretexto para permanecer en una calle tan concurrida y ejercer otras actividades, sobre las que Abdul abrigaba fundadas sospechas. Ocurrió que, poco a poco, se fue enterando de que Panos era la cabeza de una pandilla de jóvenes rateros, ninguno de los cuales sobrepasaba los quince años. El ciego, cuyos otros sentidos, afinados hasta lo inverosímil, le permitían seguir los pasos de los viandantes, sin despertar recelo alguno, daba a sus pupilos una señal convenida para indicar que se acercaba una posible víctima. El sonido de los pasos, el olor que percibía desde lejos y otros datos aún más sutiles le permitían definir al que llegaba hasta por su misma respiración. Panos deducía la clase social, el carácter y el origen de su clientela. Al llegar la noche, los muchachos le entregaban religiosamente el producto de sus rapiñas y él encaminaba los objetos a su destino, consistente en varias tiendas de cosas usadas cuyos propietarios eran conocidos suyos.

Desde luego, Panos nada de esto había comentado con Abdul. Pero éste, un día en que fue al puerto para poner unas cartas al correo, divisó al ciego en la esquina de la iglesia. Ya iba a acercarse a él para saludarlo, cuando vio que emitía un curioso silbido. De inmediato, dos jóvenes harapientos rodearon a una dama para pedirle limosna, la siguieron hasta que dobló la esquina y regresaron donde el ciego, dejando caer algo en el bolso donde traía las medallas consagradas. Abdul comprendió al instante de lo que se trataba y partió sin acercarse a Panos. Pasados algunos días, una tarde en la que quedaron solos porque Vicky salió de compras, Bashur abordó el tema como si se tratase de algo ya sabido y comentado entre ellos. Panos sonrió con brutal sarcasmo y volviendo el rostro al cielo, como buscando una luz incierta, comentó:

—Esos angelitos son una mina sin aprovechar. Ahora me limito a mantenerlos entrenados para más altos destinos. Ya se me ocurrirá algo brillante.

—En principio —comentó Abdul—, creo que estás operando en un sector del puerto que no es el más productivo. Habría que explotar los lugares frecuentados por los turistas. Es más, desde el instante en que descienden de los barcos que los traen de las islas, habría que comenzar a trabajarlos. Luego, en las calles donde están las tabernas con buzuki y, finalmente, a la salida de los hoteles de lujo.

—Yo también había pensado eso. Pero a esa escala no puedo hacerlo solo y no todos los muchachos están igualmente entrenados —arguyó Panos.

Abdul, entonces, consideró que era llegado el momento de exponer el plan que traía en mente y cuyos detalles había madurado en los últimos días:

—Lo primero que debe hacerse es una selección estricta y cuidadosa entre todos ellos y quedarse con los que en verdad están listos para un trabajo fino, delicado e interesante. Los demás, sin descorazonarlos, deben dejarse operando donde ahora lo hacen, pero ya por su cuenta. La acción debe concretarse a objetos de valor: relojes de marcas conocidas y costosas, pulseras, collares, billeteras con dólares, libras o marcos. Nada más. Otro aspecto a cuidar es la venta de lo que se consiga. A ti te están robando tus amigos ropavejeros. Ellos se quedan con la parte del león. Eso debe estudiarse más a fondo. El botín de valor comprobado y considerable debe venderse en Estambul. A tus pupilos se les dará dinero y jamás el producto directo de sus hurtos.

Mientras Bashur exponía su plan, el ciego volvía hacia él la cara a cada instante, con expresión de incredulidad que aumentaba a medida que se perfilaba el proyecto. Sólo pudo colocar una objeción:

—No creas que es fácil engañar ni mantener a raya esas fierecillas. Ya están acostumbrados a recibir una parte considerable del botín y no creo que podamos meterlos en cintura.

—No estoy de acuerdo —refutó Abdul—. A los que escojamos, para trabajar con nosotros, se les explica claramente, desde un comienzo, que se trata de una operación enteramente distinta y nueva. Se les ha escogido como a los mejores y van a ganar mucho más que antes. Las condiciones son ésas. El que no quiera puede regresar con los otros y trabajar por su cuenta. Cuando reciban los primeros pagos, verán que el asunto no va en broma y que vale la pena alinearse con nosotros.

Después de esta conversación, que siguió por varias horas dedicadas a estudiar y afinar todos los detalles, cada uno de los socios empezó a poner en práctica la parte del plan que le correspondía. Bashur entró en contacto con amigos suyos en Estambul, que operaban en combinación con el hampa de esa ciudad. Recorrió, luego, los sitios del Pireo más concurridos por los turistas y tomó nota de las horas de mayor movimiento en cada lugar. Panos, por su lado, inició la selección del personal más calificado entre sus pupilos, elaboró una lista y estudió con Bashur caso por caso en particular. Los dos entrevistaron luego a cada joven para medir sus habilidades. Cuando todo estuvo listo, Abdul descubrió la carta maestra que guardaba oculta hasta ese instante. Consistía en lo siguiente: en cada sitio donde operaran, instalaría un puesto para vender avena helada espolvoreada con canela, una bebida refrescante que conoció en Cartagena de Indias y cuya receta obtuvo a través de una amiga cumbiambera y cariñosa. La bebida se mantendría en un gran caldero. Con un cucharón Bashur serviría los vasos para los clientes. En el caldero se pondrían siempre trozos de hielo. Precisamente en ese caldero, los jóvenes ladrones dejarían caer, en forma rápida y discreta, el producto de sus hurtos, inmediatamente después de cometerlos. Si la policía los capturaba, no hallarían nada al esculcarlos. Esto, en el caso de joyas, relojes, pulseras y collares. Las carteras con dinero las dejarían caer detrás de la olla, donde Bashur las recogería para esconderlas al instante. La manera de verificar la lealtad de los muchachos era muy sencilla: Panos tenía un primo lejano en la policía del puerto y por él sabría de las quejas levantadas por las víctimas y estas quejas debían coincidir, casi con absoluta precisión, con el producto recogido en el día. Los objetos eran rescatados del caldero en casa y todo estaría en orden.

 El lugar donde se inició lo que Bashur y Panos bautizaron como la «Operación avena helada» fue el desembarcadero de los navíos que traían o llevaban a los turistas de las islas del Egeo. Bashur y Panos tenían la intención de ir desplazando el centro de su actividad cada cierto tiempo, con el doble objeto de explotar otras zonas de afluencia turística y escapar de la policía, alertada por la frecuencia de las quejas en una determinada área. El rendimiento del negocio en su primera etapa en los muelles sobrepasó todos los cálculos de sus organizadores. Pasaron luego a trabajar la zona de las tabernas con buzuki. Allí el éxito fue aún mayor. Pero, como era previsible, los muchachos comenzaron a darse cuenta de que el caldero de avena helada jamás devolvía los relojes de grandes marcas, ni las joyas de valor que ellos recordaban haber arrojado allí. Ni Abdul ni Panos hacían jamás mención de tan valiosos objetos. A sus reclamaciones, éstos respondieron que nada sabían de tales maravillas, dudosas de ser reconocidas por el hurtador en una acción tan rápida. Lo rescatado en el caldero, les dijeron, era lo que ellos mencionaban y no había nada más que hablar sobre el asunto. Además, estaban percibiendo diez veces más de lo que antes ganaban junto a la iglesia de la Trinidad. Era injusto que se quejasen, ahora que recibían lo que jamás soñaron. Es claro que los jóvenes no se tragaron la píldora que con tanto cinismo como énfasis les querían hacer ingerir. Algunos, los más audaces e inconformes, llegaron a hacer alusiones poco comedidas sobre los progenitores de sus jefes que éstos hicieron como si no las hubieran escuchado.

Meses después, el grupo se trasladó a Atenas. En el Pireo ya habían agotado los lugares idóneos para actuar. Lo último allí fueron las puertas de los grandes hoteles. La policía comenzó a sospechar de algo, porque las quejas de los turistas y de sus respectivos consulados empezaron a llover en forma tan intensa como desacostumbrada. En Atenas se fueron de una vez a Plaka, la larga calle de las tabernas que no cierran nunca. Allí, Bashur y Panos coronaron con tal plenitud sus objetivos que el ciego optó por retirarse y así se lo manifestó a Bashur. Éste, con la policía en los talones, viajó de súbito a Estambul, donde había venido acumulando sus ganancias durante las visitas a esa ciudad para vender los artículos robados. No quiso despedirse de Vicky Skalidis, quien, por lo demás, ya sospechaba que las actividades de su amante y de su hermano nada tenían de inocentes y había anticipado que todo terminaría, bien en la cárcel, o bien en la precipitada huida de Bashur. Éste, en un último rasgo de gratitud, le dejó una carta encomiando las cualidades físicas y morales de su protectora y prometiéndole volver un día para renovar el idilio interrumpido por razones de fuerza mayor. Le daba las más expresivas gracias por la ayuda que le brindó en momentos de la mayor penuria, cuando había perdido toda esperanza de salir adelante. Ella guardó la carta en un pequeño baúl donde conservaba recuerdos de su vida sentimental, que aún guardaban aromas que despertaban nostalgias deleitables en la propietaria del Empurios.

VII

Y así fue como Bashur consiguió salir de nuevo a la superficie, dejando atrás sus experiencias por los tortuosos caminos de la milenaria picaresca mediterránea. La suma que había logrado poner a salvo en Estambul le permitía renovar con toda holgura sus actividades en la marina mercante. Pero ese peregrinaje por el ámbito de la transgresión, que fue largo y salpicado de episodios no todos tan fácilmente confesables como los que hemos registrado aquí, había traído cambios notables en su carácter y en su forma de ver la vida. Volver a comprar un *tramp steamer* para, finalmente, tener que venderlo con pérdida, como había sido el caso del *Princess Boukhara,* el *Fairy of Trieste,* el *Hellas* y tantos otros anónimos y olvidados, era algo para él hoy día inconcebible.

A este respecto, fue Maqroll el Gaviero quien dio fe, con mayor certitud, sobre la mudanza de su viejo amigo y cómplice. En innumerables ocasiones se habían encontrado durante los años negros de Bashur, que, como ya dijimos, correspondieron a una época no menos accidentada y catastrófica del Gaviero. Maqroll, de viva voz, en las oportunidades que tuve de verlo, cuando le preguntaba por Abdul, se extendía en una minuciosa disección de sus cambios y de las pruebas por las que estaba pasando. En su correspondencia con la familia, Bashur hizo, apenas, veladas alusiones a todo esto, con excepción de un par de cartas a Fátima, su hermana preferida, en las que se mostraba más explícito.

—En Abdul —explicaba Maqroll— existía una especie de maliciosa tendencia a disfrutar de la vida y a desafiar las acechanzas de la fortuna, que hacían de él un compañero ideal en las horas difíciles y el más indicado para disfrutar las venturosas.

Nada para él era imposible ni prohibido, nada le estaba vedado y frente a lo que la vida le planteaba, solía adoptar una actitud de abierto desafío, que cada vez es menos la mía. Cuando salió a flote y apareció en Estambul, dueño de un pequeño capital, pude notar que mantenía una distancia, una reserva, discreta pero firme, ante las propuestas del destino. La agresividad se trocó en escéptica observación de la realidad, la cual asumía con la indiferencia del que sube al cadalso pensando ya en la otra vida. Las mujeres, usted bien lo sabe, que fueron su máxima tentación y su mayor fuente de dicha, son ahora objeto de una curiosidad y de una extrañeza que las deja intrigadas y hasta incómodas las más de las veces. Desde luego ya no se le escucha hablar del barco de sus sueños. Alude, sí, a las características que éste debe tener, pero como quien menciona algo que ya no pudo ser, algo que no fue concebido y que, por lo tanto, pertenece al mundo de lo ilusorio e inalcanzable. Mundo que ya para nada le atrae, ni le mueve a búsquedas y empeños que sabe vanos. No quiero decir que se convirtió en un ser amargado, ni que se doliese de frustración alguna. Sigue siendo caluroso y devoto de sus amigos, pero en su actitud se percibe algo como un velo, como un opaco cancel que lo mantiene al margen del torbellino que azota a los hombres con la gratitud que distingue a toda intervención de los dioses.

Señal muy elocuente de su nuevo modo de ser es que, radicado ya en Estambul, en lugar de volver a su antigua querencia marinera y mercantil, Abdul se conformó con adquirir, en compañía de un primo lejano establecido en Üsküdar, un transbordador para hacer el servicio entre esa ciudad y Estambul. El negocio, sin ser próspero, dejaba a sus dueños lo suficiente para vivir sin estrecheces ni apuros. Con la barba casi blanca, las espaldas ligeramente agachadas, Abdul seguía conservando, sin embargo, ese aire de califa que pasa de incógnito, que lo distinguió siempre y que causaba la curiosidad de todo el que lo conocía.

Permanecía largas horas en los cafés instalados a orillas del Bósforo, frecuentados por comerciantes y gentes de mar. Entre copa y copa de arak con hielo, tomado con la circunspección que prescribe el Corán y una taza de café humeante y perfumado a su vera, hacía reseña de su vida de marino y escuchaba con amable atención los relatos de sus contertulios, mostrando siempre el vivo interés que lo movía hacia las cosas del mar. Se le conocieron dos o tres amigas. Solía cenar de vez en cuando con una de ellas y pasaban la noche juntos en su apartamento cerca de Kariye. Ellas aprendieron muy pronto a no hacerse ilusiones sobre la duración de estos amores, ni, desde luego, sobre la fidelidad de Abdul. Cada una sabía a qué atenerse en ese sentido, pero la atracción de Bashur seguía siendo lo suficientemente fuerte como para disfrutar de su compañía y de su lecho.

VIII

Entre los últimos papeles que Maqroll me envió desde Pollensa en Mallorca, todos relacionados con su amigo de tantos años, encontré veinte hojas escritas a mano, al reverso de las instrucciones de ensamble y uso de una complicada sierra de madera fabricada en Finlandia. Las páginas están numeradas. La primera tiene un título torpemente subrayado que dice: *Diálogo en Belem do Pará*. La letra es, sin lugar a duda, la del Gaviero. Un antiguo amigo suyo dijo de su caligrafía que parecía la letra de Drácula. El mismo Maqroll se encargó de difundir esta definición tan acertada como macabra. La redacción es en forma de diálogo entre dos protagonistas, identificados, uno con la letra M y el otro con la A. Al recorrer unos pocos renglones me fue fácil reconocer que se trataba de Abdul y Maqroll. Quedaba por aclarar cuándo sucedió ese encuentro y la consiguiente charla tan fielmente transcrita por el Gaviero. Como no he vuelto a recibir noticias suyas, ni respuesta a las cartas que le he enviado a Pollensa, me ha sido imposible saber por él ese dato. Me he tenido que conformar, pues, con la aplicación de un método deductivo basado en el texto mismo. De ello he podido sacar en claro lo siguiente: la conversación ocurrió después de haberse aposentado Bashur en Estambul, en una época cercana a su fatal viaje a Lisboa y Madeira; es evidente que Maqroll había pasado ya por la tremenda prueba de remontar el Xurandó en busca de los miríficos aserraderos, pero no por la experiencia de Puerto Plata con los contrabandistas de armas. En lo que toca a Bashur, se puede establecer que, desde su aparente retiro en Estambul, hizo, al menos, tres viajes: uno a Cádiz para supervisar la operación de calafateo de un barco de la familia, viaje al que se refiere Fátima en una de sus cartas a Maqroll; otro a San José de Costa Rica para cerrar un negocio de compra de café y entrevistarse con Jon Iturri, el capitán del *Alción*, amante de Warda, hermana de Abdul y dueña de la nave y el último viaje de su vida a Madeira, vía Lisboa. ¿Cuándo pasó, entonces, por Belem do Para para encontrarse con Maqroll? Sólo he logrado intentar una hipótesis valedera, aunque imposible de confirmar. Bashur visitó Belem, después de tocar Costa Rica, para tratar con su amigo algún proyecto de los varios que éste siempre tenía en mente. Abdul no habló de esto, quizás porque nada en claro resultó del encuentro y no había razón de mencionarlo en su correspondencia. No es éste, ni mucho menos, el único vacío que hay en el curso de las existencias paralelas de los dos amigos. Hay que tener en cuenta, además, que las cartas de Bashur a los suyos se suceden con largos intervalos y, como creo que ya lo dije, dejan sin tocar muchos episodios y ocultan no pocos detalles de lo que relata. Existe una última posibilidad, que no debe desecharse del todo y es la de que ese encuentro jamás tuviera lugar y Maqroll intentase resumir en esos apuntes la esencia de ciertos temas que estuvieron presentes en muchos diálogos entre ellos, en diversas ocasiones de su vida. Conociendo al Gaviero y su afición por esta clase de juegos —véase el mismo Diario del Xurandó, en donde aparecen a cada paso— esta tesis puede ser la más válida, aunque deja sin responder varias dudas importantes.

Así las cosas, me ha parecido oportuno transcribir el diálogo recogido o creado por el Gaviero. No deja de ser inquietante, por otra parte, pensar en que Maqroll resolvió dejar pormenor de un probable encuentro, ocurrido en ese momento preciso de sus vidas y no en otra de las innumerables ocasiones en que estuvieron juntos. Hay, en la vida del Gaviero, repetidas coincidencias de ese orden que no son tales y más bien se antojan turbadoras anticipaciones que denuncian un certero poder de jalar el hilo preciso en el ciego ovillo del futuro. Esta condición, que, sin temor a exagerar, podemos calificar de visionaria, cobra mayor evidencia en los temblorosos trazos de su escritura de ultratumba. Veamos, entonces, lo que este diálogo, cualquiera que haya sido su origen y motivo, nos puede revelar sobre la accidentada travesía de estos dos seres singulares sobre los cuales he intentado dejar testimonio.

Diálogo en Belem do Pará

MAQROLL —Me pregunto qué podría sucederle ahora, de regreso de los inciertos y nefastos territorios en donde llegué a pensar que se hundiría para siempre. Qué pasaría, digo, si, de pronto, se le aparece el barco con el que ha soñado toda su vida.

ABDUL —Antes de contestarle, déjeme hacerle una aclaración que me importa sobremanera. Usted, junto con otros amigos y parientes, insisten en hablar de un descenso cuando se refieren a la reciente fase de mi vida. Yo no lo veo como tal, ni lo he vivido nunca de esa manera. Para mí, ese mundo, dentro del cual viví años cargados de una plenitud incomparable, no está más bajo ni más alto que ningún otro vivido por mí. Darle esa calificación moral es desconocerlo y distorsionar su realidad. En ese trayecto de mi existencia, me encontré con los mismos hombres, arrastrando los mismos defectos y miserias y las mismas virtudes e impulsos generosos que el resto de los seres, habitantes del supuesto imperio del orden y de la ley. Es más, en el hampa, en la irregularidad y la miseria, que todo es uno, la parte generosa y solidaria de la gente se pone de manifiesto en forma más plena, más honda, diría yo, que en el mundo donde los prejuicios y las represiones y frustraciones son un imperativo de conducta. Pero todo esto lo sabe usted tan bien o mejor que yo. No necesito seguir hablando como un predicador al uso. Respecto a lo del barco que me ha ilusionado siempre, pues, bueno, déjeme decírselo: sí, iría a buscarlo y trataría de adquirirlo porque siento que es algo que me debo a mí mismo. Pero si eso no sucede y el barco no aparece nunca, me daría igual. Ya aprendí y me acostumbré a derivar de los sueños jamás cumplidos sólidas razones para seguir viviendo.

Por cierto, Maqroll, que en eso usted es maestro. Qué le voy a contar, por Dios. Mi *tramp steamer* arquetípico no es menos ilusorio que sus aserraderos del Xurandó o sus pesquerías en Alaska.

MAQROLL —En verdad, tiene razón. Creo que tanto usted como yo sabemos siempre de antemano que la meta, en cuya búsqueda nos lanzamos sin medir obstáculos ni temer peligros, es por entero inalcanzable. Es lo que alguna vez dije sobre la caravana. A ver si lo recuerdo: «Una caravana no simboliza ni representa cosa alguna. Nuestro error consiste en pensar que va hacia alguna parte o viene de otra. La caravana agota su significado en su mismo desplazamiento. Lo saben las bestias que la componen, lo ignoran los caravaneros. Siempre será así».

ABDUL —Nada puedo agregar. Imposible decirlo mejor. No sé, entonces, por qué estamos hablando de esto.

MAQROLL —Sólo intentaba confirmar algo de lo que, por lo demás, estoy bastante seguro. De sus hazañas en el Pireo con Panos; de la venta de alimentos, más o menos adulterados, para las naves que tocan en Famagusta; de ayudarle a la ruleta en Beirut para inclinarla hacia ciertos números; de sorprender la ingenuidad de los turistas en el Cuerno de Oro; de reclutar vírgenes remendadas para el burdel en Tánger; de cambiar dólares o libras a viajeros más o menos intoxicados con arak falsificado y de explotar dos pobres hembras sardas en las callejuelas de Cherchel; de todo eso y de mucho más que me callo, no queda la más leve sombra de culpa, ni tampoco el cosquilleo de haber probado el fruto prohibido.

ABDUL —En primer lugar, no hay tal fruto prohibido. Usted lo cita como puro recurso retórico. Luego, queda lo hecho, tal cual, sin calificación ni medida. Lo que se vivió como un fruto mondo, absoluto, devorado en la plenitud de su sabor y de su pulpa, listo para transformarse en el equívoco proceso de la memoria hasta ser puro olvido. Algo vivido así no puede dejar rastros de culpa ni ser sometido a la prueba de la moral. Eso es claro, ¿verdad?

MAQROLL —Eso quería saber y escucharlo de la propia voz de mi amigo Jabdul, el consentido de Ilona, el devorado por Jalina, el iniciado por Arlette en las artes del lecho.

ABDUL —Si no iniciado, sí, digamos, confirmado. Por cierto que no sabe, seguramente, que Arlette murió hace tres años y hasta hace unas semanas he venido a enterarme de que soy su heredero universal. Ya iré algún día para reclamar esa herencia. No sería mala idea, pienso ahora, darle a usted poder para que vaya a hacerlo en mi nombre. Eso tendría mucho de justicia poética.

MAQROLL —Déjese de lirismos justicieros, Abdul. Iré con gusto, pero no creo que haya mucho para reclamar. La última vez que estuve en Marsella, la estaban esquilmando un par de adolescentes bastante ambiguos, que se metían con ella en la cama al mismo tiempo. Se me ocurre que sin resultados muy apreciables para ella, pero sí, en cambio, para los dos efebos de la Canebière. Pero mire que acabar usted y yo en este infierno amazónico, bebiendo cachaza mediocre y cerveza tibia, sólo para pasar revista a empresas descabelladas y amores marchitos, tiene gracia. Eso sólo a nosotros puede ocurrir.

ABDUL —De usted he aprendido, entre muchas otras cosas, a jamás renegar del pasado. «¡Lo que pasó, pasó!», le escuché un día exclamar alborozado, cuando nos encontramos en Martinica, a mi regreso del río Mira y de mi encuentro con El rompe espejos.

MAQROLL —¿Quiere saber una cosa? Lo que lamentaré siempre es no haberle acompañado en esa ocasión. No es fácil toparse, por los caminos del mundo, con un representante del mal en estado puro, del mal al alto vacío, diría yo. Sigo insistiendo en que en ese tipo se daba plenamente esa rara condición. Mi amigo Alejandro Obregón no quiso concederle a El rompe espejos esa gracia. Para mí, que estaba equivocado.

ABDUL —Sí, lo estaba, sin duda. Pero le debo decir que el encuentro con alguien así, representante del mal absoluto, tiene resultados sombríos que hacen mucho daño. Trataré de explicárselo: cuando me enfrenté a El rompe espejos, cuando llegué a su guarida y cené con él, durante toda la noche que siguió, sentí, por primera vez en la vida, un miedo de orden puramente animal, un terror de bestia acorralada. Era un miedo que tenía menos que ver con la muerte misma que con la posibilidad de que ésta me llegase por obra de alguien así. Como musulmán, soy fatalista y de ese fatalismo he derivado una regla de vida. En la mansión de El rompe espejos, el fatalismo iba, allá dentro de mí, por un camino y las acechanzas de Tirado amenazaban, por otro, una zona desvalida de mi ser, desde la cual era impensable, hasta ese momento, recibir un ataque. No es fácil explicarlo. Era como si mi propia muerte sufriera una violación bestial. Estoy seguro de que usted me entiende y sabe de lo que estoy hablando.

MAQROLL —Sí, creo saberlo, en efecto. Pero, primero, pensemos un instante en el nombre: El rompe espejos. Un espejo, y esto es algo que existe en todos los mitos de la Tierra, un espejo no se puede romper. Un espejo refleja esa otra imagen nuestra que nunca conoceremos, ya se lo dijo Tirado; pero un espejo, también, es el camino hacia ese otro mundo desconocido, que para siempre nos estará vedado si rompemos el cristal que lo oculta. Tal vez sea el sacrilegio absoluto, el mayor desafío a los dioses, el más insensato atropello que pueda cometer un hombre, romper un espejo. Bien, respecto a su muerte a manos de ese sujeto, es claro que hubiera sido gravísimo recibirla en esa forma. Se trata siempre de saber qué muerte nos espera. No me refiero al aspecto puramente físico o doloroso del asunto. La muerte, venida de tales manos, no es la muerte que le tocaba desde siempre, la muerte que ha venido preparando durante toda una vida; desde el instante mismo de nacer. Cada uno de nosotros va cultivando, escogiendo, regando, podando, modelando su propia muerte. Cuando ésta llega, puede tomar muchas formas; pero es su origen, ciertas condiciones morales y hasta estéticas que deben configurarla lo que en verdad interesa, lo que la hace, si no tolerable, lo cual es muy raro, sí, por lo menos, acorde con ciertas secretas y hondas circunstancias, ciertos requisitos largamente forjados por nuestro ser durante su existencia, trazada por poderes que nos trascienden, por poderes ineluctables. La muerte que llega de manos de alguien como El rompe espejos es una muerte que afrenta un cierto orden, una velada armonía que hemos intentado imprimir al curso de nuestros días. Una muerte así nos niega alevosamente a nosotros mismos y por eso nos es intolerable. Más que miedo, lo que sintió entonces fue un profundo desconsuelo, una náusea esencial a terminar de esa manera.

ABDUL —Sí, creo que da en el blanco. Mientras hablaba, he vuelto a vivir esas horas y a sentir lo que sentí entonces y puedo decirle que fue exactamente eso: un asco substancial a morir en esa forma y por tales manos. Exteriormente, estaba sereno y como flotando en la indiferencia; es un viejo ejercicio aprendido hace varios millares de años por mi raza de señores del desierto. Por dentro agonizaba de asco. No hay otra palabra. Pero no me diga que no ha sentido eso alguna vez en la vida. Usted, que ha sufrido pruebas que, a menudo, no consigo explicarme cómo ha logrado soportar.

MAQROLL —Pues sepa, mi querido Abdul, que sólo recuerdo haber vivido en una ocasión algo parecido. Por eso me pesa no haber estado en el Mira. Fue una noche en Mindanao, en un atracadero de mala muerte, cerca de Balayan. Después de dos días con sus noches de recorrer bares con la tripulación de un pesquero irlandés de nefasto recuerdo, terminé solo en un burdel de las afueras del pueblo, en medio de una red de caños infectos. Tenía más deseos de dormir que de otra cosa. Una muchacha, de la que sólo recuerdo sus pocos años y la voz aniñada y aguda, me acompañó hasta un cuartucho de tablas mal unidas, alineado con otros en el fondo de la casa. Caí en un sueño profundo, sin tocarla siquiera. Muchas horas después, me desperté sobresaltado. Mi ropa, con mis papeles, el poco dinero que me quedaba y un reloj, regalo de Flor Estévez, habían desaparecido. Tocaron a la puerta y entró una anciana desdentada, que bien hubiera podido tener cien años y que repetía sin cesar. *«Hundred fifty dollars, sir. Hundred fifty dollars»*, mientras sus ojos lagañosos recorrían el aposento como tratando de descubrir qué quedaba mío que hubieran olvidado. Pedí hablar con el dueño y ella salió repitiendo su letanía de los *«hundred fifty dollars»*. Estaba en calzoncillos, sin ropa, en un sitio que, sólo hasta ese instante, caía en cuenta del antro siniestro y abandonado que era, sin poder comunicarme con nadie conocido y en manos del hampa más violenta y desalmada de toda el Asia y, tal vez, del mundo. A los pocos minutos entró el que debía ser el encargado del lugar, al menos así lo pensé en ese momento. Se sentó al pie de mi cama, mirándome fijamente con ojos de rata lista al ataque. Era un enano obeso, con cara aplastada y asiática de luna llena, picado de viruelas y dientes llenos de oro, que relucían en una sonrisa cargada de los peores augurios. Traía una camiseta pringosa con figuras de colores chillones y unos bermudas igualmente sucios, abotonados debajo de un vientre de hidrópico que le sobresalía como un tumor informe. Sin decir palabra se llevó la mano a la espalda, a la altura del cinturón, y sacó un revólver calibre 32 corto con el que me apuntó a la cabeza. En ese instante me subió a la garganta el mismo pavor con náusea que usted sintió en casa de El rompe espejos. La muerte, mi muerte, no podía llegar por ese conducto innoble. En el rostro del tipo vi que esa forma de suprimir a los intonsos parroquianos que caían en el tugurio, llevados por un chofer de taxi cómplice, era para él una rutina normal. Una ira incontenible, desbordada, ciega, de pensar en morir en esas manos, me hizo lanzarme sobre el enano, envolverle la cabeza con la sábana y apretar desesperadamente. Alcanzó a disparar dos veces, antes de morir estrangulado en estertores que me aumentaron el asco hasta casi hacerme vomitar. Una bala me rozó la mejilla, dejándome una profunda herida que sangraba profusamente y la otra fue a incrustarse en los tablones de la cabaña. Aún conservo la cicatriz, como bien puede ver. Salí corriendo por la parte trasera de la cabaña y, al llegar al canal de aguas negras que despedían un olor nauseabundo, salté a una canoa que estaba amarrada a un árbol, la desaté y, remando con las manos, empecé a alejarme del lugar. Llegué a una carretera. Algunos automóviles transitaban por allí de vez en cuando. Uno atendió a mis señas y me recogió sin hacer comentario alguno. Esto, también, debía ser normal y común en aquella zona. Le pedí al conductor que me llevara al muelle. Llegamos hasta la escalerilla del barco y subí precipitadamente. El contramaestre me esperaba en cubierta con cara de espanto. Le encargué que diera unos dólares al hombre del auto y fui a curarme en el botiquín de nuestro dormitorio. Al recapitular el incidente con mis compañeros, sólo entonces caí en la cuenta de la ausencia de toda persona en la cabaña, cuando salí huyendo. Alguien comentó que esos lugares suelen estar abandonados a propósito; nadie vive en ellos. Por las noches, dos o tres mujerucas sirven de carnada y un par de malhechores esperan a la víctima que ha de traerles el chofer con el que operan en combinación. Allí sacrifican al incauto para desvalijarlo. Pues bien, ésa ha sido la única ocasión en la que estuve a punto de recibir la muerte que no me correspondía. Esa cuya trayectoria y cuyo origen no estaba destinado para mí.

ABDUL —Habría mucho que decir sobre el tema. Por ejemplo: El rompe espejos era alguien mucho más elaborado y refinadamente maligno que el enano filipino. Es cierto que, al final, la náusea es la misma.

MAQROLL —En efecto, la náusea es idéntica. Pero vale la pena tener en cuenta que el pretendido refinamiento que usted indica en Tirado apenas constituye una débil mascara que cubre el mismo instinto de muerte, primario, elemental, desprovisto de todo lo que pueda significar el menor indicio de eso que se ha convenido en llamar «humanidad» y que, en el fondo, pertenece más bien al orden estético, a la *harmonia mundi* de los antiguos.

ABDUL —Ya que nos hemos internado por los vericuetos del arte de morir, se me ocurre algo que jamás antes había pensado: es muy improbable, casi imposible, que el mar nos brinde una muerte distinta de la que, como usted dice, nos toca desde siempre. Pienso que sólo en el mar estamos a salvo de la infamia que nos amenazó a usted en Mindanao y a mí en la pretenciosa villa del río Mira.

MAQROLL —Eso sería tanto como pensar que el mar siempre estará revestido de una esencial dignidad. Tal vez sea mejor creerlo así. La verdad, no estoy tan seguro de ello, pero la tesis es atractiva y sirve de precario consuelo, pero de consuelo al fin.

ABDUL —Ahora, de repente, caigo en la cuenta de que Ilona murió en el mar. Me pregunto si era ésa la muerte que la esperaba, la que le estaba destinada desde siempre. ¿Qué me dice de eso?

MAQROLL —Primero, que no murió en el mar. Murió en un despojo tirado en las rocas de la escollera. Segundo, que creo firmemente que halló la muerte que le pertenecía. Nunca sabremos qué fue, para ella, Larissa. En todo caso, puedo asegurarle que no era el mal. Era otra cosa, pero no la pura maldad de El rompe espejos o del filipino. La prueba es que ella fue a su encuentro con plena conciencia de quién la esperaba en la cita.

ABDUL —Ojalá tenga razón. Al fin y al cabo, yo no estaba presente y nada sé de cómo se ordenaron los hechos allá, dentro de ella. Hubiera dado no sé qué por haber conocido a esa chaqueña.

MAQROLL —No hubiera sacado nada en claro. Sólo puedo decirle que era la desventura misma.

Epílogo

Que el diálogo antes transcrito tiene un palmario sentido premonitorio es cosa tan evidente que huelga todo comentario. El mismo hecho de que el Gaviero lo hubiera consignado con tal fidelidad nos está probando que, precisamente, su condición de pronóstico fue la que lo llevó a dejar testimonio de ese encuentro. Los hechos que se encadenaron para llevar a Abdul Bashur hacia el fin de sus días sucedieron con tal presteza que bien pudiera decirse como el poeta:

> *Eso lleva menos tiempo*
> *del que yo llevo en lo narrar.*

Maqroll, a su paso por Lisboa camino a La Coruña, en donde lo esperaba un antiguo compañero de incursiones por Alaska, para concretar juntos un recorrido semejante, en un pequeño carguero adaptado para el transporte de ganado, se enteró de la existencia, en la isla de Madeira, de un antiguo *tramp steamer*, armado en Belfast allá en los primeros años del siglo, que estaba a la venta por los albaceas de un rico naviero canario muerto recientemente. El barco se hallaba en muy buen estado. Por las fotografías que le mostraron, Maqroll pudo apreciar que se trataba de una auténtica pieza de museo. Voló a Funchal para hablar con los vendedores y ver de cerca el barco. En efecto, era un ejemplar único en su clase que conservaba, intactos, los muebles originales en camarotes, oficina y puente de mando. Tenía un motor diesel hecho en Kiel, marca Krup-Mac, que podía prestar buen servicio por varias décadas. Sin pensarlo dos veces, el Gaviero firmó una opción de compra, que, por cierto, le costó baratísima. Regresó a La Coruña, donde convino con su socio todos los detalles del trabajo en Alaska que comprendería la costa del Pacífico hasta Vancouver. Viajó luego a Estambul para hablar con Bashur, provisto de fotografías del carguero, que había hecho tomar en Funchal. Al verlas, Abdul resolvió enterarse personalmente y, en caso de que le convenciera, cerrar de inmediato la compra, prevalido de la opción firmada por su amigo. Su primo estaba dispuesto a comprarle la mitad que le correspondía en el transbordador de Üsküdar y, con eso, pagaría su barco. Maqroll y Bashur viajaron juntos hasta Lisboa. De allí, el Gaviero partió a La Coruña para supervisar la reconversión de su barco en transporte de ganado. Abdul tomó el avión a Funchal.

Por una casualidad, muy común en nuestros encuentros, yo me hallaba en Santiago de Compostela, cumpliendo mi periódica visita al Apóstol, de cuya protección tengo fehacientes pruebas. Me enteré de que Maqroll estaba en La Coruña y una mañana lo llamé por teléfono al hotel donde solía parar. Quedamos en encontrarnos allá dos días después. Al día siguiente, en las horas de la tarde, me esperaba un mensaje de La Coruña pidiendo que llamase urgentemente. Lo hice de inmediato y, antes de preguntarle al Gaviero la razón de su urgencia, me dijo con una voz blanca que me sonó aterradoramente cercana:

—Abdul murió ayer en Funchal. El avión se estrelló al aterrizar. Había mal tiempo. Ignoro cuáles sean sus planes, pero me gustaría que me acompañase a recoger los restos para enviarlos a la familia.

Cuando llegamos a Funchal, el mal tiempo persistía. El pequeño Convair aterrizó sin mayor trabajo pero vibraba con el viento como una caja de fósforos. La policía del aeropuerto, advertida de antemano de nuestra llegada, nos esperaba al bajar del avión. El cuerpo de Abdul estaba reducido a cenizas, nos explicaron, y por esta razón lo habían colocado en una pequeña caja de madera. ¿Queríamos verlo? Respondimos al tiempo que no era necesario. El avión regresaba dos horas después a Lisboa. Teníamos tiempo de ir hasta la ciudad, pero el Gaviero propuso visitar más bien el sitio del accidente, en la cabecera de la pista. Nos llevaron en un jeep hasta allí. Un montón de fierros retorcidos y de restos carbonizados de láminas y tela se alzaba, informe, al borde del mar aún picado por la tormenta que acababa de pasar. Allá, al fondo, en una pequeña ensenada, descansaba la silueta del esbelto *tramp steamer*, con el casco pintado de negro y una delgada franja rojo cadmio en el borde superior. El puente y la sección de camarotes resplandecían con un blanco que se antojaba puesto el día anterior. Nos quedamos mirando largo rato esa aparición, que se nos presentaba como un indescifrable mensaje de los dioses. Camino hacia el jeep, volvimos a detenernos frente al entreverado túmulo de hierros calcinados. Escuché a Maqroll murmurar en forma apenas audible:

—Ésta sí era tu propia muerte, Jabdul, alimentada durante todos y cada uno de los días de tu vida.

No me fue dado entonces entender el sentido de sus palabras. Me llamó, sí, la atención que se dirigía a su amigo del alma con un tú que jamás usó en vida de Abdul.

En ese momento me vino a la memoria la fotografía del niño que contempla absorto con sus grandes ojos estrábicos de beduino un montón de escombros humeantes, y las nevadas montañas del Líbano al fondo. Meses después, le llevé al Gaviero esa fotografía para que la guardara consigo. Me contestó, con la misma voz blanca que escuché por teléfono en Compostela:

—Es mejor que se quede usted con ella. Yo no sé guardar nada. Todo se me va de entre las manos.

Tríptico de mar y tierra

Se reúnen aquí tres experiencias en la vida de Maqroll el Gaviero que le revelaron, cada una a su manera y en su momento, regiones del alma para él hasta entonces desconocidas y cuyo descubrimiento lo marcó para el resto de sus días. Poco solía hablar de ellas y, cuando lo hacía, buscaba prudentes vericuetos que le evitasen volver de lleno al arduo tránsito que le significaron al momento de vivirlas. Aludía a ellas con frases sibilinas, la más frecuente de las cuales era: «He cruzado al borde de abismos junto a los que la muerte es un paso de títeres». No era nuestro amigo muy dado a tornar sobre el asunto y mucho nos ha costado hallar la ocasión para saber, por boca suya o de gentes de sus afectos, en qué consistieron tales esquinas que le obligó a doblar el destino.

Cita en Bergen

Günlük islerdenmis gibi ölüm.
[Como si la muerte fuera un asunto cotidiano].

ILHAN BERK

Que esto tuviera que sucederme en Brighton es algo que quien conozca la popular estación balnearia de Sussex hubiera dado por natural y previsible. Brighton, ese lugar en donde la gente de Londres insiste en que disfruta del mar en medio de un sombrío hacinamiento de construcciones victorianas y de otras de estilo eduardiano que superan la más febril imaginación; ese lugar en donde hasta el más modesto de los bares se empeña en servirnos el whisky que justamente no nos apetecía y en donde las mujeres nos ofrecen en las calles y en el amplio y desolado malecón contra el que se bate un mar gris y helado una larga lista de caricias que, a la hora de la verdad, se convierten en la homeopática y acelerada versión de lo que un anglicano entiende por placer; en Brighton, para decirlo de una vez, en donde al llegar sabemos que nada se nos ha perdido allí, en Brighton tuve que guardar tres días de cama en una pensión de miseria. Entre la diarrea y el hastío estuve a punto de dejar allí mis huesos.

Había ido para encontrarme con Sverre Jensen, mi viejo amigo y socio de correrías de pesca en Alaska y en la costa de la Columbia Británica. Él, a su vez, se había dado cita allí con un armador retirado a causa de un grave padecimiento cardíaco y quien, de vez en cuando, nos facilitaba la manera de arrendar un barco pesquero para nuestras tareas. Desde el momento de tomar el tren en Londres, me di cuenta de que el plato de erizos que había comido en un restaurante tailandés, no lejos del Strand, tenía algunas piezas que habían perdido ya buena parte de su frescura. En la duda, y como improbable antídoto, pedí una botella de vino blanco portugués que resultó tan incierto como los erizos. Los primeros espasmos se anunciaron poco antes de llegar a Brighton. Sacando fuerzas de flaqueza me dirigí a la casa de nuestro armador y no contestó nadie a mi llamado. El lugar parecía vacío. Me dolían todas las articulaciones y mi cabeza se había convertido en una especie de campana donde retumbaban a un ritmo implacable golpes de martillo que me dejaban casi ciego y sin aliento. Un taxi me llevó a la pensión que me recomendó Jensen. Estaba situada en un sombrío callejón que tenía el poco alentador nombre de Monkeyhead Lane. La dueña, una italiana opulenta y con una incipiente sombra de bigote, me hizo llenar la ficha de registro y me entregó la llave de la habitación que estaba en el cuarto piso del inmueble. Cada escalón fue para mí un viacrucis que no parecía terminar. Al poco rato subió la matrona con una tisana amarga con irisados visos de un aceite que no intenté identificar. La autoridad de la mujer, a quien ya le había contado mi intoxicación con los erizos londinenses, me impidió oponer resistencia alguna y tragué la pócima como pude. El tratamiento duró tres días durante los cuales bebí el infernal remedio como único alimento. Cuando logré ponerme en pie y caminar un poco ya estaba curado, pero me sentía como un nonagenario que trata de aprovechar sus últimos meses de vida.

En Brighton no conocía a nadie. Años atrás, en uno de esos arranques de Ilona, que ella solía llamar *l'appel de mon sang slave*, fuimos a parar a Brighton con la intención de pasar algunas semanas del verano. Ignoro qué idea se había forjado mi malograda amiga de las maravillas del lugar, pero lo cierto es que, a las dos semanas de hacer el amor en un cuartucho donde flotaba un insoportable aroma a cocina inglesa, resolvimos partir a Trieste e instalarnos en casa de una prima de Ilona que nos acogió como si viniésemos del más desamparado lugar de la Tierra. Cuando mencioné a nuestra anfitriona lo del aroma que invadía nuestra alcoba de Brighton, Ilona comentó:

—Lo de cocina inglesa es un decir del Gaviero. Allí olía a lo que ingerían los pictos y sospecho que sus ilustres descendientes no han avanzado mucho más.

Ése era mi único recuerdo y también mi única y nada grata experiencia en el célebre balneario inglés.

Cuando aún padecía en todo el cuerpo la sensación de haber sido apaleado sin piedad, me resolví a volver a la casa del armador galés que respondía al sonoro nombre de Glanmor Conway. Esta vez salió a abrirme una joven de estudiado aspecto tímido, una de esas típicas inglesas de piel transparente y aire un tanto desmayado pero que, por dentro, son dueñas de una energía sin límites y de la más completa colección de astucias para defenderse en la vida. Todo eso, repito, protegido por una expresión de inocencia que puede engañar a quien no esté familiarizado con tan temible especie. Le dije mi nombre y pasé a explicarle que tenía una cita con Mister Conway. La muchacha me hizo pasar y me llevó a lo que debía ser el estudio del dueño de casa. Me señaló una silla invitándome a sentarme y ella lo hizo en el sillón que había frente al escritorio y que, evidentemente, era para uso exclusivo del armador. Debí poner cara de sorpresa ante lo que me pareció un curioso atrevimiento, porque Cathy, que así se llamaba la joven según me lo hizo saber cuando le mencioné mi nombre al llegar, me explicó, fijando sus ojos, de un azul apenas perceptible, en esa lejanía adonde miran siempre los simuladores natos:

—Glanmor es tío en segundo grado de mi madre y, al morir ella, me trajo a vivir con él. No tengo más parientes. Mi padre desapareció en el naufragio del *Lady Ann*, que usted seguramente recuerda.

Algo recordaba del hundimiento de ese viejo *tramp steamer* de propiedad de Conway, que se fue a pique al chocar con una mina al entrar al puerto de Aarhus en Dinamarca. De eso hacía casi veinte años, por cierto.

Cathy me informó, luego, que la orden que tenía de Glanmor era que tanto Sverre Jensen como yo nos alojásemos en su casa en espera de su regreso. Se había tenido que ausentar por algunos días para arreglar un negocio en Bristol. Conocía a Conway de muchos años atrás y, a pesar de su proverbial cordialidad, este ofrecimiento de hospedarnos en su casa me pareció algo inusitado. Sin embargo, resolví aceptarlo porque mis fondos ya casi tocaban a su fin y la estatuaria italiana de autoritarios bigotes no tenía trazas de ser persona con paciencia para entender demoras en el pago del alojamiento. Pregunté a Cathy si tenía noticias de mi amigo noruego y me repuso que ninguna, pero Glanmor le había dicho que llegaría casi a tiempo conmigo. Le expliqué que, de todas maneras, aceptaba gustoso la invitación de su tío y en un rato volvería con mis cosas. Sonrió con un gesto entre modoso y taimado que me dejó lleno de vagas inquietudes. Al regresar de la pensión con mi bolsa de marino al hombro, Cathy me llevó a una buhardilla a la que se subía por unas empinadas escaleras que me dejaron sin aliento. Entramos en una espaciosa habitación con dos camas, cada una debajo de una ventana de cremallera, un amplio armario de la época guillermina y un hacinamiento de catalejos, brújulas y objetos náuticos imposibles de identificar que estorbaban a cada paso. El baño estaba al extremo del estrecho corredor que atravesaba de un lado a otro el desván. Cathy me indicó también la habitación donde dormía, y que estaba contigua al baño. Lo hizo sin expresión particular alguna, como quien proporciona un dato de rutina. Que la sobrina viviera en los altos de la casa y al mismo tiempo usara el sillón del despacho de su tío para conversar con desconocidos fue algo que no pude compaginar en el primer momento. Regresé a mi buhardilla, puse en orden los tres o cuatro libros que siempre viajan conmigo y guardé la bolsa con la ropa en el gran armario que se quejaba como un animal cansado. Cathy desapareció sin decir palabra y tampoco la escuché descender por la escalera. Ahora entendía por qué, cuando vine por primera vez, nadie salió a abrirme. La joven debía estar encerrada en su cuarto y desde allí, de seguro, no se escuchaba el timbre de la entrada. Todo seguía pareciéndome inusitado pero sabiendo que, al tratarse de ingleses, nada debe sorprendernos, resolví tenderme en la cama para descansar un rato. El ajetreo de la mudanza me había dejado exhausto y la convalecencia de mi intoxicación se anunciaba un tanto más duradera que lo previsto.

Durante el resto del día permanecí en mi habitación. En dos ocasiones Cathy subió con una taza de té y tostadas. Era lo único que podía ingerir sin que me viniera la náusea que iba desapareciendo paulatinamente. Así me pude enterar de muchos aspectos de la vida de Glanmor Conway, no todos edificantes por cierto, y algunos más bien sombríos. Cuando Cathy llegó a la casa de su lejano pariente, no era aún una adolescente. Conway la ocupó como sirvienta en sencillos oficios que supervisaba una vieja criada del país de Gales que escasamente hablaba inglés. Cuando Cathy se convirtió en una mujer hecha y derecha, el hombre envió a la anciana a su villorrio perdido en los montes de Radnor y metió a la muchacha en su lecho, al tiempo que cargó sobre ella todos los quehaceres de la casa. Conway pasaba ya los setenta años y era profundamente desconfiado. Jamás dejaba salir a Cathy como no fuera a la tienda de ultramarinos de la esquina y llevaba estricto control del tiempo que le tomaban estas diligencias. Al parecer el viejo había abandonado poco a poco sus contactos con la muchacha y ahora sólo la usaba como sirvienta.

Dos días después de mi arribo a casa del armador, Cathy apareció una noche apenas cubierta con una sábana y se instaló a mi lado cubriéndome de caricias. Pasamos la noche juntos y la joven resultó ser más inocente de lo que yo había supuesto, si bien en cada abrazo entraba en una especie de trance en el que era muy difícil establecer el límite entre la simulación y la sinceridad. Me di perfecta cuenta de que, por ese camino, sólo lograba complicar aún más mi situación, ya de suyo bastante precaria. Cuando llegó Sverre Jensen sentí un alivio liberador. Le conté todo lo sucedido y me miró con expresión de la mayor extrañeza. Terminé la historia y se limitó a comentar con su proverbial laconismo:

—Hay algo en todo esto que no se ajusta a lo que sé de Conway. Ya veremos cuando regrese cómo se aclara todo. Lo que necesitamos es que nos facilite el barco sin mucha demora porque la temporada del atún se abre dentro de unas semanas. Por ahora, Maqroll, yo te aconsejaría que te olvides de la tal

Cathy, que trae más gatos en la barriga de los que a primera vista parece.

Antes de seguir adelante se me ocurre que sería bueno poner al lector al tanto de quién era mi buen amigo Sverre Jensen, viejo lobo de pesquerías en el Pacífico norte y hombre de un corazón cuya nobleza sólo era comparable al recio pudor con que sabía esconderla. Nos habíamos conocido en la cárcel de Kitimat, en la Columbia Británica, adonde había ido yo a parar acusado de adulterio con una joven piel roja que vivía con un polaco energúmeno, quien se convirtió en mi acusador y amenazaba con matarme. Jensen estaba allí por haber intervenido en una riña de taberna en donde resultaron muertos a puñaladas dos portugueses que nadie supo de dónde vinieron. El cuchillo con el que habían quitado la vida a los lusitanos era de propiedad de Sverre, pero éste aseguraba que, al comenzar la trifulca, se lo habían quitado de la vaina que traía asegurada en el cinturón. Dos meses compartimos la misma celda soportando un frío que, en la madrugada, nos dejaba ateridos y al borde de la congelación. Durante el largo encierro tuvimos ocasión de intercambiar nuestras experiencias y en muchas de ellas coincidieron lugares y circunstancias en forma tan curiosa que, a menudo, nos interrogamos sorprendidos de no habernos conocido antes. La inocencia de Sverre logró probarse al fin gracias a la indiscreción de un negro de Carolina del Sur a quien, en plena embriaguez, se le ocurrió comentar en una cantina la forma como había dado muerte a dos portugueses que tenían pacto con el diablo y traficaban con negros sacados de Angola con engañosas promesas de trabajo en América. Después se descubrió que el hombre no estaba en sus cabales y había cometido los homicidios en un momento de insania frenética. Yo salí casi por los mismos días al retirar sus cargos el ofendido varsoviano. Fue entonces cuando comenzamos a andar juntos Jensen y yo. Primero contratados en diferentes pesqueros como simples jaladores de redes y, luego, como dueños de nuestra propia barca pesquera de dos mástiles, que pudimos adquirir gracias a una módica herencia que recibió Sverre al morir un hermano suyo solterón, que era juez de paz en Bergen. Completé el dinero que faltaba con lo que había guardado durante el tiempo en que fuimos jaladores de redes, ahorro que me impuso Jensen conociendo mi poca o ninguna tendencia a pensar en el futuro. No es éste el momento de hacer un recuento de lo que pasamos Sverre y yo durante los años en que anduvimos juntos, empeñados en la azarosa empresa de vivir de la pesca. Ya vendrá la ocasión de volver sobre esto.

Sverre no había cambiado un ápice a pesar de los años transcurridos. Pertenecía a esa especie de escandinavos que se estacionan a mitad de su vida en un tipo físico que los acompaña hasta el último día. Su corpulenta y recia humanidad parecía haber sido armada con piezas de otros cuerpos de la misma raza pero de distinta proporción. También el rostro, alargado y huesudo, tenía esa desarmonía salvada sólo por la expresión siempre sonriente de los ojos y un aire de bondad imposible de ubicar en ninguna de sus facciones. De pocas palabras en su trato ordinario, era también capaz de cambios de humor desaforados y temibles que podían convertirlo, en un instante, en una avalancha devastadora e impredecible. No era ninguna causa física la que desencadenaba estas iras, era más bien una cierta clase de injusticia gratuita producida por la estupidez de sus semejantes. En una ocasión le vi romper una mesa de un puñetazo, como si fuese de papel, cuando el patrón de una taberna de Amberes golpeó a una de las meseras del lugar que había dejado caer la bandeja llena de jarros de cerveza. Cinco gigantes de la policía portuaria lograron controlarlo después de una lucha que dejó a tres de ellos listos para ir al hospital.

Cuando le conté a Jensen la acogida que me había dispensado Cathy, mi amigo no quedó muy convencido y, como ya lo dije, me previno contra la sobrina del galés. Como éste, pasados varios días, no daba señales de vida, resolvimos indagar con Cathy sobre el paradero real del armador. Las respuestas de la muchacha fueron de una vaguedad inquietante y Jensen se propuso investigar por su cuenta el asunto. Para acabar de complicar las cosas, la joven intentó una noche meterse en la cama de

Sverre, usando la misma desenvoltura que había aplicado conmigo. El noruego la sacó con cajas destempladas. Ya le corrían sospechas sobre las intenciones de la joven. Pasaban los días y nuestro dinero estaba llegando a su término cuando, por una casualidad inaudita, cayó en manos de Sverre un trozo de papel escrito a lápiz que apareció en las páginas de una Biblia que mi amigo, como buen protestante, leía de vez en cuando. Era una dirección en Portsmouth, prácticamente ilegible, y un número de cinco cifras que era fácil colegir que correspondía a un teléfono de esa ciudad. Resolvimos llamar desde un bar que frecuentábamos a diario y nos contestó Glanmor Conway en persona. Nuestra sorpresa no fue muy grande, ya que algo sospechábamos del famoso cuento de Bristol forjado por Cathy. Lo que supimos por boca de Conway nos acabó de ilustrar sobre el delirante infundio en el que habíamos caído, yo el primero y sin excusa posible. La casa en Brighton estaba en venta y Conway había dejado allí a su presunta parienta para que ayudase al personal de la agencia encargada de mostrar el inmueble. Con Cathy, Glanmor nos había dejado razón de comunicarnos con él, toda vez que había resuelto liquidar definitivamente su negocio y vendido las embarcaciones que aún estaban registradas a su nombre. En ningún momento había dado instrucciones para que nos alojásemos en su casa, cuyo uso y administración corrían, como era obvio, por cuenta de la agencia inmobiliaria. Sentía mucho la burla de la que habíamos sido víctimas y nos prevenía muy seriamente contra las artimañas de Cathy, que había pasado al servicio de la agencia desde el momento en que Conway abandonó Brighton. Desde luego, debíamos abandonar el sitio de inmediato, si no queríamos tener problemas con los corredores de finca raíz, que entenderían nuestra presencia allí como una flagrante violación de domicilio.

Convinimos, antes de volver a la casa de Conway, en salir de allí de inmediato sin dar explicación alguna a Cathy. La joven nos vio arreglar nuestras cosas y no abrió la boca para interrogarnos sobre nuestra partida. Cuando descendíamos la escalera gritó desde el desván:

—¡Qué par de imbéciles. Aquí hubieran podido vivir todo el tiempo que quisieran sin pagar un centavo! No entendieron nada —esto lo decía entre risas histéricas.

Regresamos a la pensión de la italiana, quien aceptó que Sverre durmiera en un sofá arrumbado en la habitación que yo había ocupado antes y sólo cargó unos pocos chelines de más. El único comentario que hizo fue:

—Dudo que vaya a caber allí. No había visto un hombre tan grande.

Jensen volvió a mirarme como preguntándose si todas las mujeres que se cruzaban ahora en nuestro camino se habían vuelto de repente un poco tocadas. Me alcé de hombros y le propuse que hiciéramos cuentas de nuestros haberes porque temía que, entre ambos, no reuníamos dinero para sostenernos por mucho tiempo. El balance era justo. Comiendo una vez al día y prescindiendo del siniestro escocés de los bares de Brighton, el dinero apenas nos alcanzaba para subsistir un par de semanas a lo sumo. Como ésta ha sido por lo común mi situación desde cuando tengo memoria, el asunto no me preocupaba en demasía. Jensen, nórdico mesurado y austero, entró en un pánico que trataba de disimular sin conseguirlo.

—¿Y ahora qué vamos a hacer, Maqroll? El viejo Conway nos hubiera arrendado el barco y adelantado algún dinero. En eso confiaba yo para seguir adelante. Te confieso que no se me ocurre nada —la voz le salía de la garganta con tono pastoso que transmitía un melancólico desánimo que no podía ser más inoportuno en ese momento.

—Para comenzar —le dije, poniendo en mis palabras un entusiasmo que en verdad no me salía muy convincente—, hay que dejar esta horrible ciudad que es la que nos ha traído todos estos descalabros. Sus edificios victorianos y los no menos ominosos del ilustre heredero no pueden sino atraer la malaventura. ¿Sabes por qué, entre otras cosas? Porque los han construido frente al mar y ésa es una afrenta que los dioses no perdonan. Todos esos rostros descoloridos y ávidos de la gente, que anda como zombie por las calles de Brighton en su deseo de olvidar el hastío londinense, nos dicen que estamos en tierra de difuntos. ¿No te das cuenta de que aquí todo es de mentira y por eso todo vuelve a ser verdadero? No hay sino la muerte vigilando las grandes bóvedas de cristales coloreados, los retorcidos hierros que tratan de repetir épocas abolidas y el rebaño de borregos que no saben a qué vinieron. Con el dinero que nos queda vámonos de aquí no importa adónde, pero vámonos.

Sverre estaba acostumbrado de tiempo atrás a mis fobias e imprecaciones y consintió en que huyéramos de inmediato. En efecto, al día siguiente nos metimos en un carguero que iba a Saint-Malo y en el que nos permitieron tender nuestras hamacas en una cabina al lado del cuarto de máquinas, en medio de un estruendo de todos los demonios y un olor a diesel que quitaba el apetito. De mí sé decir que me sentí en el paraíso sabiendo que nos alejábamos de esa siniestra pesadilla, refugio de una *middle class* que, en verdad, se muere de hambre conservando una dignidad ficticia. Dos días con sus noches duró la travesía porque tuvimos que hacer escala en Cherburgo para descargar no sé qué mercancía. He navegado en toda clase imaginable de navíos, pero nunca había surcado las aguas en un armatoste semejante al *Pamela Lansing*, nombre que sólo servía para aumentar la grotesca desventura de su aspecto. Según nos lo confesó su capitán, un irlandés que parecía haber sido rescatado a último momento del patíbulo, el barco había servido para transportar tropas a Gallípoli durante la Primera Guerra Mundial. Con esto estaba todo dicho.

Cuando descendimos en Saint-Malo, aún persistía en nuestros oídos el infernal traqueteo de las máquinas y de las planchas del casco del *Pamela Lansing*. Pero fue durante esos dos días con sus noches cuando tuve la revelación de que un sombrío presagio pendía sobre el destino de mi buen Sverre. Trataré de relatar cómo llegué a esa certeza sin que mi amigo hubiese proporcionado en forma explícita ningún dato que me permitiese acoger tan funesta certidumbre. Desde cuando nos encontramos en Brighton percibí en él, por debajo de su cordial acogida, un cierto cansancio, algo como un despego de los asuntos y trabajos que antes absorbían la totalidad de su mesurado entusiasmo. Por otra parte, era evidente que la causa de esta condición no era física; estaba tan rebosante de salud y vigor como antes. Provenía de algún rincón del alma desde el cual emanaba una substancia tóxica que lo distanciaba paulatinamente de las cosas del mundo. Como sabía que sus convicciones religiosas se concretaban a cumplir rutinariamente con algunos preceptos de su fe protestante, no atribuí el estado de Sverre a problemas nacidos de sus relaciones con su conciencia. Traté en varias oportunidades de acercarme con la mayor discreción al tema que me preocupaba y Jensen rehuía indefectiblemente cualquier confidencia. Su esposa había muerto hacía muchos años a causa de un prolongado cáncer que la hizo sufrir cruelmente sin que jamás profiriera la menor queja. Sverre estuvo a su lado con un amor y una dedicación conmovedoras. No tuvieron hijos y el noruego volvió a sus largas incursiones pesqueras sin pensar jamás en volver a casarse. Yo le conocía en algunos puertos amigas con las que conservaba una relación, si no amorosa, sí teñida de una cordialidad divertida y siempre dentro de un tono regocijado hasta donde su flema escandinava se lo permitía. Era bien característico de tan particular sentido del humor el que a todas les decía por un nombre diferente al que tenían. Recuerdo, por ejemplo, a una Florence a la que insistía en llamar Rosalie y se empeñaba en que había nacido en Grenoble, cuando en verdad era de Seattle y no hablaba una palabra de francés. Las cosas se complicaban cuando se presentaba una diferencia más radical: a una negra de Martinica que lo mimaba en extremo, se divertía mucho con él y festejaba su arribo con mil muestras de cariño, se empeñó en llamarla Yukio San, lo que suponía dos absurdos intolerables ya que el tratamiento de san en este caso no era admisible.

Otra de las constantes del carácter de mi amigo era lo que pudiera llamarse su convenio con Dios. No era hombre de costumbres religiosas regulares ni arraigadas, pero siempre que se evocaba frente a él al Ser Supremo, ya fuera en el curso de alguna maniobra marinera arriesgada o ya en medio de algún negocio que se entorpecía en su curso por cualquier motivo, Sverre hacía un enfático gesto con la mano como para separar algo muy delicado que estuviese a su vera y repetía, en cada ocasión, la misma frase: «A éste lo dejamos aparte por ahora. Ya tiene bastantes problemas en que ocuparse». Me llamaba la atención que lo decía con la mayor seriedad y sin ánimo de pronunciar una frase divertida y, menos aún, sentenciosa. Hablaba en ese momento con el mismo tono con el que hubiera dicho «Bájale velocidad al motor izquierdo» o «No hay que forzar el cabrestante hasta ese punto. ¿No ven que está recalentado?». Lo que siempre me pareció notable era que nadie, que yo recuerde, se atrevió a replicar a Sverre cuando ponía a Dios al margen de cotidianas tareas, ni tampoco a responderle con un argumento de la más elemental teología, que hubiera podido ocurrírsele a tanto hijo de pastor dedicado a las tareas del mar como suele haber por los lugares que frecuentábamos en nuestras temporadas de pesca.

Podría ahora traer a cuento muchos otros aspectos curiosos de la personalidad de mi compañero de tantos años, pero ya habrá oportunidad, espero, de mencionar algunos de ellos en el curso de esta historia. Por ahora sólo me resta decir que era uno de los hombres más pulcros en el cuidado de su persona y que sabía, en medio de las faenas de su oficio de marino, conservar impecable su indumentaria que era siempre de una sencillez ajena a toda afectación y, sin embargo, con un acento de elegancia muy particular. Cuando llegábamos a puerto y era preciso renovar algunas prendas de nuestro vestuario, era de verlo en los almacenes especializados en ropa marinera, escoger minuciosamente una camisa o un pantalón entre los muchos que le ofrecía el dependiente. El resultado de tan larga selección era siempre una prenda de color y corte inobjetables pero nunca vistosa. Lo primero que me intrigó a su llegada a Brighton fue precisamente que, sin parecer descuidado, se notaba en su atuendo cierta falta de esa notoria vigilancia a la que solía someterse Sverre, a quien, en momentos de expansión, yo llamaba afectuosamente el «Beau de la Régence».

Al comienzo no le hice mayor caso al asunto, pero en el viaje a la costa de Bretaña pude constatar que esa indiferencia iba pareja con ciertas reflexiones que dejaba caer cuando menos se esperaban, cargadas de una vaga lejanía, un irse marginando de las cosas del mundo que acabaron por preocuparme. Recuerdo muy bien uno de esos diálogos, el primero tal vez, que me produjo un toque de alarma. Hablábamos de nuestras incursiones pesqueras por el archipiélago Alexander y del poco provecho que sacamos después de penurias sin cuento y de quemar un motor diesel luchando contra los hielos.

—Ya volveremos —comenté a guisa de consuelo— en una época más propicia. En esa zona hay buena pesca y lo sabemos de tiempo atrás.

—No creo que vuelva ni a las Alexander ni a parte alguna en donde tenga que pasar por lo que pasamos entonces —repuso Sverre con firmeza que despertó mi curiosidad.

—Bueno, a las Alexander o a otra región menos dura. No se trata de matarse trabajando para apenas sacar los gastos —añadí.

—No hay necesidad de matarse por ese camino. No hablo de eso. Morir es un pacto que hacemos con nosotros mismos. Lo importante es saber cuándo y cómo se cumple y estar seguro de que se trata de un viaje sin regreso —Sverre hablaba con serenidad, casi diría con indiferencia. Pero era obvio que ya no estábamos en el tema de nuestras empresas pesqueras y que la conversación tomaba otro rumbo.

—Es curioso lo que dices —comenté—. Porque el pacto ya lo tengo hecho hace mucho tiempo, pero no creo que valga la pena hablar del asunto. Esas cosas dichas así, en voz alta, toman un cierto tufo melodramático.

—Tienes razón, pero sí creo que hay un momento en el cual es de obligada lealtad avisar a quienes nos interesan que ha llegado el momento de salir del juego.

—En eso, Sverre, estoy totalmente de acuerdo. No se trata tanto de despedirse como de advertir lealmente que no hay que contar ya con nosotros. Pero no sé por qué estamos hablando de esto —subrayé, con la intención de descubrir hasta dónde se proponía ir mi amigo.

Sverre se quedó un momento pensativo y luego volvió a mirarme con sus ojos de un azul plomizo que habían perdido en ese instante toda transparencia. Era una mirada con la que deseaba a todas luces decir más que lo que expresaban sus palabras.

—Si con alguien en la vida debo hablar de esto es contigo —se limitó a decirme—. Por ahora olvidemos el asunto, pero que quede muy claro que eres el único que sabrá cómo y cuándo habré resuelto despedirme de este mundo de mierda y de sus no menos inmundos pobladores —sin decir más se dedicó a la ardua labor de cargar su pipa y de mirar hacia la costa bretona que siempre le producía una especie de encantamiento singular.

No era la primera vez que escuchaba a Sverre juzgar a sus congéneres en forma tan tajante. No era hombre proclive a la desconfianza pero tampoco a las amistades improvisadas ni a espontáneos entusiasmos. «No somos los hombres lo mejor que hay en la Tierra», me dijo un día en que tuvimos que sacrificar a un magnífico ejemplar de perro labrador que se había enfermado a bordo. La frase me quedó grabada como un aviso y un síntoma. Pero quien concluyera que el noruego era un alma amargada y rencorosa, se equivocaba del todo. Era indulgente y su paciencia tenía limites más que amplios. Simplemente, nuestra especie, como tal, no le producía interés alguno y su simpatía por ella, de existir, era puramente hija del razonamiento y nunca de un espontáneo sentido humanitario. En verdad no es fácil llegar al fondo de un ser con tales convicciones y sólo con el trato continuo y estrecho logré conciliar extremos tan opuestos.

Cuando desembarcamos en Saint-Malo caímos en la cuenta de que apenas nos quedaba dinero para vivir allí. Nos dedicamos algunos días a buscar trabajo, tarea que se dificultaba en extremo debido a nuestra falta del famoso *permis de séjour*, sin el cual es impensable ganar un salario en Francia. Quien primero logró ingeniarse la manera de burlar a las autoridades y conseguir unos francos para poder ir tirando en espera de una solución providencial fue Sverre. Comenzó descargando en los muelles un barco noruego como si perteneciese a la tripulación y, luego, siguió haciendo turnos de noche como reemplazante de cargadores ausentes por enfermedad u otras causas. Una parte del salario iba, como es obvio, al bolsillo de un capataz que se hacía el de la vista gorda. Habíamos conseguido un cuarto en una pensión de la Rue de la Soif, en medio del bullicio de bares y cantinas y de las riñas que se sucedían la noche entera entre gritos e insultos en todos los idiomas de la Tierra. Jensen dormía durante el día mientras yo recorría discretamente cafés y restaurantes baratos en busca de alguna cara conocida. Lo que nunca pude sospechar era que la solución, al menos transitoria, estaba justamente al lado nuestro. Puerta de por medio había un cabaret que anunciaba los inevitables números de *striptease* y un horario de licores *happy hours* que iba de las cuatro de la tarde hasta las ocho de la noche. No sé qué me llevó una tarde a entrar al más bien sórdido lugar que llevaba el atrevido nombre de Floating Paradise. Me acerco a la barra para pedir una cerveza y me encuentro de manos a boca con Leb Mason. Hacía mucho tiempo que no nos veíamos. La última vez fue en Tánger, una noche memorable durante la cual planeamos, con la ayuda de un feroz cognac falsificado, una operación de trata de blancas de las costas del Caribe destinada a surtir los prostíbulos de Marruecos y Túnez. Al día siguiente, las autoridades de inmigración invitaron con cierta premura a Leb para que abandonara el puerto, cosa que tuvo que hacer de inmediato sin tener tiempo siquiera de avisarme de su partida. Luego supe que era requerido al menos en tres países por delitos que iban desde el contrabando de armas hasta la falsificación de documentos comerciales para evadir impuestos. Leb era de nacionalidad belga, hijo de una pareja de judíos radicados en Amberes desde comienzos de siglo. Entre los muchos incidentes de su atropellada vida, el único que se negaba a relatar con detalle era su participación en la lucha de los neosionistas de Jabotinski en Palestina. Yo sé esta historia a fondo y les aseguro que supera la más intrincada ficción que pueda imaginarse. Mason hablaba de Jabotinski como de un amigo personal. Sin duda lo conocía pero no, desde luego, con la cercanía de la que se ufanaba en las raras ocasiones en las que le escuché contar sus experiencias de terrorista en Haifa y en otros puertos del Mediterráneo oriental. Seguir luego las huellas de Leb Mason daría para un volumen de muchas páginas, catálogo de las más arriesgadas maniobras destinadas a burlar la ley y a sorprender a los incautos de los cinco continentes y los mares que los bañan.

Nos encontramos varias veces en el curso de esos años, pero jamás emprendimos juntos negocio alguno. Leb tenía la facultad especial de enfrentar sus designios desorbitados con dinamita y armas de alto poder y nunca ha sido ése mi camino. Hay, en esa clase de seres, una especie de voluntad de muerte, de insensato desafío sin salida, que tiene mucho de autoliquidación. Si bien es cierto que en mis andanzas he estado más de una vez en peligro de perecer, jamás he sentido prisa por desembocar en la nada que, de todos modos, en alguna esquina me está esperando. Sucede que prefiero dejarla allá, en esa esquina, que estarla provocando a cada instante para apresurar su aparición. Lo que es frecuente en seres como Leb es un ánimo generoso y una especie de bondad bestial y desmedida. Pero, como también sucede con muchos de ellos, Leb terminó por buscar un rincón apacible y mediocre en donde acabar sus días. Los verdaderos héroes del desespero y la furia se dan una vez cada siglo. Son los que logran alcanzar una suerte de grandeza mítica y ocupan en la historia un lugar excepcional y trágico que les confiere una permanencia de arquetipos del exasperado heroísmo sin salida.

Ya me había topado con Leb en Martinica vendiendo aparatos eléctricos en la tienda de un hindú paralítico que andaba por todo el almacén en silla de ruedas, refunfuñando en parsi instrucciones y regaños que caían sobre las hercúleas espaldas del antiguo militante del neosionismo sin jamás conseguir inmutarlo. Luego me lo vine a encontrar en un rincón desastrado que, bajo el reluciente nombre de La Plata, agonizaba a orillas de un gran río que iba a desembocar en el mar de las Antillas. Consistía en un puñado de casuchas infectas y un siniestro cuartel del ejército en donde, allí sí, estuve muy cerca de dejar la piel. Leb venía en un barco de rueda que seguía haciendo el tráfico desde el interior del país hasta el puerto floreciente que acogía toda la riqueza del macizo andino. De su porte marcial y su andar firme a grandes zancadas de mercenario no quedaba sino un montón de huesos comido por la fiebre y el hambre. Sólo conservaba, allá en el fondo de sus ojos de un verde casi fosforescente, ese brillo letal, esa incandescencia de los que regresan de sembrar la muerte a su alrededor y de tener con ella tratos que los marcan para siempre. En el barco trabajaba en la cocina lavando platos y, en la noche, atendía en la cubierta la improvisada barra de un bar sirviendo un ron intomable y un aguardiente de anís que disolvía los sesos. Le conté que andaba allí en tratos para subir en mula a la cordillera una mercancía más que dudosa y él se concretó a prevenirme:

—No se meta en eso. Sospecho de qué se trata y ésos no son sus terrenos. Yo sé lo que le digo.

Si le hubiese hecho caso, no habría pasado por las pruebas que me esperaban y que me dejaron el miedo sembrado en las entrañas para siempre.

Y ahora, allí, en Saint-Malo, al lado mismo del cuartucho que compartía con el buen Sverre, vengo a tropezarme con Leb Mason, detrás de la barra de un bar iluminado con chillones colores de neón, en medio de una incongruente teoría de botellas, vasos y fotografías a todo color de mujeres desnudas en poses que querían ser sensuales y sólo conseguían ser de una tontería desarmante.

—Pero, Maqroll, ¿qué diablos hace aquí? Acaba de desembarcar seguramente. Tengo un buen scotch para clientes muy especiales. De pura malta. Le brindo uno ahora mismo para celebrar este encuentro.

Para mi sorpresa el whisky era de primera calidad y valía la pena saborearlo mientras nos contábamos, sin orden ni concierto, nuestras correrías. Cuando supo que hacía varias semanas vivía al lado con un amigo noruego, no pudo creerlo. Le conté nuestra frustrada tentativa en Brighton para reanudar actividades.

—¿En Brighton? —comentó sorprendido—. Es el último sitio en donde hubiera podido imaginar que pisara el asfalto.

Le quedaba de sus días de niñez en la sinagoga ese lenguaje a menudo florido y rebuscado que su pueblo conserva como nostalgia de la tierra donde lo instaló Jehová. Al segundo whisky le conté que andaba en las últimas y no tenía perspectiva alguna de encontrar trabajo. De inmediato me ofreció dinero para que fuera pasando. No se lo quise aceptar. Intenté saber primero cuál era su situación y en qué pasos andaba. Me lo explicó en pocas frases. Vivía con la dueña del lugar, una judía nacida en Niza cuyo marido había muerto luchando en el frente de Aragón en las brigadas internacionales. Leb había sido en su juventud amigo del esposo, del que lo separaban las convicciones políticas pero por quien guardaba una calurosa simpatía. La viuda supo abrirse paso en la vida y reunir algún dinero que le permitió comprar el Floating Paradise con todo y su nombre intransitable. Allí había ido a parar Leb por una de esas casualidades que no son tales, sino que pertenecen a la vasta e intrincada red de caminos que nos está impuesta desde siempre. Pasó a informarme cómo era el funcionamiento del lugar en donde el *striptease* —harto improvisado y elemental, por cierto— era un pretexto para atraer marinos de paso por el venerable puerto bretón que fuera cuna de los temibles filibusteros, a veces al servicio de su muy cristiana majestad y otras al de su propia bolsa, siempre huera de escrúpulos, como es obvio. En el Floating Paradise las tripulaciones de los cargueros que, en su gran mayoría, venían de Inglaterra y de Holanda, tenían oportunidad de pasar un buen rato, tomarse unas copas y llevarse una más que complaciente mujer a la cama. La muchacha, desde luego, estaba obligada a dejar una parte del dinero en la caja del cabaret.

En esto entró al salón una mujer opulenta y sonriente que sabía llevar sus sesenta cumplidos con un garbo y una autoridad en verdad imponentes. Los párpados encapotados y la barbilla generosa no lograban disimular su infalible instinto para juzgar situaciones y personas heredado tras varios milenios de diáspora. Leb nos presentó y de inmediato se creó entre nosotros una corriente de simpatía indiscutible. Se llamaba Denise, pero algo me hizo pensar que ése no era su nombre de pila. Se sentó en un banquillo al lado del mío y pidió a Leb que le sirviera lo mismo que yo estaba tomando.

—Bueno —comentó mientras no me quitaba los ojos de encima, con una curiosidad que hubiera parecido infantil si no se tratara de tan imponente matrona—, así que por fin tengo la suerte de conocer al legendario Gaviero del que he escuchado tantas historias.

—Leb exagera —aclaré prudente—. Comparada con la suya mi vida ha sido más bien sosegada y formal.

—Si sólo supiera de usted por Leb, tal vez estaríamos de acuerdo. Pero he recibido noticias suyas por otros conductos y creo que la vida de ustedes dos podría compararse si eliminamos la dinamita y las Uzi que enloquecieron a éste por tantos años.

Era evidente que la mujer sabía lo suyo sobre mí, pero en ese momento no estaba yo de humor para seguir averiguando por sus fuentes de información. Preferí concretarme al presente, ya de suyo bastante incierto, al menos en mi caso. Volví a mencionar a Sverre Jensen y, de paso, hablé de su trabajo en los muelles.

—Debe abandonar eso hoy mismo. Es muy peligroso —dijo Denise en un tono que no dejaba lugar a dudas—. Ya veremos qué se hace con él. Por ahora usted va a estar en la noche con Leb en el bar. La tarea está resultando un poco dura para él solo. Con su amigo noruego ya veremos qué se hace. No se preocupen por el pago del alquiler del cuarto. Esa casa es mía y esos cuartos sirven para lo que ya se habrá dado cuenta.

En efecto, el movimiento de parejas en la noche era bastante notorio, pero no lo había relacionado con la existencia del club nocturno aledaño. Recordé también que el portero, un anciano nonagenario con blancos bigotes de foca, que andaba siempre apoyado en un bastón de pastor alpino que temblaba constantemente, dando la sensación de que el hombre se iba a derrumbar de un momento a otro, me había mencionado en dos ocasiones a la dueña de la casa. Hablaba de ella como de alguien que no toleraba retrasos ni pretextos en el pago semanal. Cuando se lo mencioné a Denise, me contestó con la mayor naturalidad:

—Sí, es mi padre. Ya va a llegar a los cien años. Le falta poco. Pero no quiere quedarse tranquilo en casa y se distrae atendiendo a la clientela y discutiendo todo el tiempo por cualquier motivo. Eso lo mantiene alerta.

Pensé en la sorpresa que le esperaba a Sverre cuando se despertara para ir al trabajo. La misma Denise fue a decir a su padre que cuando descendiera el huésped del número tres, le dijera que lo esperábamos en el bar de al lado y que por ningún motivo se fuera sin pasar a vernos. Una nueva botella de whisky de malta vino a reemplazar la que ya habíamos terminado y seguimos los tres tratando de aportar piezas al complicado rompecabezas de un pasado irremediable.

Jensen apareció hacia las ocho de la noche con su corpulenta humanidad y su cara huesuda de *viking* apaleado en donde aún quedaban restos de un sueño que se resistía a partir. Yo estaba ya al otro lado del bar y comenzaba a servir a los primeros parroquianos. Leb me susurraba instrucciones sobre el lugar de los vasos adecuados en cada caso y las botellas que servían para atender las órdenes de los clientes. Era evidente que algunas estaban destinadas a clientes especiales y así lo aprendí de inmediato. Denise seguía en la barra de espaldas a nosotros controlando la llegada de las primeras mujeres que la saludaban con un leve movimiento de cabeza e iban a sentarse en las mesas que la costumbre les había asignado. Sverre se me quedó mirando sin mostrar la menor sorpresa sino, más bien, como si estuviera asistiendo a algo que había previsto de antemano y que veía cumplirse con toda naturalidad. Le presenté a los dueños del lugar y en pocas palabras lo puse en antecedentes de mi relación con Leb.

—Antes de ir al muelle mucho me gustaría compartir con ustedes una copa de lo que están tomando —acababa de olfatear mi vaso dando muestras de una aprobación sin reservas.

—Usted no va a ir a ningún muelle, amigo. Le invito a quedarse aquí para liquidar esta botella de *malt* que los estaba esperando hace muchos meses.

A estas palabras de la dueña Sverre no supo qué contestar y se quedó mirándola extrañado de tanta autoridad en relación tan reciente.

—Y quién va a pagar el cuarto si yo no trabajo. A no ser que Maqroll, detrás de esa barra, gane lo que me dan en los muelles. Pero no creo en tales maravillas —Sverre se hallaba perdido en una confusión que torturaba su flema.

Le hice señas de que ya hablaríamos y que obedeciera a nuestra amiga. Ésta vino en mi auxilio para dar por terminado el asunto:

—Mire, Jensen. Usted no sabe a lo que se está arriesgando al trabajar en los muelles en esas condiciones. El sindicato aquí no se anda en contemplaciones y una madrugada lo van a encontrar flotando en la bahía con un gancho atravesado en el pecho.

Sverre tomó las palabras de la dueña con una conformidad que me dejó intrigado. Se tomó su scotch de malta saboreándolo lentamente y se sirvió otro sin siquiera volver a mirarnos. Pasamos largo rato en silencio y Denise partió para ordenar no sé qué cosa a un par de muchachas que acababan de instalarse en una mesa cerca de la entrada. Leb miraba de vez en cuando de reojo a Sverre y volvía los ojos hacia mí haciendo un gesto que quería indicar una cierta simpatía frente a la callada actitud de mi amigo. Por fin éste volvió a mirarnos como saliendo de un sueño profundo y habló en voz apagada pero firme:

—Todo esto lo vi venir desde hace mucho tiempo. Ya lo sé: se acabaron nuestras expediciones pesqueras en el Pacífico norte, se acabó el mar y se acabó también la perpetua lucha contra los elementos que siempre terminan por tener la razón. Y ¿saben una cosa? Hace rato también he caído en la cuenta de que nunca me gustó ese oficio y de que el mar es un enemigo monótono, terco y cruel, con el que jamás hubiéramos debido tener ninguna relación. Maqroll ha entendido eso muy bien y, de vez en cuando, se interna en la tierra aunque sea para cambiar de esclavitud y vérselas con otros demonios. En el fondo es lo mismo, ya lo sé, pero por lo menos le queda el recurso de no dejarse moler por una rutina infame que siempre da la espalda y para la que somos apenas una brizna de polvo desdeñable e intrusa. Por ahora, aquí me quedo. Ya veremos después. Pero al mar nunca más, ¿lo oye bien, Maqroll? Nunca más. Gracias, Leb, y gracias también a Denise. No me han abierto los ojos, precisamente. Ya los tenía abiertos. Lo que han hecho es iluminar el escenario. Ya vi claro. Salud.

De un solo trago apuró la copa que acababa de servirse. Su rostro no indicaba la menor tensión, la menor ansiedad. Estaba instalado en esa serenidad a la que debían tornar sus abuelos después de las feroces incursiones en el continente. Daba la impresión de haber conquistado un orden del cual ya no saldría jamás. En sus ojos titilaba de vez en cuando una lucecilla que indicaba el terrible poder de las fuerzas que en su alma iban ocupando su lugar después de años de enconada rebelión sin alivio.

Sverre no volvió, desde luego, a los muelles y pasaba buena parte del día sentado en el borde de las murallas que cercan la ciudad vieja, mirando al mar y vigilando la subida de la marea cada tarde como si se tratase de una operación novedosa de la que dependiera su destino. No me molesté en explicarle que, al final de una pequeña península, en un promontorio que al caer el día quedaba separado de la tierra como si fuese una isla, estaba enterrado uno de los escritores que más me han acompañado: Chateaubriand. A él eso no le diría nada y todas las dudas y perplejidades, tempestuosas convicciones y pasiones del vizconde lo hubieran dejado indiferente.

En la noche se reunía con nosotros en el Floating Paradise y tomaba uno tras otro, lentamente, varios vasos de ron. El whisky de malta se había terminado muy pronto y nos pasamos al ron para no gravitar sobre las escasas ganancias de Leb y Denise. Aquél se interesaba mucho en Sverre y vigilaba sus reacciones con una mezcla de afecto y de inquietud. Se hicieron buenos amigos pero apenas se comunicaban entre sí. Yo seguía ayudando a servir en el bar, lavaba los vasos y mantenía listo el hielo y algunos otros elementos indispensables para preparar de vez en cuando los cocteles que raros clientes ordenaban. Cada vez que insistía con la pareja en tomar alguna determinación respecto a nuestro inmediato futuro, al unísono ordenaban que olvidase el asunto y dejara que corrieran los días sin presionar al destino.

—Por el cuarto no se inquieten, por favor —explicaba Denise—. Si alguna vez se necesita, sencillamente les pido la llave y se ocupa mientras ustedes esperan aquí abajo. Todo vendrá en su momento, no hay prisa.

No sé si ella era consciente de cuánta razón había en sus palabras. Una noche, pocas semanas después de que dejara los muelles, Jensen nos comunicó impertérrito:

—Con el dinero que me queda puedo pagarme un pasaje a Bergen. Voy a tomar el primer carguero que pase por aquí en esa dirección. En Bergen me albergaré en el Refugio del Marino y desde allí les enviaré mis noticias —siguió tomando su ron con minuciosa lentitud, la mirada perdida en los espejos que repetían la abigarrada colección de botellas de todos los colores.

Lo había anunciado con tal convicción que ninguno de nosotros se atrevió a hacer ningún comentario. Denise partió moviendo la cabeza para indicar que el asunto no tenía remedio y fue a sentarse en una mesa donde esperaban dos esbeltas morenas recién venidas del África ecuatorial. Leb y yo limpiábamos los vasos con gestos automáticos y nos quedamos un buen rato en silencio. Cuando Sverre se despidió para subir a acostarse, Leb me comentó en voz baja:

—A nuestro amigo se le ha terminado el combustible. Quiero decir que ya no le quedan razones para seguir nadando contra la corriente, que es lo que usted y yo seguimos haciendo, sepa el demonio cómo y por qué. He hecho saltar la tierra en las cuatro esquinas del mundo y es mucho el plomo que he sembrado en cuerpos anónimos que, en el fondo, me eran indiferentes. Yo sé cuándo se agota el combustible y se empieza a vivir como flotando sobre el abismo. Usted y yo seguimos jalando como si nada. Para otros es, sencillamente, el final del viaje.

No había nada que comentar a sus palabras, que resumían muy justamente nuestra situación y la de Jensen.

Pocos días después pasó un carguero que venía de la costa del Cantábrico e iba a parar en Bergen antes de cruzar el Atlántico hacia Montreal. Sverre se despidió de Leb y de Denise con un apretón de manos y sin pronunciar palabra. En la puerta del establecimiento volvió a mirarlos y les dijo con una gran sonrisa y un amplio gesto de adiós:

—Gracias, gracias por todo. No los olvidaré.

Lo llevé hasta el barco y, al pie de la escalerilla, se quedó mirándome como si me viera por primera vez y me estrechó en sus brazos calurosamente. Farfulló algunas palabras incomprensibles y subió a pasos lentos, casi majestuosos, sin volver a mirarme. Le vi perderse en uno de los pasillos del puente con su mochila de marino a las espaldas.

Viví dos meses en Saint-Malo, ayudando a Leb y conversando largamente con Denise cuya probada sabiduría solía, de vez en cuando, dejarme perplejo. Una noche en que salí para comprar unas botellas de ginebra en un pequeño supermercado que abría toda la noche, se armó en el cabaret una trifulca entre marinos. Cuando entré ya había llegado la policía y se había llevado a los más rijosos. Recostado en la barra estaba Vincas Blekaitis restañándose con un pañuelo la sangre que le salía de una herida en el pómulo izquierdo. Me acerqué a él para tratar de ayudarlo, y lo único que se le ocurrió comentar fue:

—Te perdiste esta vez de una buena, Gaviero. No logré meter a mi gente en orden y tres de ellos van a parar seguramente a la cárcel por un tiempo. Hubo dos heridos graves. ¿Y tú que infiernos haces aquí?

Vincas, como se sabe, fue capitán de varios cargueros que nos habían pertenecido a Abdul Bashur y a mí. Era un lituano con una experiencia marinera como he conocido pocas. Le expliqué cuál era mi situación y le presenté a Denise y a Leb que miraban la escena intrigados. Denise se llevó a Vincas a una pequeña oficina instalada detrás del bar y allí le curó la herida y le puso un vendaje. El lituano regresó para apurar, uno tras otro, varios vasos de vodka. Venía conduciendo un carguero que hacía cabotaje desde Lisboa hasta Hamburgo. Los dueños eran unos armadores portugueses que habían contratado a Vincas hacía dos años y se mostraban muy complacidos con sus servicios.

Blekaitis me invitó a que subiera con él al barco y allí me propuso un trabajo a su lado sin funciones muy específicas. Acepté complacido y regresé para despedirme de mis amigos.

—Como pasará por aquí cada vez que suban hasta Hamburgo, le veremos siempre. No le insisto en que se quede porque sé que no tiene remedio. Vaya con bien y vuelva pronto —esas palabras de Denise iban acompañadas de sonoros besos en las mejillas, mientras algunas lágrimas le asomaban a los ojos. Leb me echó la mano en el hombro y me acompañó hasta la puerta del cabaret. Allí se despidió con un sordo *shalom ve lehitraot* y regresó sin decir más.

Los años que duró mi trabajo con Blekaitis antecedieron de inmediato a mi instalación en Pollensa como celador de unos astilleros abandonados en las afueras del puerto. Durante mis primeras semanas con Vincas no pude quitarme de la mente el recuerdo de Sverre Jensen. Mi amistad con él tenía una característica particular: estaba directa y exclusivamente relacionada con nuestra vida en el mar. Esta relación era muy estrecha, siempre cordial y basada en un mutuo entendimiento de nuestras a menudo opuestas maneras de entender la vida y las relaciones con nuestros semejantes. En tierra, nuestro diálogo se iba marchitando, sin que por ello se afectara nuestra amistad. Era como si fuera del mar cada uno tomara su camino en dirección inversa, quedando intacto el afecto que volvía a resurgir en el momento en que tornábamos a navegar juntos. En los largos períodos durante los cuales nos quedábamos en tierra, Jensen solía refugiarse en algún puerto de su patria y yo emprendía mis acostumbradas correrías buscando un pretexto para ocupar esa ansiedad trashumante que ha signado mis días desde que tengo recuerdo de ellos.

Las palabras con las que se había despedido Jensen en Saint-Malo me dejaron un sabor desolado y amargo, una aciaga premonición. Mis temores no tardaron en confirmarse. No se habían cumplido seis meses desde nuestra separación, cuando nuestro barco se detuvo en Saint-Malo para hacerle al motor unas reparaciones que prolongasen un poco más su hoja de servicios. Lo primero que hice al desembarcar fue ir a saludar a los propietarios del Floating Paradise. Después de los abrazos maternales de Denise, Leb me alargó un sobre dirigido a mi nombre con estampillas de Noruega y matasellos de Bergen. Su rostro inexpresivo y gris no anunciaba nada bueno. Guardé la carta en un bolsillo de mi chaqueta y Leb me dijo con voz apagada:

—Es mejor que la lea ahora. Entre en la oficina, allí estará tranquilo y a solas.

Fui a encerrarme en el pequeño cubículo que ellos llamaban su oficina. La carta de Sverre estaba escrita en inglés. Era el idioma que usábamos entre nosotros. Reconocí su caligrafía neta y severa que debió aprender en sus años de escuela y que jamás abandonó. Transcribo el texto tratando de conservar el estilo directo y casi telegráfico tras el cual se ocultaba un adiós sin retorno y su lancinante congoja. Decía así:

«Mi querido Gaviero:

He resuelto quitarme la vida. A nadie le explicaría los motivos de esta decisión que, por lo demás, creo que a nadie pueda interesar, de no existir usted a quien he considerado siempre mi mejor y —¿por qué no aceptarlo?— mi único amigo. El suicidio es algo en lo que he pensado desde hace muchos años. Ya en mi adolescencia fantaseaba mucho con la idea. Es evidente que la vida en el mar, que es la única que concebía como posible, se ha acabado para mí. Ya hemos hablado de esto en innumerables ocasiones. Usted tiene la facultad de adaptarse, por un tiempo al menos, a la vida en tierra. Si bien es cierto que siempre acaba buscando la costa y subiéndose al primer barco que lo recoja. Yo nunca lo he logrado. En tierra me sobra el tiempo y me va ganando un hastío que acaba paralizándome. Pero en verdad no es ésta la razón principal de mi suicidio. Aunque tuviese de nuevo la oportunidad de navegar, me doy cuenta de que he ido acumulando de tiempo atrás algo que no se me ocurre definir mejor que como un fastidio de estar vivo, de tener que escoger entre esto y lo otro, de escuchar a la gente a mi alrededor hablando de cosas que en el fondo, o no les interesan o no las conocen de verdad. La necedad de nuestros semejantes no tiene límite, Gaviero querido. Si no sonara absurdo, yo le diría que me voy porque no soporto más el ruido que hacen los vivos. Usted es el único en entender lo que estoy diciendo. Nunca hemos hablado de nuestra amistad, entre otras cosas porque desde el primer viaje que hicimos juntos —¿recuerda esa pesquería por Tierra del Fuego, nuestro desastroso final en Puerto Aysén y el inglés que usted tuvo que matar de tres tiros porque se quería quedar con todo y dejarnos allí tirados con la ropa que llevábamos?— creo que supimos comunicarnos sin tener que acudir a las palabras. Es claro que las cosas que en verdad nos conciernen y determinan nuestro destino no son para ser habladas. Tampoco ahora las palabras van a servir de mucho para despedirme. Despedida algo relativa porque mientras usted viva sé que, de vez en cuando, se acordará del viejo Sverre y de los peligros, ansiedades, fracasos y éxitos fugaces que compartimos en casi todos los mares del mundo. ¿Quiere saber cuándo me di cuenta de que ese vago coqueteo con el suicidio tomaba una forma concreta e inmodificable? Una noche en Vancouver, en la taberna de Cass Montagüe, cuando, después de romper toda la cristalería del bar y no sé cuántas sillas y de haber hecho desocupar el local, nos sentamos uno frente al otro mientras Cass se jalaba los pocos pelos que le quedaban y no entendía nada de lo sucedido. Usted se me quedó mirando y me dijo, con una seriedad que conozco muy bien y que guarda para pocas ocasiones y personas: "Jensen, si fuéramos consecuentes con lo que sentimos allá en el fondo sobre todo esto, sobre la vida, pues, tendríamos que pegarnos ahora mismo un tiro. No será así. Mañana subiremos de nuevo al barco en busca de un atún que, finalmente, de nada nos ha de servir porque no es por ahí por donde se arreglan estas cosas". Se quedó en silencio hasta cuando vino la policía y nos encerraron cuatro días en la cárcel. Los abogados se llevaron todo lo que habíamos ganado en la última pesca. Yo no estaba tan borracho como usted y esas palabras me quedaron grabadas hasta hoy cuando he resuelto hacerlas mías y partir.

»Sería necio echar sobre sus hombros responsabilidad alguna. Si le cuento esto es porque, desde mucho antes de escuchar su sentencia en Vancouver, había tomado ya, allá en el fondo, la determinación de no aguantar sino hasta cierto límite, incierto, tal vez, respecto al momento propicio, pero, totalmente fundado y definitivo. También quiero decirle que quien acabó por aclararme las pocas razones aún no evidentes y que yacían escondidas en algún rincón del alma, agazapadas y listas a saltar a la superficie, fue su amigo Leb. Nunca hablamos de esto él y yo pero sé que desde el primer instante en que nos vimos, Leb supo que yo iba por este camino. Denise, su mujer, también lo supo. Le repito, y usted lo sabe mejor que nadie, esas cosas no se hablan.

»Bueno, Maqroll de todos los demonios, basta de discursos. Me voy y le agradezco a la vida el haberme puesto en su camino. Eso es todo. Siga dando tumbos por el mundo. Ya sé que otra será la puerta que escoja para salir. Cualquiera que ésta sea, lo espero al otro lado para que me cuente cómo fue su salida. Me queda pendiente esa única curiosidad en este mundo que dejo sin pena pero tampoco esperando encontrar nada en la otra orilla. Adiós, Gaviero, o hasta pronto, quién sabe y tampoco importa.

Sverre».

Leí varias veces la carta y regresé con ella en la mano para encontrarme con Leb y Denise.

—Se mató, ¿verdad? —dijo Leb con certeza que me intrigó.

—¿Cómo lo sabe? —le pregunté alargándole la carta que pasó a Denise sin leerla.

—Desde cuando apareció por esa puerta, supe que lo haría.

—Eso dice en la carta. Léala usted también.

—Ya lo haré en su momento. ¿Sabe una cosa? Envidio a Jensen. Nunca seguiré su ejemplo, jamás he pensado en hacerlo por graves que hayan sido las pruebas por las que he pasado. Pero lo envidio. Hay algo limpio y neto en su gesto que admiro.

Denise alargó la carta a Leb y éste la leyó moviendo a cada momento la cabeza en señal de asentir con las palabras de Sverre. Me la devolvió sin hacer comentario alguno. Apuré el vodka que me había servido Denise y me despedí de la pareja.

Ya en la puerta, Leb me llamó:

—¡Maqroll!

Me volví para escucharlo.

—No, nada —dijo Leb—. Siga dando bandazos como barco sin piloto. Es otra forma de hacer lo que hizo Jensen.

—Sí, es lo mismo —respondí y me interné en el laberinto nocturno de las callejas de Saint-Malo, en dirección al puerto donde me esperaba el barco que partía a la madrugada.

Razón verídica de los encuentros
y complicidades de Maqroll
el Gaviero con el pintor
Alejandro Obregón

*A la memoria de Micho, de Michín y de Orifiel,
y para Miruz y Mishka que nos acompañan y
protegen con su remota y eficaz sabiduría*

Sólo trajimos el tiempo de estar vivos entre el relámpago y el viento.

EUGENIO MONTEJO

Non, non, pas aquérir. Voyager pour t'appauvrir. Voilà ce dont tu as besoin.

HENRI MICHAUX

Estaba en Madrid, saboreando un fino en el bar del Hotel Wellington, un lugar que siempre me ha gustado y donde me hospedaba en tiempos mejores para estar cerca del parque del Retiro, cuyo amable sosiego finisecular ejerce en mí una acción sedante y evocadora. Me hallaba abstraído descubriendo en el borde de las cosas esa luz dorada de la tarde madrileña que deja todo como suspendido en el aire. Una vez más, pude constatar que estaba en la que fue frontera de Al-Andalus.

De repente, un brazo de hierro me apresó por la espalda y, sin conseguir hablar, quedé inmovilizado. El roce en la nuca de unos grandes mostachos a la Franz-Joseph me denunció al agresor: «¿Qué carajos haces aquí?», dijo mientras me soltaba y yo me volvía para confirmar mi sospecha. Era Alejandro Obregón. «No tenía ni puta idea de que estabas en Madrid», me reclamó, mientras se sentaba a mi lado y ordenaba también un fino. Sus ojos azul pizarra me escrutaban con esa curiosidad propia de nuestros amigos pintores para descubrir en los demás el paso del tiempo. Hacía cinco o seis años que no nos veíamos. Allí estaba Alejandro, macizo, intenso, tratando de romper, con el mayor pudor posible, su trabada timidez de los primeros instantes del encuentro; rasgo que fue uno de los signos más constantes y conmovedores de nuestra larga relación. Obregón, es bueno saberlo, escondía, detrás de varias capas de camaján que a nadie convencían, a uno de los hombres con mejores maneras que recuerdo haber tratado.

Poco después llegaron algunos amigos de Alejandro, entre los cuales estaba el torero Pepe Domínguín. La conversación se hizo general y caímos en el tema del día: la muerte de un joven torero, en plena gloria, que acababa de ser cogido en un pueblo andaluz. Alejandro y su esposa salían para Colombia a la medianoche. Carmen y yo estábamos llegando y preparábamos nuestro segundo viaje a Galicia para visitar al Apóstol. Al margen de la charla deshilvanada y más bien insulsa, natural entre personas que acaban de conocerse, Alejandro y yo tratábamos de ponernos al día en nuestros asuntos, en la vieja y siempre renovada corriente común de recuerdos, experiencias y afectos que nos une hace ya tantos años. Imposible. El tema de los toros seguía imperando con agobiante insistencia. De repente, por una palabra que dejó caer en un breve silencio del grupo, me di cuenta de que quería comunicarme algo sin ninguna relación con lo que allí se hablaba. Esta certeza se fue haciendo cada vez más aguda. Por fin, nos pusimos de pie, casi simultáneamente y, pidiendo permiso a los presentes, nos pasamos a otra mesa. Sin preámbulos, Obregón me explicó:

—Mira lo que son las cosas, desde hace semanas me urge hablar contigo y nunca imaginé que pudiera ser tan pronto. Tengo que contarte algo que te va a interesar muchísimo. Sólo a nosotros nos pasan estas vainas. Escúchame con cuidado que la historia es larga y no te puedes perder detalle. Te vas a quedar de una pieza: hace ya casi un año me encontré en Cartagena con un conocido tuyo, un tipo inolvidable sobre el que has escrito cosas que antes me parecían extrañas y ahora creo que te quedaste corto. Ya adivinaste de quién se trata, ¿verdad? Estuve con Maqroll el Gaviero.

Debo confesar que entre todas las posibles combinaciones del azar con las que especulo a menudo, nunca se me había ocurrido que tal encuentro pudiera acontecer. Pero, ahora que Obregón me lo contaba, me pareció, de repente, algo absolutamente lógico y previsible. Sólo me extrañó que no hubiera sucedido antes. En un instante se me presentó con evidencia la suma de rasgos comunes que unía a los dos personajes y las abismales diferencias que los separaban. Todo esto se lo dije atropelladamente, mientras me escrutaba entre inquisidor y sonriente, con esa mirada celeste que, cuando se fijaba con atención, se tornaba ligeramente violeta y distante. Nos quedaban aún un par de horas para estar juntos y, olvidando con escasa cortesía a nuestros compañeros de la otra mesa y a nuestras esposas, que nos observaban divertidas e intrigadas, nos sumimos por entero en la historia de un encuentro que, en cierta forma, venía a completar el diseño en espiral de nuestras vidas. Relatar el episodio en las palabras mismas de Obregón supondría perderse en complicados médanos de interjecciones descomunales, de balbuceos indescifrables y de comentarios subordinados que terminaban en carcajadas homéricas. Corriendo el riesgo de que el asunto pierda mucho de su colorido y sabor, me resigno a transcribirlo en forma que el lector pueda seguirlo.

Una madrugada, Obregón llevó a una pareja de invitados suyos al hotel donde se hospedaban en Cartagena. Pensar en un taxi era francamente ingenuo y el marido se había excedido en sus brindis de ron Tres Esquinas hasta el punto de no poder valerse por sí mismo. La esposa, una panameña mitad hindú y mitad irlandesa, se había lanzado a confidencias un tanto escabrosas sobre su pasado de corista en Bremen. Alejandro los subió a su Land Rover, con esa paciencia que sólo los bebedores serios saben tener con quienes no lo son, y los depositó, pasablemente refrescados, en el hall del hotel. Al regreso, transitando por una calle mal iluminada y de no muy buena fama por su cercanía a la zona de tolerancia, vio a dos hombres atacando a un tercero que cojeaba notoriamente y se defendía con la torpeza de quien se halla en franca desventaja. Alejandro detuvo el jeep frente al grupo y le dirigió las luces plenas. Descendió dispuesto a librar al hombre de sus agresores pero éstos, al ver quién se les venía encima con una fuerza de toro empacada en los gestos y facciones de un oficial de la Viena imperial, huyeron hasta perderse en la oscuridad de los callejones aledaños. Obregón subió al hombre a su auto y, sin saber por qué, le habló en francés preguntándole por la dirección donde deseaba ir. Éste le contestó en el mismo idioma explicándole que viajaba en un buque tanque, ahora anclado en el muelle y que, al salir de un burdel de mala muerte, lo habían seguido dos rufianes ofreciendo cambiarle dólares con un índice sospechosamente ventajoso.

—Pero no sé —terminó diciéndome— por qué hablamos en francés. Hace tanto que hablo español que he llegado a pensar que es mi propia lengua —en seguida le propuso a Alejandro ir en busca de algún bar abierto para beber un trago juntos. Obregón le explicó que ya no había nada abierto y lo invitó a su casa. Allí podrían esperar la mañana ya que era inútil pensar en dormir a esas horas. El otro aceptó encantado y se presentó esbozando una curiosa sonrisa que para nada venía a cuento:

—Me llamo Maqroll, Maqroll el Gaviero.

Obregón se quedó mirándolo con la sospecha de que le tomaba el pelo, pero el hombre continuaba sonriendo.

—Pues yo lo conozco a usted —repuso Alejandro—. Su nombre me es familiar. Un viejo amigo mío ha contado algunos episodios de su vida en libros que andan por ahí con más bien poca fortuna pero que a mí me divierten.

Obregón se presentó a su vez. Cuando explicó que era pintor el otro se alzó de hombros con resignada aceptación como diciendo: «Es lo que me faltaba». Maqroll subió con cierta dificultad las empinadas escaleras que dan al primer piso de la casona ubicada en la calle de la Factoría. «Sufro aún las consecuencias de una picadura de araña que casi me seca la pierna. Ya la tenía cerrada pero ahora, al defenderme de estos tipos, algo se resintió de nuevo».

Con el primer ron empezó a fluir el diálogo entre estos dos viejos lobos de la aventura, de los esquinazos de la vida y del viejo oficio de la ternura humana.

Alejandro no recordaba muy bien por cuáles vericuetos se fueron desgranando las confidencias, pero lo que sí tenía muy presente era que, de pronto, Maqroll empezó a hablarle de los gatos de Estambul. Solidario con este interés de su huésped y viejo convencido del secreto saber de estos felinos, Obregón escuchaba con esa atención que despierta el alcohol entre quienes saben negociar con él y fijarle sus condiciones.

—Los gatos de Estambul —explicó el Gaviero— son de una sabiduría absoluta. Controlan por completo la vida de la ciudad, pero lo hacen de manera tan prudente y sigilosa que los habitantes no se han percatado aún del fenómeno. Esto debe venir desde Constantinopla y el Imperio de Oriente. Voy a decirle por qué: yo he estudiado meticulosamente los itinerarios que siguen los gatos, partiendo del puerto, y siempre recorren, sin jamás cambiar de rumbo, los que fueron los límites del palacio imperial. Éstos no existen ya en forma evidente, porque los turcos han construido casas y abierto calles en lo que antes era el espacio sagrado de los ungidos por la Theotokos. Los gatos, sin embargo, conocen esos límites por instinto y cada noche los recorren entrando y saliendo de las construcciones levantadas por los infieles. Luego suben hasta el final del Cuerno de Oro y descansan un rato en las ruinas del palacio de las Blaquernas. Al amanecer regresan al puerto para tomar cuenta de los barcos que han llegado y verificar la partida de los que dejan los muelles. Ahora bien, lo inquietante es que si usted lleva un gato de otro país y lo suelta en el puerto de Estambul, esa misma noche el recién venido hace, sin vacilación, el recorrido ritual. Esto quiere decir que los gatos del mundo entero guardan en su prodigiosa memoria los planos de la augusta capital de Comnenos y Paleólogos. Esto no he querido confiárselo a nadie porque la imbecilidad de la gente es inconmensurable y hay secretos que no merecen que les sean dichos. Pero mi familiaridad con los gatos de Estambul va más allá. Siempre que llego allí, me están esperando algunos viejos amigos de la familia felina y desde el instante en que piso tierra, hasta cuando subo la escalerilla para partir, me siguen a todas partes. Dos de ellos responden a nombres que les he dado; son *Orifiel* y *Miruz*. Sería largo contarle los rincones que estos dos amigos me han revelado, pero puedo decirle que cada uno está íntimamente relacionado con la historia de Bizancio. Le puedo enumerar algunos: el sitio donde fue torturado Andrónico Comneno; el lugar donde cayó muerto el último emperador, Constantino IX Paleólogo, la casa donde Zoé, la emperatriz, era poseída por un sajón al que le había mandado sacar los ojos; el lugar donde los monjes de la Santísima Trinidad definieron la doctrina que no se nombra y se cortaron la lengua unos a otros para no revelar el secreto; el lugar en donde pasó una noche de penitencia Constantino el Coprónimo por haber abrigado deseos impuros del cuerpo de su madre; el sitio donde los mercenarios germanos hacían el juramento secreto que los ligaba a sus dioses; el lugar donde amarró el primer trirreme veneciano que trajo la peste álgica; así podría enumerarle muchos otros refugios del alma secreta de la ciudad, que me fueron revelados por mis dos compañeros felinos.

Obregón entendió como nadie este interés del Gaviero por los gatos y, a su vez, le comunicó algunos de los prodigios que había presenciado en Cartagena, protagonizados por gatos que ocasionalmente visitaban su taller. Entre ellos, el gato romano que se puso frenético el día en que el pintor empezó a dibujar en la tela un ángel que le daba la espalda al visitante y, luego, el gato que daba extraños saltos y volteretas cuando se le mencionaba el nombre del arzobispo virrey Caballero y Góngora. Al llegar la mañana, la amistad entre los dos recién conocidos se había hecho tan estrecha como si se hubiesen encontrado hacía muchos años. Maqroll preparó un café como para marino al que le espera un muy duro cuarto de guardia y se lo bebieron lentamente, sin hablar mayor cosa. El descenso de las escaleras fue aún más premioso para el Gaviero que la subida. Se despidieron en la puerta. Maqroll no quiso que Alejandro lo llevara al puerto en su vehículo.

—Ya tendrá noticias mías —le dijo al despedirse—. Antes de que zarpe el barco vendré por aquí para que hablemos un poco más —y se alejó renqueando en busca de un taxi. El pintor quedó absorto en la meditación sobre las cosas que le suceden a los hombres cuando saben ser fieles al arduo tejido de una amistad verdadera.

Aquí interrumpí a mi amigo para comentarle que las últimas noticias que tenía de nuestro común camarada no eran muy tranquilizadoras. No sé qué insensata aventura emprendió río arriba y había acabado metido en problemas con el ejército, conflicto que logró salvar gracias a la providencial intervención de una embajada del Medio Oriente y a la simpatía que despertó en un miembro de la inteligencia militar, quien consintió en pasar una esponja sobre el caso. Pero mis sorpresas de esa tarde en el bar del Wellington no iban a terminar. Obregón, cruzando los brazos sobre el pecho, en un gesto muy suyo cuando iba a manifestar algo que le concernía profundamente, me dijo:

—No, si ahí no terminó el asunto. Acabamos navegando juntos en un viaje delirante entre Curazao y Cartagena.

Ante mi expresión de sorpresa, condescendió en contarme el episodio con lujo de detalles. Aún quedaba tiempo antes de partir a Barajas. Nuestras esposas habían subido a las habitaciones para pasar revista a las compras hechas en Madrid. Pepe Dominguín y su grupo se habían esfumado discretamente. Seguimos fieles al fino que comenzaba a proporcionarnos esa sabia tibieza en donde todo resbala con un ritmo de califato omeya.

Antes de zarpar de Cartagena, el Gaviero pasó por la casa de Obregón para despedirse. Se había creado entre ellos esa complicidad de quienes han sometido la vida a pruebas poco comunes y conocen, mejor que los demás, los ocultos resortes que mueven el incierto mecanismo que los inocentes llaman azar. Consumieron un par de botellas del ron sin color que Obregón solía comparar, a mi juicio un tanto a la ligera, con el vodka, y volvieron a repasar la historia de los gatos de Estambul. Alejandro le espetó su cuento de los alcatraces que perdieron el rumbo. Maqroll dejó pasar el asunto sabiendo que se las estaba viendo con alguien a quien bien podía haberle sucedido tal cosa y agregó dos historias de gaviotas igualmente improbables. Se despidieron con la promesa de darse mutuamente noticia de sus andanzas de tiempo en tiempo. Pasaron varios meses y Alejandro tenía ya catalogado su encuentro con el Gaviero entre las cosas inopinadas que poblaban su pasado, cuando volvió a encontrarlo, otra vez por casualidad, en Curazao. Andaba buscando un restaurante donde almorzar que se saliera del sempiterno menú chino de tan horripilante como fraudulenta monotonía. Le indicaron un sitio de especialidades indonesias y, al entrar, tropezó en el bar de manos a boca con el Gaviero que trataba de corregir, con adiciones improbables, un Old Fashioned que no acababa de convencerlo. Se saludaron como si se hubieran visto el día anterior y resolvieron arriesgarse por los arrecifes de una carta de cocina malaya un tanto improvisada. No comieron ni la mitad de los platos y se pasaron al bourbon con ginger-ale para no seguir a tientas por la venerable vía de la embriaguez. Fue entonces cuando Maqroll el Gaviero le hizo a mi amigo la tentadora invitación que por poco cambia para siempre su destino de pintor.

—Venga conmigo —le dijo— al *Lisselotte Elsberger*. Es el buque tanque del que soy contramaestre. Regresamos por Aruba y, de allí, a Cartagena. Le aseguro que se va a divertir. El capitán, prusiano de estirpe, es un antiguo comandante de submarino de la Primera Guerra Mundial, nació en Kiel y le falta una pierna. La perdió en la batalla de Skaggerak. Posee un inventario inagotable de historias del mar y algunas de tierra nada edificantes. Si usted tiene que volver a Cartagena, nada le impide acompañarnos.

Obregón no dudó un instante en aceptar la propuesta y, tras pasar por el hotel para recoger su ropa y dos cajas de pinturas holandesas que había comprado en Curazao, partió hacia los muelles con el Gaviero. Allí esperaba el *Lisselotte Elsberger*, urgido de una mano de pintura. Subieron a bordo pero no pudieron ver al capitán porque estaba durmiendo una siesta que no parecía llegar a término jamás. En el camarote del Gaviero había una litera disponible donde acomodó Alejandro sus cosas. Salieron a cubierta y comenzaron a pasearse de un extremo a otro tratando de no prestar mucha atención al olor de combustible que infestaba el ambiente.

—Cuando zarpemos la cosa se hará más tolerable con ayuda de la brisa —comentó Maqroll, sin querer insistir mucho al respecto. Obregón le explicó que el olor de las pinturas y de los solventes lo había acompañado gran parte de su vida. La gasolina no ofrecía una diferencia mayor. Al caer la tarde, el capitán apareció en cubierta. Era un gigante de dos metros que manejaba con soltura su pierna ortopédica y hablaba con ligero acento tudesco todos los idiomas de la Tierra. En su cara caballuna y lampiña de oficial del káiser mantenía una sonrisa entre condescendiente y cansada que le daba un aire eclesiástico. Era en sus ojos en donde se concentraba la ardua malicia de mil experiencias, transgresiones, componendas, olvidos y recuerdos meticulosamente almacenados. Tenían un vago color café y se movían en perpetua inquietud entre una mata de cejas en desorden y unas largas pestañas levemente femeninas. Sin detenerse jamás en un punto fijo, parecían pasar de continuo revista a los seres y a las cosas que examinaban con febril interés. Se llamaba Karl von Choltitz y decía ser primo lejano del general nazi que pretendió haber salvado en el último momento a París de volar por los aires. Después de algunas frases de circunstancia, el capitán pidió permiso a Obregón para llevarse a Maqroll. Comenzaban las maniobras para zarpar. El barco iba cargado hasta casi cubrir la línea de flotación y el asunto requería de mucho cuidado. Obregón se quedó en cubierta viendo el atardecer en Curazao y preguntándose a qué horas se le había ocurrido aceptar una invitación tan disparatada. Pero su viejo instinto de no interferir en los indescifrables decretos del destino le permitió contemplar la invasión de la noche que comenzaba a disolver una abigarrada fiesta de colores que iban desde el rojo sangre hasta el más delicado naranja. Recordó los paisajes de las cajas de galletas Huntley Palmers que conociera de niño en el Berlín anterior al nazismo. El viaje se inició sin contratiempo alguno. El barco se deslizaba con lenta somnolencia por las aguas de un mar en calma. El toque de una campana lo despertó a la realidad y vio a Maqroll que le hacía señas desde el puente de mando para que subiera a cenar en la cabina del capitán.

Nada más carente de un detalle personal e íntimo que el camarote del capitán Von Choltitz. Ningún retrato de familia, ninguna vista de su ciudad natal, ningún objeto que le trajera memorias del pasado. Dos viejos mapas del Caribe y una carta de señales era todo lo que colgaba de las paredes. Esto produjo a Obregón una singular inquietud; era como un vacío externo que reflejaba otro interior y sin fondo en un alma que había hecho tabla rasa del pasado. Pero lo que más le atrajo la atención fue ver en la pequeña mesa donde se servían los alimentos un gran *bowl* de plata vienesa rodeado por obedientes bandejas, también de plata, en donde se ordenaban apetitosos bocadillos de pan negro, con las más exquisitas especies de salmón, arenques, caviar, trucha ahumada, atún y lenguas de erizo. El capitán indicó a sus invitados los asientos que les correspondían y procedió a una ceremonia que aumentó aún más el asombro de Alejandro. Destapó una botella de *champagne* francés de una marca de gran prestigio y comenzó a verterla en el *bowl* mientras, con la otra mano, vertía al mismo tiempo una botella de cerveza lager alemana. Terminada ésta, siguió con una segunda hasta acabar al mismo tiempo con el *champagne*. Acto seguido repartió vasos de cristal con las asas en forma de alas heráldicas e invitó a beber con gesto cortés de *junker* típico. Maqroll hizo a su amigo una seña para indicarle que ésta era ceremonia habitual que no debía extrañarle. Y así comenzó una larga noche de remembranzas y anécdotas en donde cada uno trajo a cuento lo mejor de su repertorio. El *bowl* era renovado regularmente por el capitán, quien no daba muestras de cansancio y, menos aún, de embriaguez. Se fueron a la cama con las primeras luces del alba. Al día siguiente, a eso de las once de la mañana, se reanudó la ceremonia que se prolongó hasta caer la tarde y volvió a iniciarse, entrada ya la noche, tras cumplir varias tareas propias del servicio. Ninguno de los presentes daba, como es obvio, muestras de ebriedad.

Cuatro días consecutivos de este tratamiento consolidaron notablemente las afinidades y coincidencias que estaban antes latentes entre Obregón y el Gaviero e hicieron revivir en Von Choltitz días mejores de su carrera de marino. El capitán, en la euforia de las largas sesiones de nostalgia y bebida, terminó por invitar a Obregón a que los acompañara durante el lapso de un contrato de dos años en aguas del Mediterráneo, transportando combustible desde Argelia hasta Córcega. Alejandro pasó la noche en vela coqueteando con la propuesta. Llegaron a Aruba y allí el *Lisselotte Elsberger* pasó un día cargando gasolina de aviación destinada a Cartagena. El trío, ya fundido en una misma atmósfera de evocaciones y rudas pruebas de resistencia al deletéreo coctel del *junker*, ni siquiera se molestó en bajar a tierra. Cuando atracaron en el muelle de Mamonal, en Cartagena, Alejandro, en un momento de lucidez y aspirina, consiguió declinar cortésmente la oferta de Von Choltitz. Mientras aquél balbuceaba complejas disculpas, el Gaviero asentía levemente con la cabeza aprobando la decisión de su amigo cuya pintura había aprendido a admirar, sintiéndola curiosamente cercana porque le revelaba zonas abismales de su propia conciencia. Acompañó a Obregón hasta su casa y allí se despidieron luego de liquidar una botella de ron de las islas que habían comprado en Curazao. «Cuando le dije que te conocía desde hace muchos años —me explicó Alejandro al terminar su relato— me recomendó que, si te veía, te comunicara sus saludos y te dijera que está en mora de enviarte algunos papeles en donde cuenta ciertos episodios, hasta ahora poco conocidos por ti, sobre su vida de minero en la cordillera. Me dijo también que nunca ha acabado de entender tu interés en sus andanzas, que él encuentra más bien oscuras, rutinarias y harto comunes. Así me dijo».

En esto llegó la esposa de Alejandro para anunciar que, si no salían de inmediato, correrían el riesgo de perder el avión. Obregón se quedó un momento absorto, mirando a esa distancia indeterminada y desoladora en la que solía refugiarse cuando la vida se le venía encima con exigencias para él inaceptables, pero a las que sabía resignarse con una sabiduría de rabino medieval, herencia de sus ancestros catalanes. Nos despedimos con el estrecho abrazo de siempre.

Como era de esperarse, esta revelación de Alejandro sobre su encuentro con Maqroll el Gaviero iba a tener secuelas que no podían tardar en manifestarse. Dos personajes de perfiles tan acusados y fuera de lo común no se cruzan en la vida sin dejar tras de sí una cauda de planetas en desorden. Meses después de nuestro encuentro en el bar del Wellington, recibí en casa un abultado sobre con timbres de Manila. Contenía una relación minuciosa pero caprichosamente aderezada de algunos episodios de la vida de gambusino del Gaviero y una larga carta en donde me ponía al corriente de su actual paradero y de las habituales desventuras de su vida errante e impredecible. En dos extensos párrafos de la misiva mencionaba a Alejandro. No resisto a la tentación de transcribirlos porque complementan y enriquecen notablemente la historia de esta amistad en la que me toca, como siempre tratándose de Maqroll, el papel, más bien ingrato, de simple intermediario. El primer fragmento decía como sigue:

«[...] Por lo que decidí permanecer por un tiempo en Kuala Lumpur. Me alojé en casa de una fabricante de inciensos funerales y aromas destinados a ceremonias religiosas. La mujer no dejó de despertarme una inmediata curiosidad. Me había puesto en contacto con ella un maquinista de tranvía de Singapore con el que yo mantenía una relación cordial que se desarrollaba en dos planos bien diferentes: tomábamos vino de palma con ajenjo en un bar clandestino de las afueras de la ciudad, adonde iban a menudo turistas inglesas y escandinavas en busca de sensaciones exóticas. No sé si quedaba satisfecha su curiosidad, pero de lo que sí estoy seguro es de que nuestra apetencia de relación con mujeres de raza blanca sí resultaba ampliamente colmada. Mucho tiempo de estar en continuo contacto con asiáticas suele causar una especie de empacho que termina en la frialdad. Por otra parte, Malaca Jack —que tal era su nombre— solía recogerme cuando pasaba conduciendo su tranvía. Me invitaba entonces a subir a su lado para charlar un rato mientras cumplía su trayecto de rutina. Era un conversador inagotable, conocía los más recónditos secretos de la ciudad y de sus gentes y el paseo se convertía en una experiencia divertida y aleccionadora en extremo. Malaca Jack me recomendó que fuera a ver, de su parte, a Khalitan, la vendedora de inciensos, cuando le conté que iba a Kuala Lumpur para un improbable negocio con madera de teca que me había propuesto un portugués, dudoso y escurridizo, que respondía al nombre, más incierto aún, de Fernando Ferreira de Loanda. La mujer resultó, también, una conocedora inagotable de la vida y milagros de sus paisanos, gente secreta si las hay y con peligrosos repliegues de carácter que más vale conocer bien antes de tratar con ellos. Acabamos, como era de esperarse, en la cama, en donde siempre hablaba un dialecto malayo y no conseguía articular palabra alguna en ninguno de los idiomas que mascullaba con relativa fluidez. Un día en que regresaba de un suntuoso funeral destinado al capo multimillonario de una mafia de contrabandistas de joyas arqueológicas, me contó que, en medio del humo del incienso de las interminables ceremonias propiciatorias, vio aparecer la cara de un blanco de ojos azules y poblados bigotes que se prolongaban en unas patillas rojizas de artillero. El hombre aparecía y desaparecía entre la espesa humareda funeral, al tiempo que lanzaba las más descabelladas y brutales imprecaciones en inglés y en algo que se parecía al español pero que también recordaba al francés. "Me pareció que pronunciaba tu nombre —me explicó Khalitan, entre intrigada y burlona— pero cuando me le acerqué salió dando saltos como exorcizado". Le pedí de inmediato que me llevara al lugar del sepelio para buscar por los alrededores al personaje de marras. Algo me decía que se trataba de alguien bien conocido por mí. Esos ojos azules, esos mostachos y patillas a la Franz-Joseph y las interjecciones en inglés y en catalán —idioma que mi amiga no pudo identificar pero describió en forma más o menos comprensible— no podían ser sino de una persona. Khalitan se negó, al principio, a acceder a mis ruegos. La idea le parecía absurda. Habían pasado ya varias horas de terminada la ceremonia y el barrio era una zona de grandes quintas pretenciosas, parques abandonados y ninguna vida comercial. Insistí hasta convencerla y partimos al lugar. Era tal como me lo había descrito: desoladas avenidas cubiertas por grandes árboles que daban una sombra perpetua y húmeda, verjas interminables enmarcando jardines semisalvajes y, al fondo de éstos, mansiones de los estilos más insólitos y delirantes: colonial del sur de los Estados Unidos, tudor con tejados en declive que esperaban una nevada inconcebible en ese horno de los trópicos, californiano español, arábigo hollywoodense y *art déco* maculado por la lluvia y las resinas que chorreaban de la opulenta vegetación. Recorrimos varias calles, todas idénticas, en la destartalada carretela de la perfumista, quien trataba de acelerar el paso del paciente y escéptico burro que tiraba del carro con una falta de convicción desesperante. "Sólo a ti se te ocurre —me increpó—, Gaviero insensato. Aquí no vamos a poder encontrar ni a tu amigo ni a nadie vivo. Yo quisiera saber qué vas a explicarle a la primera patrulla de policía que nos detenga".

»No habían transcurrido cinco minutos de la fatal premonición de Khalitan cuando, en efecto, nos detuvo un viejo Ford con los colores verde y oro de la policía. Pero, en lugar de hacernos pregunta alguna, los agentes abrieron la portezuela y dejaron salir, como muñeco de una caja de sorpresas, a un energúmeno con el rostro pintado con tierras rojas y azules, colores propios, en Kuala Lumpur, de los asistentes a una ceremonia fúnebre, y que gritaba a voz en cuello: "¡*Cullons, nano,* Maqroll de mierda! ¿Me vas a dejar en manos de estos amarillos que huelen a pescado podrido?". Tal como lo temí, se trataba de Alejandro Obregón, que se había quedado allí, en un cambio de aviones. La razón del accidente lo pintaba de cuerpo entero: trató de enamorar a una enfermera bengalí que esperaba, resignada, en el bar del aeropuerto, la llegada del avión de Air India. Obregón subió a la carretela. Le presenté a mi amiga, explicándole en qué se ganaba la vida. "¡Perfecto! —comentó Alejandro—. Nada más apropiado ni más justo. Yo quiero que queme para mí esas esencias porque producen unos colores maravillosos". Ya había tenido oportunidad de explicarle a Khalitan quién era Obregón, cómo nos habíamos conocido en Cartagena y nuestro viaje posterior en el *Lisselotte Elsberger*. Sin embargo, ella lo observaba con el asombro pintado en el rostro. Mi amigo, con esa galantería de dandy que le salía a veces, no pudo menos de arriesgar una explicación que resultó aún más insólita: "Mira, niña —le dijo—, cuando vi pasar el cortejo frente a las oficinas de Air France, donde estaba tratando de arreglar mi pasaje, no pude menos de seguirlo y dejar todo para más tarde. El color de los trajes de los oficiantes y de los tonos de rojo, verde y naranja de tus inciensos me dejaron deslumbrado. Una cosa que se cumple en medio de esos colores no puede suceder sin obligarnos a acompañar el cortejo hasta las últimas consecuencias. Me pinté la cara con las tierras ofrecidas por una niña que caminaba al pie de la viuda y me mezclé con los deudos repitiendo los gestos que veía hacer a mi lado. De vez en cuando, un hombre con una máscara de sapo, pintada con manchas azafrán y azul celeste, se me acercaba y me hacía beber una especie de guarapo con sabor a canela y a sándalo. Acabé en una borrachera fenomenal, pero creo que todos estábamos en las mismas. Como había recibido una postal de Maqroll enviada desde esta ciudad, me dediqué a invocarlo en todos los idiomas que conozco. Cuando terminó el funeral, me quedé dormido debajo de un enorme mango que oculta casi por completo la entrada a la casa del difunto. Allí me recogió la policía. ¡Qué tipos! Son de una crueldad de reptil manso peligrosísima. Bueno, ya ves, la cosa resultó y aquí estoy". Como ya dije, esta explicación, en vez de tranquilizar a mi amiga, la dejó aún más desconcertada. Entre tanto, llegamos a casa y, con hospitalidad absolutamente espontánea, que no admitía ninguna réplica, Khalitan instaló a Obregón en un cuarto que daba al corredor trasero y que pendía peligrosamente sobre un canal de aguas inmóviles transitado, de vez en cuando, por canoas cargadas de flores y frutos de colores inverosímiles. Con igual naturalidad Obregón ocupó el lugar después de que recogimos su equipaje en la oficina de Air France en el aeropuerto.

»La vida de nuestro amigo en Kuala Lumpur estuvo salpicada de los más variados episodios. Pero la mayor parte del tiempo se la pasaba pintando. Había puesto en el corredor un improvisado caballete y se proveyó de telas que él mismo puso en bastidores de maderas semipreciosas adquiridas por Khalitan en el mercado. Algo quisiera decirle ahora sobre la pintura de Alejandro. Bien sabe usted que estoy muy lejos de ser un experto en esa materia, pero siento una tal cercanía hacia el mundo que esos cuadros recrean que pienso no ser importuno, dado el interés que usted ha mostrado por este Gaviero trashumante de vida tan encontrada.

»La pintura de Obregón está relacionada con otro mundo, por completo distinto de este que habitamos. Transcribe una realidad creada por él desde no imagino cuáles vericuetos de su alma. Es una pintura angélica, pero de ángeles del sexto día de la creación. Llevo siempre conmigo un pequeño apunte suyo al óleo sobre cartón que pintó en la noche estrellada y húmeda de Aruba. Representa una silla vista desde un ángulo inesperado. Pero la silla, a su vez, nada tiene que ver con lo que nosotros estamos acostumbrados a llamar así. Es, para repetirlo, una silla de otro mundo. En ese sentido le digo que es una pintura angélica. Los cuadros que hizo en Kuala Lumpur —que después naufragaron todos en el golfo de Aden, en un carguero que se fue a pique al chocar con una mina escapada de alguna base naval— me dejaron alucinado por mucho tiempo. Es más, aún sueño a menudo con ellos. Tenían todos los elementos de ese ámbito entre tropical y exquisito, entre barroco y decadente, que hace del paisaje de Kuala Lumpur un sitio irrepetible. Pero, al mismo tiempo, ningún trazo en los cuadros copiaba la realidad circundante. Obregón simplemente había registrado en su memoria ciertas esencias, colores y volúmenes y los transpuso a ese mundo suyo, particular y único, donde comenzaron a vivir una nueva existencia. Khalitan se extasiaba mirándolo pintar y me comentaba luego en voz baja: "Creo que reza". Una noche la sorprendí quemando alrededor de los cuadros incienso destinado a las ceremonias de la recolección. Desperté a Alejandro y lo llevé a ver la escena. No mostró una brizna siquiera de asombro. Le pareció lo más natural del mundo. "Va a quemar toda la casa, con nosotros adentro", le comenté al oído. "¡Qué bueno —repuso él—, sería magnífico!". Lo conduje prudentemente a la cama. En sus ojos de gato del Ensanche barcelonés brillaba un destello que me puso los pelos de punta. Estuvimos a punto de terminar en una pira funeraria. Hay otro aspecto de la pintura de Alejandro que me intriga sobremanera y usted, que lo conoció tanto y asistió a su primera exposición, seguramente me podría decir si es algo que ya estaba presente en sus primeros cuadros: cuando Obregón pinta personas, también estos seres tienen una especie de inocencia peligrosa, una sensualidad anterior a la sensualidad —otra vez lo angélico, pero con modificaciones de un refinado heretismo— que nos deja la impresión de haber penetrado sin permiso en un mundo que nos está vedado. Cuando vi algunos de sus autorretratos, la noche en que nos conocimos, tuve el primer aviso de que me encontraba ante alguien fuera de lo común, ante un visionario señalado por vaya a saberse qué dioses corroídos por la plaga. En esos lienzos estaba la persona que me hablaba y que me había librado de unos rufianes, pero, al mismo tiempo, me miraba desde el cuadro un ser por completo extraño al original, que tenía algo que decir, que seguramente estaba a punto de decirlo cuando quedó fijado en la tela, pero había regresado a refugiarse en un silencio que nos salvaba, a nosotros mortales, de una experiencia indecible. Bueno, me estoy enredando en esta descripción de algo que usted conoce mucho mejor que yo y sobre lo cual, seguramente, podrá hablar con muchísima más propiedad.

»Pasaron varios meses. El asunto de la teca quedó en veremos porque el supuesto socio portugués prefirió establecer en Brasil una fábrica de jabones y me dejó con el despecho de haber perdido el negocio de mi vida. Estoy tan familiarizado con esa experiencia que de inmediato aplico los antídotos correspondientes y sigo mi errancia. Decidí viajar a Chipre, donde me esperaban pruebas y empresas sobre las cuales ya le he hablado anteriormente. Para entonces, Khalitan y Alejandro habían establecido una relación que, lejos de mortificarme, me permitía partir sin culpa alguna, feliz de saber que nuestro hombre iba a conocer un mundo en donde lo esotérico se aunaba sabiamente a un erotismo espontáneo y con mucho de propiciatorio».

El segundo fragmento sobre Obregón de la extensa misiva de Maqroll el Gaviero aparece al final de ésta; es más corto que el anterior. Irrumpe sin previo aviso, en medio de otros incidentes al parecer ajenos al tema. Dice:

«Llegué a Vancouver en un guardacostas de la Armada canadiense que nos salvó milagrosamente, minutos después de hundirse el maldito barco cargado de pieles apestosas, conducido por un capitán y un contramaestre que de seguro tenían pacto con el demonio para hacernos la vida imposible. Sin papeles, sin dinero, lo primero que se me ocurrió fue pedir hospedaje en el Refugio del Marino, institución de caridad que proporciona lo indispensable mientras los navegantes en condiciones como la mía consiguen enderezar su suerte. Como usted conoce muy bien cuál es mi estado en orden a papeles y documentos y lo precarios que han sido éstos, cuando he logrado conseguirlos, merced a expedientes sobre los cuales mejor es guardar silencio, se dará cuenta de mi condición en la Columbia Británica, donde se acercaba un invierno anunciado como el más inclemente en los últimos cincuenta años. En el Refugio me obsequiaron alguna ropa más abrigada que la que yo traía, que sacaron de un armario en donde se guardaban las prendas de los marinos muertos allí. En esas trazas me lancé a la calle sin saber muy bien qué hacer. Como no estoy registrado en ninguno de los archivos de la marina mercante que existen en el mundo, ni hay en consulado alguno noticia mía, comprenderá mi ansiedad por encontrar alguna salida antes de los treinta días de plazo que las autoridades de migración me concedieron al desembarcar.

»Así pasó una semana y cada día se me cerraba más el horizonte. De pronto, resolví un día ir al consulado de Colombia y enviar desde allí un S.O.S. a mi amigo Alejandro Obregón. ¿Por qué se me ocurrió precisamente él y no otro de los escasos pero fieles y firmes amigos que tengo dispersos por el mundo? "Porque así son las vainas, carajo", me explicó Alejandro cuando le hice la pregunta. Desde el consulado enviaron a Cartagena mi llamada de auxilio y de allí contestaron que Obregón se hallaba en San Francisco presentando una exposición de pintura. Se alojaba en el Hotel Francis Drake. Tratándose de nuestro amigo, me pareció apenas lógico que hubiera escogido un sitio con ese nombre. En el mismo consulado me permitieron comunicarme con el pintor, a quien le expuse en forma sucinta mi situación. Se limitó a contestar. "¡Mierda! Voy para allá. No se me pierda. Déjeme hablar con el cónsul". Le pasé la bocina al cónsul quien, mientras escuchaba a Obregón, me miraba con curiosidad y desconfianza. Terminó de hablar y sacando del cajón de su prehistórico escritorio unos billetes, me los alcanzó diciendo: "El maestro me pide que le dé esto para que vaya pasando hasta cuando él llegue; creo que viene el sábado próximo". Le manifesté mi gratitud, en este caso absolutamente sincera y hasta conmovida, a lo cual sólo se le ocurrió comentarme: "No se preocupe, señor, tranquilo. Tratándose de alguien como el maestro Obregón, uno no puede negarle nada, por extraño que parezca". Di media vuelta y salí tratando de digerir, sin que se afectara mi serenidad, la oculta reserva que esas palabras encerraban. La vida me ha enseñado a cumplir con ese rito en forma casi refleja e impersonal. Mi facha, además, no debía ser de las más recomendables. No había visitado aún al barbero y las ropas que llevaba denunciaban a leguas que la talla del difunto era mucho mayor.

»Alejandro llegó como lo había prometido. Irrumpió con esa calurosa disposición que constituía uno de los signos constantes de su carácter, temperado, como siempre, por un pudor de buena raza y un prurito de respeto inflexible por la intimidad ajena. Traía, además, un pasaporte de una pequeña república del Caribe adornado con una fotografía que mostraba algunos de mis rasgos escondidos por una barba de ballenero. "Va a tener que dejarse la barba, Gaviero. Menos mal que va bien adelantado", me comentó muerto de risa mientras nos tomábamos un whisky canadiense, flojo y perfumado, que tratamos de hacer llevadero mezclándolo con ginger-ale. Allí me contó cómo habían terminado las cosas en Kuala Lumpur. "Salí de aquello sin mayor pena. La relación con su amiga se me convirtió en una especie de misa violeta envuelta en todos los aromas de la ortodoxia budista. Bueno, no sé si esa vaina sería budismo. Lo que sea. Pero cuando abrí la maleta en Roma, adonde llegué en vuelo sin escalas, olía lo mismo que el difunto aquel del entierro que nos reunió".

»Pasamos a otra cosa. Se me ocurrió preguntarle qué estaba pintando ahora. Lo que me dijo es imposible de olvidar pero estuvo tan lleno de interjecciones que, al transcribirlo sin ellas, me da la impresión de estar traicionando a nuestro amigo. Esto fue lo que me dijo Obregón, en estas o parecidas palabras:

»"Mire, Gaviero, la vaina de la pintura es muy sencilla... pero muy complicada también. Se reduce a esto: hay que andar siempre con la verdad. Así como en la vida, en el cuadro sólo cabe la verdad. Ahí el cuadro se juega la carta de la inmortalidad. Mentir es falsificar la vida, es decir: morirse. ¿Está claro? Bueno. Ahora viene el problema de los colores. Hay que estar a toda hora seguro de que uno, el pintor, es quien los maneja, quien los ordena. Quien los crea, pues, para no ir muy lejos. Pero ellos también hacen la fiesta por su cuenta. Cuando se juntan y se convierten en un nuevo color es una gozadera que nadie puede imaginarse. Pero siempre, no se le olvide, siempre, mandando uno. Con el pincel o la espátula en la mano, sin temblar, sin titubear, con la seguridad de ser el dueño y señor de ese reino. Al arco iris hay que mandarlo al carajo. Jamás rendirle cuentas, o el cuadro se pierde, naufraga en un mar de babas. Mire, con el arco iris y todo ese cuento hay que hacer lo que yo hice hace muchos años con una bandada de alcatraces que venían en formación volando muy bajo. Creo que ya se lo conté. Estaba en la playa, cuando los vi venir. Dibujé con un palo una flecha enorme en la arena, que apuntaba en dirección contraria a la que traían los bichos. Cuando vieron la flecha se volvieron como tembos; daban vueltas encima de mí, rompieron la formación y, al rato, volvieron a reunirse y se largaron en la dirección que indicaba la flecha que hice en la arena, o sea, la contraria a la que traían. Así es el cuento con la pintura: uno marca el destino de los colores y de la composición, del orden en que deben ir los elementos del cuadro. Ya sé, se dice fácil; pero así debe ser. Pero mire, Gaviero, si es la misma cosa que todas las vainas que le pasan a uno en la vida. Lo que uno no controla se vuelve siempre en contra nuestra. Lo que ocurre es que la gente no entiende esto. Bueno, la gente, usted sabe, la gente no sirve para gran cosa. Nada me fastidia más que la gente. Un poeta de mi tierra, que hubiera sido un muy buen amigo suyo y compañero ideal en el trasiego de los más densos alcoholes y de las tabernas más inverosímiles, decía: "¡Ah, las intonsas gentes siempre dando opiniones!". Bueno, pero eso es otra historia. Volvamos a la pintura. Quedamos, entonces, en que lo que pinto, todo lo que he pintado en mi vida, hasta el dibujo más simple, todo es verdad y nada más que la verdad. Y a mí lo único que me interesa, además, es que quienes vean el cuadro tengan de inmediato esa certeza. Ahora, lo importante es aprender a ver, llegar a saber ver, ver todo: las cosas, las personas, el cielo, los montes, el mar y sus criaturas. Todo lo que vemos esconde siempre una parte, la deja en la sombra. Allí hay que llegar, iluminar, descubrir, descifrar. Nada puede quedar oculto. Lo sé: es mucho pedir. Pero no hay otro remedio. El mar, por ejemplo; usted que lo ha transitado tanto y lo conoce tan bien. El mar es lo más importante que hay en el mundo. Hay que saber verlo, seguir sus cambios de humor, escucharlo, olerlo. ¿Sabe por qué? Por algo muy simple que todos creen saber pero creo que no acaban de entenderlo a fondo: porque allí nació la vida, de allí salimos y una parte nuestra siempre estará sumergida allá entre las algas y las profundidades en tinieblas. Ahora ya casi estoy listo para emprender un viejo sueño que me ha perseguido desde hace años: pintar el viento. Sí, no ponga esa cara. Pintar el viento, pero no el que pasa por los árboles ni el que empuja las olas y mece las faldas de las muchachas. No, quiero pintar el viento que entra por una ventana y sale por otra, así, sin más. El viento que no deja huella, ése tan parecido a nosotros, a nuestra tarea de vivir, a lo que no tiene nombre y se nos va de entre las manos sin saber cómo. El viento que usted, como Gaviero, ha visto venir tantas veces hacia las velas y a menudo cambia de rumbo y nunca llega. Ése es el que voy a pintar. Nadie lo ha hecho todavía. Yo lo voy a hacer. Ya verá. Es cosa de saberlo sorprender en el preciso instante en que su paso no tiene duda posible. Para eso, lo sé, hay que saber mirar, ya se lo dije; mirar el lado oculto de las cosas. Con el viento es lo mismo y lo que en verdad yo sé hacer es eso: mirar, mirar hasta no ser uno mismo. Bueno, ¡qué carajo! Ya me perdí otra vez, pero creo que usted me entiende, Maqroll, porque si no me entiende estamos jodidos". Le contesté que sí lo entendía y que, si bien me parecía todo muy claro, por otra parte esa manera de ver la vida suponía una exigencia, un ascetismo, una vigilancia muy difíciles de sostener en todo momento. "No hay otro remedio, Gaviero, no hay otro remedio, así es esa vaina".

»Estábamos en un bar cuyo dueño, un griego de cejas espesas y aspecto malhumorado, había insistido en encajarnos un ouzo infecto que rechazamos sin contemplaciones a cambio del whisky canadiense en las rocas. El hombre nos miraba con altanera sospecha, lo que no podía menos de causarnos gracia ya que el sitio se veía bien poco recomendable y los tratos que en las otras mesas se llevaban a cabo, entre gentes de las más variadas nacionalidades, tenían cara de todo menos de honestos. "Es que somos inocentes —comentó Obregón—. Inocentes en el sentido en que los rusos usan la palabra, o sea: desvelados servidores de la verdad. Y ésa es la condición más sospechosa que hay para la gente. Por eso, aquí, somos gente de cuidado". El griego retiró la mirada de nosotros y simuló enfrascarse en los vasos que lavaba con parsimonia ficticia. Dos días más estuvimos recorriendo lugares del puerto no mejores que el mencionado. Obregón regresó a San Francisco sin siquiera permitirme expresarle mi gratitud. Con un gesto terminante de su mano cancelaba todo intento mío en ese sentido. Lo acompañé al aeropuerto y nos despedimos con un estrecho abrazo. En ese momento tenía los ojos de un gris acerado; el tono celeste había desaparecido. Lo interpreté como un signo de ternura reciamente controlada. Al día siguiente me embarqué rumbo al sur en un carguero que iba hasta Valdivia. Una avería en el radar nos obligó a detenernos en el puerto de Los Ángeles...».

Hasta aquí las noticias del Gaviero sobre sus encuentros con Alejandro Obregón, el pintor.

Todo esto pasó hace mucho tiempo. Hoy, la vida de los tres ha cambiado por completo. De Maqroll el Gaviero hace años que nada sé; muchas versiones corren sobre su muerte, ninguna confirmada. Como no es la primera vez que esto sucede, aún solemos sus amigos indagar sobre noticias suyas. Alejandro Obregón murió en su casa de Cartagena, casa de pirata retirado que huele a pintura y a disolventes y desde cuya terraza se puede ver un mar inverosímil que aún nos hace esperar los galeones. Yo, en México, trato de dejar alguna huella en la memoria de mis amigos, mediante el truco de narrar las gestas y tribulaciones del Gaviero. Poca cosa creo conseguir por ese camino pero ya ningún otro se me propone transitable.

Sin embargo, un rumor ha venido circulando hace mucho tiempo, sobre el cual no quise ahondar, por miedo quizás de encontrarme, al final, con una de esas sorpresas a las que nos tiene acostumbrados Maqroll y que desembocan en la nada. Pero, ahora, de repente, al narrar estos encuentros del Gaviero con Obregón, empezó a trabajarme la mente la conseja que había olvidado y busqué el escrito de otro amigo entrañable que completa el cuarteto —me refiero a Gabriel García Márquez—, donde recoge parte de la noticia en cuestión. Ésta consistía en decir que fue Obregón quien encontró en la ciénaga el cadáver del Gaviero cuando éste se perdió allí con Flor Estévez y, al parecer, murieron de sed y hambre buscando la salida de los esteros. Veamos lo que relataba Gabo:

«Hace muchos años, un amigo le pidió a Alejandro Obregón que lo ayudara a buscar el cuerpo del patrón de su bote que se había ahogado al atardecer mientras pescaban sábalos de veinte libras en la Ciénaga Grande. Ambos recorrieron durante toda la noche aquel inmenso paraíso de aguas marchitas, explorando sus recodos menos pensados con luces de cazadores, siguiendo la deriva de objetos flotantes que suelen conducir a los pozos donde se quedan a dormir los ahogados. De pronto, Obregón lo vio: estaba sumergido hasta la coronilla, casi sentado dentro del agua, y lo único que flotaba en la superficie eran las hierbas errantes de su cabellera. "Parecía una medusa", me dijo Obregón. Agarró el mazo de pelos con las dos manos, y con su fuerza descomunal de pintor de toros y tempestades sacó al ahogado entero con los ojos abiertos, enorme, chorreando lodo de anémonas y mantarrayas, y lo tiró como un sábalo muerto en el fondo del bote...».

En la deleitable y eficaz prosa de Gabriel, algo se insinuaba, trataba de salir a flote por entre los datos que para nada coincidían con la pretendida desaparición del Gaviero en los esteros de la Ciénaga Grande: la pesca de sábalo, el hecho de que el muerto no fuese también el dueño de la barca, y la mención de un bote, palabra que bien pudiera aplicarse a la barca de quilla plana en donde se perdió Maqroll pero que no era la indicada, y esto en Gabo es inconcebible. Todos estos datos venían a perturbar, a desvirtuar, más bien, la conclusión a la que no era tan descabellado llegar de que el ahogado era Maqroll.

Pero, a mi vez, en el poema en prosa que aparece en *Caravansary*, menciono una lancha del resguardo que descubre el planchón con los dos cadáveres, lancha que venía mencionada en la versión que me llegó sobre esta muerte del Gaviero. Como además de ser el inmenso escritor que sabemos Gabo también se precia, y con razón, de ser muy buen periodista, hay que pensar en que los datos que refiere fueron, en su momento, verificados por él. Lo primero que hice, como es obvio, fue interrogar a Obregón sobre mis dudas. Se limitó a sonreír entre divertido y ausente y empezó a hablar de otra cosa. Me temo que las historias que sobre él propagábamos sus amigos, lejos de hacerle gracia, las sentía como una distorsión abusiva de su intimidad.

Así las cosas y, como es costumbre cuando se trata del Gaviero, la verdad se nos escapa de entre las manos como un pez que se evade. Pero nadie nos puede quitar la idea de que, si en efecto el cadáver rescatado en los esteros por Obregón era el de Maqroll, su compañero y cómplice de Cartagena, Curazao, Kuala Lumpur y Vancouver, la historia se cierra con una hermosa precisión que no suele ser común en la vida de los hombres. Conociendo a los dos protagonistas como los conozco, este final se ajusta tan bellamente a su carácter y al encontrado diseño de sus días sobre la Tierra, que no puedo menos de mencionarlo aquí, desde luego sin avalarlo como cierto, pero tampoco negándolo enfáticamente. Los artistas y los aventureros suelen hilvanar de antemano su fin de manera tal que jamás pueda ser claramente descifrado por sus semejantes. Es un privilegio que les pertenece desde Orfeo el taumaturgo y el ingenioso Ulises u Odiseo.

Jamil

Para mi nieto Nicolás

Sinon l'enfance, qu'y avait-il alors qu'il n'y a plus?

SAINT-JOHN PERSE

Hay un episodio en la vida de Maqroll el Gaviero que casi nada tiene en común con los que he narrado en el curso de estos últimos años pero que, sin embargo, significó un cambio esencial en el desorden de sus andanzas y vino a traerle, en la etapa final de sus días, una especie de serena conformidad con la encontrada suerte de su destino y lo llevó a ejercer, hasta sus últimas consecuencias, su doctrina de aceptación sin reservas de los altos secretos de lo innombrable. No que su vida, después de esta experiencia que voy a relatar, dejase de tener altibajos e incidentes de la más diversa índole y origen, sólo que el ánimo con el cual éstos fueron enfrentados por Maqroll no tuvo ya ese tinte de reto, de tenaz desafío sin recompensa que había caracterizado antaño su errancia por el mundo.

El hecho en sí puede, tal vez, parecerle al lector algo normal y de diaria ocurrencia en la rutina familiar de cualquiera de nosotros. Pero si sabe del pasado de nuestro personaje, se dará cuenta de inmediato que eso que a nosotros puede presentársenos como un episodio común y corriente, para Maqroll fue una experiencia por entero inusitada y cargada de sorpresas que vinieron a revelarle un rincón hasta entonces virgen de su vida sentimental.

Yo hubiera podido relatar el asunto en forma directa y como narrador omnisciente y omnipresente. Preferí, en cambio, intentar transcribir las palabras mismas con las cuales Maqroll nos contó su experiencia. En ellas, que anoté de inmediato después de escucharlas, se esconde todo el sordo dolor que le costó este trance y también los reveladores momentos de felicidad sin sombra que vivió entonces. Veamos, pues, cómo me fue dado enterarme de esta historia.

Suelo visitar Cartagena de Indias siempre que el azar me lo ofrece, porque guardo de esa ciudad un recuerdo tan cargado de nostalgia y tan lleno de instantes que han marcado en forma indeleble el resto de mi vida, que no puedo dejar de recorrer, siempre que puedo, el laberinto alucinado de sus callejas y extasiarme, desde el mirador de sus murallas de una austera altivez militar, en la lenta danza de su mar antillano. Cuando aún estaba entre nosotros mi querido amigo el pintor Alejandro Obregón, iba siempre a visitarlo en su casa de la calle de la Factoría y allí emprendíamos, con apoyo de una botella de escocés que él guardaba para sus amigos, un largo peregrinar hacia nuestro pasado común que se confundía con recuerdos de infancia, belgas los míos, alemanes los suyos.

En una de esas visitas a la Ciudad Heroica toqué a la puerta de la casa de Alejandro en el instante en que se desgajaba uno de esos aguaceros interminables y abrumadores que irrumpen en la ciudad por el mes de octubre. Me abrió Alejandro en persona, sonriente y con una expresión de niño al que le llega un regalo inesperado.

—¡Carajo! Qué bueno que vino. Es el pretexto que necesitaba para no pintar y celebrar la sorpresa con un buen trago.

Entramos al estudio y nos sentamos en los amplios sillones de cuero, ya familiares para mí, llenos de manchas de pintura de todos los colores imaginables que denunciaban la lucha del pintor con la materia de sus cuadros. De las paredes colgaban lienzos recién terminados. Una magia onírica se desprendía de esos ángeles con cuerpo de doncella, adolescentes deslumbradas que surgían, entre penumbras malvas, de una gama de verdes que iban desde el más tierno de hojas recién brotadas hasta el oscuro de la selva impenetrable; todo en medio de una explosión de azules intensos y rojos que se tornaban en luminoso naranja. Era el nuevo mundo de Obregón, una nueva época de su pintura que se hermanaba extrañamente con lo que entonces estaba yo escribiendo. Le manifesté mi entusiasmo por esa pintura y me contestó, con un brillo particular de sus ojos azul acero que indicaba una extrema complacencia:

—Ya sabía que te iba a gustar. Esas ángelas se me aparecen ahora en sueños y las pinto para que no se me vayan a escapar. Lo que no vuelve en los sueños no nos acompañará en la otra vida.

Estaba acostumbrado a esas enfáticas declaraciones de mi amigo, sobre las cuales era mejor no ahondar porque se perdía en discursos aún más embrollados.

La lluvia nos sirvió de pretexto para terminar con la botella de Dewar's que Alejandro había dejado frente a mí en la mesa llena de pinceles y de tubos de pintura usados hasta el final. Hablamos, como dije, de nuestra juventud ya lejana y de amigos cuya memoria nos servía para evocar zonas de nuestro pasado compartido. De repente, Alejandro, en plena vorágine de evocaciones, me preguntó a boca de jarro:

—Y ahora, ¿adónde vas?

Le expliqué que iba a España de vacaciones.

—Qué bueno —me comentó—, porque te tengo un encargo. Se trata de nuestro amigo Maqroll. Te voy a mostrar algo que te va a inquietar como me inquietó a mí.

Fue hacia otra mesa, también llena de pinceles y de tubos de colores, en una esquina de la cual tenía una carpeta con toda suerte de papeles. Regresó con un sobre que me alargó sin decir nada.

Las estampillas eran de España y el sello de correos era de Pollensa en Mallorca. Traía una carta escrita en esa letra inconfundible y transilvánica que retrataba al Gaviero de inmediato. Eran unos breves renglones escritos en papel de carta en cuyo encabezado se leía: «Parroquia de Sant Jaume. Mosén Ferrán Alaró. Rector». Decía lo siguiente:

«Álex:

Abusando de la hospitalidad de mi buen amigo el párroco, le escribo estas líneas que van como la legendaria botella al mar. Esta vez la vida ha logrado golpearme donde era. No son cosas para comentar por escrito. Ando algo desalentado y perdido. Ninguno de los caminos que antes solían ofrecerse a mi inquietud me atrae ahora. Si usted pudiese venir por aquí, cosa que adivino bastante improbable, me sería de gran alivio contarle de qué se trata y disfrutar de su compañía. Lo mismo digo respecto a nuestro común amigo que anda por ahí escribiendo mis andanzas y dejando testimonio de mis infortunios. Bien sé que suele pasar a menudo por España, movido por sus querencias con Al-Andalus, los califatos omeyas y el reino de Mallorca, con los que nos da la tabarra. Si lo ve, muéstrele estas líneas. Eso es todo, mi querido pintor de ángelas púberes y perturbadoras. Nadie como ustedes dos para entender lo que puede haber detrás de estas líneas.

Ahí va un gran abrazo de su amigo,

Maqroll el Gaviero».

Conociendo como conocía al personaje, era evidente que la carta escondía una llamada de ayuda apenas disimulada. No era Maqroll hombre inclinado a quejarse. De vez en cuando se limitaba, más bien, a lanzar dos o tres maldiciones en turco o en francés y así recobraba una relativa calma. Ahora era evidente que se trataba de algo distinto.

Aunque Mallorca no estaba en mis planes de vacaciones en España, me hice el propósito de visitar a mi amigo en Pollensa y así se lo hice saber a Alejandro. Éste me comentó complacido:

—Qué bien. Con eso descanso. Yo sé que con un buen diálogo con él las cosas le irán mejor. Nadie como tú para esa tarea. Que lo diga yo que llevo tantos años contándote mis descalabros.

Un ligero rubor apareció en el curtido rostro de Obregón. Era muy pudoroso en el fondo y, a decir verdad, no recordaba haberle escuchado confesiones de ese orden. Al menos no abiertamente. Hacía tiempo que me había dado cuenta de que muchos de sus herméticos y laberínticos comentarios debían ocultar episodios sentimentales. Mi afectuosa paciencia al escucharlos le comunicaba quizás, por secretos conductos, una cierta conformidad. La verdadera amistad suele estar apoyada en tales ocultos pero eficaces vasos comunicantes.

La lluvia pasó poco rato después y nos despedimos con el mismo estrecho abrazo silencioso con el que siempre nos separábamos como si nunca más nos fuéramos a ver de nuevo. El último, que sucedió no hace mucho tiempo, lo guardo en la memoria con aflicción que no amaina.

Llegamos mi esposa y yo a Mallorca en pleno otoño, pero todavía el rebaño de turistas paseaba sus germanas opulencias por las calles de Palma y las desnudaba, para horror del sabio paisaje de la isla, en cuanta playa podía invadir. Carmen había conseguido hablar desde Barcelona con Mosén Ferrán y éste nos esperaba en el aeropuerto. Allí estaba, corpulento y desgarbado, pasados de seguro sus sesenta años, dándonos la bienvenida con una cortesía un tanto campesina y dirigiéndose a mi esposa en un catalán que se esforzaba para que no tuviese una dosis muy alta de mallorquín. El diálogo, a partir de ese momento, se estableció dentro de ese código. Yo seguía, en español, entendiendo, desde luego, lo que ellos se comunicaban, gracias a mi entrenamiento de más de un cuarto de siglo de estar casado con catalana. Me llamó singularmente la atención el expresivo rostro del párroco, con sus espesas cejas oscuras, su boca de labios delgados, siempre con la sonrisa espontánea y ligeramente irónica de quien ha vivido ya lo suficiente como para sólo darle importancia a lo esencial y dejar el resto de lado con indulgencia para con las miserias de nuestros semejantes. Los ojos oscuros y siempre atentos, abiertos hacia el interlocutor, denunciaban a leguas ese sustrato sarraceno de los naturales de la isla. La calurosa voz de bajo profundo del simpático clérigo daba un énfasis un tanto teatral a todo lo que decía. Tomó con mano firme la valija de mi esposa y mientras nos dirigíamos a un taxi que nos esperaba para llevarnos hasta Pollensa, comentó complacido:

—Nuestro amigo los espera y está muy contento con su visita. Me pidió que lo dispensaran por no venir a recibirlos, pero su animosidad hacia los aeropuertos se agudiza aquí a causa del turismo que nos invade.

El taxi al que nos dirigimos era un vetusto automóvil cuyo estado me causó las mayores reservas sobre si lograría llegar hasta Pollensa. Al ver mi duda retratada en el rostro, Mosén Ferrán se apresuró a tranquilizarme:

—No se preocupe. Este taxi, ahí donde lo ve, da cada semana la vuelta a la isla y jamás se ha quedado en el camino. El encargado de ese milagro es su conductor, sobrino mío, que prefirió los Seat a los latines. En fin, Dios sabe cómo hace sus cosas. Al Roger le ha ido muy bien y también a mí, que soy el dueño de esta antigualla.

El joven conductor, que acomodaba entretanto nuestro equipaje en el baúl del auto, nos sonrió divertido saludándonos con un gesto de la cabeza entre familiar y distraído. Ostentaba las mismas cejas de su tío y tenía idéntica tez olivácea, pero su pelo, renegrido y crespo, acusaba aún más el paso de las huestes de los califas por la isla. Hablaba también con voz de bajo, si bien no tan profunda como la de su pariente y con un tono aún más acentuado.

Mosén Ferrán ocupó el asiento al lado de su sobrino y nosotros subimos a los puestos traseros. Hubo un silencio mientras atravesábamos la ciudad aún ocupada por turistas que invadían las calles y dificultaban el paso de los autos. Ya en pleno campo, volvió a sorprenderme la luminosidad de la noche mallorquina que me suele transmitir una especie de orden interior, siempre anhelado y rara vez conseguido. Hay algo de homérico en esa distante fosforescencia de mundos en apacible viaje en plena noche mediterránea.

Intenté llevar al párroco al tema del Gaviero y conocer su opinión sobre la melancolía que reflejaba su carta, de la cual le di cuenta.

—Es mejor —me contestó en un tono entre cordial y perentorio— que él mismo les cuente todo. Como ya tuve ocasión de decirle a su esposa cuando hablamos por teléfono, no se trata de la salud del Gaviero, ni, menos aún, de algún apuro económico. Bien saben ustedes que el hombre anda siempre sin un céntimo en los bolsillos y lo que le pagan por cuidar esos astilleros abandonados y la maquinaria que allí reposa carcomida por el óxido y el salitre marino le alcanza para vivir dentro de la austeridad que sospecho ha sido una constante en su vida. Algo ha cambiado en él allá en lo profundo de su alma, si bien es cierto que sigue aceptando los mudables decretos del destino y abocado a su perpetua errancia. Ahora está aquí, al parecer resuelto a quedarse por tiempo indefinido, pero en los sabrosos diálogos que sostenemos varias veces durante la semana, no pierde ocasión de mencionar, con evidente ansiedad, puertos lejanos o ilusorias empresas en los más perdidos rincones del mundo. No hay dama de por medio —agregó volviéndose hacia mi esposa con una sonrisa de complicidad—. Pero no debo adelantarles más porque deseo que sea el propio Maqroll quien les cuente cuál fue la prueba por la que pasó y cómo ésta ha trabajado en su ánimo dejándole una impresión de inutilidad y derrota que, según me parece, ha sido para él algo hasta hoy inusitado.

Pasamos a hablar de otra cosa. Le pregunté al ilustrado clérigo por su biblioteca sobre historia del reino de Mallorca. Con satisfacción que no intentó ocultar, me informó que era la más completa que existía en manos de un particular y comenzó a explicarme su curiosa teoría según la cual toda la historia del Occidente cristiano o bien se origina en Mallorca, o ha pasado por allí en sus momentos más críticos. «En Mallorca —afirmó— han ocurrido ciertos hechos claves que modelaron la Europa moderna». El asunto, así planteado, ofrecía no pocos puntos débiles o arduos de probar y me vino la tentación de discutir con Mosén Ferrán algunos de ellos. Pero el párroco de Sant Jaume pasó a mencionar mis relatos que tienen como personaje principal al Gaviero y mis poemas en donde Maqroll habla de su vida trashumante. Me indicó que, a su juicio, me falta aún mucho por descubrir del carácter de nuestro común amigo y me reprochó, no sin prudencia, el haber pasado muy deprisa por las ideas de Maqroll sobre episodios de la historia que el Gaviero, según el párroco, conoce mejor de lo que yo dejo entender en mis libros. Intenté argumentarle que siempre he tratado, en ese caso, de rehuir el desarrollo de tesis históricas que deformarían el espíritu de mis narraciones y, más aún, el de mis poemas. Se limitó a contestarme que, de haberlo hecho, ésa hubiera sido la oportunidad de poner en claro un aspecto de la personalidad de Maqroll que éste suele ocultar a la curiosidad de la gente.

—El Gaviero —dijo— es un anarquista nato que pretende ignorarse o que se le ignora como tal. Su visión del tránsito del hombre sobre la Tierra es aún más ascética y amarga de lo que deja entender en su trato cotidiano. El otro día le escuché algo que me dejó atónito: «La desaparición de esta especie —me dijo— sería un notable alivio para el universo. Al poco tiempo de su extinción, un total olvido caería sobre su nefasta historia. Existen insectos que están en condiciones de dejar testimonios de su paso menos perecederos y fatales que los dejados por el hombre». Traté, como era natural, de rebatirle con argumentos tomados de la teología y de la historia y se limitó a contestarme, con ese énfasis muy suyo de hombre en el puente de mando con el que sabe cortar por lo sano cualquier discusión: «Usted, mi querido Mosén Ferrán, está acorazado con una fe y una tradición religiosa que lo protegen eficazmente de toda duda. También yo lo estuve en mi juventud, pero mi coraza cayó en pedazos como una corteza que se marchita. Allá arriba, en el mástil más alto, lugar de observación del gaviero, interrogando el horizonte, todo misterio se esfuma entre el paso de los alcaravanes y las gaviotas y el restallar del velamen contra el viento. Nada queda en pie dentro de nosotros. Créame». Comprenderán ahora —prosiguió el clérigo— que no me concedió mucha oportunidad para continuar el diálogo por ese camino. Lo admirable es que, entre tantos escombros sentimentales y de todo orden, haya logrado conservar su bondad recia y sin ñoñería. Ése es otro de los enigmas de nuestro amigo.

Me llamó la atención lo bien que Mosén Ferrán conocía a Maqroll y pensé, no sin cierta envidia, en las animadas e interminables charlas durante las cuales se fue forjando esa amistad sostenida por comunes intereses en cuestiones históricas y en las simples pero siempre inquietantes y reveladoras anécdotas del diario vivir de los hombres.

Vino luego, tras las palabras del clérigo, un largo silencio. Mosén Ferrán comenzaba a cabecear a causa del sueño y el vaivén del auto. Media hora después llegábamos a Pollensa.

Las luces de la ciudad se reflejaban en el agua serena de la bahía. Los yates atracados en los muelles del Club Náutico se balanceaban perezosamente y sus amarras gemían con sonido desmayado y soñoliento.

Descendimos en un modesto hotel donde Mosén Ferrán había reservado una habitación con vista a la playa. La dueña era una lejana prima suya, doña Mercé, mujer amable y de pocas palabras, siempre vestida de negro a causa de su viudez, conservada como una distinción especial que resaltaba su prestancia. Nos tenía preparada una cena que acogimos entusiastas dado el apetito despertado por el viaje. Mientras se ultimaban los detalles para servirla, resolví ir a saludar a Maqroll. El sobrino del párroco me llevó hasta los astilleros abandonados en donde el Gaviero cumplía las funciones de vigilante.

En las construcciones semiderruidas reinaba una oscuridad absoluta. El dique seco mostraba al aire los muñones de su antigua estructura de concreto y la armazón de madera se había derrumbado por la acción de la intemperie. Un cobertizo hecho con hojas de zinc ennegrecidas por el óxido debía ser el antiguo lugar donde estaban las oficinas. El conductor tocó levemente el claxon. En una ventana del segundo piso, cubierta en parte con cartones que reemplazaban los vidrios rotos hacía quién sabe cuánto tiempo, se encendió la luz de una linterna de mano que nos alumbró por un momento.

—Ya bajo —se escuchó la inconfundible voz del Gaviero con su acento mediterráneo y cadencioso pero de impecable articulación. A pesar o tal vez a causa de éste, solía confundírsele a menudo con las gentes del mediodía francés. Por entre los claros que dejaban las láminas de zinc, vimos descender la luz por unas escaleras que crujían en forma alarmante. Maqroll encendió la bombilla protegida por una gruesa malla de alambre que había sobre la puerta de entrada. La luz iluminó de lleno y con brutal crudeza el rostro del Gaviero.

No pude ocultar la impresión que me causaron sus facciones. No era que se le hubieran venido de repente los años encima. Pensé más bien en otra de las fiebres que solían devastarlo sin misericordia. Notó mi reacción pero, con una pálida sonrisa nada convincente, trató de quitarle importancia al asunto. Despidió al chofer dándole las gracias por haberme llevado y me invitó a entrar al destartalado edificio. El chofer me dijo que prefería esperar porque tales eran las instrucciones de Mosén Ferrán y la cena estaría lista en cosa de media hora. El Gaviero alzó los hombros en señal de asentimiento y comenzamos a subir las escaleras que, a cada paso, amenazaban con venirse abajo. Al llegar al primer rellano entramos a lo que antes debió servir de oficina y ahora servía de morada al vigilante.

En un amplio sofá forrado de piel había instalado Maqroll su cama, es decir, dos cobijas bastante raídas por el uso y una almohada con manchas de origen incierto. El Gaviero puso la linterna en una mesa tambaleante llena de libros y fue a encender una lámpara de gasolina que colgaba de un gancho en mitad del cuarto. En lo que antes debió ser un escritorio había algunas tazas, dos vasos y varias cajas de latón que debían guardar café en polvo, azúcar y otros alimentos. Todo alrededor de una cocinilla de alcohol. En las paredes colgaban planos de embarcaciones de los más diversos tipos y tamaños, desde grandes cargueros de dos chimeneas hasta veleros de tres mástiles. También se veían planos de motores diesel y perfiles de cascos y arboladuras, todo en un estado tal de deterioro que daba la impresión de que caerían al suelo de un momento a otro. El ambiente, sin embargo, convenía perfectamente con la vida y costumbres de Maqroll y sospeché que hasta debía resultarle acogedor, sabiendo de los antros en donde transcurrieron largos años de su vida. Lo había visitado en cuevas de miseria en lo más profundo de la Amazonia o del Chaco, en buhardillas de horror en Amsterdam y Vancouver o en tugurios infectos de los barrios miserables y lacustres de Guayaquil o Buenaventura. Los astilleros de Pollensa se me antojaron, en comparación, un refugio confortable en donde lo acompañaban sus libros preferidos que hablaban de vidas ilustres y de guerras olvidadas.

Quitó de una poltrona, que cojeaba por ausencia de una de las ruedas de las patas, un montón de revistas de ingeniería náutica que debían reposar allí hacía muchos años y me invitó a tomar asiento. Conociéndolo como lo conozco, sabía que era aconsejable no entrar de lleno en materia sobre el motivo de nuestra visita. Hablamos de Alejandro Obregón y algo mencioné de la carta recibida por éste. No se dio por enterado y me preguntó qué estaba pintando Álex ahora. Pasamos revista a las distintas épocas de la pintura de nuestro común amigo y comentamos su abandono de los peces, las mojarras y los cóndores para entrar en un mundo paradisíaco de ángeles con formas femeninas. Maqroll repuso:

—Un día dejará también a esos seres perturbadores. ¿Sabe cuál es el problema de Álex? Es muy simple, pero no tiene solución: él sueña con pintar un día la vida, no la diaria y necia rutina de los hombres, sino la vida, la de verdad, la que sólo encuentra respuesta en la mudez rotunda de la muerte. Ese propósito no se le cumplirá nunca, pero jamás alguien como él aceptaría una derrota semejante. Allí dejará Obregón la piel, pero no va a cejar. Usted bien sabe que es así. La vida se nos viene encima como una bestia ciega. Se traga el tiempo, los años de nuestra existencia, pasa como un tifón y nada deja. Ni la memoria siquiera, porque la memoria está hecha de la misma substancia inasible y veloz con la que surgen los espejismos y luego desaparecen. Y cómo va alguien a lograr pintar algo así.

La voz le vibraba ligeramente en los tonos bajos de cada frase. Algo me anunciaba que había llegado el momento de entrar en materia.

—Bueno —le dije—, como hace tanto que no nos vemos, me pareció una buena oportunidad aprovechar estas vacaciones para venir a conversar algunas cosas con usted que me han quedado pendientes desde nuestro último encuentro. Además, le confieso que lo que le comentó a Obregón sobre su estado de ánimo me dejó un tanto inquieto y, pues bien, aquí estamos.

Tenemos todo el tiempo que sea necesario. Ya conoce mi debilidad por Mallorca y las viejas raíces que me unen a esta tierra. Si quiere que le confiese, nada nos ha adelantado Mosén Ferrán, que me parece persona de gran calidad y que lo quiere bien. Me da la impresión de que prefiere que sea usted mismo quien nos cuente lo que le ha pasado. No consigo imaginar qué pueda ser. Ya me creía al otro lado de tener sorpresas con usted.

—Eso creía yo también —repuso el Gaviero con la mirada puesta en una imprecisa lejanía—, y me equivoqué lamentablemente. Al filo de la muerte nos han de esperar otras jamás sospechadas. Pero dónde está su esposa. ¿No vino a Pollensa?

La pregunta, lanzada así, de repente, como si despertase de un mal sueño, me indicó que no iba a contarme esa noche nada de lo que le había sucedido. Por alguna razón, que en ese momento se me escapaba, requería para hacerlo de una presencia femenina. El Gaviero se encargó de confirmar mi intuición.

—Para contar esta historia preferiría que estuviera presente su esposa. Las mujeres son las únicas que saben descifrar el fondo del alma infantil. De eso se trata ahora y nosotros los hombres, en esto como en tantas otras cosas que tienen que ver con los sentimientos, somos de una torpeza de carreteros. Mañana haremos que doña Mercé, que es también amiga mía, nos prepare en el hotel una buena sopa mallorquina y algún pescado de los que ella sabe sacar partido con verdadero genio. Sentados en la terraza, frente al mar, conversaremos lo que haga falta. Allá llegaré. No me envíen el taxi de Mosén Ferrán. Estoy acostumbrado a hacer ese trayecto caminando por la orilla de la bahía. El mar ha sido siempre en mi vida un infalible consejero. Usted bien lo sabe.

Me dejó algo intrigado esa alusión al alma infantil y a la facultad femenina para sondearla. Por más vueltas que le daba no conseguí adivinar en qué laberinto se había extraviado nuestro amigo. Lo único evidente era que pasaba por una prueba para él hasta entonces desconocida. Lo mostraban el desconcierto inerme de su mirada y cierto desasosiego sordo que trataba de ocultar a toda costa. Los ojos de derviche en reposo se le habían hundido en las órbitas como si quisieran apagarse. Por la frente le corrían sombras que no terminaban de fijarse en un gesto determinado y los labios intentaban cerrarse con fuerza como para rechazar una pena inmerecida y confusa.

Hablamos un poco más de generalidades intrascendentes y luego me acompañó hasta el auto. Allí se despidió con palabras que me devolvieron al Maqroll de siempre:

—Yo sabía que vendría. No se iba a quedar sin otra historia mía, así, sin más. Pero ésta le va a llegar por donde no se imagina. Muchas gracias por haber respondido a mi llamado. Salude muy afectuosamente a su esposa de mi parte —cerró la portezuela con un gesto desmayado y se internó en el arruinado edificio. Esperé hasta cuando se apagó la luz en la ventana de su refugio y partí menos inquieto e intrigado que antes.

Esa noche, cuando comenté con mi esposa la conversación con el Gaviero, ella se limitó a pronosticar en forma sibilina algo que luego iba a confirmarse con exactitud a la que hace ya muchos años estoy acostumbrado:

—Lo peor ya pasó para él. Ahora está buscando cómo encontrar de nuevo su camino acostumbrado. Se me hace que ha sufrido una de esas pruebas para las que no están hechos los hombres, que suelen carecer de ciertos recursos que nosotras tenemos.

Al día siguiente apareció Maqroll en el hotel hacia la una de la tarde. Doña Mercé lo recibió con afecto y escuchó las instrucciones que le daba el Gaviero para preparar una comida excepcional, como sólo ella sabía hacerlo. Desde nuestra habitación escuchamos el diálogo y pudimos comprobar con cuánta fluidez manejaba ya Maqroll el mallorquín. Cuando bajamos a la terraza, lo hallamos instalado en una mesa situada en un extremo y algo separada de las demás. Tomaba a sorbos espaciados un vino blanco que se servía de una garrafa de cerámica de la isla con adornos de un amarillo intenso. Con la luz del día eran más evidentes las huellas de desamparo en su rostro castigado por todos los climas y azotado por las tormentas en todos los mares que lo habían visto navegar desde su más temprana juventud. Su voz continuaba quebrándose en ese ríspido paso por los tonos bajos, anuncio, desde cuando lo conocí, de que el hombre pasaba por una mala racha.

Saludó a mi esposa con un leve gesto de besamanos y nos invitó a sentarnos frente a la playa, por fortuna no invadida aún por la horda de turistas. Al fondo, los muelles del club de yates seguían albergando embarcaciones de todos los tamaños y de la más variada procedencia.

—Este vino —explicó el Gaviero— proviene de un pequeño viñedo del que es dueña la familia de Mosén Ferrán. Es un tanto picante y áspero pero se le toma pronto ese gusto a tierra asoleada que le confiere una nobleza inesperada. Pruébelo sin reservas, creo que está a la altura de algunos blancos catalanes que usted debe conocer desde niña —Maqroll gustaba siempre de hacer alusión a la tierra de mi esposa. En esta ocasión sentí que lo hacía para establecer una cierta complicidad que le era indispensable.

Las virtudes del vino elogiado por Maqroll no me parecieron tan evidentes como las anunciara nuestro amigo, pero seguimos tomándolo mientras llegaba la comida, acompañado de unos sabrosos boquerones fritos que nos envió la dueña como avance de futuras maravillas de su cocina.

Hablamos de nuestro viaje y de los planes que teníamos para visitar de nuevo Cádiz. El Gaviero volvió a perderse en una larga disertación sobre la pintura de Alejandro. Pasó luego a elogiar las raras condiciones de Obregón como socio en andanzas no todas confesables. Era evidente que trataba de ganar tiempo hasta que el diálogo adquiriese el tono de familiaridad que requería lo que deseaba contarnos. Al comienzo, su ansiedad era evidente, como también lo era su deseo de ganar la atención de mi esposa y su simpatía con la historia que nos esperaba. Doña Mercé en persona nos sirvió las humeantes cazuelas de barro con la sopa mallorquina. En su ir y venir la dueña no retiraba los ojos de Maqroll. Era evidente su interés en saber cómo iba a desenvolverse en esta ocasión, frente a quienes nada sabíamos de su prueba reciente.

A tiempo con los postres llegó Mosén Ferrán. El clérigo hizo el elogio de la crema cremada que nos estaba sirviendo doña Mercé y se sentó al lado del Gaviero. Ésta pareció ser la señal que todos esperábamos para que Maqroll iniciara su relato. Una ligera brisa corrió por la bahía. El Gaviero se pasó las manos por el pelo entrecano y recio, como quien se prepara para afrontar una dificultad ardua pero inevitable. Después de pedir a doña Mercé otra jarra de vino y de ordenar café para todos, inició su relato.

«Hace algo más de un año recibí una carta enviada desde Port Vendres. Antes de abrirla, el lugar de procedencia bastó para despertarme un malestar que era bien fácil de explicar. Muchos años atrás fui a parar allí para mi mala suerte. Venía como marino supernumerario en un barco de carga con bandera turca. Me había embarcado en Salónica con papeles falsos que me señalaban como ciudadano belga. El capitán, en un comienzo, no prestó mayor atención a mis documentos, pero el contramaestre, al examinarlos con mayor detenimiento, cayó en la cuenta de la superchería y me conminó a dejar el barco en el primer puerto que tocáramos. Logré convencerlo de que no me dejaran en Trípoli, que era la próxima escala. Allí hubiera durado vivo apenas unas pocas horas. Es una historia muy larga que otro día contaré, si consideran que vale la pena. Pasamos luego a Génova pero las autoridades portuarias no quisieron recibirme. Parece que subsistían allí ciertos antecedentes policiales que yo daba por prescritos. Bueno, mi vida no ha sido fácil y ustedes conocen de sobra mi fatal tendencia a interpretar las leyes a mi manera. Pues bien, la escala siguiente era Port Vendres. Allí el barco recogería a un grupo de emigrantes franceses que iban a probar suerte en Túnez. Por esos años, era el punto obligado de partida de la ola de emigrantes que, desde comienzos de siglo, decidieron buscar fortuna en tierras menos castigadas por guerras y crisis económicas y que, al mismo tiempo, no estuvieran tan distantes del país natal. En Port Vendres conseguí que las autoridades me recibieran mediante la promesa de partir hacia Argel en el imperativo término de diez días. Firmé un papel en el cual me comprometía a hacerlo bajo la gravedad del juramento y así me dejaron bajar.

»Port Vendres no tenía entonces ese aire de modesto rincón de veraneo que hoy sigue sin ser muy convincente. Era un lugarejo destartalado, cuya vida giraba por entero alrededor del paso de los emigrantes hacia el norte de África. Uno podía tener la impresión de que el pueblo, en su conjunto, pertenecía a la conocida Compagnie de Navigation Paquet que prácticamente monopolizaba el tránsito de la opaca multitud de paso, cuya miseria y ansiedad por partir daban al puerto un carácter de permanente y dramático desastre. Lo que en verdad rayaba, de mi parte, en la demencia era pensar en conseguir algún trabajo estable que me librase de la promesa suscrita a la policía, en un pueblo en donde todo el mundo estaba en disposición de partir sin importarle lo que dejaba atrás. Todos los negocios estaban a punto de cerrar o se ofrecían en venta en condiciones desesperadas. Ustedes bien saben que he pasado por atroces pruebas de enfermedad y de hambre, y que buena parte de ellas las he sufrido en climas tan atrayentes como los de Alaska, Tierra de Fuego, la Amazonia, los páramos de la cordillera o los manglares de Luisiana, para sólo mencionar algunos de los infiernos adonde me ha llevado la suerte, por decirlo en alguna forma. Imagino que les será difícil creerme que ha sido en Port Vendres donde he sentido más de cerca que llegaba al cabo de la cuerda. Cuando se acabaron los pocos francos con los que me habían despachado los turcos, traté de salir hacia Túnez o Argelia, como me había comprometido a hacerlo. Pero, por una de esas endemoniadas incongruencias de la burocracia francesa, que me hacen recordar siempre al temible Colbert, a quien Madame de Sevigné llamaba "le Nord", y a su imperio oficinesco que prevalece aún en ese país con tenacidad superior a todo lo imaginable, me enteré de que no podía viajar al norte de África porque no era ciudadano francés y carecía de no sé qué autorizaciones firmadas por el gobierno colonial, cuya histeria burocrática, dicho sea de paso, tenía características demenciales.

Nunca podré olvidar al pequeño funcionario con la piel picada de viruelas y facciones de rata anémica, que me sentenció, dejando en el aire un mal aliento sepulcral: "Usted no viajará jamás allá. Hay un sello que, cumplidas todas las formalidades, soy yo quien tiene que estampar. Nunca lo haría porque allá no queremos gente como usted. Somos nosotros los franceses, que hemos hecho la guerra, los que tenemos derecho a esas tierras. Quienes, como es su caso, no son de ninguna parte, pueden irse allá, a ninguna parte, que es donde merecen estar". Cerró la ventanilla con tal furia que me recordó la guillotina y las *tricoteuses* del terror jacobino.

»Durante pocos días trabajé como mesero en un café. Cuando éste cerró, me recibieron en un taller mecánico que reparaba las grúas de la Compagnie Paquet. Era reemplazante en el turno de la noche. A la semana, el sindicato consiguió que me despidieran. Intenté otros medios para ganarme la vida, ya no recuerdo muy bien cuáles, hasta que un día desperté tirado en un rincón de las escaleras que conducen hacia la plaza del Obelisco. El día anterior no había conseguido probar bocado, a pesar de que me atreví a solicitar limosna de mesa en mesa en los pocos cafés del puerto que aún estaban en funciones. Sin propósito concreto alguno, me dirigí a los muelles y empecé a rondar por las instalaciones destinadas a recibir a los emigrantes antes de abordar sus navíos. Me recosté, a punto de perder el sentido, en una gran ventana con los vidrios pintados de blanco. En la esquina inferior de ésta habían raspado el barniz para colocar un letrero en donde se pedía un ayudante para la limpieza de la sala de primeros auxilios, situada al final de los galpones que funcionaban como sala de espera. Me dirigí a la manguera que colgaba de una de las grúas y accioné la bomba para tomar agua. Con el estómago lleno de líquido y temporalmente aliviado del mareo, entré al lugar que indicaba el anuncio.

»Toqué discretamente el timbre y salió a abrirme una mujer que volvió a recordarme a las madrinas de la guillotina. Le faltaban todos los dientes y era muy difícil entender lo que decía. Por señas terminé indicándole el letrero de la vidriera.

Me hizo pasar mientras musitaba vagas maldiciones y protestas. La bruja me dejó en un pequeño consultorio. Detrás de un biombo que alguna vez fue blanco, me esperaba el para mí inolvidable *maître* Pascot, como se hacía llamar por todo el mundo. No he conocido a nadie que lograse engañar con su porte y facciones en forma más absoluta. Corpulento y sonrosado, con una perpetua sonrisa benevolente que se extendía por el rostro imberbe hasta llegar a los ojos de un azul pálido de vivacidad tan gratuita que era la primera señal de alarma para alguien que lo observara con cuidado. El doctor Pascot había usurpado todos los gestos y rasgos físicos de lo que en el mundo médico francés se llama un *grand patron*. En realidad se trataba de un taimado bribón capaz de extenuar al más paciente y tenaz de sus subordinados.

»El trabajo en cuestión, que de inmediato acepté como una tabla salvadora, consistía en limpiar escrupulosamente la sala de primeros auxilios, sostenida por no sé qué asociación benéfica para ayudar a los emigrantes que requirieran alguna atención médica. La marea de familias de paso hacia los barcos no se suspendía durante las veinticuatro horas de cada día. Venían de todos los rincones de Francia, pero, naturalmente, la mayoría provenía del sur. La clientela del dispensario del *maître* Pascot estaba compuesta de mujeres a punto de dar a luz; de hombres heridos en las constantes riñas para hacer respetar el sitio en las múltiples colas que se formaban sin pausa en cada ventanilla; de niños con tos ferina, viruelas o avanzada deshidratación; de alcohólicos en aguda crisis etílica y de algunas víctimas de males incurables que deseaban partir para morir en el paraíso mirífico de la otra ribera del Mediterráneo. La sala tenía que mantenerse constantemente, así me lo repitió el doctor Pascot con énfasis inobjetable, en estado de limpieza y de higiene absolutas. Los pacientes se turnaban día y noche sin parar. Yo no tendría días de descanso ya que era el único responsable de esa tarea de caballo de noria. Las comidas debía hacerlas en la misma sala, entre paciente y paciente. El salario, naturalmente, era de miseria pero me alcanzaba para hacer tres frugales y rápidas comidas al día y adquirir, de vez en cuando, alguna prenda usada en las tiendas de ropavejeros que pululaban alrededor de los muelles. El día en que comencé a trabajar le comenté a Pascot que no había comido nada hacía cuarenta y ocho horas. El hombre se metió la mano en el bolsillo de la blusa y me entregó dos francos diciéndome: "Vaya al café que hay pasando esta puerta y regrese dentro de media hora. Es la primera y última vez que hago esto con usted. Me los paga el próximo fin de semana cuando reciba su salario. Represento una institución de beneficencia pero no soy esa institución. Son dos cosas muy distintas. ¿Comprende?".

»Lo había comprendido muy bien y los días que siguieron me lo hicieron ver aún más claro. Les ahorro los detalles de lo que fue mi vida en Port Vendres trabajando en esa sala de emergencia y las trapacerías que le vi hacer al tal Pascot para esquilmar a sus víctimas. Su primera advertencia al recibir a los enfermos era: "Mis servicios aquí son enteramente gratuitos pero los medicamentos que receto debe pagarlos usted. Yo mismo se los daré aquí para que le resulten más baratos que en la farmacia".

»Más de una vez vi a un emigrante enfurecido que hacía el intento de írsele encima al siniestro tartufo, pero siempre los detenía la mirada serena y sonriente y la corpulencia de forzado que se adivinaba debajo de su impoluta blusa de médico. Otros se retiraban llorando. Era evidente que carecían del dinero para comprar las medicinas que recetaba Pascot.

»Cuando le pregunté a éste dónde y cuándo iba a dormir, me explicó con angélica expresión: "Cada día hay uno o dos partos. Éstos suelen tomar varias horas. Entonces no lo necesito y puede dedicar ese tiempo al sueño. Pregunte por el señor Grancier en la oficina de equipajes extraviados. Dígale que va de parte mía y él le va a indicar un rincón tranquilo donde podrá dormir a gusto".

»Grancier, perfecta réplica del patrón, no prestaba este servicio gratis. Lo que hacía era arrendar por algunas horas el astroso camastro donde él mismo dormía tras el montón de maletas y bultos. Yo trataba de conciliar el sueño en medio de la algarabía de los pasajeros a punto de embarcar, víctimas de una histeria harto comprensible. Allí caía rendido hasta cuando, con un leve puntapié en las costillas, Grancier me despertaba para anunciarme que me esperaban en el consultorio. De muy pocas palabras y con su rostro patibulario, el hombre atendía las reclamaciones de quienes iban a preguntar por algún bulto extraviado. Se limitaba siempre a alzarse de hombros y a mover la cabeza en forma negativa mientras recorría sin convicción la montaña de bultos que lo rodeaba. Era fácil de colegir que el muy granuja era asiduo proveedor de los ropavejeros del muelle.

»Pues bien, ésa fue mi vida durante cuatro infernales meses durante los cuales conocí en carne propia, como si aún me hiciera falta, los límites de sórdida crueldad y de insondable miseria que alcanza a soportar un hombre sin recurrir al suicidio o al crimen. De allí logré escapar por un milagro de los dioses. Una noche acudió a la sala de emergencia un capitán danés que se había desarticulado un hombro al hacer no sé qué maniobra en el cuarto de máquinas. Pascot me ordenó sostener al paciente mientras trataba de volver la articulación a su sitio. El capitán, en medio de espasmos de dolor, me miraba fijamente. Una vez vendado y cuando los sedantes que le encajó el médico empezaron a hacer efecto, el danés me habló con voz apenas audible. "Maqroll. Maqroll el Gaviero. Pero qué diablos hace usted aquí. ¿No me reconoce? Soy Olrik, Nils Olrik, el capitán del *Skive*". La expresión de dolor que traía cuando entró me impidió reconocerlo al primer momento. Éramos viejos amigos. Había trabajado para él en varias ocasiones, como ya lo he contado alguna vez».

Claro que yo recordaba perfectamente los episodios en los que Olrik había participado en la vida andariega del Gaviero. Éste prosiguió su relato:

«Le conté mi situación y la falta de papeles que me mantenía esclavo de Pascot y sus patrañas de pícaro redomado. Me preguntó si había firmado allí algún contrato o papel que me comprometiera. Le expliqué que no y, sin más preámbulos, me dijo que partiera con él. En unas horas zarparía su barco. Por papeles no debía preocuparme. Él me tomaba como parte de la tripulación. Ya sabía cómo hacerlo. Esto me lo dijo, desde luego, en alemán, para no alertar al médico e impedir cualquier trastada que a éste pudiera ocurrírsele. Salimos tomados del brazo ante la mirada atónita del hombre que se rascaba la amplia calva y sólo acertaba a repetir como atontado: *"Pas possible, pas possible"*.

»Olrik me inscribió en la nómina de la tripulación como enganchado en Hamburgo hacía dos meses. Por enfermedad había tenido que alcanzar por tierra el barco en Port Vendres. Cuando hice la primera comida a bordo, tuve que retener las lágrimas que me salían en una mezcla de rabia y de alivio. Partimos en la madrugada con rumbo a Córcega cargados de trigo y cebada.

»He querido relatarles con algún detalle esta mi primera experiencia en Port Vendres para que pudieran entender, en primer término, el malestar que me produjo el nombre del lugar en el matasellos del sobre, y, luego, porque hay cierta ironía en el hecho de que en ese sitio, que me fue tan adverso, se iba a originar una de las más plenas y aleccionadoras experiencias de mi vida. Cuando abrí el sobre, una voz me anunciaba sordamente que nada bueno podía venir de allí. Esa voz se equivocaba rotundamente si bien el texto de la misiva era para inquietarse. La voy a leer porque la traje conmigo».

El Gaviero sacó del bolsillo de su camisa de marino un sobre arrugado. Desplegó la hoja de papel escrita a mano por las dos caras y nos leyó la siguiente carta, cuyo texto tuve ocasión de copiar más tarde:

«Señor Gaviero:
Aunque no lo conozco mucho, he oído acerca de usted. Hace algunos años viví con su amigo Abdul Bashur. Esto ocurrió

durante dos temporadas, entre viaje y viaje de Abdul por los puertos del Mediterráneo. Soy de Alcazarseguer y de niña fui a vivir a Argel con mi familia. Allí aprendí danza árabe y he andado medio mundo con esa profesión. Conocí a Abdul en Túnez. Viajaba en un barco del cual una parte pertenecía a usted. No recuerdo el nombre. Vivimos juntos en Bizerta cerca de un año. Allí quedé encinta y tuve que abandonar la danza. Abdul siempre me decía que si algún día él faltaba, yo podría acudir a usted en procura de ayuda. Mi hijo nació y seguimos viviendo en Túnez. Abdul nos visitaba de vez en cuando. Después de su muerte en Funchal tuve que volver a la danza pero ya no fue lo mismo. Jamil, mi hijo, necesitaba de mis cuidados y no quise someterlo a los continuos viajes a los que mi profesión me obligaba. Conseguí trabajo en un almacén de artículos típicos de los que compran los turistas y allí duré dos años. El almacén cerró y he ido trabajando aquí y allá en muchos oficios. Ahora se me presenta la oportunidad de trabajar en Alemania en una fábrica, gracias a una amiga que ha estado allí dos años. Ella es de Port Vendres y he venido con Jamil para preparar el viaje a Bremen donde está la fábrica. Mi idea es reunir el dinero suficiente para viajar al Líbano. Warda, la hermana de Abdul, me permitiría vivir a su lado junto con Jamil. Ella ha sido muy leal y amable conmigo. No nos conocemos pero nos escribimos con frecuencia. Necesito urgentemente consultar con alguien de confianza toda esta situación muy difícil de explicar por carta. Warda me dio su dirección y yo le pediría el inmenso favor de venir aquí para indicarme qué debo hacer porque no puedo llevar conmigo a Jamil. Los papeles para trabajar en Alemania exigen que vaya sola. Todo esto es muy confuso y sólo se me ocurre apelar a usted. Abdul lo quiso mucho e insistió siempre en que la única persona en la que confiaba sin reservas era usted. No tengo a nadie a quien acudir. Mis padres murieron y no tengo hermanos ni familia. Tampoco quiero cargar sobre Warda y sus hermanos y hermanas la responsabilidad de sostener a Jamil mientras estoy en Alemania. Aquí le explicaré mis razones. Disculpe las molestias y sacrificios que le pueda ocasionar esto que le pido. Lo hago apoyada únicamente en la amistad que los unió a Bashur y a usted. En espera de verlo pronto le envío un saludo muy afectuoso.

Lina Vicente.

»P. D. Si se decide a venir puede comunicármelo a la siguiente dirección: Ancien Café Mogador, 44 Quai Pierre Forgas. Port Vendres, Pyrénées Orientales. Lina».

«La carta —prosiguió Maqroll— mostraba a una mujer de carácter firme y madurada a costa de grandes pruebas. Había en el tono de sus palabras una mezcla de dignidad, de sensatez y de respeto que me impresionó mucho, por no ser estas virtudes las más comunes en vidas y regiones como las de Lina. Tomé, pues, la determinación de ir a verla. Para eso me informé del itinerario de los cargueros que podían tocar Port Vendres o un sitio cercano y logré conseguir que me permitieran viajar en uno que pasaba por Palma dos semanas después. Envié a Lina un telegrama anunciándole mi arribo y partí para la capital mallorquina. Inútil decirles que la imagen de Bashur y el recuerdo de todas nuestras andanzas en común no se apartaban de mi mente. Gracias al llamado de Lina, ese pasado se me convirtió en una obsesión durante el viaje a Port Vendres. Logré precisar en mi memoria algunas alusiones de Abdul a su relación con esta mujer y al hijo que había tenido con ella. Era algo muy vago y no pude recordar las palabras con las cuales mencionó el asunto. La vida sentimental de mi amigo consistió en una sucesión de episodios, a menudo tempestuosos, que siempre terminaban en dramáticos rompimientos. Desde luego había una excepción: Ilona. Sobre este particular he vuelto en varias ocasiones. Después de la trágica desaparición de nuestra común amiga, cómplice, hada madrina y amante, Bashur rompió con su pasado y tomó caminos inesperados y sinuosos sobre los cuales ya he hablado en su oportunidad. Fue en ese período cuando conoció a Lina Vicente y tuvo con ella a Jamil.

»En la estrecha cabina que compartía con un monje que había colgado los hábitos y un platero armenio que huía de no sé qué delito cometido en Sicilia, trataba de reconstruir mis encuentros con Bashur durante esa época de su vida y no conseguí traer a la memoria imagen alguna de esa mujer que ahora me llamaba en busca de ayuda. Imaginaba sus rasgos, intentaba ponerle un cuerpo y unos ademanes que se ajustaran con los elementos que me proporcionaba la carta y sólo conseguí armar un confuso rompecabezas que nada me decía. Cuando llegué a Port Vendres, temprano en la mañana, me dirigí de inmediato al Ancien Café Mogador. El Port Vendres que recordaba había desaparecido por completo. Sólo quedaban las instalaciones de la Compagnie de Navigation Paquet, cuyo letrero deslavado permanecía para rememorar épocas de una esfumada prosperidad. La ciudad mostraba una tranquilidad por entero nueva para mí. Los hoteles y cafés lucían su fachada de acogedora y apacible urbanidad, propia para atraer a los turistas. Era el mes de octubre y la ola de visitantes del norte ya se había dispersado. El café indicado por Lina tenía una pequeña terraza sobre la avenida que bordeaba la bahía. Al frente se podían ver los muelles casi vacíos. Entré y vino a recibirme un mozo con evidente aspecto de catalán, lo que su acento vino a confirmar después en forma categórica. Le pregunté por Lina y una ancha sonrisa le alegró el ceño. Entró al fondo del establecimiento y minutos después apareció Lina. Como sucede en tantas ocasiones, su figura no concordaba para nada con las imágenes que me había hecho. Alta, de un andar firme y elástico, los hombros ligeramente anchos, algo en todo su porte me hizo recordar de pronto a Ilona. Pero allí terminaba cualquier parecido. El rostro de Lina, anguloso con la nariz formando leve arco que le daba un aire de halcón, la barbilla saliente repitiendo un poco la línea de la nariz pero en sentido inverso, me recordó algunas caras que suelen encontrarse en el País Vasco o en ciertas regiones de los Balcanes. Los ojos ligeramente salientes y de un color verde oscuro que cambiaba al pálido por efecto de la luz, tenían, eso sí, esa fijeza inteligente y escrutadora que suele distinguir a la gente levantina. Había algo de santón o de sacerdotisa de un rito olvidado en esa mirada que me confirmó los atributos de carácter que su carta me había revelado. Sonreía con dificultad y se notaba en ella una tensión, una inquietud seguramente nacidas de su presente incertidumbre respecto al futuro. Traté de calcular su edad pero me fue imposible. Denotaba una movilidad, una fuerza interior en perpetua acción y vigilancia que podían indicar un resto de juventud o bien madurez ganada a golpes de un sino adverso. Podía tener treinta años como cincuenta. Más tarde, cuando me enteré de su edad, me sorprendí sobremanera: acababa de cumplir veinticinco años. Cuando vino hacia mí, sorteando con ligereza felina las mesas y sillas de la terraza, comprendí qué clase de atracción pudo ejercer sobre Abdul una mujer como ella. Tenía todas las condiciones que a mi amigo le hacían perder los sentidos y lanzarse a complicaciones de todo orden cuyo final yo conocía de memoria. Me saludó afectuosamente y se sentó a mi lado sin quitarme los ojos de encima, mientras sonreía con una expresión entre azorada y satisfecha. "Yo sabía que vendría. Nunca lo dudé —comentó—. Tanto me habló Abdul de usted que tengo la impresión de conocerlo de tiempo atrás. Antes de que le cuente en detalle la razón de mi llamado voy a ocuparme de su instalación. Venga conmigo".

»Su español era correcto y fluido pero con marcado acento árabe. La seguí por entre las mesas de la terraza y atravesamos un pequeño bar interior detrás del cual estaba la cocina. En el fondo de ésta, una escalera de caracol nos llevó a una especie de azotea en donde había varias habitaciones y un lavadero de ropa junto al baño común. Lina se empeñó en llevar la bolsa de marino en donde suelo cargar mis pertenencias y algunos libros. Entramos a uno de los cuartos en donde había un catre de campaña y una pequeña cómoda de madera. Allí dejamos mis cosas y Lina me entregó la llave indicándome que podía entrar y salir sin importar la hora. El café abría a las siete de la mañana y cerraba a la una de la madrugada. Si llegaba más tarde, con la misma llave del cuarto podía abrir la puerta de la entrada principal que estaba al fondo de la terraza. En todos los movimientos y palabras de la mujer era patente un juicio sin titubeos que me llamó la atención. Pensé que, en la vida diaria, para el carácter de Bashur, esa firmeza no debió ser fácil de aceptar. Después, al familiarizarme con su sonrisa de una dulzura muy particular y atrayente, me di cuenta de todo el encanto que había en esta mezcla inusitada. Bajamos a la terraza y Lina me explicó que debía dedicarse a cumplir ciertas obligaciones en la cocina y en el servicio de los clientes que comenzaban a llegar. Nos veríamos a la hora del almuerzo, pasado el mediodía.

»Fui a recorrer la ciudad y los lugares donde recordaba haber pasado horas de una penuria atroz. Como ya les dije, nada de aquello quedaba en pie. Todo estaba remozado y respiraba un aire de amable comodidad, de bonanza modesta pero estable. Muchos de los visitantes que circulaban por los cafés y por los muelles hablaban catalán. Era evidente que se trataba de gente que venía de Figueras, de Gerona y, en general, de la Costa Brava, para disfrutar de la comida y de los vinos franceses en un ambiente familiar y cercano. Llegué hasta los muelles. De los largos galpones que albergaban a los emigrantes a punto de embarcar a Marruecos y Argel no quedaba nada. Solamente el despintado edificio con el letrero de la Compagnie Paquet se mantenía en pie. Pero el aire de inocencia apacible de esta construcción casi abandonada no me trajo a la memoria recuerdo alguno. En aquel entonces debía estar oculta por otros edificios y estructuras de hierro y cristal ahora desaparecidos. Sentí como una desilusión, un amargo reclamo por ese disolverse en el tiempo de un pasado que aún me dolía recordar y del que no quedaba ni una esquina, ni un ladrillo, como testigos de mis días de miseria que iban a sumarse ahora a otros tantos sumergidos en los laberintos de la memoria. Un sol espléndido reverberaba en las blancas fachadas de las casas y edificios ordenados en anfiteatro alrededor de la pequeña bahía de aguas tranquilas y transparentes. Tanto bienestar llegaba a dolerme haciéndome sentir ajeno y casi rechazado por un edén que no me estaba destinado.

»Regresé al café a la hora indicada por Lina y me senté en una mesa de la terraza. Poco después apareció Lina llevando de la mano a un niño que me miraba con ojos atónitos y sonrientes, con una expresión muy semejante a la de su madre. Vino a saludarme y me dio la bienvenida en un árabe titubeante. Lo que me asombró de inmediato fue el evidente parecido de sus gestos con los de su padre. La misma desarmonía entre el movimiento de las manos y las palabras que pronunciaba, el mismo girar de la cabeza hacia un espacio indeterminado y lejano, antes de volver a mirar al interlocutor para responder a sus preguntas. Los ojos y la parte inferior del rostro eran los mismos de Abdul, sin el estrabismo que daba a éste un aire de misterio indefinible. No pude menos de recordar la fotografía del niño al pie de los hierros carbonizados de un avión, que usted me mostró cuando fuimos a Funchal para recoger los restos de Abdul. Una punzada de dolor y de nostalgia irremediable me dejó casi sin respiración. Traté de disimular mi emoción y algo le pregunté a Jamil que no recuerdo. Él, sin contestarme, puso su mano en mi brazo y me sonrió como indicándome que todo lo sabía y todo lo entendía. Hablamos las socorridas trivialidades de uso en tales ocasiones. Era evidente que Lina deseaba que Jamil y yo nos conociéramos, antes de que ella me relatara su historia. Pasado un breve tiempo, le dijo a Jamil que subiera a la azotea para jugar allí mientras nosotros conversábamos. El niño obedeció de inmediato y se despidió de mí sonriente pero con la mirada escrutadora de quien desea conocer aspectos no evidentes de la personalidad del interlocutor.

»La historia de Lina era la común secuencia de la mujer que ha vivido con un hombre, ha tenido un hijo suyo y, luego, se ha abierto paso en la vida por su propia cuenta. Se habían conocido en Bizerta, cuando Abdul y yo éramos propietarios del carguero que nos incautaron en Barcelona por llevar contrabando de armas para los anarquistas. Cuando Bashur supo que Lina esperaba un hijo, le envió con regularidad dinero para seguir viviendo y para pagar los gastos de la clínica cuando fuera a dar a luz. De padre argelino y madre española, desde niña había mostrado notables aptitudes para la danza y su madre la llevó a recibir clases con una bailarina del vientre, lejana parienta suya, que vivía retirada en un rincón de la Kashbah. Los padres murieron en un accidente al chocar el autobús en el que viajaban a Constantine, donde el padre había conseguido un trabajo en las instalaciones petroleras. La niña quedó huérfana a los trece años y la maestra de baile la acogió en su casa. Las pocas pertenencias que dejaron sus padres fueron a parar a manos de la mujer que cuidó de la muchacha hasta cuando ésta comenzó a bailar en fiestas y reuniones del barrio. Muy pronto fue reconocida como una profesional con dotes evidentes y se integró a una compañía de danza que viajaba por el norte de África y por el Medio Oriente. Había tomado el apellido de su madre al descubrir que sus padres no estaban casados. Su vida fue la de todas las bailarinas que recorren los puertos del Mediterráneo. Poseía la milenaria sabiduría de esa danza que tiene mucho de ritual y se desarrolla dentro de pautas rigurosas que se pierden en el ignoto pasado de los hijos del desierto. En una de sus escalas en Bizerta, Lina conoció a Bashur. Era proverbial la afición de éste por el espectáculo de la danza del vientre, al cual, dicho sea de paso, también soy un adicto convicto y confeso.

»Por aquel entonces yo andaba en otras ocupaciones, por llamar de algún modo mis visitas a Kuala Lumpur y a la península e islas cercanas que hoy forman la Federación Malaya, donde por cierto encontré, en circunstancias que ya relaté, a nuestro querido Alejandro Obregón, gracias al cual estamos aquí reunidos. Por tal razón poco supe de las relaciones de Abdul y Lina. Dos o tres vagas alusiones al tema por parte de Abdul en sus cartas fue lo único que me llegó de esa historia. Bashur siguió viendo a Lina cuando pasaba por Bizerta pero, luego, cuando entró en esa etapa de su vida en donde todo se confunde, sólo volvió a verla en fugaces encuentros. Usted relató ya esa especie de tránsito de nuestro amigo por las tinieblas de un mundo marginal. Lina se enteró de la muerte de Bashur en el accidente aéreo de Funchal poco después de ocurrido éste. Ya para entonces había dejado la danza y se dedicaba a trabajos ocasionales, primero en Argel, luego en Orán y, finalmente, en Marsella. Allí había conocido a la amiga que ahora la invitaba a trabajar en Alemania. Tal como me lo decía en su carta, Lina estaba en relación con la familia de Abdul, sobre todo con Warda, que trabajaba para la Media Luna Roja del Líbano.

»Ahora bien, los motivos por los cuales no deseaba enviar a Jamil con su tía se originaban en su deseo de que éste creciera a la sombra del recuerdo de su padre, pero no del Abdul que evocaban los familiares sino del que ella había conocido y de quien era yo el más cercano y viejo amigo. Por esto, antes de partir para Alemania, en donde se proponía reunir una pequeña suma de dinero que le diera relativa independencia en relación con los Bashur, quería que me encargara del muchacho y lo tuviese a mi lado durante el tiempo que ella iba a estar ausente. Por otra parte, Lina temía que la familia pudiera crear, sin proponérselo, una distancia entre ella y su hijo, convirtiendo a éste en uno más de los numerosos nietos del viejo armador Ahmed Bashur, cuyo prestigio aún se conservaba en el gremio de la marina mercante de la región, muchos años después de su fallecimiento. Este recelo me pareció muy característico de su personalidad pero, al mismo tiempo, me recordó esa mezcla de reserva y afecto caluroso que se empeñó en mantener Abdul con su gente.

»—Es evidente —agregó Lina— que el único camino que me queda es acudir a usted, sabiendo que con eso he de ocasionarle muchas molestias, pero estaba segura de que respondería a mi solicitud conociéndolo como lo conozco a través de Abdul, que me contó tantas cosas de su vida en común que, le repito, usted es para mí como alguien que he tratado desde hace años. Ahora sólo me queda el saber qué piensa de todo esto.

»Le contesté que mi resolución estaba ya tomada desde el momento en que recibí su carta. Podía contar conmigo sin reservas ni escrúpulos. Lo que sí le advertí era que la experiencia de convivir con una criatura como Jamil era la última que hubiera podido imaginar. Después de una existencia como la mía, vivida sin ataduras familiares ni compromisos de ninguna clase, siempre al filo del desastre y rodando por los rincones más apartados del mundo, sin cuidar un instante de lo que pudiera suceder mañana ni ocuparme de lo que dejaba atrás, de fracaso en fracaso y sin más bienes que lo que llevaba puesto, después de todo esto, era difícil imaginarme al cuidado de una criatura que dependería de mí en forma absoluta. Sin embargo, le dije, algo me decía que bien podía ser para Jamil un transitorio reemplazo de su padre a quien quise tanto y de cuya ausencia no creo que me curaré jamás. Lina asintió con la cabeza sin comentar mis palabras, como si, de antemano, supiera que las cosas habían de suceder en la forma como estaban ocurriendo. Pasó luego, sin volver sobre lo anterior, a plantear un problema inmediato.

»Los papeles de Jamil lo presentaban como tunecino. Su viaje a Mallorca ofrecía ciertos problemas. El permiso de residencia que le otorgaron en Francia estaba vencido hacía varios meses. Lina tenía uno diferente con plazo mucho más amplio, por haber nacido durante el mandato francés. Había que pensar cómo podía yo pasar a España con Jamil. Esto tomaría algunos días y durante ese tiempo el muchacho se familiarizaría conmigo, con lo cual la separación de la madre sería menos dolorosa. Seguimos dándole vueltas a las varias soluciones que nos venían a la mente y en eso estábamos cuando llegó la hora de comer. La terraza comenzó a llenarse de clientes y Lina tuvo que ir a la cocina para encargarse del servicio. Me explicó que yo comería allí mismo junto con Jamil. Partió a su trabajo y poco después llegó su hijo, quien se sentó frente a mí en silencio y mirándome con sus grandes ojos cuya anterior expresión atónita se había mudado por una inquisidora e inquieta, pero siempre con la sonrisa heredada de su madre. A la hora de los postres le pregunté qué quería tomar y me contestó escuetamente, esta vez en español: "Un helado. Pero no aquí porque no son muy buenos. Yo te llevo donde sirven los mejores". Me atrajo su desenvoltura al responderme. Descendimos la avenida del puerto y nos instalamos en un café cuyas mesas comenzaban ya a desocuparse. Vino el mesero y saludó a Jamil como a un viejo conocido. Se nos quedó mirando en espera de que ordenáramos y Jamil, después de pensarlo un momento, dijo: "Yo quiero una bola de limón, y otra de coco". Habló en francés con un fuerte acento árabe. El mesero volvió a mirarme y le pedí un café. "¿No quieres helado? Están muy ricos", me propuso Jamil con cierto desencanto en la voz. "A estas horas prefiero café", le respondí fascinado con el desparpajo de Jamil, muy en el estilo de Bashur en sus días de mejor humor.

»Ahora —prosiguió el Gaviero— debo hacer un aparte que me parece necesario para que se entienda mejor cómo fue mi relación con Jamil. No es fácil explicar lo que sentí cuando nos encontramos en el Ancien Café Mogador y me miró con esa expresión sorprendida y cargada de una intensidad a un tiempo muy infantil pero teñida de una madurez sin desencanto ni amargura. No era un niño el que tenía enfrente. Al menos, no la presencia convencional que solemos imaginar los mayores con poca experiencia en esa relación. Lo que sí puedo asegurarles es que, desde ese instante, sentí hacia él una calurosa solidaridad, una simpatía total, sin reservas ni vacilaciones. Cosa que a mí mismo me sorprendió entonces. Era algo para mí desconocido. Yo creía haber recorrido todos los matices de relación en la accidentada trayectoria de mis innumerables desplazamientos y descalabros. Era como si, de repente, se hubiese abierto de par en par, allá en lo más escondido de mi ser, una puerta que daba a un vasto territorio hasta entonces inexplorado, lleno de las más desconcertantes maravillas. No puedo explicarlo mejor y temo estar cayendo en el sentimentalismo».

—No lo creo —comentó mi esposa—. Para mí está clarísimo —lo dijo con tal convicción que fue patente en Maqroll el alivio que le trajeron sus palabras.

—Qué bueno —comentó éste con sonrisa desvaída y siguió el hilo de su relato, esta vez ya más natural y reposado. Era evidente que, hasta ese momento, le había costado trabajo manejar ciertos aspectos de su experiencia con Jamil.

«Cuando estábamos sentados en el café y Jamil saboreaba en forma alternada y circunspecta una cucharada de helado de limón y otra de coco, sentí como si lo hubiera tenido a mi lado desde el momento de nacer. Formaba parte de mi vida. Y, si bien es cierto que el ser hijo de Abdul y el saber que iba a tomar por un tiempo el lugar del padre eran factores que indudablemente contaban para despertar en mí esos sentimientos, también lo era que el muchacho, como persona y por sí mismo, poseía una gracia y comunicaba un encanto avasalladores. Por un momento llegué a pensar en que me estaba engañando a mí mismo y que, por no haber tenido jamás relación con niños, tomaba como inusitado algo que, para los demás, debía ser normal y cotidiano.

»Pero algunas frases que cruzamos mientras Jamil terminaba su helado me confirmaron en mi primera impresión.

»—Tú vives en Mallorca, ¿verdad? —me preguntó mientras raspaba en la copa los últimos restos de helado.

»—Sí —le contesté—, vivo en Pollensa. Un puerto muy bonito. Pero el lugar donde vivo está abandonado y en ruinas.

»Pensé que era mejor prevenirlo sobre el deterioro de mi guarida. Jamil se alzó de hombros como diciendo: "Qué importa. Así está bien". Cuando terminó con el helado, se quedó mirando la copa en actitud de severo reproche y luego comentó con tono sibilino: "Siempre se acaba antes de lo que uno espera. Así son las cosas. Como dice mi mamá".

»Una vez más tuve la impresión de escuchar a Bashur y de tenerlo a mi lado. El comentario era tan propio de su padre y Jamil lo dijo en forma tan espontánea que, por un instante, sentí como si asistiera a un fenómeno invocatorio de orden sobrenatural.

»Cuando regresamos al Ancien Café Mogador, Lina nos estaba esperando recostada en la jamba de la puerta interior que daba a la cocina. En la expresión de su cara me di cuenta de que había percibido ya, con toda claridad, mi simpatía y fascinación hacia Jamil.

»—Lo último que se me hubiera ocurrido era pensar que Jamil lo iba a obligar a comer helados. Porque a eso fueron,

¿verdad? —comentó regocijada y perdida ya esa tensa incertidumbre que había advertido antes.

»—No quiso comer helado. Tomó café —explicó Jamil sin inmutarse.

»Lina me miró para conocer mi reacción.

»—No se preocupe —le dije—. Ya veo que comeré helado en la próxima ocasión y, además, lo haré con gusto.

»Esa tarde resolví ir a los muelles para averiguar si se esperaba algún barco que fuera a Mallorca. En efecto, había uno y su capitán, mencionado en el anuncio de arribo, resultó ser alguien que conocía de tiempo atrás. Pensé que con él podría combinar algo para que Jamil viajara sin problemas. Dos días después atracó el carguero. En las oficinas de la naviera que lo fletaba me informaron que el capitán había sido reemplazado a último momento por motivos de salud. Jamil me había acompañado para hacer la averiguación. No se separaba de mí durante el día y la noche anterior durmió en mi cama. Estaba empeñado en que le contara con todo detalle una pesca de atún en Alaska que casi me cuesta la vida y en la cual perdimos Sverre Jensen y yo el barco pesquero que habíamos adquirido en Vancouver después de muchos sacrificios.

»Pasábamos buena parte del día en los muelles y allí me torpedeaba con preguntas tales como: "¿Por qué flotan los barcos?". "¿Cómo pueden esas hélices tan pequeñas hacer navegar barcos tan grandes y todos hechos de hierro?". "¿Quién manda más en el barco: el jefe de máquinas o el contramaestre?". "¿Cómo pueden los barcos cambiar de bandera tan fácilmente y las personas, en cambio, no pueden cambiar de país?", y muchas otras cuestiones por el estilo, en apariencia fáciles de contestar pero que, al tratar de hacerlo, tropezaba con obstáculos insalvables y daban lugar a otras más, cuya respuesta era imposible. Regresábamos por la avenida del puerto y Jamil insistía en probar los helados del café en donde tenían para él atenciones de viejo cliente. Esa tarde, mientras Jamil liquidaba dos bolas de helado de vainilla, observábamos el movimiento del puerto. Un tráfico pausado y modesto en nada comparable, desde luego, con el de Amsterdam o Hamburgo, que habían sido ya objeto de largas charlas con Jamil. En esto vimos una lancha del resguardo costero que remolcaba un pequeño velero con las velas arriadas y, al parecer, sin otra tripulación que un timonel que observaba la maniobra con aire desconsolado. De vez en cuando daba un golpe de timón para seguir a la lancha de la policía portuaria. Jamil me preguntó qué pasaba con la embarcación y, antes de que pudiera responderle, el mesero, que seguía la maniobra junto a nuestra mesa, explicó:

»—Son contrabandistas. Vienen de la Costa Brava. No tienen remedio, los pobres. No han aprendido que ya no están los tiempos para ejercer el oficio sin mayores riesgos. A cada rato los capturan.

»—Gaviero —Jamil no se acostumbraba todavía a pronunciar mi nombre. Le costaba dificultad la combinación de la q y la r—, ¿qué es un contrabandista?

»—Son gente —le expliqué— que pasa de un país a otro con mercancía, sin pagar los derechos de aduana que se cobran para que puedan entrar productos extranjeros. La guardia costera los detiene y los lleva presos.

»—Pero —continuó Jamil—, ¿los guardias son malos y los matan si no se dejan prender?

»El mesero se adelantó para explicar: "No, Jamil. No son malos ni los matan. Eso era antes, cuando la gente era más brava y el contrabando era mayor. Como estamos tan cerca de la frontera, esto que estás viendo sucede a cada rato. Se van a quedar aquí presos durante veinticuatro horas, les confiscan la mercancía y los devuelven a España".

»—Pobres —comentó el niño—, yo no les haría nada.

»La reacción del mesero ante estas palabras fue de una patente simpatía. En ese instante me vino a la cabeza una idea que, de inmediato, desencadenó todo un plan que podría solucionar nuestras dificultades migratorias. Resolví confiarle al mesero nuestro problema, y luego le comenté que, a mi modo de ver, lo más fácil era pasar a España por tierra con Jamil. Pero necesitábamos la ayuda de alguien en Port Vendres que no despertara sospechas en el puesto fronterizo. El mesero, sin titubear, me informó en voz baja:

»—La persona indicada la conoce usted muy bien. Es Pierre Vidal, un catalán del Roussillon que trabaja en el Ancien Café Mogador. Hable con él. Yo sé cómo se lo digo.

»Terminó Jamil el helado y partimos hacia nuestro albergue. Durante el trayecto me miraba fijamente como tratando de descifrar mi plan. Sabía ya que allí se jugaba su destino. Traté de explicarle el asunto en la forma más sencilla:

»—Para que vengas conmigo a Pollensa, tenemos primero que pasar a España para embarcarnos en Barcelona. Pero como la policía aquí no acepta tu pasaporte tal como está y nos haría muchas preguntas, vamos a hacerlo de manera más fácil.

»—Sí —apuntó Jamil con cierta suficiencia—, como los contrabandistas. Pero ¿si nos detienen?

»—No nos van a detener. No pasará nada. Confías en Maqroll, ¿verdad? —le pregunté a boca de jarro para ver su reacción.

»La contestación de Jamil forma parte de la famosa serie de réplicas del muchacho que Mosén Ferrán y yo hemos coleccionado puntualmente:

»—Yo sí confío en el Gaviero —me respondió—. En los que no confío es en esos señores del resguardo con sus lanchas, sus reflectores y sus cañones que me dan miedo.

»Tuve que contestarle un tanto al azar:

»—Se trata de no tropezar con ellos en el camino. Pasaremos por tierra. Es menos arriesgado.

»Jamil volvió a mirarme con expresión de picardía y contento. El camino por tierra le abría nuevas posibilidades de aventura que le tentaban mucho. Pero conociéndome como hombre de mar, creo que tenía poca confianza en mis andanzas terrestres. Una vez más me vino a la memoria una confusa madeja de recuerdos. Sentí que quien estaba a mi lado era el propio Abdul Bashur con sus regocijados circunloquios frente a mis planes para desafiar lo monótono y cotidiano del destino.

»En el Ancien Café Mogador nos esperaba Lina. Nos sentamos a comer y, a los postres, Jamil comenzó a pestañear dominado por el sueño. La noche anterior habíamos conversado hasta muy tarde. Lina lo llevó al cuarto y regresó de inmediato. Había intuido que algo se preparaba en relación con nuestro viaje a Pollensa. Le conté de mi charla con el mesero del otro café y de mi plan de cruzar la frontera por tierra. Tan pronto como terminé, manifestó su plena aprobación al proyecto y fue a traer a Vidal.

»—Éste es Pierre Vidal —me dijo cuando regresó con él, que me miraba con atención— y éste es Maqroll el Gaviero, como creo que ya sabes muy bien. Bueno, él te va a contar de qué se trata.

»Pasé a explicarle en líneas generales cuál era mi propósito. De inmediato mostró el mayor interés en ayudarnos. Desplegó el ceño y sonrió satisfecho de poder contribuir con su experiencia a que saliéramos del paso.

»—No sueñe con tratar de hacerlo por mar —dijo—. La vigilancia es muy estricta y más en los puertos españoles. Tiene razón: la única forma de hacerlo es por tierra, cruzando la frontera por Le Perthus. Debe hacerse en un auto con placas de Perpignan o de cualquier ciudad cercana de España. Casi nunca piden los papeles en ese caso. Tampoco en el lado español. Llegan a Figueras y allí toman el tren para Barcelona. El viaje de Barcelona a Palma ya sabe usted cómo se hace. En el ferry no exigen formalidad ninguna.

»Todo eso me sonaba tan sospechosamente simple que debió notarlo porque en seguida insistió:

»—Sí señor. Así es ahora. Usted, seguramente, estuvo aquí hace muchos años y por eso pensó pasar en barco. Ahora es muy sencillo. Simplemente me dice cuándo piensan partir y yo arreglo con un primo mío que viaja varias veces durante la semana a La Junquera en donde tiene un restaurante que le administra un sobrino. Todo queda aquí en familia. Déjeme saber con cierta anticipación, dos días o cosa así. Todo irá bien. No se preocupe.

»Me quitaba un peso de encima y todo volvía a su cauce natural. Seguimos hablando y le conté mi experiencia de muchos años antes en Port Vendres. Me compadeció con una sonrisa aún más abierta y me explicó que, en ese entonces, él era un adolescente. Recordaba la marea de emigrantes como una pesadilla dolorosa y sombría que entristeció su juventud. Se despidió de nosotros y partió a servir en una mesa ocupada por una familia de turistas holandeses que lo llamaban por señas y comenzaban a protestar.

»Aclarado el panorama de nuestro paso a España, sólo quedaba convenir con Lina cómo y cuándo sería la partida. Aprovechando que Jamil seguía durmiendo, Lina planteó en forma muy directa y sin tapujos su sentir sobre todo el asunto.

»—Quiero que sepa —me dijo— que me voy a Alemania muy tranquila dejando a Jamil en sus manos. Veo que se entienden de maravilla. Él no hace sino citar su nombre con cualquier pretexto y le tiene un afecto que me parece correspondido. Mire lo que son las cosas: la decisión más improbable fue la mejor. A cualquier persona que lo conozca le cuento que voy a dejar a Jamil a su cuidado y me diría que es una locura. Alguien como usted, sin techo fijo en parte alguna, con una vida atropellada, llena de cambios inesperados y brutales, llevada siempre al borde de la transgresión y la cárcel, no parece ser la persona ideal para encargarse de un niño de casi cinco años. Yo, fiándome sólo de mi intuición y recordando las mil anécdotas que Bashur solía relatar sobre usted, pienso, en cambio, que nadie más indicado puede haber para cuidar a mi hijo. Ahora sé que estaba en lo cierto. Creo que lo mejor es que partan ustedes primero. Tengo que arreglar algunas cosas pendientes y ponerme de acuerdo con mi amiga sobre detalles del viaje. Lo haremos en tren, desde luego, pero hay que buscar la manera más rápida y menos costosa para llegar a Bremen por esa vía. Me duele, como usted no se puede imaginar, el separarme de mi hijo; pero sé que es por el bien de nosotros dos y trataré de ocultar mis sentimientos. Pero los niños saben con toda claridad lo que los mayores sentimos y de nada valdrá disimular mi pena. Bueno. Ya veremos.

»Le contesté que estaba listo para viajar en cualquier instante. Me tranquilizaba que supiera que Jamil quedaba en buenas manos y que sería cuidado con enorme cariño.

»Lina subió a ver a Jamil y yo me quedé en la terraza dándole vueltas a esa nueva situación que me planteaba el destino y que jamás había estado en mis cálculos más delirantes. Vidal se acercó a la mesa y, viendo mi estado de ánimo, trató de alentarme:

»—Jamil es un encanto —me dijo—. Mucho bien le hará a usted estar a su lado y descubrir esa vida que despierta. Tengo dos nietos. Para mi esposa y para mí son como un baño que renueva sentimientos que pensábamos ya muertos. Es algo muy intenso y a la vez muy tonificante. Todo saldrá bien. Ya lo verá. Casi le diría que lo envidio.

»Volvió a sus obligaciones. Cada vez que pasaba a mi lado me guiñaba un ojo en señal de complicidad. Las palabras de Lina y, luego, las de Vidal, me rondaban en la mente. Iba tomando conciencia de aspectos de mi decisión por los cuales, hasta ese momento, había pasado un tanto por encima. Caí en la cuenta de que Jamil estaba ya vinculado a mi existencia. Una existencia que había creído solucionada y estable en este refugio de Pollensa. Era curioso sentir cómo este cambio, en lugar de pesarme como una responsabilidad inesperada, me inyectaba una especie de entusiasmo que hacía muchos años había dejado de sentir por cosa alguna. Era evidente que Jamil se entregaba sin reservas a lo que yo dispusiera. La regocijada complicidad en su relación conmigo, sobre todo cuando le adelantaba detalles sobre nuestra futura vida en Pollensa, se me antojaba un magnífico regalo de los dioses. Toda una vida, pensaba, dando tumbos aquí y allá, de puerto en puerto y de rincón en rincón de la Tierra cada vez más agreste y escondido, atravesando los inenarrables infiernos por los que he tenido que cruzar, curtido de experiencias que, a menudo, se me ocurren como vividas por distintos protagonistas y no por uno solo cuya sobrevivencia no me explico. Todo eso, en fin, para terminar de tío postizo de un hijo de Abdul Bashur, cuya vida y cuyo destino van a depender por completo de cada gesto y de cada palabra míos. Había algo insensato en todo aquello. Pensé que mejor era no escrutarlo demasiado. No hay que provocar a las potencias que mueven los hilos sin descender a consultarnos. Es posible, me dije, que todo pertenezca a ese orden soñado y esperado tantas veces y que otras tantas se me ha ido de entre las manos. ¿No será que ahora se me ofrece en la persona de esta criatura que me está diciendo: "Ésta es la gran prueba que te mandan. Estaré a tu lado para asegurarte que, una vez al menos, todo sucede como en efecto debía suceder y no como te suele llegar, es decir, por obra del aciago sino que te persigue"?

»En esto apareció Jamil en persona. Vino a sentarse a mi lado y comenzó a observar el tráfico del puerto. Como si hubiese adivinado mis pensamientos, me preguntó de repente con expresión inquisitiva:

»—¿Así también es Pollensa?

»Habíamos hablado de Pollensa y del viaje pero nunca en detalle. Como no sabía entonces cómo íbamos a salir de Port Vendres, no quise que tomara como definitivas cosas que aún estaban por verse. Ahora todo se presentaba en forma clara y contundente. Era tiempo, pues, de hablar de nuestro futuro. Sabía que Jamil tomaba al pie de la letra y como verdad incontrovertible todo lo que yo le decía. Ahora sé que ésa es condición común a todos los niños. Con un poco de esfuerzo de introspección hubiera podido saberlo por mí mismo volviendo a mi infancia. Pero también ahora caía en la cuenta de que, desde muy joven, ya en la gavia de los pesqueros en donde trabajaba, tuve que estar tan atento a lo que cada día se me echaba encima como un torrente de riesgos y de súbitas alarmas que no me daba tiempo de volver sobre mi infancia, perdido como estaba en el vértigo cotidiano de un presente implacable.

»Le expliqué que el puerto mallorquín se hallaba en una bahía más grande que la de Port Vendres y que el paisaje era muy diferente. La luz, más intensa, estaba por todas partes, el agua era más transparente y serena y la ciudad, más pequeña que Port Vendres, se extendía por un llano con leves colinas a lo lejos. No existían esas fortalezas templarias que en Port Vendres sobrecogían el ánimo en los días grises y de lluvia. En Pollensa se hablaba el dialecto de Mallorca, muy parecido al catalán, que seguramente había escuchado en el sur de Francia. Pollensa era más tranquila y había menos barcos que en Port Vendres. Abundaban los yates de recreo, algunos grandes y lujosos. Nosotros íbamos a vivir en unos astilleros abandonados, donde antes se sometían los barcos a limpieza y ajustes requeridos por el uso y trabajo del mar en los cascos y en toda la obra metálica. Desde una ventana de nuestra habitación podríamos ver la entrada y salida de embarcaciones, la mayoría de placer, que alegraban la vista de la bahía.

»Pasé luego a contarle cómo íbamos a cruzar la frontera con España por Le Perthus. "Y si nos agarran los guardias, ¿qué nos van a hacer?", exclamó.

»—En primer lugar —le dije— no nos van a agarrar. La gente pasa sin trámites y no tiene que mostrar a fuerza sus papeles. Pero si eso sucede, nos devuelven sencillamente a Francia sin otro problema —tuve que mentir un poco. Lo que podía esperarme a mí, en caso de que nos prendieran, era un tanto más complicado.

»—Entonces son guardias buenos —comentó Jamil como tratando de tranquilizarme, restándole importancia a la inquietud que me hubiera podido despertar su primera cuestión.

»—Los guardias, Jamil, no están para ser buenos ni malos sino para ser guardias —me quedé esperando una réplica del muchacho pero éste se limitó a lanzarme una mirada de conmiseración en la que me decía: "No tienes remedio. A veces no entiendes nada".

»Acto seguido me bombardeó a preguntas sobre el viaje, con una ansiedad que logró comunicarme. Pensé que era el colmo, después de todo lo que me ha sucedido en la vida, acabar sintiendo esa febril excitación por algo que debía significar para mí una simple rutina sin importancia. La razón estaba en Jamil, en mi descubrimiento de Jamil y en su inagotable ansiedad por abarcarlo todo, por saberlo todo y por verlo todo. Me temo que los estoy aburriendo soberanamente con este insistir en la novedad de mi experiencia que para ustedes ha de ser algo familiar. Deben, de seguro, hallar un tanto necio el toparse con alguien para quien la relación con una criatura que no ha cumplido los cinco años se convierte en una experiencia reveladora».

—No. No lo crea —comentó mi esposa—. No nos está aburriendo. Todo encuentro con un niño nos descubre, cada vez que sucede, un mundo sorprendente. Digan lo que digan los psicólogos, no existen reglas ni principios para predecir las sorpresas que nos depara esa experiencia. Pero no era en eso en lo que estaba pensando. Le confieso, Maqroll, que hay algo que he estado por preguntarle desde hace rato y no me he atrevido a hacerlo.

—Ya lo sé, señora. No se preocupe, Jamil está bien y vive donde debe vivir, al lado de su madre y de la familia de Abdul. El que no está bien soy yo. Pero ya sabe que, viejo adicto a la conformidad con el destino, sé cómo arreglármelas.

Mosén Ferrán apoyó una de sus grandes manos de labrador en la que el Gaviero tenía sobre la mesa. Con ese gesto fue más elocuente que las palabras que no quiso o no supo pronunciar. Maqroll, desviando un instante de nosotros su mirada, regresó a su relato.

«Al día siguiente vino a visitar a Lina la amiga que iba a trabajar con ella en Alemania. Lina insistió en que yo estuviera presente en la conversación y conociera a la que llamaba, con cierto dejo de sorna, "mi protectora". La mujer era el extremo opuesto de Lina en muchos sentidos. Rubia y regordeta, con una mirada siempre distraída y como fija en algo nunca presente pero que buscaba de continuo. Asunta Espósito era una curiosa mezcla de padre saboyano y madre del Roussillon, que respiraba un aire de honestidad a toda prueba, de tesonera persistencia en sus propósitos, facultades ambas que sabía esconder tras una perpetua sonrisa de muñeca en vitrina y ese aire de quien no acaba de estar en donde está. Era evidente que sentía por Lina una admiración y un apego que la hacían parecer menor que la madre de Jamil, cuando en verdad le llevaba varios años, como pude enterarme después. Tuve de inmediato la impresión de que la buena de Asunta jamás hubiera regresado a Bremen de no ser por la compañía de Lina, que le garantizaba una estabilidad emocional que le hacía tolerable el exilio. Hablaba tropezando un tanto las eses que pronunciaba pegando más de la cuenta la lengua al paladar.

»—Lo hacía a usted más joven —me soltó de sopetón, antes de sentarse a mi lado—. Bueno, no es eso, es que Lina me hablaba de sus viajes y de sus andanzas como si fueran las de un amante de la aventura y veo que para nada tiene el aspecto de una persona así. Pienso más bien en un monje que anduviera buscando por el mundo el convento que se le ha perdido.

»—Asunta —trató de disculpar Lina la salida de su amiga— anda dando palos de ciego y viendo siempre cosas que no son y personas que ella inventa.

»Repuse que, por el contrario, era posible que Asunta no anduviera tan descaminada y que no era la primera vez que escuchaba esa comparación, si bien lo de la búsqueda del convento me parecía una novedad reveladora. Todos reímos a un tiempo y luego Asunta me preguntó cómo me había parecido Jamil. No quise entrar en mucho pormenor y más bien traté de tranquilizarlas respecto a los cuidados que tendría con el muchacho. Estaba seguro de que allí residía el mayor motivo de preocupación de ambas mujeres, más en Asunta que en Lina, que ya me conocía mejor. Le expliqué que Jamil era para mí como un sobrino y que lo encontraba más despierto y más inteligente de lo que su edad permitía suponer. Vi que la rubia se ruborizaba sin motivo aparente y miraba a Lina como aprobando su decisión de haberme llamado, sobre la cual era claro que venía abrigando algunas dudas. Pasamos a hablar de Alemania y de los alemanes y del siniestro clima de Bremen. En ésas apareció Jamil que quería ir conmigo al puerto para asistir a la llegada de un barco de guerra italiano anunciada en los pizarrones de la capitanía del puerto. Me despedí de las mujeres y, al momento de partir, Lina me informó con la naturalidad de quien habla de algo ya convenido hacía mucho tiempo:

»—Esta tarde hay que avisar a Vidal de la partida de ustedes. En dos días estará todo listo.

»La miré con cierta sorpresa y ella, sin hacer caso de mi reacción, comenzó a hablar con Asunta de ciertos documentos que debía recoger no sé en qué oficina. Jamil no hizo comentario alguno, pero, mientras nos dirigíamos al puerto, guardó un silencio que mostraba con claridad la impresión que le habían causado las palabras de su madre.

»Esa noche hablamos con Vidal y se convino la salida para dos días después. El primo pasaría por nosotros antes del mediodía. Lina se dedicó en el plazo que quedaba a comprar alguna ropa que, según ella, le iba a hacer falta a Jamil en Pollensa y a preparar las prendas del niño que ya tenía en uso. Mosén Ferrán me había metido discretamente en el bolsillo algunos billetes de dinero francés en el momento de embarcar. Lo que llevaba conmigo iba a ser a todas luces insuficiente. Ofrecí a Lina acompañarla en las compras que quise pagar y ella rechazó la idea sin dejarme insistir en el asunto.

»El día de la partida pasó por nosotros el primo de Vidal hacia las diez de la mañana. Muy semejante de rostro a Pierre, era más corpulento y respiraba un aire de atlética juventud en lo que para nada se parecía al primo que tenía algo de enfermizo y afiebrado que llegaba a inquietar. Lina descendió con Jamil, que llevaba un pequeño maletín que había conocido tiempos mejores pero le confería al muchacho una dignidad de viajero experimentado. Lina lo retuvo en sus brazos largo rato tratando de ocultar su dolor como podía. Jamil, intrigado por la aventura que se avecinaba, no mostró en ese momento mucha emoción. Vidal nos miraba divertido y, cuando la pequeña furgoneta Renault de su primo arrancó, pasó un brazo sobre los hombros de Lina y con el otro se despidió en un gesto afectuoso e insistente. El auto tenía a ambos lados un dibujo colorido con el mismo plato de langostinos pintado en forma un tanto ingenua y un letrero que decía "A Can Miquel. Lo mejor en pescados y mariscos. La Junquera".

»Íbamos sentados al lado del conductor. Yo en medio y Jamil en la ventana porque insistió en no perderse detalle de nuestro paso por la frontera. Llevaba en los brazos su maletín como un objeto valioso. Accedió a la sugerencia del primo de Vidal de ponerlo en la parte trasera del auto, pero de vez en cuando volvía a mirarlo como temiendo que no estuviese allí. Ramón, que era el nombre de nuestro chofer, mostraba una tranquilidad, casi una indiferencia que traía intrigado a Jamil. Al tomar la carretera de España y cuando leí en voz alta el letrero que la indicaba, Jamil volvió a mirar a Ramón y se resolvió a lanzarle la pregunta que se guardaba desde hacía rato:

»—Y si nos detienen los guardias, ¿le quitan el auto?

»Ramón esperó un momento antes de responder, mientras hacía con sus pobladas cejas unos visajes que nos hicieron reír. Por fin se lanzó en catalán con un énfasis tal como si alguien le hubiera preguntado un absurdo inconcebible:

»—¡Pero, niño, por Dios! Nadie nos va a detener. Qué cosas se te ocurren. Los guardias a estas horas están leyendo el diario y tomando el segundo café del día, que es el que mejor saborean. Ni siquiera nos van a mirar. Verás cómo hacen un gesto con la mano como quien espanta una mosca y eso es todo.

»Jamil no pareció estar muy convencido y pasó a preguntar para qué servían los fortines que a cada momento aparecían en lo alto de los cerros como vigilando la carretera. Le explicamos que eran edificaciones de otros tiempos cuando los dos países estaban en guerra. Era evidente que quería que estuviesen activos y representasen un peligro actual e inminente. Al poco rato, se quedó profundamente dormido, recostado sobre mi brazo. Lo acomodé mejor sobre mi pecho. Respiraba con inocente serenidad que me pareció conmovedora. Sus grandes pestañas se movían de vez en cuando. De seguro soñaba con guardias y contrabandistas. De nuevo sentí que invadía mi pecho un calor, una densa ternura que resultaba casi dolorosa. Jamil, hijo del mejor amigo que me otorgó la vida, dormía seguro de los sentimientos que bien sabía haber despertado en mí desde el momento en que nos conocimos. El muchacho desplegaba en sus gestos y en toda su relación conmigo una suerte de energía, de sorpresivo poder que me desataba un torrente de sensaciones inusitadas. Seguramente los debí conocer en la niñez y me encargué de ocultarlos luego en lo más hondo de mí mismo. La vida se me vino encima muy temprano y tuve que tragar sorbos muy amargos, administrados por adultos con la indiferente brutalidad propia de lo que llaman "la lucha por la vida". Una vez más no encuentro cómo explicarlo, pero, mientras sostenía la rizada cabeza de Jamil en mis brazos, sentía que emanaba de él una corriente estimulante que lo convertía en un mensajero que me iba conduciendo, en medio del desamparado desorden de mi existencia, a un mundo recién inaugurado, a un dichoso recomenzar desde cero que borraba errores y desventuras del pasado y me regresaba a una disponibilidad cercana a la embriaguez. En fin, es más complicado que eso y más sencillo. Usted, señora, de seguro me comprende mejor».

Mi esposa asintió sonriente sin hacer ningún comentario. Mosén Ferrán movía la cabeza enternecido y mostrando que estaba largamente familiarizado con esos discursos del Gaviero. Yo, a mi vez, recordé algo que me comentó Abdul Bashur en la época en que lo conocí y que me sirvió mucho para establecer una relación duradera con Maqroll.

—El Gaviero —me dijo— es como esos crustáceos que tienen un caparazón duro como la piedra que protege una pulpa delicada. Suele guardar esa zona sensible de su intimidad con tal cuidado que es fácil pensar que no la tiene. Luego vienen las sorpresas que, con él, pueden ser reveladoras.

«Cuando nos acercamos al puesto fronterizo francés —prosiguió el Gaviero— Jamil despertó, como si hubiese adivinado que se aproximaba el momento que esperaba con tanta ansiedad. Un guardia francés, con el quepis echado hacia atrás, leía el periódico con aire adormilado y bonachón. Volvió a mirarnos, se fijó en el vehículo e hizo con la mano señal de que siguiéramos mientras regresaba a su lectura con indiferencia casi impertinente. Jamil, en una reacción inmediata e incontrolable, hizo con la mano el gesto de disparar al guardia mientras le gritaba en árabe:

»—Te ganamos, pum, pum, pum.

»Traté de taparle la boca pero ya era tarde. El guardia ni siquiera había quitado la mirada de su periódico. Ramón le increpó:

»—¡*Collons* con el crío! Mira que hablar en árabe justo aquí. Está *boig* o qué.

»Jamil nos miró con picardía y se alzó de hombros con fingida indiferencia. Pasamos de inmediato a la zona española. En la caseta, dos guardias conversaban apaciblemente fumando el que debía ser su décimo cigarrillo del día. Hicieron un gesto amistoso de saludo a Ramón y éste aceleró la marcha y contestó con la mano que sacó por la ventanilla. Jamil volvió a mirarme y comentó:

»—A éstos no los matamos porque son amigos de Ramón. ¿Viste cómo nos saludaron?

»Llegamos a La Junquera y Ramón nos dejó en la estación de los autobuses que iban a Figueras. Se despidió de nosotros con una cordialidad de viejo amigo y, pasando las manos por los cabellos de Jamil, le dijo cariñosamente:

»—Aquí guárdate el árabe para cuando estés solo con el Gaviero. En esta tierra te puede traer problemas.

»Jamil lo observó divertido y asintió con la cabeza como dando a entender que acataba el consejo, sin descifrarlo muy bien.

»Nos sentamos en un café en espera de la salida del autobús. Jamil se encerró en un silencio que me hizo pensar que hasta ese momento se daba cuenta de la separación de su madre. Estaba a punto de llorar pero se contenía con dificultad. Por fin se resolvió a hablar y me comentó:

»—Mi madre me ha dicho que nunca olvide el árabe que es el idioma que hablaba mi padre y que hablan los Bashur.

Ahora qué voy a hacer, si aquí no me dejan hablarlo. Y mi mamá, en Alemania, ¿con quién lo va a hablar? —gruesos lagrimones le corrían por las mejillas.

»—Tú y yo hablaremos en árabe todas las veces que quieras. Esta gente de las fronteras vive muy prevenida y no quieren que se les tome por extranjeros. Tu mamá también hablará allá con sus compañeras de trabajo, muchas de las cuales son palestinas o sirias. Cuando pase por ti a Pollensa, que será muy pronto, verás que hablarán árabe, como siempre.

»Jamil se quedó un tanto más tranquilo pero en su mirada se advertía una ansiedad imprecisa con la que me examinaba como si fuese la primera vez que me veía. Terminamos el café con leche y subimos al autobús que partió en seguida. Llegamos a Figueras pasado ya el mediodía y llevé a Jamil a probar arroz con mariscos en un figón que nos había recomendado Ramón. Me sorprendió la habilidad del chico para quitar la cáscara a los langostinos y le pregunté dónde había aprendido tan bien esa ciencia, propia únicamente de la gente de la costa. Me explicó que su madre había trabajado en Perpignan en un restaurante especializado en frutos del mar y que le había enseñado a pelar las cigalas y los langostinos que a escondidas traía para él de su trabajo. Cuando llegó la hora de tomar el tren fuimos a la estación directamente. El expreso a Barcelona traía dos horas de demora. Pensé que, por prudencia, era mejor no andar por las calles de Figueras sin propósito determinado. En la sala de espera de la estación no había casi nadie. Nos sentamos en una larga banca de una incomodidad espartana y Jamil comenzó a preguntarme de nuevo sobre Mallorca y sobre Pollensa. Con paciencia que no me conocía le respondí cada cuestión, tratando de no ilusionarlo mucho sobre los aspectos atrayentes del lugar, ni insistir sobre la precariedad de nuestro albergue. Cuando el tren entró en la estación, Jamil me tomó de la mano y me dijo:

»—Vamos, Gaviero, ése es nuestro tren. Quiero llegar pronto a Pollensa.

»Pronunciaba "Pollentsa" y en adelante no hubo manera de corregirlo. Subimos al tren y le expliqué que aún nos faltaba hacer el trayecto desde Barcelona hasta Mallorca por ferry. Le volvió el sueño y se durmió en mis brazos. Debía sostenerlo con evidente torpeza porque una mujer sentada frente a nosotros me sonrió comprensiva. Llegamos a Barcelona al anochecer. Jamil había despertado poco antes de entrar el tren a la estación de Francia. Tomamos un autobús que nos llevó al puerto. El ferry partía a las ocho de la noche. Compramos los pasajes y nos instalamos en el estrecho camarote que nos correspondía. Jamil no quiso seguir durmiendo y me llevó a cubierta para asistir a la partida del ferry. Mientras llegaba la hora, se extasió observando el ir y venir de embarcaciones en el puerto y siguió con atención las maniobras de partida de varios grandes navíos de pasajeros y algunos cargueros que zarpaban hacia diversos lugares del mundo. Su fascinación por el mar era evidente y me enternecía sobremanera. Con mirada escrutadora iba almacenando todos los detalles del movimiento portuario y los informes que me pedía con insaciable curiosidad. No pude menos de imaginar cómo hubiera reaccionado Bashur ante ese interés de su hijo por las cosas del mar. Conseguí, al fin, que aceptara acompañarme a cenar y luego fuimos al camarote para dormir un rato. La curiosidad de Jamil por asistir a la entrada del ferry a Palma lo despertaba una y otra vez. Cuando tocamos el muelle, abrió los ojos con la frustración de no haber presenciado la maniobra de atraque.

»En Palma nos esperaba Mosén Ferrán. Recuerdo sus primeras palabras:

»—*Qué nen mes maco*. Parece un príncipe heredero viajando de incógnito».

—Ésa fue la impresión que tuve —se dirigió Mosén Ferrán a mi esposa—. La recuerdo como si hubiera sido ayer. Jamil es un niño aparte. Son reacciones de abuelo que le nacen a uno sin darse cuenta —mi esposa sonrió divertida ante el entusiasmo del párroco historiador.

Empezaba a caer la tarde y la puesta del sol, casi excesiva en su despliegue de naranjas y lilas de una variedad de tonos delirante, nos impuso un silencio ceremonial. Cuando toda esa orgía de colores se desvaneció en un rojo cárdeno invadido lentamente por grises que recordaban los paisajes de El Greco, Maqroll fue el primero en hablar:

—Me temo que esta historia se ha extendido demasiado. Debo haberles fatigado.

—No precisamente —le comentó mi esposa—. Ya muero de curiosidad por saber qué sucedió con Jamil y cómo fue su vida en Pollensa. Si doña Mercé no tiene inconveniente, me atrevería a proponer que esperemos aquí la noche hasta que termine su historia.

Mosén Ferrán y yo nos sumamos a la propuesta. El clérigo se levantó de la mesa y fue a parlamentar con la dueña. Regresó poco después para informarnos que doña Mercé mandaba decir que no nos preocupásemos. Ya vendría en su momento para ofrecernos algún refrigerio. Mientras tanto nos enviaba con el párroco una magnífica jarra de sangría en la que flotaban trozos de melocotones y unas fresas de su jardín que Mosén Ferrán elogió con entusiasmo.

Maqroll había permanecido entretanto con la mirada perdida en el horizonte donde comenzaba a instalarse la gran noche del Mediterráneo. En ese momento percibí la melancolía que trabajaba sus entrañas y el pozo de incertidumbre y pena en el que estaba sumergido, de seguro desde su niñez, sepultada por él en un olvido que el contacto con Jamil había despertado trayéndole recuerdos de un paraíso que había dado por perdido. Al relatarnos su historia, era evidente que en algo aliviaba su congoja.

—Ahora —prosiguió— he venido a preguntarme si tantos años de vida en el mar y tan atropelladas como absurdas incursiones tierra adentro no habrán contribuido en buena parte a esa marginación, a esa amputación diría mejor, de una experiencia que me fue revelada al lado de Jamil. Usted recuerda —se dirigió a mí— que en el diario que escribí durante mi subida por el río Xurandó, en busca de los malditos aserraderos que se desvanecieron en una pesadilla, hablo de esos momentos en la vida cuando pensamos que la esquina que jamás doblamos, la mujer que nunca tornamos a buscar, el camino que dejamos por otro, el libro que jamás terminamos, todo esto se va acumulando hasta formar una vida paralela a la nuestra y que, en cierta forma, también nos pertenece. Pues bien, buena parte de esa existencia dejada de lado regresó de golpe tan pronto tuve a Jamil a mi vera. En ese momento la corriente paralela vino a confundirse por un instante con la de mi vida real. Al regresar, luego, a su cauce, me ha dejado maltrecho y sin rumbo. Usted me entiende mejor que nadie.

Era bien característico del Gaviero el lanzarse a tales disquisiciones antes de proseguir sus relatos. Lo movía una necesidad de poner en orden, allá en su interior, la turbulenta materia de sus días, el ingobernable caos que sus andanzas y padeceres mantenían en perpetua ebullición. Recuerdo muy bien, en una ocasión en la que fui a rescatarlo de una empresa inconfesable en la desembocadura del Mississippi, en Grande Ile, lo que le escuché, tras una noche borrascosa de bourbon y mulatas en un destartalado puertucho cuyo nombre he olvidado:

—El único orden —me dijo en esa ocasión— en el que podemos confiar, el único cierto y definitivo, es el de la muerte. Eso lo sabemos todos, ya lo sé. Pero la astucia consiste en seguir viviendo y en tratar de no tener relaciones muy cercanas con ella. Cuando la muerte invita, hay que volverle la espalda. No por miedo, desde luego, sino con la certeza de que no está interesada en nosotros sino en nuestros pobres huesos, en nuestra carne con la que alimenta sus legiones. Sin embargo, allí está esperándonos el orden, el único valedero. No lo olvide, no lo olvide jamás —me decía mientras su mano se aferraba a mi brazo y lo sacudía con ciega desesperación. Ese episodio me vino a la memoria en la noche de Pollensa, bajo el cielo de los helenos, el de los príncipes omeyas, el que asiste al lento cabalgar del condotiero Guidoriccio da Fogliano en el Palazzo Pubblico de Siena.

Maqroll regresó a su relato:

«Lo que más había temido fue lo que más placer produjo a Jamil: el desorden y la pobreza de mi refugio en los astilleros. Imaginé que iban a desconcertarlo y fueron para el muchacho una fuente de inagotable diversión. Arribamos allí, tras un largo viaje en el taxi de nuestro párroco. Éste no acababa de ponderar el despierto espíritu y los vivaces gestos de nuestro nuevo huésped y nos acompañó hasta los astilleros. Cuando se despidió de nosotros, me miró por un instante como temiendo la reacción de Jamil ante la ruina del lugar. Éste subió como una exhalación las bamboleantes escaleras que llevan a mi guarida, tiró sobre mi lecho la valija con sus pertenencias y corrió a abrir la ventana para mirar el mar. La extensión de las aguas que reflejaban la fosforescencia del cielo nocturno le produjo una especie de encanto hipnótico. Entretanto, me dediqué a organizarle un lecho provisional con algunas tablas y dos baúles llenos de papeles, como ya lo había hecho antes con ocasión de la visita de un antiguo compañero de andanzas en el Asia Central que había venido a visitarme. Cuando la cama estuvo lista, traté de convencer a Jamil de que abandonase su mirador y viniera a dormir después de un viaje tan ajetreado. Por fin accedió a hacerlo pero no sin preguntarme, metido ya entre las cobijas:

»—Mañana ¿qué vamos a hacer?

»No supe al primer momento qué responder a pregunta tan conminatoria y concreta. Mi trabajo en los astilleros consiste en cuidar el sitio e impedir que los vecinos acaben de desmantelar lo que queda de las instalaciones. Las interminables horas de ocio suelo ocuparlas en lecturas, buena parte de las cuales me las proporciona Mosén Ferrán, y en reconstruir en la memoria un pasado que desfila como si lo hubiese vivido otro ser que en ocasiones siento ajeno a lo que soy en el presente. Jamil seguía con la mirada puesta en mí en espera de una contestación que se me escapaba. Por fin, se me ocurrió, no sé cómo, decirle:

»—Mañana vamos a pescar.

»—¿Dónde?

»—Aquí, en el muelle que está frente a los astilleros —aventuré con cierta cautela.

»—¿Allí hay peces? ¿Muchos?

»—Bueno —le respondí un tanto más seguro del camino que había inventado—, mañana vamos a ver. Nunca he pescado allí pero los peces se ven desde la punta del muelle.

»—Mañana vamos a ver. Si hubiera peces tú ya habrías pescado.

»—Sí hay. Yo los he visto. Siempre hay. Ahora vamos a dormir —le respondí con precaria autoridad.

»Dormimos hasta muy entrada la mañana. Jamil me ayudó a preparar el café con leche con el pan tostado generosamente untado de mermelada que, según me había dicho Lina, era su desayuno favorito. Yo tomé mi té acostumbrado con tajadas de pan negro, ante la mirada de franco reproche de Jamil, que sentía por el té una repugnancia para nada acorde con los gustos de sus antepasados del desierto. Partimos al pueblo en busca de cañas de pescar. Mosén Ferrán nos proveyó de todo lo necesario y regresamos al muelle. Las tablas mal aseguradas en donde éste terminaba nos sirvieron de asiento y allí nos dedicamos a esperar una sorpresa harto incierta. Mi manejo de la caña no debió ser muy convincente porque, al rato, Jamil me increpó mientras se reía de mi torpeza:

»—Pero, Gaviero, tú no sabes pescar. ¿Qué hacías entonces en los barcos cuando eras niño?

»—Yo —le expliqué— nunca tuve tiempo de pescar de niño en los barcos. Tenía que subir al extremo del palo más alto y desde allí anunciar a la tripulación lo que se veía en el horizonte. En los barcos cada uno tiene un oficio que hacer y es muy poco el tiempo que queda para pescar. Allá se pesca con redes y es un trabajo muy duro.

»Me lancé, luego, a una larga explicación de cómo se hacía esa pesca y le conté que había sido dueño de un pesquero junto con un marino noruego que había sido mi amigo años atrás. Jamil me miraba entre asombrado y escéptico y en eso un pez comenzó a jalar de su anzuelo. Le ayudé a recoger el hilo girando el carrete mientras él sostenía la caña con las dos manos. Le brillaban los ojos de satisfacción y pronunciaba en árabe exclamaciones de alegría. La presa resultó ser un pescado de casi tres kilos. No supe decirle de qué especie se trataba, lo cual no ayudó mucho a consolidar mi prestigio como pescador. Jamil, para consolarme, me dijo muy serio:

»—Esta tarde te irá mejor, Maqroll. Ahora vamos a llevarle este pescado a Mosén Ferrán para que nos lo preparen para la cena.

»Le expliqué que, primero, no estaba seguro de que se pudiera comer y, luego, que Mosén Ferrán era persona muy ocupada y no podíamos caerle así de repente. Jamil insistió y fuimos donde nuestro amigo».

—Mi cocinera —comentó el clérigo— no pudo preparar el animal porque no era de una especie comestible. Jamil sintió una desilusión tal que tuvimos que secarle algunas lágrimas que le escurrían por las mejillas mientras veía cómo la cocinera tiraba a la basura el premio de la primera pesca de su vida.

Maqroll había vuelto a perderse en una de sus ausencias y quedamos callados un momento. Luego continuó con su relato:

«La pesca en el muelle se convirtió en nuestra principal actividad. Otros pescados vinieron, éstos sí comestibles, y había que ver con qué aire ufano nos miraba Jamil en la mesa cuando uno de aquéllos, sacado por él, era el plato principal en casa de Mosén Ferrán.

»Luego nos aventuramos en una barca que conseguí reparar, de las dos que aún quedaban en los astilleros. Le instalé un mástil y una vela y nos lanzamos a explorar la bahía en busca de sitios donde lograr buena pesca. Le enseñé al muchacho a tener de vez en cuando el cabo que sostenía la vela y esto lo hacía por completo feliz. Mis bonos subieron de nuevo lo suficiente como para olvidar mis fracasos como pescador. Nuestros días transcurrían en un ritmo apacible, poblados por los continuos incidentes de nuestras hazañas de navegantes y pescadores en la bahía de Pollensa. Inútil decirles cuántas veces pensé en las tormentas afrontadas durante mis años de pescador en Alaska y las veces en que estuve a punto de naufragar en un mar helado cuyas iras son el terror de los marinos.

»De vez en cuando nos llegaba de Alemania una carta de Lina cuya lectura escuchaba Jamil con atención y seriedad de persona mayor. A menudo me pedía que repitiera algunos párrafos en los que contaba episodios de su trabajo y de su vida en Bremen, ocultando, claro está, las penas y dificultades por las que debía pasar en una de las ciudades más sombrías e inclementes que he conocido. Jamil quería siempre, en tales ocasiones, que contestásemos de inmediato a su madre. "Para que no tenga que esperar mucho noticias nuestras", me explicaba como disculpándose por su exigencia. Me hablaba con frecuencia de su madre y me relataba anécdotas vividas por ambos en los países donde habían habitado.

»De su padre conservaba una imagen construida con las alusiones que de continuo hacía Lina y las fantasías que él mismo tejía alrededor de la vida de marino que aquél había llevado. Un día me propuse hacerle un retrato lo más fiel posible de Abdul y me escuchó con vivo interés, salpicado a veces de leve escepticismo. Traté de ser lo más escueto posible y de pasar por encima de episodios cuya comprensión hubiera sido muy ardua para el muchacho. Le conté de la obsesión de su padre por ser dueño del carguero ideal, cuyas proporciones, diseño y detalles técnicos se sabía de memoria y cómo nunca le fue dado cumplir ese sueño. Le insistí, en especial, en las cualidades de amigo fiel, siempre listo a compartir con quienes quería los peligros y penalidades que la suerte les deparaba. Pasaron los días y pude darme cuenta de que Jamil había sumado los detalles de mi descripción a las fantasías urdidas por él, que se le antojaban tan reales como mi testimonio. El asunto no tenía remedio y preferí dejar así las cosas. Bashur, pensé, hubiera celebrado mucho las invenciones de Jamil. Que Lina tampoco hubiera intervenido en este aspecto me pareció encomiable. Ya la vida se encargaría, quizá, de mostrar a Jamil la verdadera imagen de su padre, conservada con devoción por amigos y parientes en los más apartados rincones de la Tierra.

»En esta forma comenzó para mí una nueva vida, habitada cada hora del día y de la noche por esa criatura que iba descubriendo el mundo llevado de mi mano, a tiempo que me daba una lección que creía aprendida por mí desde siempre. Era, en cierta forma, como volver al arcano diálogo con los oráculos. Cada día que pasaba crecía mi asombro ante la innata certeza con la que Jamil establecía su dominio sobre lo que iba descubriendo. Mi refugio se fue llenando de los objetos más inesperados que, una vez escogidos y guardados por Jamil, adquirían un cariz evocador y mágico. Caracoles de todas las formas y tamaños, botellas y trozos de madera abandonados por el mar en la playa, esqueletos de aves y peces descubiertos en las cavidades de los acantilados, trozos de cuerda y retazos de velamen, objetos metálicos imposibles de reconocer y hasta letras clavadas en tablas descoloridas. Cada uno de esos objetos servía a Jamil para construir una historia que les daba presencia y validez indiscutibles. De noche, a la luz de la Coleman que alumbraba nuestro albergue, el muchacho pasaba revista a sus tesoros y me repetía la historia de algunos de ellos, cada vez enriquecida con variaciones sorprendentes. Una de esas noches, mostrándome un trozo de cable teñido de púrpura, me explicó:

»—Con esta cuerda ahorcaron a un pirata que mató a todas las personas de una isla que luego hizo suya. No perdonó ni a los niños. Cuando lo apresaron los barcos de guerra que fueron a buscarlo, fue colgado del palo más alto de la nave almirante. ¿Sabes cómo se llamaba? El Leopardo Furioso.

»Me aventuré a preguntarle de dónde había sacado tanto detalle y qué sabía él de piratas y naves almirantes. Me contestó que en varias ocasiones me había escuchado hablar de piratas con Mosén Ferrán y de una isla que se llamaba Cecilia. "Sicilia", le corregí. Fue así como caí en la cuenta de que Jamil había asimilado a su manera mis charlas con Mosén Ferrán sobre las incursiones de los almogávares y había hojeado también varios de los libros sobre el tema que solía prestarme nuestro amigo y en cuyas láminas, de seguro, se inspiraba para crear sus historias.

»Ninguno de los objetos rescatados del mar por Jamil podía cambiarse de lugar. Cuando intenté hacerlo en un momento de distracción, recibí una severa reprimenda. La razón expuesta por Jamil me dejó un tanto en la luna:

»—Si los cambias de sitio no van a saber en dónde estaban. Los separas de sus amigos y los mandas a vivir entre extraños.

»Pasado el tiempo ya no me intrigaban esas secretas leyes que rigen el mundo de la infancia. Es más, en ocasiones me sorprendí acatándolas entusiasta. Mi complicidad llegó a ser absoluta —al igual que lo fue con su padre— y llegamos pronto a no necesitar explicar la razón de nuestros actos emprendidos siempre de consuno dentro de un ámbito sólo por nosotros conocido. A menudo tenía que hacer un esfuerzo mental para darme cuenta de que se trataba de un niño que iba a cumplir cinco años y no de un adulto de casi cuarenta, que era la edad de Abdul cuando nos conocimos en El Cairo. El paralelismo se acentuaba por obra de algunos gestos de Jamil que, como les dije, recordaban a los de su padre. Una forma de levantar el brazo y mantenerlo en alto mientras iniciaba una frase que deseaba subrayar, los movimientos de las manos en desacuerdo con las palabras que pronunciaba, hasta dar la impresión de que alguien, allá escondido dentro de ellos, ordenaba esos gestos con un propósito oculto y, finalmente, el hábito de dejar ciertas frases sin concluir y quedarse un momento callado. Los días transcurrían en una tranquilidad sin sobresaltos y Jamil fue adquiriendo un aspecto mucho más saludable y robusto que cuando lo conocí en Port Vendres.

»Un día llegó una carta de Lina donde el optimismo y la resignación de las anteriores se había trocado en un acento más taciturno y agobiado. Trabajaba en una fábrica de productos químicos en las afueras de Bremen y compartía con la rubia Asunta y dos portuguesas una estrecha habitación en un sórdido barrio obrero en el otro extremo de la ciudad. El alquiler le costaba más de lo calculado, el salario sufría frecuentes recortes por cuotas sindicales y primas de seguro. Además, le pagaban a destajo y, a menudo, el cansancio y los frecuentes resfriados a causa del clima de Bremen no le permitían ganar lo calculado en un principio. Estaba resuelta a reunir la suma que le permitiera viajar al Líbano sin pesar sobre los Bashur y, en especial, sobre Warda, que vivía en una austeridad dictada por su deseo de contribuir con todo su esfuerzo a las obras de beneficencia a las que estaba dedicada. Para lograrlo, Lina tendría que permanecer allá por lo menos durante un año más. Respecto a Jamil, me confesaba estar tranquila sabiéndolo en manos mías y de Mosén Ferrán, por quien, aun sin conocerlo, guardaba una gratitud muy grande por la forma como había acogido a su hijo. La ausencia de Jamil le pesaba desde luego y a veces la torturaba el deseo de dejarlo todo para ir a su lado. Me pedía que le enviara en mis cartas más detalles sobre el niño, sus progresos y sus juegos, y me insistía en que cada día le mencionara a su madre para tenerla presente lo más posible. Esta carta llegó a la dirección de Mosén Ferrán, como todas las anteriores, pero en el sobre no estaba mi nombre sino el de nuestro párroco. Nada mencioné a Jamil respecto a estas noticias que estaba seguro de que lo hubieran entristecido. No precisaba Lina insistirme sobre la necesidad de mantener viva en el muchacho la imagen y el recuerdo de su madre. Yo la mencionaba a cada instante y él, por su parte, también la traía a cuento siempre que podía.

»Poco antes de la Navidad enviamos a Lina una fotografía de su hijo en los muelles donde pescábamos. Tomarla fue toda una odisea. Yo jamás he usado una cámara y Mosén Ferrán tampoco. Por fortuna, encontramos un fotógrafo que se dedicaba a retratar turistas en la playa y él se encargó del asunto. Cuando vi la foto no pude menos que recordar aquella de Abdul niño al pie de los restos de un avión derribado en el Líbano por la artillería francesa. Los mismos ojos entre asombrados y contritos, los mismos cabellos encrespados y en desorden. He guardado conmigo una copia de ese retrato de Jamil. Mucho han de haber cambiado las cosas para mí, porque recuerde —y volvió hacia mí la mirada— que no quise guardar la de Abdul que usted una vez me trajo porque, como entonces le dije, a mí las cosas se me van de las manos. Ahora pienso que tener la de Jamil es una forma de conservar también la de su padre».

El Gaviero sacó de un bolsillo de su chaqueta de marino la fotografía y nos la dio para que la viéramos. Nada supimos decir. Toda palabra sobraba en ese momento. Le devolvimos la foto y, mientras la volvía a guardar, pasó por su rostro una sombra imprecisa que tenía mucho de resignación pero también algo de afectuosa nostalgia. Mosén Ferrán, con su vozarrón de bajo operístico, rompió el silencio:

—Cuando supimos que la madre tenía que prolongar su permanencia en Alemania, le propuse al Gaviero que matriculásemos al niño en una escuela de párvulos que sostiene la parroquia con la ayuda de algunas personas pudientes de Pollensa. Aquí nuestro amigo no estaba muy convencido de la utilidad de ese paso. Le noté cierto temor de que Jamil pudiera sufrir agresiones de parte de los otros niños que verían en él a un extranjero, con visos de árabe para mayor riesgo. Yo insistí y Maqroll accedió a regañadientes pidiéndome que no se le planteara al niño esta decisión como algo definitivo sino como una prueba. Así lo hicimos y, en un principio, Jamil aceptó la propuesta aunque volvía a mirar a Maqroll a cada instante mientras le explicábamos nuestro plan. Al final le preguntó con cierta inquietud qué iba a hacer mientras él iba a la escuela. El Gaviero balbuceó no sé qué explicación confusa y Jamil no quedó muy convencido. En un comienzo las cosas fueron sin mayores complicaciones.

«Pero un día —interrumpió el Gaviero— Jamil se negó a ir a la escuela. "Me voy a pescar contigo", me dijo en forma terminante. No quise o no pude contrariarlo y navegamos hasta el centro de la bahía. La barca tenía un sollado donde Jamil guardaba sus aparejos de pesca y varios de los objetos mágicos que le servían, según él, para alejar a los piratas y para atraer a los grandes peces que un día íbamos a capturar. Mientras pescábamos en las aguas transparentes por las que cruzaban los peces que poco caso hacían de nuestros anzuelos, Jamil me comentó su experiencia en la escuela. No quería volver allí porque sus compañeros se burlaban de su acento y se encarnizaban con él haciéndole preguntas desagradables tales como si yo era su padre o su abuelo, dónde vivía su madre, si yo también era árabe y otras impertinencias por el estilo que lo confundían terriblemente. Descubrí, entonces, que la gente de Pollensa había tejido toda suerte de leyendas sobre el vigilante de los astilleros y sobre la aparición inopinada de Jamil. Lo menos grave que habían urdido era que se trataba de un antiguo forzado huido de un penal del continente donde purgaba una pena por trata de blancas y turbios negocios con los anarquistas. Pero la que más me hizo reír fue esta otra que me transmitió Jamil mostrando, desde luego, graves dudas sobre la veracidad de la especie. Se decía que yo era el legítimo heredero del rey de Omán y me escondía en Mallorca por haber asesinado a un hermano que era el favorito de mi padre. Claro está que tranquilicé de inmediato a Jamil respecto a todos esos infundios, en especial este último sobre el cual noté que le hubiera gustado que tuviera algo de cierto, porque se ajustaba a sus fantasías sobre piratas y tesoros escondidos. No hubo manera de convencerlo de que regresara a la escuela, pero, al mismo tiempo, puso mayor empeño en aprender a leer con mi ayuda, tarea para la cual yo no contaba con otra condición que una recién aprendida paciencia. De su paso por la escuela le quedó al niño la conciencia de ser un extranjero y de estar marcado por no sabía qué irregularidad de su condición social. Ambas cosas le dejaron una huella dolorosa sobre la que no le gustaba hablar directamente pero a la que aludía a menudo y le llevaba con frecuencia a preguntarme aún más sobre su padre y la familia de éste. Se volvió más ávido de precisión en las historias que solía contarle sobre nuestras andanzas y tuve que ir con mucha prudencia para ocultarle las innumerables ocasiones en las que vivimos Abdul y yo al margen de la ley. Cuando esto resultaba imposible, resolvía suavizar el tema en forma de que no apareciésemos como francos malhechores. Ya los años se encargarían de mostrarle la irreparable relatividad de los códigos y la abusiva aplicación que de ellos saben hacer los hombres. A través de mis relatos, la imagen de Abdul Bashur iba tomando más presencia en la mente de Jamil y su personalidad adquiría, a ojos vistas, perfiles más propios y acusados».

—De ello soy testigo —comentó Mosén Ferrán—. Lo que logró el Gaviero fue formar un pequeño Maqroll que se paseaba por las calles de Pollensa y por las playas de la bahía con un aire de perdonavidas y de sabelotodo que llamaba la atención hasta de los estólidos turistas nórdicos que, a su paso, despertaban de la anestesia en la que logran conservarse bajo el sol.

—Mi impresión más bien —prosiguió Maqroll sonriendo con las palabras del clérigo— es que mis esfuerzos lograron que Jamil pudiera integrarse a su familia en el Líbano dueño ya de una personalidad propia. Pero estos cálculos que solemos hacer los mayores por cuenta de la niñez suelen terminar en fracasos. No creo que haya sido el caso con Jamil. Convivir con él y con su descubrimiento del mundo, percibir de cerca esa secreta y arrolladora energía que cada niño trae consigo y le permite conquistar su sitio entre los mayores me hicieron mudar paulatinamente mi idea del hombre. Siempre he estado convencido de que bien poco debe esperarse de nuestros semejantes que constituyen, sin duda, la especie más dañina y superflua del planeta. Sigo pensándolo así, cada día con mayor certeza, pero lejos de producirme el enojo y la amargura que antes me torturaban, ahora siento algo que definiría como una indulgente ternura. Pienso que, cuando fueron niños, el camino que les estaba destinado era otro muy distinto del que escogieron cuando fueron adultos. Este cambio ha bastado para aceptar mi destino y quedarme en Pollensa, marginado y tranquilo, sin intentar nuevos lances que en el pasado hicieron de mi vida una delirante secuencia de infortunios. No más aserraderos río Xurandó arriba ni viaje con un capitán alcohólico y un indio matrero. Nada me hará repetir la experiencia de un burdel de ficticias aeromozas, ni en Panamá ni en parte alguna. Por ninguna razón volveré a enterrarme vivo en las minas abandonadas de la cordillera en busca de un oro que también se me escapaba de las manos. No es fácil establecer un nexo entre la revelación que fue para mí convivir con Jamil y el esfumarse de mis delirios itinerantes. De todos modos, lo cierto es que he llegado a una impávida aceptación de todo por el solo ejemplo de este niño entrando al oscuro dédalo que tejen los hombres hasta terminar en un breve túmulo de pardas cenizas y que hemos convenido en llamar la vida, simplificando, como siempre, las cosas en forma lamentable. No sé qué será de Jamil. Lo que sí sé es que su compañía durante un año largo tuvo para mí una virtud salvadora y si no me ha convertido en otro hombre, sí, al menos, me ha llevado a ser un resignado espectador de nuestra batalla con las sombras, cuya única dignidad estriba en saber preservar al niño que fuimos un día.

—Creo que usted siempre lo ha sido —comentó Mosén Ferrán—. Lo que sucede es que no lo sabía y ahora sí lo sabe. Ese niño que permanecía en usted fue el que supo entender y amar a Jamil y eso lo ha salvado.

Maqroll volvió a una de sus ausencias y nada comentó a las palabras del párroco. La noche había llegado sin darnos cuenta. Mosén Ferrán nos invitó a que lo acompañásemos hasta su casa. Allí, dijo, nos esperaba una ligera merienda y el Gaviero tendría ocasión de continuar su relato. Aceptamos gustosos la idea y nos despedimos de doña Mercé, quien insistió en no cobrarnos la comida. En palabras de una gentileza de otros tiempos, nos hizo saber que era una invitación suya para honrar al Gaviero y a sus amigos.

Mientras caminábamos por las calles de Pollensa, escasamente iluminadas por el alumbrado público, pero bañadas en un lácteo resplandor de luna llena, tuve la impresión de que, además de invitarnos a conocer el final de la historia de Jamil y del Gaviero, el párroco también abrigaba la ilusión de mostrarnos su biblioteca. Sabía de mi afición por esos temas y, en particular, por la historia de la isla, y de seguro contaba con darme más de una sorpresa. Llegamos a la pequeña iglesia que había ya perdido en sucesivas restauraciones la menor huella de su estilo original que supuse de un románico tardío. La rectoría, como allí se la llama, estaba pegada a la iglesia y en nada se distinguía de cualquiera de las casas de una edad indeterminada que formaban el conjunto residencial del puerto. Nos instalamos en el estudio de Mosén Ferrán, una amplia habitación cuyas paredes tapizadas de libros sólo mostraban un breve espacio en blanco en donde había un nicho de piedra con un hermoso crucifijo de marfil, seguramente tallado en las Filipinas en el siglo XVII. Un ama silenciosa, de edad avanzada y marcado tipo morisco, nos trajo en una bandeja de plata una botella de vino generoso y cuatro copas de cristal con adornos pintados de varios colores. Mosén Ferrán me invitó a recorrer los estantes de su biblioteca. En efecto, allí albergaba auténticos tesoros, casi todos dedicados a la historia del reino de Mallorca. Entre los muchos que me sorprendieron estaban la edición en catalán de 1562 de la *Crónica* de Ramón Muntaner; otra, más antigua aún, del *Llibre deis feits* sobre el rey don Jaime I y, desde luego, no podía faltar allí la obra completa del gran bizantinista francés del siglo pasado, Gustave Schlumberger, que, valga la verdad, fue lo que mayor envidia me despertó de los muchos tesoros acumulados por el clérigo amigo de Maqroll durante una apacible vida de investigador y cura de almas, dos actividades no por antitéticas menos ricas en oportunidades de explorar los abismos del corazón y los laberintos de la memoria. Le expresé a nuestro anfitrión mi asombro por la riqueza de su biblioteca y el hombre no pudo contener una amplia sonrisa de satisfacción. En mi recorrido por los estantes me había acompañado el Gaviero. Por sus comentarios pude darme cuenta de que buena parte de aquellos libros le era ya familiar y de que su lectura había ocupado las largas horas de ocio que le dejaba su oficio de velador de los astilleros abandonados. Regresamos a nuestros sillones y Mosén Ferrán hizo gala de su conocimiento de uno de los períodos más decisivos y oscuros de la historia del Mediterráneo. Sus ideas originales, nacidas de una sólida erudición, me descubrieron la oculta faceta del que se presentaba como modesto párroco de un puerto mallorquín. Al terminar Mosén Ferrán sus eruditas disquisiciones, hizo al Gaviero una seña como indicándole que ahora le tocaba hablar a él.

—Aquí —comenzó a decir Maqroll con voz de una monótona opacidad— he logrado olvidar mucho de lo olvidable de mi vida y he sabido y recordado cosas que me han ayudado a poblar mi soledad, de la cual no me quejo, por cierto. No sé ya cuántas veces nos hemos enzarzado mi amigo y yo, al cobijo de su admirable colección, en remembranzas de las tropelías de los angevinos en Mallorca, en inopinados detalles de la vida de Roger de Lauria y en las muchas dudas que cabe tener sobre los hechos de don Jaume el Conqueridor. Luego, ya Jamil con nosotros, muchas ocasiones hubo en que se nos quedaba dormido en uno de estos sillones porque se negaba a permanecer solo en mi covacha y tenía que regresar con él en brazos, muy pasada ya la medianoche.

Mosén Ferrán tornó a sonreír mientras saboreaba el vino con evidente complacencia. Éste, que nunca ha sido de mi predilección, debo reconocer que esta vez mostró cualidades más que notables. Miré a Maqroll, al que sabía acostumbrado a bebidas harto más aguerridas y fogosas, y él me contestó con gesto aprobatorio mientras alzaba la copa dirigiéndose a mi esposa. Con aquélla en las manos irrumpió de lleno en su historia:

«Habían pasado ya seis meses desde nuestro arribo y Jamil se había incorporado de lleno a nuestra vida. Ésta se desarrollaba, sin que nos lo propusiéramos, según una rutina más o menos inmutable. Después del desayuno y de una zambullida en el mar para espantar el sueño, lección de lectura y de escritura según un sistema inventado a mi leal pero inexperto saber y entender. Salida a pescar en el velero o al pueblo para hacer algunas compras indispensables y pasar por la oficina de correos. Regreso a nuestros cuarteles para intentar algunas mudanzas de los objetos tabú reunidos por Jamil con secretos fines invocatorios. Preparación de la comida, en la que Jamil insistía en tomar parte poniendo la mesa y probando mis frugales y monótonas fórmulas culinarias. Lectura en voz alta de las aventuras de *Tirant lo Blanc* o de algún capítulo del *Quijote*, libro que a Jamil le producía un regocijo indescriptible. De nuevo en el velero para enseñarle algunas reglas elementales de navegación. Ya había aprendido a manejar el timón con gran esfuerzo de sus pequeños brazos y esto le divertía en extremo. En los momentos difíciles, yo iba en su auxilio sin que por eso Jamil dejara de sentirse parte importante de la maniobra. Al llegar la noche, o bien pasábamos un rato a visitar a Mosén Ferrán o nos refugiábamos en mi habitación para preparar la cena y tornar a la lectura. Jamil no era muy adicto a la conversación. Sabía permanecer en silencio durante largos períodos en los que se dedicaba, sin duda, a tejer sus imaginaciones y fantasías, todas relacionadas con el mar y alimentadas por los libros que le leía y por mis historias contadas siempre, como ya lo dije, con la censura de las partes que, por ahora, era mejor que ignorara. A medida que iban pasando los meses, el muchacho, si bien preguntaba por su madre y esperaba con ansiedad sus cartas, se alejaba más y más del ámbito en el que había vivido anteriormente y se ajustaba con absoluta familiaridad a nuestra vida en Pollensa. Con todo y sus largos silencios, conservaba siempre un buen humor y un tono burlón y regocijado para escuchar y atender mis observaciones y mis historias, y en esto, una vez más, me evocaba a su padre. También, como Abdul, mantenía intacta una abierta disposición para conocerlo todo, para probarlo todo con jubilosa plenitud. A menudo sus respuestas o sus comentarios me hacían reír como no recordaba haberlo hecho en mucho tiempo.

»Pero un día Jamil amaneció con una expresión desalentada en el rostro. Se quejaba de cansancio y de dolor en las piernas. Al tocarle la frente caí en la cuenta de que ardía de fiebre. Me vestí a toda prisa y acudí a Mosén Ferrán para buscar un médico. En mi caso, los males solían sorprenderme en los sitios más inhóspitos y, para curarme, he recurrido entonces a pócimas recetadas por quienes ni siquiera sospechaban de la existencia de la medicina. En Pollensa jamás he tenido que acudir a un médico y no supe a quién llamar en este caso. Mosén Ferrán me llevó donde un conocido suyo, médico retirado que hacía muchos años no ejercía su profesión. Con él fuimos a los astilleros y, tras un prolijo examen, diagnosticó una fiebre maligna. El término nos pareció a Mosén Ferrán y a mí un tanto impreciso y nos dejó más intranquilos que antes. Jamil había comenzado a delirar y llamaba a su madre en árabe en medio de murmullos entrecortados. El médico nos hizo seña de que saliésemos con él y ya en la entrada del galpón nos dijo que era aconsejable llevar al niño a la clínica de Pollensa para que le hicieran algunos exámenes de laboratorio que establecieran el origen de la fiebre. Había el peligro de una meningitis con las consecuencias ya sabidas. Mosén era conocido en la clínica porque acudía allí en ocasiones para administrar los últimos auxilios a enfermos en el trance final. Nos despedimos del doctor y partimos en busca del sobrino conductor del taxi que nos trajo a Pollensa. Llevamos a Jamil a la clínica y nos quedamos a la espera del resultado de las pruebas. Una angustia incontrolable comenzó a invadirme. Mosén Ferrán trataba de tranquilizarme sin lograrlo y a medida que pasaban las horas mi pánico fue en aumento. Jamás había sufrido algo semejante. Es verdad que la pérdida de amigos entrañables y de mujeres que amé han sido para mí pruebas arrasadoras. Pero siempre, en tales casos, quedaba allá escondida en un rincón de mi ser una zona indemne de donde manaban las fuerzas para seguir adelante. Ahora esto sucedía como si un mecanismo interno se me hubiese desbocado y me impidiese reflexionar y vencer el pánico que me dominaba. Cuando el director de la clínica y su ayudante, una doctora de cabello entrecano y sonrisa amable, vinieron hacia nosotros después de estar un buen rato en la alcoba de Jamil, sentí el impulso de acudir a no sé qué fuerzas sobrenaturales, a no sé qué dioses propicios, para rogarles que preservaran la vida del muchacho. Debieron escucharme tal vez porque las noticias eran alentadoras. La crisis había pasado y no había nada en las meninges. Se trataba de una infección renal, controlable, por fortuna, en esta su primera etapa. Los rayos X habían mostrado un divertículo en los conductos renales y allí se acumulaba la orina originando la infección y la fiebre. Un tratamiento con antibióticos durante un mes terminaría con estos síntomas. No era cuestión de operar todavía, pero más tarde, cuando el niño cumpliera diez o doce años, sí era indicado hacerlo. Debía tener una cara de angustia patética porque la doctora me puso la mano en el hombro y me consoló en un mallorquín cantarino. También ella era abuela y comprendía mi pánico, pero no tenía por qué preocuparme; era comprensible que los abuelos fuéramos más vulnerables pero en este caso no había lugar a ningún temor. No pude explicarle a la buena doctora cuál era mi relación con Jamil, tampoco Mosén Ferrán quiso sacarla de su error. Creo que tanto él como yo nos sentíamos más cerca de la condición de abuelos que la de transitorios responsables del niño.

»Entramos al cuarto y el muchacho se nos quedó mirando con sus grandes ojos y una sonrisa llena de picardía que me llenó de júbilo.

»—Ya estoy bien —nos dijo—. Me lo dijeron los doctores. Hablaban en mallorquín pero ya lo entiendo. Me van a poner inyecciones y volveremos a pescar muy pronto.

»Había dicho esto en árabe y volvió hacia Mosén Ferrán y lo repitió en español agregando que deseaba aprender bien el mallorquín. Éste le dijo que ya habría tiempo para todo. Ahora debía cuidarse para estar bien. Con esto partió a cumplir con sus obligaciones parroquiales y yo me quedé al pie de la cama sentado en una silla que crujía peligrosamente a cada movimiento, despertando en Jamil una risa incontenible. Al caer la noche apareció la doctora que, al verme en animada conversación con el enfermo, me hizo seña de que la esperase afuera mientras le ponía la segunda inyección de antibiótico. Al salir me dijo que era mejor que el niño estuviera tranquilo y durmiera lo más posible. Podía irme sin preocupación de ninguna clase. A la mañana siguiente me encontraría sin duda con un Jamil ya sin fiebre y en plena recuperación. Cuando me asomé para despedirme el muchacho dormía tranquilamente.

»Al día siguiente, muy de mañana, me presenté en la clínica. Había pasado una noche de perros y nuestro cubículo se me antojó de una desolación insoportable. Tal como me lo había predicho la doctora, la fiebre había cedido y Jamil seguía durmiendo en una serenidad envidiable. Me senté en una salita de espera que había en el piso bajo, junto a la entrada, y allí permanecí durante varias horas visitado por las imágenes que me despertaba el lugar y que estaban todas relacionadas con la sala de urgencias del siniestro doctor Pascot. Hacia el mediodía vino una enfermera a decirme que podía subir a ver a mi nieto. Dejé que siguieran en el equívoco porque me pareció inútil sacarlos de su error. Encontré a Jamil mirando una revista de tiempos de la segunda guerra. Me acerqué a besarlo en la frente y lo encontré fresco y sin huella de fiebre. "Ya los aviones no son así", me comentó intrigado, mostrándome una escuadrilla de Stukas con la cruz gamada en el fuselaje. Le expliqué que ahora las turbinas habían reemplazado a las hélices. En seguida me sometió a un nutrido interrogatorio sobre la diferencia entre turbinas y hélices. Mis explicaciones lo dejaron poco convencido y menos cuando traté de dibujarle un esquema de turbina; allí fue ya el escepticismo completo sobre mis conocimientos de aeronáutica. Cuando le trajeron la comida bajé a un cafetucho cercano para comer algo. A mi regreso me esperaba la doctora en el vestíbulo. Me dijo que podía llevarme a casa a Jamil esa misma tarde después de que le administraran la inyección. A la salida me darían la fórmula para ordenar algunas medicinas que debía tomar el niño durante dos semanas más y durante una debería guardar cama o, por lo menos, no salir ni hacer ejercicio que pudiera cansarlo. Cuando llegó la hora indicada, Jamil se vistió y lo cargué en mis brazos para llevarlo hasta los astilleros. Eso no le gustó y trató de caminar pero la doctora le explicó que por ahora no debería hacerlo. Cuando pedí la cuenta me dijeron que ya la había saldado Mosén Ferrán».

—Con lo que nuestro amigo gana en los astilleros —repuso el clérigo restándole importancia al asunto— no puede pagar ni siquiera la primera inyección que le pusieron a Jamil. Sospecho que el viaje a Port Vendres se llevó todas sus magras economías.

Maqroll sonrió mientras asentía con indulgencia y prosiguió con su relato:

«La convalecencia de Jamil fue larga y en un par de ocasiones me produjo aún cierta inquietud. A los pocos días no había argumento ni autoridad que lo convenciera de que no podía salir a pescar y permanecía un buen rato cabizbajo y sombrío. Alguna vez llegó a quejarse de dolor en la cintura y en la cabeza. Consulté con la doctora y me dijo que no hiciera caso; se trataba de secuelas naturales después de la crisis pasada. A menudo Mosén Ferrán me relevaba de mis funciones de enfermero y le contaba a Jamil historias de la Biblia y de los Evangelios. Nuestro joven se mostraba más bien indiferente a estas furtivas lecciones de historia sagrada».

—Debo aclarar que no fue del todo así, mi querido Maqroll —explicó el párroco—. Yo me había dado ya cuenta de que Jamil había recibido, seguramente por intermedio de su madre, ciertos principios fundamentales de moral coránica que hallaron en el niño un terreno de cultivo más propicio que ninguna otra doctrina. Pensé entonces que, por ahora, era mejor que Jamil fuera un buen mahometano y no un cristiano tibio. Por eso no insistí mucho. En cambio, lo que sí absorbía su atención en forma casi hipnótica eran las historias relacionadas con las Cruzadas. La muerte de san Luis Rey de Francia en Túnez le llenaba los ojos de lágrimas. También le entusiasmaba por cierto la gesta de Saladino.

—Cuando trataba de continuar con los episodios de las Cruzadas —comentó Maqroll—, Jamil me decía: «Tú no las cuentas tan bien como Mosén Ferrán. Él parece que hubiera estado allí». Asentía con una leve herida en mi orgullo de narrador, pero regocijado a la vez de ver el interés del muchacho en una época que tanto me atrae.

Nos quedamos callados durante un momento. La evocación de Jamil, hecha por sus dos protectores y amigos, había ido adquiriendo una tal intensidad que teníamos la impresión de que, de un momento a otro, el hijo de Abdul iba a presentarse ante nosotros nimbado con la fugaz fosforescencia de las aguas de la bahía. Maqroll rompió el silencio con su voz de tonos bajos recorrida, en ocasiones, por cierto escalofrío de nostalgia y pena.

«Cierta madrugada, mientras velaba el sueño de Jamil en cuya serenidad se manifestaba la franca recuperación de sus fuerzas, se me presentó de repente una especie de certeza imposible de expresar en palabras. La idea de que alguna vez tuviera que separarme de él se me antojaba como una probabilidad inconcebible. Jamás alguien había formado parte tan honda y definitiva de mi existencia como esa criatura que se abría paso en el mundo con la mirada de sus grandes ojos alertas, visitada de una gracia y de una intuición de la vida y sus meandros que rayaba en lo asombroso. Al mismo tiempo, otra voz comenzaba a dejarse oír allá dentro de mí para decirme que el destino de Jamil estaba al lado de Lina y de la familia de su padre, que muy pronto su madre vendría por él en cumplimiento de una ley más vieja que los efímeros pasos del hombre sobre la Tierra. Pensé con envidia en el privilegio de que iba a disfrutar la bella Warda Bashur al asistir al crecimiento y desarrollo de su sobrino en tantos aspectos semejante a su hermano Abdul. Por un breve instante estas dos voces estuvieron en pugna. Jamil partiría con Lina y así estaba escrito desde siempre. Acudí a mi vieja costumbre de aceptar los designios de poderes que hablan desde una tiniebla inescrutable. El dolor que había subido hasta mi pecho dejándome inmóvil al pie del niño se fue aplacando hasta esfumarse, dejándome en ese estado de resignada postración que ha acabado por serme tan familiar que a menudo pienso que es ya mi condición natural. Sabía que, luego, la nostalgia regresaría a hacer su trabajo acostumbrado para recordarme una felicidad que no era para mí. De eso sé un largo trecho.

»El médico amigo de Mosén Ferrán vino un día a ver a Jamil y recomendó que regresara a su vida normal y siguiera una dieta de poca sal, muchos líquidos y todo el sol que pudiera tomar sin hacerse daño. Volvimos, pues, a nuestra vida de antes con sus largas jornadas de pesca, exploración de los acantilados en busca de tesoros arrojados por el mar y tardes de lectura, ya fuera en nuestra habitación o ya aquí en la biblioteca de nuestro amigo Ferrán. Jamil sabía ya escribir su nombre y descifrar algunos titulares del periódico de Palma que llegaba a la parroquia. Al mismo tiempo, intenté enseñarle rudimentos de escritura árabe, pero nos faltaban textos en los cuales practicar. Pasaron así varios meses y paulatinamente, sin que mencionáramos el hecho, flotaba en el ambiente la certeza de que Lina vendría por Jamil. En sus cartas había un acento menos pesimista y, en una ocasión, me pidió escribir a Warda Bashur para decirle que muy pronto tendría reunida la suma que le iba a permitir viajar al Líbano y vivir allí con relativa independencia. Jamil recibía estas noticias con una mezcla de ansiedad por ver a su madre y de temor por dejar su vida presente y enfrentarse con la nueva en la tierra de su padre. A menudo lo sorprendí mirándome fijamente mientras dejaba caer la caña de pescar entre sus rodillas. Era evidente que el muchacho esperaba que yo le dijese algo sobre el inmediato porvenir que le inquietaba. Por fin, un día se resolvió a hablar del asunto:

»—Tú vendrás a vernos al Líbano, ¿verdad? No está muy lejos y has ido antes muchas veces.

»—Sí —le contesté, un tanto confuso por lo repentino de la pregunta—, es un camino que conozco muy bien porque lo hice a menudo en compañía de tu padre. Claro que iré a verte y a ver a tus tíos y tías por quienes siento mucho cariño, sobre todo por tu tía Warda, que es una persona que quiero mucho.

»—¿Y allá también podremos pescar juntos?

»—Claro que sí —le respondí tratando de no mostrar hasta dónde me turbaban sus palabras—. La bahía es mucho más grande y hay muchos barcos y mucho tráfico marítimo, pero muy cerca hay lugares como éste donde podremos pescar sin problemas. Para entonces serás sin duda un marino hecho y derecho, no lo dudo.

»—La única persona que me puede enseñar esas cosas eres tú, Maqroll. ¿Quién ha conocido el mar mejor que tú? No creo que mi padre supiera tanto —esto me lo decía con la seriedad de quien desea convencerse a sí mismo de estar en lo cierto.

»—No, Jamil —le repuse ya más sereno—, estás equivocado. Nadie supo del mar y de los barcos como tu padre. Abdul podía, a mucha distancia, calcular el tonelaje de un navío y casi nunca se equivocaba adivinando dónde había sido construido. Llegó a indicar también la marca de los motores por la forma como sonaban. Y ¿sabes una cosa? Estoy seguro de que tú también llegarás a tener facultades semejantes.

»El muchacho se quedó pensativo y por su rostro pasaban sombras de duda y desconcierto. No imaginaba cómo, lejos de mí, podía adquirir tales aptitudes marineras. Tenía del Líbano una idea aproximada. Lo veía como un país de montañas y pensaba que su familia habitaba tierra adentro en medio de picos nevados. Cuando le mencionaba la costa libanesa y le hablaba de Trípoli, que desde luego pronunciaba en árabe: Tarabulus esh Sham, de Sidón y de Acre, puertos cargados de historias y de milenios de prestigio marítimo, Jamil mostraba una sorpresa inusitada, como si por primera vez escuchara hablar de esos lugares.

»Durante los últimos meses de su estadía en Pollensa, Jamil parecía extremar sus cuidados conmigo. No sabía cómo expresar su afecto y no lograba conciliar el deseo de ver a su madre y su curiosidad por lo que le esperaba, con el apego que sentía por mí y por la vida vivida a mi lado. Se sentía en cierta manera culpable por abandonarme y no sabía cómo manifestármelo. De allí su atención y diligencia hacia todo lo que tenía que ver conmigo».

Desde una gran ventana del estudio del párroco, el cielo nocturno de Mallorca desplegaba esa tenue incandescencia que da a las noches mallorquinas algo que no consigo definir. Si el término no pecara de pedante podría hablarse de un prestigio helénico. Hay en ellas una serenidad por la que corren de repente temblores de presagio, anuncios de una deslumbrada revelación que nunca llega. Es como si el tiempo, sin detenerse, hubiera mudado el ritmo de su curso y nos obsequiara un instante separado de la eternidad. Algo de eso mencioné entonces y todos nos quedamos mirando la noche que nos enviaba desde la ventana, abierta de par en par, una brisa ligera perfumada de yodo y abismos marinos en reposo. Pensé que todos necesitábamos ese intermedio benéfico antes de proseguir con la historia de Jamil, cuyo relato era evidente que comenzaba a costarle al Gaviero un penoso esfuerzo. Como si lo hubiera adivinado, el ama de Mosén Ferrán apareció con una espléndida bandeja de *pa amb tomàquet* acompañado de un jamón que se anunciaba memorable.

—Esta maravilla —comentó Maqroll— merece, mi querido Mosén Ferrán, un caldo más serio que el que estamos tomando.

El párroco hizo una seña al ama y ésta regresó poco después con una botella sin etiqueta y unos vasos de cerámica con aspecto medieval. Mosén sonrió complacido y, sin hacer comentario alguno, nos sirvió él mismo de la botella un vino de oscuro color violeta y aroma a tierra recién arada. No pude menos de elogiar su rusticidad magnífica y Mosén se limitó a comentar:

—Es un vino de la modesta viña que tengo al pie de los montes de Axartel. Lo guardo para mi uso y para disfrute de quienes saben enfrentarse a esa bebida de cruzados sin protesta del paladar.

Tenía razón nuestro anfitrión. Gracias al pan con tomate, el aceite y el delicioso jamón con el que lo acompañamos, pudo bajar con decoro el robusto vino que, en verdad, nos remitió a tiempos del reino de Mallorca. Con parsimonia liquidamos la merienda servida en forma tan oportuna y amable. Reconfortado por el prestigioso producto de la viña de Axartel, el Gaviero reinició su historia.

«La carta de Lina anunciando su arribo llegó tres meses después del restablecimiento de Jamil. Nos informaba que había girado a un banco de Beirut buena parte del producto de sus ahorros y que llegaba a Palma en un carguero que partía del mismo Bremen. El viaje tomaría un par de semanas porque estaba previsto tocar en varios puertos intermedios. El entusiasmo de Jamil, en el primer momento, fue notable. Pero cuando comencé a llevar algunas de mis cosas a un desván destartalado, al otro extremo del edificio, y colgué allí la hamaca que siempre llevo conmigo, para dejar a Jamil con Lina en el espacio que ocupábamos él y yo, el muchacho demostró un sombrío desconcierto que traté de aliviar como pude. Tampoco yo las tenía todas conmigo y la inminente separación de mi compañero de un año largo me iba sumiendo en un desconcierto cada vez más agudo. Nuestras conversaciones sobre el mar, los barcos y las hazañas de navegación de la historia se hicieron más frecuentes e intensas. Era como si Jamil quisiera conservar la mayor cantidad de recuerdos en los que estuviese yo presente.

»Era asombroso lo que el muchacho había aprendido. Tuve que volver a contarle cómo se atraca de noche en Port Swettenham y cómo se va de allí por tierra a Kuala Lumpur; cuál es el régimen de mareas en Saint-Malo; qué datos debe proporcionar un ballenero a las autoridades del puerto en Bergen; a qué velocidad deben mantenerse los motores para entrar a la bahía de Wigtown y atracar frente a Withorn para saludar a Alastair Reid; cuáles son las tres palabras que hay que pronunciar para que se abra la esclusa de Harelbeke; cuáles son las aves que permanecen más tiempo en los mástiles de un velero o en las antenas de un barco de carga; cómo se llamaba el marinero que llevó hasta la barca el cuerpo exánime del capitán Cook; en qué días y ocasiones no es aconsejable decir misa a bordo; cuál es la marca de motores diesel que da mayor rendimiento; cuántos toques de campana hay que dar cuando se lanza un cadáver al mar; qué armas le está permitido llevar a un capitán de altura y en qué condiciones puede éste viajar con su familia; qué medidas deben tomarse antes de abrir las compuertas de una bodega en llamas; qué tan segura es la navegación en el río Mississippi; cuáles son los tres santos que fueron marinos; cuál fue el barco que se fue primero a pique en la batalla de Tsushima; qué reyes fueron también hombres de mar; cuáles eran las señales hechas con un cuchillo en el mástil de la *Marie Galante* y qué interpretaciones se han aventurado sobre ellas; quién ordena los castigos a bordo: ¿el capitán o el contramaestre?; ¿es verdad que un maquinista zurdo trae mala suerte?; cuántos nudos debe saber hacer un grumete de la marina mercante belga; qué música puede tocarse a bordo y cuál no; qué idioma se habla de preferencia en Tierra del Fuego; cómo se llamaba Pollensa en la Edad Media; ¿Abdul Bashur fue alguna vez marino o sólo fue armador y dueño de *tramp steamers*?; ¿tuve yo alguna vez el mando en un navío?; cuál es la bandera más antigua de las que hoy navegan; cuánto tiempo dura la travesía en verano desde Kamenskoie hasta Seward en Alaska; ¿es verdad que las ballenas se comunican en un lenguaje más complejo que el árabe?; quién es más rico, ¿el dueño de un carguero o el de un ferry regular? Pero, desde luego, la descripción que exigía los mayores detalles era la del paso por el Cabo de Hornos a través del intrincado laberinto de islas que a Jamil le fascinaba. Las descripciones de Valparaíso, Amsterdam, Amberes, Cartagena de Indias y Portsmouth tuve que repetirlas una y mil veces y jamás se cansaba de escucharlas, y ay de que olvidara un detalle antes mencionado porque el reproche era inmediato. La obsesión de recordar con todo detalle mis viajes le llevaba en los últimos días a despertar en medio de la noche para preguntarme de qué calado son los buques que pueden atracar en Nueva Orleans o qué documentos se necesitan para atravesar el Canal de Panamá. Cuando comenzaba a responderle, ya había vuelto a caer en un sueño profundo. Era como si soñara fragmentos de mi vida y la de su padre. A la mañana siguiente, durante el desayuno, el interrogatorio continuaba implacable.

»Cuando recibimos el telegrama de Lina que, desde Barcelona, nos anunciaba su llegada, Jamil se encerró en un mutismo absoluto. El día antes de partir hacia Palma para recibirla, tuve que ir a la ciudad para comprar los pasajes del autobús y separar los lugares. Al regresar me esperaba una sorpresa tremenda; todos los objetos que había acumulado Jamil con tanto cariño habían desaparecido. Le pregunté dónde estaban, me contestó enfurruñado y alzándose de hombros:

»—Están en el fondo del mar, al final del muelle. Allí debieran haber permanecido siempre.

»En esa respuesta estaba su padre de cuerpo entero, con el pudor milenario de los hijos del desierto, celosos de esconder sus sentimientos más profundos y dispuestos a exteriorizar ruidosamente los que apenas los rozan. No supe qué comentar y mi desconcierto lo sumió aún más en su hermetismo. Dos días después partimos hacia Palma. Al llegar, fuimos de inmediato al puerto. En la sala de espera estaba Lina, que nos miraba con los ojos llenos de lágrimas. Jamil corrió a abrazarla y ella lo alzó en sus brazos apretándolo contra su pecho sin poder pronunciar palabra. La escena me conmovió hasta sentir un nudo en la garganta. Me acerqué a saludar a Lina cuando dejó a Jamil en el suelo. Ella me abrazó calurosa y por fin pudo decir algo:

»—Cómo ha cambiado. Es todo un hombre —frase que repitió varias veces sin salir de su extrañeza.

»Tomé las dos maletas que traía Lina y llegamos a la estación de autobuses a tiempo justo para tomar el que nos llevaría a Pollensa. El taxi de Mosén Ferrán no estaba disponible. Lina se veía cansada y en su rostro habían quedado las huellas de su vida en Bremen. Estaba más delgada. Era fácil reconstruir la fascinante bailarina que debió ser años atrás. Algo le comenté al respecto y sonrió complacida. Durante el viaje, Jamil no cesaba de aturdirla con la atropellada descripción de lo que había vivido y aprendido y de las cosas que sabía de mi vida y andanzas. Cuando llegamos a Pollensa se había quedado dormido en brazos de su madre. Allí nos esperaba Mosén Ferrán, que nos acompañó hasta los astilleros. Lina subió con Jamil en los brazos y lo acomodó en su camastro. Nos despedimos sin saber muy bien qué decir porque Lina, al recorrer con la vista nuestra habitación, volvió a conmoverse hasta las lágrimas. Me besó en las mejillas y sólo consiguió repetir entre sollozos: "Muchas gracias, muchas gracias, es usted un ángel". No creo que nadie me lo haya dicho antes. Me fui a mi buhardilla pensando que el ángel era esa criatura que dormía con el sosiego de los elegidos.

»A la mañana siguiente Jamil subió a mi desván y se tendió a mi lado en la hamaca. Me dijo que su madre dormía aún y no daba trazas de despertarse por ahora. Le pregunté si estaba feliz y me respondió que sí, pero en sus palabras había un dejo de vacilación. Me miró un momento con fijeza y luego me dijo:

»—Me desperté muy temprano y he estado pensando en que te vas a quedar muy solo cuando nos vayamos y me vas a hacer mucha falta. Pero se me ocurrió una cosa: ¿por qué no te casas con mi mamá y vivimos todos juntos aquí o en el Líbano?

»La idea no era desde luego de Jamil. Estoy seguro de que le vino al escuchar alguna conversación aquí en casa de Mosén Ferrán o en el Ancien Café Mogador. Descarté de inmediato que nuestro amigo el párroco hubiera hecho ningún comentario en ese sentido, porque me conoce muy bien y sé de su prudencia y discreción. Lo cierto es que me encontré en un grave predicamento para responderle. Pensé que era mejor dejarle de una vez claras las razones de la imposibilidad de su propuesta. Le expliqué que, en primer lugar, su madre tenía otros proyectos, siempre en vistas a vivir a la sombra de los Bashur pero sin depender de ellos en lo posible. Luego pasé a recordarle cuántas veces habíamos recapitulado mis viajes y andanzas por los cinco continentes y los dieciséis mares y mencionado mi imposibilidad de permanecer por mucho tiempo en un lugar fijo. Si ahora estaba tranquilo en Pollensa, nada aseguraba que esto fuera permanente. Ya volvería a mis correrías y no era eso lo que Lina buscaba para él y para ella, que ya había recorrido más mundo del necesario. Lo único que podía asegurarle era que bien pronto iría al Líbano para visitarlos. Mis lazos con la familia de Abdul continuaban siendo muy estrechos y afectuosos. Entre los planes que comenzaban a madurar en mi cabeza, Beirut figuraba en lugar de preferencia. Al terminar mi explicación vi que dos lagrimones corrían por las mejillas de Jamil. Lo estreché contra mí y permanecimos en silencio. Cuando sentimos ruido en la alcoba donde dormía Lina, el niño descendió de la hamaca y dándome un fugaz beso en la frente me dijo con serenidad de adulto que se conforma con su destino:

»—Yo sé que nadie me contará las cosas que tú me cuentas. Eres mi mejor amigo y no creo que nos volvamos a ver.

»Bien saben ustedes que no existen palabras para describir lo que en una ocasión como ésa sucede dentro de nosotros. Era la despedida de Jamil. La que debía suceder entre los dos, sin testigos ni adioses de última hora. Me quedé tendido en la hamaca repasando mi vida y llegué a la conclusión que en ese momento terminaba mi peregrinar por estos mundos de Dios. Lo que pudiera venir carecía de importancia. Sería un mero durar, es decir, lo más ajeno a mi estrella.

»Lina subió con Jamil y se quedó mirándome sin decir palabra. Había entendido todo como sólo una mujer puede entenderlo, por instinto y con la alta sabiduría del corazón femenino. Durante los días que pasó en Pollensa pude confirmar y enriquecer mi primera impresión sobre ella. Pertenecía a esa raza en extinción de los seres que toman sobre sí, con entera independencia y estoica sencillez, los deberes y penas que les trae la vida, sin quejarse y sin tratar de que pesen sobre los demás. Sería necio negar ahora que, con frecuencia, pasaba durante esos días por mi mente la idea de que hubiera sido Lina una de esas mujeres que, como Flor Estévez o como Ilona Grabowska, poseía todas las condiciones y cualidades para compartir a mi lado lo que me restara de vida. Pero en alguna parte debe estar escrito con letras indelebles que ese "reino que estaba para mí" no me sería dado.

»Aún me esperaba otra sorpresa. Lina me informó que el pequeño carguero tunecino que la llevaría de Palma hasta Beirut, pasando por Alejandría y Chipre, traía como capitán a Vincas Blekaitis, el inolvidable y viejo amigo de Abdul y mío, del que hacía varios años había perdido el rastro. Lo encontró por pura casualidad al tocar La Rochelle el barco que la trajo de

Bremen. Vincas, que la conocía de los tiempos de Bizerta, se emocionó tanto al encontrarla que le insistió en que viniera con él ya que Palma estaba en su itinerario. Ella le explicó que tenía prisa por ver a su hijo, pero quedaron en que subirían en Palma al barco de Vincas para viajar con él al Líbano. En efecto, pocos días después nos llegó el anuncio del arribo de Vincas a Palma. El taxi de Mosén Ferrán nos llevó allí el día indicado. Al llegar, fuimos derecho al puerto. Desde la barandilla de estribor, donde vigilaba la operación de carga, Vincas nos hacía señas con los brazos en alto. Descendió a toda prisa por la escalerilla y vino hacia nosotros dando exclamaciones en todos los idiomas que conocía. Alzó a Jamil y lo sostuvo en los brazos mirándolo con asombro:

»—Miren en lo que se ha convertido el hijo de Jabdul —el bueno de Vincas nunca consiguió pronunciar bien el nombre de nuestro lamentado Abdul—. Todo un grumete. ¿Qué aprendiste con Maqroll? A ver, dime.

»—Muchas cosas —le respondió Jamil intrigado con la barba rojiza del lituano.

»—No lo dudo —comentó éste—. También yo he aprendido con él muchas cosas. Vamos al puerto para arreglar tus papeles.

»Así lo hicimos y en esas diligencias nos detuvieron hasta caer la tarde. Cuando todo estuvo listo, Vincas nos llevó al barco que saldría a la medianoche. Jamil miraba incrédulo todos los detalles del puente de mando adonde fuimos para que viera los instrumentos y palancas que tocaba maravillado. Bajamos, luego, al pequeño camarote que Vincas les había asignado. Jamil subió de inmediato a la litera superior y decretó en forma terminante:

»—Aquí dormiré yo. Mi madre abajo. Así debe ser, ¿verdad? —y me miró como buscando mi aprobación.

»Le respondí que en efecto así debía ser. Vincas me hizo seña de que saliera con él, mientras Lina y el niño ponían en orden sus cosas. Subimos a cubierta y Blekaitis me hizo un caluroso elogio tanto del hijo como de Lina. Le comenté en pocas palabras lo que había sido mi experiencia de vivir con Jamil en Pollensa y en los ojos casi incoloros del lituano se asomó esa honda simpatía, afectuosa condición de la que tanto Abdul como yo habíamos recibido pruebas abundantes e inolvidables. Le expliqué que no quería demorar al taxista, sobrino de mi amigo, hasta la medianoche y que ya debía partir. Bajamos al camarote para despedirme de los viajeros. Lina me abrazó largamente sin decir palabra y Jamil se echó a llorar encogido en su litera. No quise alargar ese momento y salí sin pronunciar palabra. Vincas me acompañó hasta el auto. Allí me tomó del brazo en un apretón afectuoso y farfulló algunos sonidos ininteligibles mirándome fijamente a los ojos. Regresó al barco con paso apresurado y escuché que decía en su lengua natal: "Tantas cosas, tantas cosas". Se despidió agitando la mano en alto, pero sin volver a mirarme. Subí al taxi y partimos de inmediato a Pollensa».

De nuevo reinó el silencio en la biblioteca del párroco. Era evidente que no había nada que decir. Todo comentario era inútil y, en cambio, hubiera de seguro lastimado al Gaviero.

Éste, pasado un momento, nos sirvió vino de la botella que se terminó en esa ronda y dijo con voz ya firme:

—Esto ha sido todo lo que tenía para contarles. Bien saben, estoy seguro, el alivio que me dio el que me hayan escuchado. Alejandro Obregón, como siempre, cuando les insinuó la oportunidad de visita, dio muestras de eso que, en otros tiempos, los franceses llamaron *gentillesse de coeur*.

Luego, dirigiéndose a mí en especial, prosiguió:

—Usted, que ha contado tantos episodios de mi vida, estoy seguro de que nunca pensó en escuchar de mis labios una historia como la que me ha hecho el favor de oír. No sé si valga la pena contarla. A veces pienso que forma parte, simplemente, de lo que un poeta que admira mucho llamó «los comunes casos de toda suerte humana». No lo sé. Es a usted a quien le toca juzgarlo. Lo que me apena es que les he tomado un día de su visita a Pollensa y mañana regresan a Palma. Nos hemos de ver en otra ocasión. Siempre decimos lo mismo y siempre los dioses nos son propicios.

Apuró su vaso y se puso de pie para despedirse. Insinuó un besamanos a mi esposa mientras le decía con una pálida sonrisa:

—Buenas noches, señora, y a usted, muy en especial, mi gratitud por haber mostrado interés por este Gaviero descarriado.

Nos estrechó la mano a Mosén Ferrán y a mí y se dirigió a la puerta. Lo acompañamos hasta la calle y lo vimos perderse en la noche sin luna mientras doblaba un pequeño promontorio tras el cual se ocultaban los astilleros. Mosén Ferrán nos acompañó hasta nuestro hotel y al despedirse nos dijo:

—Mañana en la mañana vendré a decirles adiós. Váyanse tranquilos. Lo peor ya pasó para nuestro amigo. Jamil forma parte ahora de los recuerdos que, según él, lo sostienen en la tarea de vivir cada día. Queden con Dios y pasen buena noche.

Ya en nuestra habitación hice a mi esposa algún comentario sobre el desamparo en que vivía el Gaviero. La respuesta fue contundente:

—Pero si él mismo se encargó de explicarlo en una ocasión con toda claridad. Cuando no quiso quedarse con la fotografía de Abdul niño frente a los despojos de un avión incendiado, dijo que no podía guardarla porque a él todo se le iba de las manos. También las personas se le van en la misma forma: o la muerte se las lleva o quedan rezagadas en el camino mientras él sigue en su vagar sin descanso. Él ha creado ese fantasma. Lo que nunca pensó era que en una esquina le esperaba una prueba como la de Jamil. Ya veremos qué inventa ahora para escapar de Pollensa.

En verdad, no había mucho que argumentar a estas palabras. No había duda, Jamil era la trampa que esperaba a nuestro amigo, escondida en el intrincado laberinto de su irremediable odisea. Como él mismo solía decir: «La piedad de los dioses, si existe, es para nosotros indescifrable o nos llega con el último aliento de vida. Nada se puede hacer para librarnos de su arbitraria tutela».

Este libro se terminó
de imprimir en
Móstoles, Madrid,
en el mes de
septiembre de 2023